LES OUBLIÉS DE MARRALEE

Journaliste, Jane Harper a travaillé pendant de nombreuses années pour la presse écrite, en Australie et au Royaume-Uni. Son premier roman, *Canicule*, récompensé par plusieurs prix dont le Gold Dagger Award 2017, le British Book Award 2018 et le Prix des lecteurs 2018 du Livre de Poche, a été traduit en une vingtaine de langues et adapté en 2020 au cinéma avec Eric Bana dans le rôle principal. Son deuxième roman, *Sauvage*, a quant à lui obtenu le Prix polar international de Cognac en 2018 et son troisième, *Lost Man*, fait partie de la liste du *Times* des cent meilleurs romans policiers et thrillers publiés depuis 1945. *Les Oubliés de Marralee* est son cinquième roman publié en France. Jane Harper vit à Melbourne.

Paru au Livre de Poche :

CANICULE
LOST MAN
SAUVAGE
LES SURVIVANTS

JANE HARPER

Les Oubliés de Marralee

TRADUIT DE L'ANGLAIS (AUSTRALIE)
PAR DAVID FAUQUEMBERG

CALMANN-LÉVY

Titre original :

EXILES

Publié par Pan Macmillan Australia Pty Ltd, Sydney,
Nouvelle-Galles du Sud, Australie, 2022.

ISBN : 978-2-253-24941-2 – 1re publication LGF

Aux lecteurs, qui font de ces livres ce qu'ils sont.

Prologue

Tâche de te rappeler. Les signes étaient là. Quels étaient-ils ? Ils se posèrent tous les mêmes questions, après coup. *Comment les choses ont-elles pu en arriver là ? Aurions-nous pu empêcher ça ?*

Cette dernière, c'était la question clé, Aaron Falk le savait. Et la réponse était probablement oui. Même sans avertissements – et il y en avait eu –, la réponse était presque toujours oui. Un million de décisions menaient toujours à une action, quelle qu'elle soit, et une action pouvait dérailler d'un million de manières. Mais des choix avaient été faits – certains conscients et réfléchis, d'autres moins – et, parmi les millions de chemins possibles, c'était celui-là qui avait été emprunté.

Le bébé dormait quand on l'avait découvert. La petite allait sur ses six semaines. D'un bon poids pour son âge, elle se portait à merveille, malgré le fait qu'on l'avait laissée là toute seule. Elle devait être bien au chaud dans son landau, emmaillotée dans une écharpe propre achetée au plus grand détaillant d'articles pour bébés de l'État, et bordée sous une couverture en laine artisanale assez épaisse pour aplanir la bosse créée par son corps, si on la plaçait d'une certaine manière. Et on l'avait placée exactement de cette manière. Quelqu'un qui aurait jeté un coup d'œil au landau en passant aurait d'abord vu la couverture plutôt que le bébé.

C'était une nuit de printemps, et le ciel du sud de l'Australie était dégagé et constellé d'étoiles, sans pluie annoncée, mais la capote imperméable du landau était entièrement déployée. Un carré de tissu qui servait habituellement de pare-soleil avait été posé sur l'ouverture entre la capote et le fond du landau. Quelqu'un qui aurait jeté un coup d'œil en passant n'aurait pas vu du tout la petite endormie.

Le landau était rangé parmi des dizaines d'autres dans l'aire prévue à cet effet à l'entrée de la Fête du vin et de la gastronomie annuelle de la Marralee Valley, se disputant l'espace avec un amas de vélos et de scooters et un tricycle solitaire. On l'avait laissé dans le coin tout au fond, la pédale de frein fermement enfoncée.

Les objets garés là furent récupérés l'un après l'autre au cours des deux heures suivantes, au fur et à mesure que les familles qui avaient enchaîné verres de vin, plateaux de fromage et tours de manège décrétaient qu'elles avaient suffisamment célébré les produits locaux ce soir-là. Peu après 22 h 30, il ne restait plus que le landau et le vélo de l'assistant électricien.

Ce dernier se figea, alors qu'il était en train de déverrouiller son antivol. La fête avait officiellement fermé ses portes une demi-heure plus tôt, et le site était quasi désert à présent, seuls les membres de l'organisation traînaient encore dans les parages. Le technicien glissa l'antivol dans son sac à dos, balaya une dernière fois du regard la pénombre du champ de foire, puis s'approcha du landau. Il se pencha pour jeter un coup d'œil sous la capote avant de la replier à fond. Le petit paquet emmailloté remua, surpris par ce courant d'air frais, tandis que l'électricien sortait son téléphone de sa poche et passait un appel.

Le nom du bébé était écrit sur l'étiquette de sa grenouillère. *Zoe Gillespie*. Sa famille n'était pas du coin – ou du moins, plus maintenant –, mais le directeur de la foire et le policier de service dépêché sur place connaissaient les noms de ses parents.

Le portable de la mère de Zoe sonna au fond du sac à langer calé dans le panier fixé sous le landau. La sonnerie retentit bruyamment dans la nuit. Dans le sac zippé, on trouva également des clés de voiture et un portefeuille contenant pièce d'identité, cartes et argent liquide. L'électricien se précipita vers le parking visiteurs. Une berline familiale correspondant à la marque inscrite sur le porte-clés figurait parmi les rares véhicules.

Le téléphone du père de Zoe sonna à quelques kilomètres de là, dans le hall du restaurant italien le plus correct de la Marralee Valley. Il avait renvoyé ses parents chez eux en taxi et était en train de régler l'addition en discutant avec la patronne et son mari, qui se rappelaient tous les deux l'avoir connu à l'école. Il leur montrait des photos de Zoe – son premier enfant, qui aurait déjà six semaines ce dimanche ; il avait du mal à y croire – et la patronne insistait pour qu'il accepte une bouteille de mousseux offerte par la maison pour fêter ça, quand l'appel illumina l'écran de son portable.

Le restaurant se trouvait à quinze minutes du champ de foire. La patronne dépassa allègrement la limitation de vitesse pour laquelle elle avait elle-même fait campagne afin de l'y conduire en à peine plus de trois minutes, écrasant la pédale de frein juste devant l'entrée principale. De là, il courut le long des stands fermés et obscurs, jusqu'à sa fille.

On fouilla tout le site. La mère de Zoe, Kim Gillespie, trente-neuf ans, ne fut pas retrouvée.

On rassembla des volontaires pour passer de nouveau le champ de foire au peigne fin. Puis le parking, puis les vignes de part et d'autre. Le landau avait été placé face à l'est, vers le fond du champ de foire et l'autre sortie, utilisée en cas de trop grande affluence. Par-delà celle-ci commençait le bush, et un petit chemin qui ne menait qu'à un seul endroit. Les recherches se poursuivirent le long de ce chemin, jusqu'à la retenue d'eau. Puis les volontaires explorèrent la large promenade qui faisait le tour du lac – déserte à cette heure avancée de la nuit, où il n'y avait plus un marcheur ni un véhicule de service –, jusqu'au point culminant de la digue grossière : une vertigineuse saillie rocheuse qu'on surnommait le Précipice. De tout là-haut, on voyait le réservoir se déployer, vaste et profond.

Deux jours plus tard, on trouva une chaussure. L'une des baskets blanches de Kim Gillespie, gorgée d'eau et couverte de sédiments, repérée à plus d'un kilomètre à l'est, coincée dans les filtres du barrage.

On fit venir des plongeurs spécialisés pour qu'ils fouillent la fissure au fond de l'eau, au centre de cette retenue naturelle. Ils descendirent aussi profond qu'ils purent dans ce creux obscur, pendant que les agents chargés de mener les recherches inspectaient minutieusement les environs, à pied et dans les 4 × 4 des gardes forestiers, des volontaires scrutant les abords du lac depuis leurs embarcations de loisir. Les recherches se prolongèrent pendant toute une semaine, puis une autre, avant de ralentir puis de s'arrêter complètement – avec la promesse de reprendre dès que le niveau de l'eau aurait suffisamment baissé. Le printemps céda la place à l'été, puis à l'automne. Zoe grandit jusqu'à sortir de son landau, fit ses premiers pas, eut besoin de ses propres chaussures. Son premier anniversaire était déjà passé.

Qu'ai-je vu ? Ceux qui connaissaient et aimaient cette famille n'avaient plus que leurs questions. Ils s'interrogeaient, seuls et entre eux. *Qu'est-ce qui a bien pu m'échapper ?*

Mais la mère de Zoe ne revint jamais la chercher.

Chapitre 1

Un an plus tard

Quelqu'un était déjà là.

Aaron Falk éprouva un agacement aussi léger que déraisonnable en se garant à côté de l'autre voiture. L'embranchement avait été difficile à repérer, comme dans son souvenir, à demi englouti par les broussailles dressées de part et d'autre de la route. Si bien caché, en fait, que Falk s'était dit, joyeusement, que ce qui attendait au bout de cette piste lui serait réservé. Ce n'était pas le cas, comme il put le constater en posant le pied sur le frein, et il réprima un soupir.

Falk n'avait pas non plus été seul à cet endroit, un an plus tôt. Greg Raco se trouvait sur le siège passager, ce jour-là, Falk suivant les dernières instructions de son ami après huit heures de route. Raco n'avait pas prêté attention au navigateur GPS, surtout après qu'ils avaient franchi la frontière séparant l'État du Victoria de l'Australie-Méridionale. Sa bonne humeur avait été contagieuse et ils avaient dévoré les kilomètres, chacun donnant tour à tour les dernières nouvelles et choisissant la musique. Le nouveau-né de Raco serait baptisé ce week-end-là, dans l'église où Raco et ses frères l'avaient eux-mêmes été des décennies auparavant. Son épouse et leurs deux enfants avaient déjà fait le voyage et les attendaient sur place, mais Raco avait été retenu par ses obligations d'officier de police. Il était manifestement pressé de les retrouver, si bien que Falk avait été surpris lorsqu'il s'était penché brusquement en avant sur le siège passager, scrutant la route déserte avant de pointer du doigt un bosquet d'arbres. « Tu vois cette trouée ? Tourne là. »

Ils étaient encore à une demi-heure de la ville, et Falk ne voyait rien. Ce recoin de bush ressemblait aux broussailles qui bordaient la route depuis un bon moment. « Où ça ?

— Là-bas. »

Falk avait raté l'embranchement, et il avait dû faire une marche arrière interdite de plusieurs mètres avant d'apercevoir la piste étroite. Il avait examiné le sol non asphalté, jaugeant mentalement les suspensions de sa voiture.

« Il y a quoi à l'autre bout ?

— C'est juste un petit détour, avait répondu Raco avec un sourire. Fais-moi confiance. Ça vaut la peine. »

Il n'avait pas menti. Ce détour valait la peine, alors, et aujourd'hui encore.

Sans Raco pour le guider, Falk avait roulé au ralenti, ce qui ne l'avait pas empêché de dépasser la bifurcation. Il l'avait repérée dans son rétroviseur et, reculant de nouveau sur une distance peu rassurante, même sur une route dégagée, il avait cahoté le long de ce chemin qui donnait l'impression de ne mener nulle part. Au bout, il y avait une petite clairière et une autre voiture.

Falk s'arrêta et coupa le moteur. Il resta assis là un moment, contemplant l'endroit devant lui où les épaisses broussailles s'ouvraient. Le ciel était un dôme étincelant, brillant de l'éclat bleu vif du printemps. En contrebas se déployait le patchwork de verts qui formait la Marralee Valley. Un an auparavant, Falk avait eu l'impression que c'était l'effet de surprise qui rendait cette vue si belle. Mais ce jour-là, illuminée par le soleil de fin d'après-midi, elle était encore plus spectaculaire que dans son souvenir.

Il descendit de sa voiture et s'étira, ce mouvement soudain faisant réagir le conducteur de l'autre véhicule. L'homme se tenait debout à distance prudente du garde-fou en bois du belvédère. Lui aussi contemplait la vue, mais la manière dont ses bras étaient croisés laissait deviner qu'il n'y prêtait guère attention. Il tenait dans une main un biberon et, derrière lui, un robuste bambin était assis en tailleur sur la table de pique-nique, éparpillant le contenu d'un sachet de raisins secs sur le bois grossier. En entendant claquer la portière de Falk, l'homme décroisa les bras et passa une main sur ses yeux. Il se tourna pour tendre le biberon à l'enfant.

C'était le mari.

Cette constatation lui tomba dessus d'un seul coup, aussitôt suivie d'un sursaut lorsqu'il identifia la petite fille qui fourrait à présent une poignée de fruits secs dans sa bouche comme étant Zoe Gillespie, qui, jusqu'à cet instant, était restée dans son esprit un bébé de six semaines.

L'homme salua Falk d'un hochement de tête et, alors que sa fille avalait sa dernière bouchée, il la prit dans ses bras et la porta jusqu'à leur voiture. Il semblait avoir senti qu'on l'avait reconnu, et son langage corporel n'invitait pas à lui poser des questions ni même à engager la conversation. *Ça peut se comprendre, vraiment*, songea Falk. Ce type était sans doute en permanence bombardé de questions. C'était toujours comme ça, pour les maris.

« Vous venez pour le baptême. » L'homme avait dit cela brusquement, prenant Falk par surprise. Il s'était arrêté entre les deux voitures, l'air un peu soulagé, comme s'il venait de prendre conscience de quelque chose. « C'est bien ça, non ? Le fils des Raco ?

— C'est ça. »

Falk savait que Kim Gillespie avait fait partie de la famille élargie des Raco pendant près de vingt-cinq ans. Depuis ce lointain après-midi d'automne où elle était passée pour la première fois à vélo devant la maison des Raco, sa queue-de-cheval d'adolescente flottant au vent, jusqu'à cette nuit, un an plus tôt, où elle avait disparu sous les projecteurs éblouissants de la grande fête locale. Le baptême avait été annulé dès l'annonce de sa disparition. Il avait fallu douze mois à la famille Raco pour le reprogrammer.

Falk fit un pas vers le mari de Kim et sa petite, et tendit la main. « Aaron Falk.

— Rohan Gillespie. Nous nous sommes déjà rencontrés ?

— Brièvement. »

Rohan était presque aussi grand que Falk et, même s'il devait avoir tout juste quarante-deux ans maintenant, il semblait avoir vieilli de dix ans au cours de l'année écoulée.

« Vous aussi, vous êtes venu pour le baptême ? l'interrogea Falk.

— Ouais. Enfin, non : pour l'appel à témoins, en fait.

— Il a lieu quand ?

— Ce soir. Au champ de foire.

— La Fête du vin commence aujourd'hui ?

— Ouais.

— C'est un bon moment pour le faire.

— Je l'espère. » Rohan fit cliqueter les fixations du siège enfant et tapota la cuisse de sa fille. Il se tourna vers Falk. « Je me disais bien que votre visage m'était familier, en vous voyant arriver. Vous êtes le pote de Greg Raco, non ? Vous étiez sur la liste des témoins ?

— Oui. »

Rohan pencha la tête de côté, essayant de se souvenir. « Rafraîchissez-moi la mémoire… Près de l'entrée ?

— Devant la grande roue. »

Rohan acquiesça. « Ouais. Je me rappelle, maintenant. »

Falk était étonné que l'homme se souvienne de lui un an plus tard, mais pas tant que cela. Il avait été un visiteur de passage, parmi des centaines d'autres, mais méritant quand même d'être suivi de près. Rohan avait sans doute lui-même signalé sa présence aux policiers – il y avait aussi un autre type, grand, la quarantaine, cheveux courts, gris blond peut-être, un ami des Raco mais tout seul, traînant dans le coin –, draguant toutes les informations qu'il pouvait quelques heures après les faits.

« Vous êtes de la police aussi, n'est-ce pas ? » Rohan cala le biberon à côté de Zoe avant de fermer la portière. « C'est comme ça que vous avez rencontré Greg ?

— Oui, mais nous ne travaillons pas ensemble. Je suis de la police fédérale, brigade financière. Greg, lui, bosse pour la police du Victoria.

— Je vois. » Un cri de protestation étouffé résonna dans l'habitacle, et Rohan soupira. « Bon. Je ferais mieux de la remettre en mouvement. Ça m'a fait plaisir de vous voir. Vous dormez chez les Raco ?

— Oui.

— Alors je vous verrai sans doute au moment de l'appel. Ils seront tous là.

— Certainement. J'espère que ça se passera bien.

— Merci. »

Il avait répondu d'un ton pensif, et Falk y décela une appréhension. C'était épuisant de maintenir l'espoir. Comment un appel à témoins pouvait-il bien se passer, douze mois après une disparition ? Il ne restait plus aucune bonne réponse à trouver, là-dehors.

Falk regarda Rohan faire marche arrière et s'éloigner sur la piste de terre, puis il marcha jusqu'à la balustrade. Il posa les mains dessus et s'accorda un moment de détente, absorbant la vue qui s'offrait à lui. Des brins de nuages dérivaient dans le ciel, projetant des arabesques d'ombre sur le sol. De cette hauteur, la ville paraissait si petite et son cadre si verdoyant… Des rangs de vignes s'étendaient à perte de vue, leur perfection née de la main de l'homme attirant le regard. Dans le lointain, Falk distinguait la fissure imparfaite à l'endroit où la Murray River, ce gigantesque fleuve, se taillait un chemin dans le paysage.

Rohan avait la mine d'un homme qui ne dort pas bien, songea Falk en laissant son regard se fixer quelque part. Ce qui n'avait rien de surprenant, étant donné les circonstances, auxquelles s'ajoutait le rôle exigeant de jeune papa. N'empêche, Falk se demanda ce qui, précisément, empêchait ce type de dormir la nuit, pendant ces quelques heures où il aurait pu s'octroyer un peu de repos bien mérité.

Plusieurs choses, probablement. Les déclarations du jeune type qui était de service au poste de secours, déjà. Ce que le gamin pensait avoir ou, surtout, ne pas avoir vu. Deux ou trois des témoins qui prétendaient avoir aperçu son épouse, à coup sûr. La femme ivre au bar, peut-être. Les pleurs entendus dans les toilettes. Confirmées ou pas, c'était le genre d'informations que vous vous repassiez en boucle.

Falk contempla une dernière fois le paysage, puis détourna le regard et retraversa la clairière. Il monta dans sa voiture et relut les instructions pour la dernière partie du voyage.

Le plus probable, devina Falk en démarrant le moteur et en reculant prudemment, c'était que Rohan Gillespie passait ces heures sombres au cœur de la nuit à ruminer les décisions que lui-même avait prises ce soir-là. Ce court laps de temps durant lequel ses faits et gestes étaient invérifiables, à tout jamais. Combien de temps, exactement ? tenta de se rappeler Falk. Ce n'était pas énorme. Huit minutes ? Sept ? Assez longtemps en tout cas pour donner des maux de tête à l'époux d'une femme portée disparue.

La décision que Rohan avait prise de quitter la fête. Cet instant où il avait salué sa femme et son enfant d'un geste de la main et s'était dirigé, seul, vers la ville, s'enfonçant dans la nuit. Les heures qui avaient conduit à cet instant. Les jours et les mois qui avaient conduit à cette soirée. Ces choses qu'il n'avait pas remarquées sur le moment. Ces petites décisions qui, au bout du compte, s'additionnaient pour former quelque chose de bien plus grand.

Falk remonta l'étroit chemin, puis émergea des arbres et ressortit sur la route. Il obliqua vers l'ouest et appuya sur l'accélérateur.

C'étaient ces décisions-là qui continuaient de vous tourmenter, songea-t-il en levant les yeux, tandis qu'il passait à vive allure devant un panneau d'affichage temporaire, dont les couleurs vives se détachaient sur le vert du bush. *Fête du vin et de la gastronomie de la Marralee Valley*, annonçait celui-ci, *à trente minutes de route à peine.*

Les petites choses que vous auriez pu faire autrement, c'étaient elles qui vous hantaient.

Chapitre 2

L'impression de déjà-vu qui avait plané au-dessus de lui toute la journée donna vraiment sa pleine mesure quand Falk s'engagea dans la longue allée de terre et vint se garer devant le cottage en pierre bleue.

La ville de Marralee était pour l'essentiel conforme à ses souvenirs, et il avait guetté les principaux repères que Raco lui avait montrés un an auparavant. Le pub où les frères Raco et leurs nombreux copains avaient bu dès qu'ils avaient été en âge de le faire ; le banc, dans le parc, sur lequel ils avaient bu avant d'en avoir l'âge. Une enfilade de magasins, manifestement bien plus embourgeoisés que lors de sa première visite, avec leurs auvents peints à l'ancienne, leurs savons artisanaux et leurs légumes bio. La rue bordée d'arbres qui menait à l'école. Le terrain de cricket. L'embranchement pour aller au champ de foire.

Même en roulant à l'allure de touristes sur une route panoramique, il n'avait fallu qu'une poignée de minutes à Falk et à Raco pour traverser toute la ville et en ressortir de l'autre côté. La rue principale venait à peine de disparaître derrière eux et le décor de s'ouvrir à nouveau quand Raco avait pointé son doigt sur l'allée en terre, avec une pancarte fixée sur le portail.

Penvale Vineyard. Dégustations sur rendez-vous.

Arrivés au bout de l'allée, ignorant la flèche qui dirigeait les visiteurs vers la réception, ils avaient fait le tour du complexe jusqu'au cottage, avant de se garer devant la porte d'entrée du frère de Raco.

Un an plus tard, Falk grimpa le perron de cette même maison et frappa. Il avait toujours pensé que les traumatismes auraient dû marquer l'environnement tout autant que les gens, mais ce n'était pas souvent le cas. Cela dépendait du type de traumatisme, se disait-il. Ici, en tout cas, tout semblait bien aller. Mieux que bien. Le vignoble brillait sous le soleil de l'après-midi du même éclat que douze mois auparavant. La pancarte *WELCOME* avait été repeinte récemment et les rangées de vignes impeccablement entretenues se déployaient dans une agréable symétrie. Leurs feuilles frissonnaient, grosses et vertes, et, de loin, donnaient presque l'impression de respirer, vivantes dans la lumière de cette chaude journée de printemps.

À l'intérieur de la maison, Falk entendit des pas précipités claquer dans le couloir, suivis d'autres, plus lourds. La porte s'ouvrit et Raco apparut, une petite fille à ses pieds et un bébé d'un an dans les bras.

« T'as réussi à trouver. Bienvenue. » Raco se fendit d'un sourire. N'ayant pas de main libre, il le salua d'un petit sursaut du menton. « Entre, Rita est derrière la maison. Fais attention où tu poses les pieds », ajouta-t-il, tandis que sa fille de cinq ans, Eva, s'accrochait à son jean, s'emmêlant dans ses jambes. Calé contre son épaule, le nourrisson de Raco fixait Falk d'un regard vitreux, accusateur.

Les enfants semblaient plus grands que Falk ne s'y attendait, cependant c'était toujours comme ça. Rita lui textait des photos, mais cela faisait six bons mois que Falk les avait vus en personne pour la dernière fois, quand ils avaient emmené Eva voir une comédie musicale à Melbourne.

Raco aussi semblait plus vieux, tout à coup. Ses cheveux noirs bouclés grisonnaient indubitablement, et son visage poupin portait des rides qui n'avaient jamais été là. Il était plus jeune que Falk, même pas quarante ans. Mais après l'année qui venait de s'écouler, pour la première fois, Falk trouvait qu'il commençait à faire son âge.

« Une bière ? Un verre d'eau ? cria Raco par-dessus la tête de son fils tandis que Falk leur emboîtait le pas dans le couloir. Il y a aussi tout le vin que tu veux, évidemment.

— Une bière serait parfaite, merci.

— Pas de souci. » Raco repoussa délicatement du pied un jouet égaré. Cette maison avait beau être celle de son frère, il s'y sentait clairement chez lui.

D'une certaine manière, Raco avait à peine changé depuis six ans que Falk le connaissait. Il était toujours prêt à décocher un sourire et avait une capacité précieuse à faire sentir aux gens qu'il comprenait parfaitement ce qu'ils traversaient et que cela le touchait personnellement. Mais il s'était débarrassé de sa sensibilité de novice après sa première rencontre avec Falk, dans une grange qui avait jadis appartenu à l'un de ses amis. La chaleur était étouffante, ce jour-là, l'endroit portant encore les stigmates sanglants de la mort.

Raco affichait désormais la confiance silencieuse et solide d'un homme qui s'était retrouvé confronté au pire et avait fait ses preuves. Il s'était adapté à son rôle d'officier de police dans une petite ville de campagne, et il était apprécié et respecté des habitants, là-bas, à Kiewarra. En tant qu'ancien résident de cette ville, Falk savait à quel point cet accomplissement tenait du prodige.

« Il est arrivé ! » cria Raco alors qu'ils pénétraient dans une grande cuisine lumineuse qui donnait sur une véranda, d'où la vue sur les vignes en contrebas était spectaculaire. Une femme de petite taille en robe imprimée se tenait debout, hanche calée contre un poteau de bois, le nuage noir de ses cheveux étincelant au soleil. Ignorant le paysage, elle plissait le front devant le flyer imprimé qu'elle tenait à la main. Quand Falk sortit sur la véranda, elle coinça la feuille sous son verre d'eau sur la table de jardin.

« Aaron. » Son visage s'illumina d'un sourire tandis qu'elle s'approchait de lui et posait les mains sur ses avant-bras. Rita Raco leva la tête pour le regarder un instant avant de le prendre dans ses bras. « Bonjour. Je suis tellement contente de te voir. »

Elle le pensait vraiment, ça se voyait, et Falk sentit un élan de chaleur l'envahir, pour ces deux-là. C'était ça, le truc, avec Rita et Raco. Leur amitié était la plus inconditionnelle qu'il avait jamais vue.

« Combien de temps nous ont-ils permis de t'avoir cette fois, finalement ? interrogea Rita, prenant Henry et l'installant sur sa chaise haute, une banane à la main.

— Une semaine. » Falk avait tenté d'en obtenir deux et récolté un non catégorique, auquel il s'attendait, étant donné la charge de travail du moment. « Enfin, si c'est bon pour vous ?

— Bien sûr. » Rita sourit sans rien ajouter – *Tu es sûr que tu ne peux pas rester plus longtemps ?* –, et Falk ne l'en aima que davantage. Ça, c'était l'autre truc avec les Raco : ils ne lui faisaient jamais sentir que ce qu'il avait à offrir ne suffisait pas.

« Merci d'avoir fait toute cette route, lui lança Raco en disparaissant dans la cuisine, avant de revenir quelques instants plus tard avec trois bières. Une deuxième fois. » Son sourire s'affaissa quelque peu, tandis qu'il en tendait une à Falk et l'autre à Rita.

« Évidemment. Je n'allais pas manquer ça. »

Falk avait été surpris et touché le soir où, quelques mois avant la naissance de leur fils, Raco et Rita avaient fait le déplacement jusqu'à Melbourne pour l'emmener dîner en ville. Falk avait proposé un restaurant dont il savait qu'il leur plairait et, après avoir commandé, le couple lui avait demandé s'il accepterait d'être le parrain de leur bébé. Ajoutant que, si cela ne le dérangeait pas, ils appelleraient leur fils Henry Aaron Raco.

« Vraiment ? Vous ne voulez pas demander à quelqu'un de la famille ou…

— Non, c'est à toi que nous voulons le demander, avait coupé Raco, de son ton le plus détaché. Alors, t'en penses quoi ?

— Eh bien, ouais. Merci. » La réponse de Falk était sortie toute seule. « Qu'est-ce que je dois faire ?

— Pas grand-chose. Avoir une bonne influence.

— Nous voulions quelqu'un en qui nous avons confiance. » Rita lui avait souri. « Alors, qui de mieux ? »

Plus tard, pendant que Raco était aux toilettes, Rita avait raclé le fond de son assiette à dessert, puis l'avait poussée de côté.

« Bon, le truc…, avait-elle soufflé en se penchant un peu vers lui, c'est que ses parents et ses grands-parents ont toujours été des gens très religieux. Il a beau n'être pas pratiquant, on ne se débarrasse jamais vraiment de ça. C'est enraciné tout au fond, tu comprends ? Il minimise cette histoire de parrain, mais en réalité c'est important pour lui.

— Je sais. Je suis très honoré. Sincèrement. Je ne m'y attendais pas du tout. »

Rita l'avait dévisagé par-dessus les assiettes vides, l'air un peu triste. « Vraiment ? Même après tout ce qui s'est passé ?

— Eh bien, c'est juste que vous avez tellement de gens…

— C'est vrai. Mais c'est toi que nous voulions. » Elle avait pris sa main, l'avait posée sur son ventre. « Ce n'est pas comme dans les films, j'en ai peur. Et je te préviens : ce sera plus religieux que je ne l'aurais voulu, personnellement.

— C'est noté. Mais je suis toujours partant. » Sous sa paume, Falk avait senti bouger le futur Henry Aaron Raco, et son instinct protecteur s'était réveillé. « Merci, Rita. Je ferai de mon mieux pour vous tous.

— Nous n'avons aucun doute là-dessus. »

Avait-il vraiment fait de son mieux ? se demandait Falk à présent, tandis que le petit Henry, treize mois déjà, le contemplait sans rien de plus chaleureux qu'un air suspicieux. Il avait eu de bonnes intentions. Il avait roulé jusqu'à la Marralee Valley un an plus tôt pour assister au baptême, mais alors tout avait déraillé. À son retour à Melbourne, c'était la folie au boulot – parfois, en un clin d'œil, des mois s'écoulaient sans qu'il ait parlé une seule fois aux Raco.

OK, se dit-il en souriant à Henry. *Ça commence maintenant.*

Henry détourna ses petits yeux noirs, comme embarrassé pour son parrain.

« Fais pas attention à lui. » Raco éclata de rire en abattant un bob sur la tête de son fils. « Assieds-toi. »

Falk tira une chaise à côté de Rita. Eva s'adossa à la table près de lui, tripotant une barrette à paillettes. Elle était grande pour ses cinq ans, avait les cheveux bouclés de sa mère et les yeux de son père. Elle n'arrêtait pas de jeter des regards dans sa direction, un peu intimidée par sa présence. Ses parents avaient mentionné un jour que c'était Falk qui lui avait donné la poupée qui l'accompagnait partout ces dernières années. Ajouté au fait qu'elle ne l'avait vu que très rarement en personne, cela faisait de lui un genre de père Noël.

« Attention à la table, ma puce, la mit en garde Rita, alors qu'Eva se penchait pour donner la barrette à Falk, manquant renverser le verre d'eau de sa mère.

— Merci beaucoup, Eva. » Falk prit la barrette et déplaça le verre. Dessous, il y avait le flyer que Rita lisait tout à l'heure. Sur le papier, le visage de Kim Gillespie lui souriait.

La photo avait été prise en plein jour et les cheveux brun foncé de la femme luisaient au soleil. Ses traits légèrement arrondis la faisaient paraître plus jeune que ses trente-neuf ans, et elle avait l'air heureuse. Falk se demanda quand cette photo avait été prise.

« Ça fait un moment qu'il est là-bas », murmura soudain Rita, et Falk releva la tête juste à temps pour voir Raco acquiescer.

Leurs yeux à tous les deux étaient braqués sur les vignes, en contrebas. Lesquelles lui parurent d'abord désertes mais, en suivant leur regard, Falk ne tarda pas à distinguer la silhouette d'un homme parcourant les rangées. Seul, il marchait d'un pas lent. Il s'arrêta devant un poteau de clôture, un détail invisible ayant attiré son attention, puis, au bout d'un long moment, il repartit.

« Comment va ton frère ? demanda Falk, et Raco et Rita échangèrent un regard.

— Charlie ? » Raco se frotta le menton. « Ouais. Pas trop mal. Vu les circonstances. »

Falk hocha la tête. S'il y avait bien une personne susceptible d'attirer davantage de questions que le conjoint d'une personne disparue, c'était son ex. Même quand les deux s'étaient quittés, de l'avis général, en très bons termes.

Charlie Raco et Kim Gillespie avaient partagé une fille de dix-sept ans et une relation par intermittence, qui avait commencé comme un amour de jeunesse, s'était poursuivie cahin-caha pendant deux décennies avant de s'éteindre pour de bon cinq ans plus tôt. Les deux parties s'étaient mises d'accord sur une garde alternée et une division des biens sans même avoir besoin de faire intervenir des avocats. Falk le savait, car tout le monde était au courant, maintenant. Les moindres détails de leur relation avaient été rabâchés et décortiqués mille fois après les événements de l'an dernier.

Falk se retourna vers le vignoble, mais les rangées semblaient de nouveau désertes. Il n'apercevait plus Charlie Raco nulle part. Il tendit le bras pour ramasser le flyer posé à côté du verre de Rita.

« C'est Zara qui les a fait faire », expliqua celle-ci.

Falk hocha la tête. La fille de dix-sept ans. Il parcourut en diagonale les informations. Tous les détails importants y figuraient. Elle avait fait du bon boulot. « Et c'est quoi le plan, pour ce soir ?

— Les organisateurs de la fête ont accepté de faire une minute de silence pour l'anniversaire, répondit Raco. Plus un appel à témoins sur la scène principale.

— Pour appeler quoi, au juste ? » La question était sortie de manière plus brutale que Falk ne l'aurait voulu, et il la reformula : « Enfin, y a-t-il encore des doutes ? Je croyais qu'après la découverte de sa chaussure, c'était assez…

— Pas de doutes, non, l'interrompit Rita. Mais des questions, je crois. Sur l'état d'esprit de Kim ce soir-là. » Elle se tourna vers la maison, et Falk devina que la fille aînée de Kim devait se trouver quelque part à l'intérieur. « Mais on s'efforce de tempérer les attentes de Zara.

— C'est dur pour elle ? »

Rita adressa un sourire rassurant à sa propre fille, qui venait de relever la tête, et attendit qu'Eva s'éloigne en quête d'autres cadeaux pour Falk avant de reprendre la parole.

« Pour être honnête, il n'y a pas que Zara qui a insisté ; nous aimerions tous savoir. Je veux dire, j'y pense encore souvent, précisa-t-elle, et Raco opina du chef. À ce qui a pu passer par la tête de Kim, pour qu'elle laisse son bébé comme ça. »

Falk baissa les yeux sur la légende accompagnant la photo de la femme. *Kim Gillespie, trente-neuf ans. Vue pour la dernière fois lors de la Fête du vin et de la gastronomie annuelle de la Marralee Valley. Cheveux bruns, yeux marron, jean ou legging noir, baskets blanches.* Falk n'avait jamais rencontré Kim et, à sa connaissance, ne l'avait aperçue vivante qu'à deux reprises – une fois sur un écran de portable, et une autre de loin.

« Les gens du coin ont probablement dit tout ce qu'ils savaient, à présent, mais la soirée d'ouverture attire essentiellement des touristes, en général. » Raco but une longue gorgée de bière. « Ils seront peut-être un millier, ce soir. Il y a pas mal de familles qui reviennent tous les ans. Alors ça servira au moins à rafraîchir quelques mémoires. » Son front se plissa de nouveau. « Que ça nous plaise ou non. »

Falk acquiesça. Il avait eu affaire à toutes sortes de dépositions de témoins au fil des ans, et parmi les moins utiles – pires que ceux qui refusaient de parler, pire que ceux qui mentaient effrontément – figuraient les badauds bien intentionnés qui pensaient avoir vu plein de choses. C'était rarement délibéré, la plupart d'entre eux voulant seulement aider. Il ne leur reprochait rien ; c'était dans la nature humaine, ce désir de combler les vides. Mais ce qu'ils avaient vu et ce qu'ils croyaient avoir vu n'étaient pas nécessairement la même chose.

Falk se tourna vers le vignoble désert, et repensa à sa déposition, un an auparavant. Le flic local était jeune, ses questions parfois un peu orientées. Il aurait dû savoir que ce n'était pas la bonne manière de procéder et, s'il avait été son supérieur hiérarchique, il lui aurait passé un savon.

Kim avait l'air comment ?

Falk n'aurait su le dire. Il n'en avait aucune idée.

Il n'aurait sans doute pas gardé le moindre souvenir de ces quelques minutes si Kim n'avait pas disparu ainsi, mais c'était la vie : des choses insignifiantes devenaient essentielles sans qu'on puisse s'y attendre. Il avait essayé d'isoler les seuls éléments dont il se souvenait avec certitude.

L'heure. Il était huit heures du soir, et Falk le savait parce que le feu d'artifice des enfants venait de commencer. La nuit était tombée et il se rappelait que les lumières et la musique avaient soudain semblé plus brillantes et plus fortes, comme toujours dans l'obscurité.

Une grande agitation régnait alors. Il y avait foule autour de lui, mais Falk était seul. Il s'était frayé un chemin depuis l'extrémité est du champ de foire, en direction de l'entrée principale, tout à l'ouest. Il revenait du bureau des organisateurs pour regagner le stand de Penvale Vineyard, où Raco et Rita l'attendaient. Il avait zigzagué entre les familles en train de déposer ou de récupérer poussettes et vélos dans l'aire prévue à cet effet, près de la grande roue, et venait de dépasser le manège quand il avait soudain ralenti le pas, puis s'était arrêté.

Le jeune flic aurait dû lui demander pourquoi, mais il n'en avait rien fait, si bien que Falk n'avait pas donné de raison. Ça n'avait rien à voir avec cette soirée-là, de toute façon.

Et c'est là que vous avez vu Kim Gillespie ?

Non. Voilà ce qui s'était passé : de brusques parasites jaillis des enceintes au pied de la grande roue avaient attiré son attention et il avait levé les yeux sur le manège. Un homme près de lui avait également sursauté en entendant ce bruit, et, partageant une même irritation, leurs regards s'étaient brièvement croisés. Falk ne connaissait pas vraiment cet homme, à ce moment-là, mais avait pu confirmer par la suite qu'il s'agissait de Rohan Gillespie. Rohan était en train de discuter avec un couple accompagné d'un jeune enfant à l'air épuisé – on avait réussi à retrouver leur trace et à les identifier formellement comme étant des touristes originaires du Queensland.

Au-dessus d'eux, la grande roue avait poursuivi sa lente rotation. Elle était dotée de nacelles fermées, comme des cages ou des télécabines, conçues pour pouvoir accueillir toute une famille ou un groupe d'amis. Conçues aussi sans doute pour empêcher les chutes, s'était dit Falk après coup, accidentelles et délibérées.

À ce moment-là – il s'était penché pour être sûr que le jeune policier saisirait bien ce qu'il disait –, Falk avait perdu tout intérêt pour ce qui pouvait bien se passer autour du manège. Son attention s'était portée ailleurs, dès le moment où son regard s'était détaché de celui de Rohan Gillespie. Lequel s'était tourné pour dire quelque chose aux touristes, puis avait pointé le doigt vers le haut, montrant la femme aux cheveux sombres et son bébé, au sommet de la grande roue. Ce geste avait été assez prononcé pour accrocher le regard de Falk et, mû par une sorte d'instinct plutôt que par une véritable curiosité, il avait levé les yeux à son tour. Il avait senti plutôt que vu Rohan les saluer depuis le sol. L'espace d'un court instant, il n'y avait pas eu de réponse ; puis un léger mouvement depuis la nacelle tout en haut du manège. Falk était déjà en train de faire volte-face quand elle lui avait rendu son salut.

À présent, un an plus tard, Falk était assis sur la véranda du frère de Raco, la photo imprimée de Kim posée devant lui sur la table.

Vue pour la dernière fois.

Il y avait débat sur le timing exact de plusieurs événements, ce soir-là, mais le feu d'artifice des enfants avait au moins permis de mettre une heure précise sur celui-là. Grâce à la déposition de Falk, et de bien d'autres, les mouvements de Rohan avaient été retracés et – hormis ces sept ou huit minutes manquantes – corroborés depuis le moment où il avait dit au revoir à sa femme et à sa fille sur la grande roue jusqu'à celui, deux heures et demie plus tard, où son portable s'était mis à vibrer dans le restaurant italien, pour lui annoncer qu'on avait retrouvé sa fille, seule, dans son landau.

Combien de temps Kim s'était attardée après que son mari avait quitté le champ de foire, cela aussi faisait encore débat. Il en allait de même pour ce qui s'était passé, exactement, pendant ces deux heures et demie.

Peut-être avait-elle erré dans la fête. Peut-être étaitelle la femme qui s'était jointe aux festivités de plus en plus tapageuses devant le stand de bière, avec un groupe de personnes qui ne s'étaient jamais manifestées, cette femme dont l'esprit s'était échauffé jusqu'au moment où le barman débordé avait décidé de ne plus la servir.

Ou peut-être avait-elle été tenter sa chance aux jeux d'adresse, gagnant un kangourou en peluche bleu identique à celui qu'on avait ensuite retrouvé au fond d'une poubelle. À moins qu'elle n'ait été en train de discuter avec un homme portant un bonnet, à l'autre bout du champ de foire. Ou de pleurer dans les toilettes. Ou de se pencher vers la vitre baissée d'une voiture blanche ou grise sur le parking, pour parler au conducteur. À moins qu'elle n'ait fait aucune de ces choses. Peut-être avait-elle garé le landau, tourné le dos à son bébé endormi à l'intérieur, avant de descendre jusqu'à la retenue d'eau.

« Enfin, avec un peu de chance, ça permettra de récolter quelque chose d'utile », conclut Rita en contemplant le visage de Kim sur le flyer.

Falk hocha la tête. Il aurait tant aimé pouvoir en dire plus à Rita et à Raco sur ce moment au pied de la grande roue. Ça n'aurait pas été une réponse, mais il savait que toute information, si ténue soit-elle, aurait été la bienvenue pour la famille. Mais il en était incapable. L'essentiel de ce dont Falk aurait pu se souvenir, à présent, avait presque à coup sûr été fabriqué après les faits, il le savait pertinemment. Les souvenirs sont fragiles et fluides, sujets aux erreurs et aux embellissements. Malgré toutes les fois où il repensait à cette nuit, malgré tous les détails qu'il s'efforçait de faire remonter, si limpides qu'ils puissent paraître, cela ne changeait rien à la réalité. Et dans la réalité, Falk le savait, il avait à peine levé les yeux.

Chapitre 3

Raco accompagna Falk jusqu'à la petite dépendance, de l'autre côté de l'allée. L'endroit était exactement comme il s'en souvenait : un studio propret, au bardage de bois peint en blanc, à quelques pas du cottage principal, possédant sa propre salle de bains et une cuisine rudimentaire, avec en prime une vue de carte postale sur le vignoble.

« Rita n'arrête pas de menacer de venir s'installer là, lui confia Raco avec un sourire, tandis qu'il tournait la clé dans la serrure avant de la remettre à Falk. Mais bon, ces foutus gosses finissent toujours par vous retrouver. »

Il y avait des draps propres sur le lit et un mini-frigo rempli de boissons fraîches. Une pile de romans en édition de poche était illuminée par un rayon de soleil, sur l'étagère près de la table de chevet. Falk posa son sac et éprouva l'impérieux besoin de se verser un grand verre d'eau glacée, de s'affaler sur l'une des chaises de jardin de la véranda, de fermer les yeux et de simplement rester assis là tandis que le soleil doré du crépuscule se faisait plus lourd et plus bas. Raco était appuyé contre le chambranle de la porte et, à ses épaules lasses et voûtées, Falk le soupçonna de penser la même chose. Au lieu de quoi Falk se rinça les mains, s'aspergea le visage d'eau et les deux hommes regagnèrent la maison.

Charlie, le frère de Raco, était dans la cuisine, il discutait avec Rita en mettant la table pour un dîner anticipé. Il sourit en voyant entrer Falk.

« Bienvenue chez nous, lança-t-il en se penchant au-dessus des sets de table pour lui serrer la main. Content de te revoir. »

Charlie, le deuxième d'une fratrie de trois, était le grand frère de Raco dans tous les sens du terme. Il était plus costaud que son cadet, avec une version plus épaisse et plus solide des traits de la famille. Mais les deux frères avaient un sourire naturel et, même si Charlie n'avait rencontré Falk pour la première fois qu'un an plus tôt, il avait le don des Raco de sembler toujours sincèrement ravi de le voir.

Mais cette année, il avait l'air un peu plus brut de décoffrage que dans son souvenir. Sous les lampes de la cuisine, son rasage était inégal et sa chemise un peu serrée laissait deviner qu'il avait pris du poids.

« On s'est dit qu'il valait mieux manger maintenant. » Charlie se redressa et jeta un coup d'œil en direction des chambres, devina Falk.

« Tu veux que j'aille chercher Zara ? proposa Rita en suivant son regard.

— Non, t'inquiète. »

Charlie ouvrit un tiroir et laissa tomber une poignée de couverts sur la table.

« J'y vais. »

Il disparut dans le couloir et Falk entendit un coup sur une porte, suivi d'une conversation étouffée. Le ton était calme et, quelques minutes plus tard, Charlie réapparut, accompagné d'une adolescente.

Zara était frappante plutôt que belle. Elle ressemblait davantage à une version féminine de Charlie et de Raco qu'à sa mère, surtout au niveau des yeux. C'étaient eux qui la trahissaient. Falk était à peu près sûr que s'il l'avait croisée par hasard dans la rue, il l'aurait reconnue comme étant une Raco.

« Tu te souviens de notre ami Aaron, qui était là l'an dernier ? interrogea Raco en attachant son fils dans une chaise haute.

— Oh ! oui, répondit poliment Zara en levant les yeux de son téléphone, tandis qu'elle tirait une chaise. Salut. »

Elle s'assit, mais, au lieu de se replonger aussitôt dans son écran, elle contempla le visage de Falk. Elle avait pleuré et ne cherchait pas à le cacher, et la manière dont elle l'examinait avait quelque chose de familier mais légèrement gênant. Falk ne put mettre le doigt dessus immédiatement, jusqu'à ce qu'il se rende compte que c'était la deuxième fois ce jour-là qu'il y était soumis : cela lui rappelait le regard de Rohan tout à l'heure, entre leurs deux voitures, au belvédère. Pas de la suspicion – enfin, pas tout à fait –, mais un cousin éloigné peut-être. Une sorte d'intérêt marqué et très spécifique pour toute personne susceptible de leur apporter un semblant de lumière. *Qu'est-ce que vous savez ?*

« Tu veux t'entraîner un peu avec nous, avant ce soir ? demanda Charlie à sa fille. Répéter ton discours ? »

Zara détacha enfin ses yeux de Falk. « Non, ça va. »

Charlie parut tenté d'insister, mais s'en abstint. Il se contenta de hocher la tête et de lui tendre une assiette.

Déjà avant la disparition de Kim, Zara vivait au vignoble avec son père. Continuité scolaire et amis, telles étaient les explications que Falk avait entendues l'année précédente, mais il aurait été surpris que les dynamiques toutes fraîches du nouveau mariage et du jeune bébé de sa mère n'aient rien eu à voir là-dedans.

Charlie et Kim ne s'étaient jamais mariés, lui avait expliqué Raco, même après l'arrivée de Zara, au début de leur vingtaine. En voyant Charlie maintenant, Falk se demanda si les deux décennies que Kim et lui avaient passées ensemble, par intermittence, auraient duré aussi longtemps s'ils n'avaient pas eu une fille ensemble. Falk ne le connaissait pas assez bien pour en juger.

Quoi qu'il en soit, Kim, Charlie et leur fille avaient vécu ensemble dans le vignoble, en famille, jusqu'aux douze ans de Zara, mais, à en croire Raco, la détérioration de leur relation, bien que lente, avait été constante. Ils avaient fini par en conclure qu'ils seraient plus heureux si leurs séparations occasionnelles cédaient la place à une rupture définitive. Kim avait pris un job à Adélaïde, et épousé Rohan deux ans plus tard. Zara avait été demoiselle d'honneur, et non seulement Charlie avait assisté à la cérémonie, mais il avait fourni le vin pour la réception en guise de cadeau de mariage.

À présent, Charlie et Zara affichaient la même expression accablée à la table de la cuisine, le front penché sur leur assiette.

Le soir où Falk avait dîné pour la première fois dans cette cuisine, un an auparavant, il n'y avait pas eu moyen d'en placer une. Une enceinte posée sur le plan de travail crachait de la musique et Falk se rappelait que Rita était assise à côté de lui, portable calé entre épaule et menton, organisant un rencard avec quelqu'un en donnant le sein à un Henry tout juste né, et enfournant des olives de sa main libre. Charlie arpentait la cuisine en tous sens, remplissant les verres, Raco et lui cassant du sucre sur le dos de leur frère aîné, Ben, lieutenant de police à Brisbane.

« … et là il essaie de faire croire qu'il est blessé par ce sous-entendu, comme il fait toujours, genre : "Je suis membre des forces de l'ordre, jamais je ne tracterais une remorque sans avoir les papiers." Et alors, moi…

— N'importe quoi ! avait ri Raco en arrachant un bout de pain de la miche posée dans un bol à côté des pâtes. Elle est enregistrée, je le sais parce qu'il se plaignait de toute cette paperasse à remplir il y a quelques mois, donc pourquoi il fait comme si…

— Exactement ! Je lui ai dit : "Ben, mon vieux, écoute-moi. Greg pense que c'est réglo. Je veux dire, tu as le droit de ne pas *vouloir* prêter ta remorque, mais ne va pas raconter que tu *n'as pas* de remorque…" »

Falk se rappela que Charlie s'était brusquement détourné de la conversation au moment où Zara était entrée dans la cuisine. Elle était différente, alors, les traits ouverts et détendus, un demi-sourire aux lèvres en lisant un message sur son portable.

« Hé ! lui avait crié Charlie à travers la pièce. Ta mère a dit quoi pour ce soir ? Tu as arrangé une autre heure de rendez-vous ? »

Zara avait détourné les yeux de l'écran pour regarder son père, sincèrement surprise. « J'sais pas. Je croyais que c'était toi qui devais l'appeler.

— Quoi ? Pourquoi… ?

— Je t'ai dit qu'elle répondait pas. Et t'as dit "OK". »

Charlie était resté interloqué. « Parce que je croyais que tu allais réessayer.

— Oh ! Et moi, je croyais que toi, t'allais le faire.

— Non, hé ! avait répliqué Charlie, sortant déjà son téléphone. Tu étais censée la rappeler, bon sang, tu le sais très bien.

— Ouais. J'ai essayé. Elle a pas décroché. Je vais lui envoyer un texto…

— Ouais, ben, à ce rythme-là, va falloir se contenter de ça. »

Rita venait de raccrocher et tapotait le dos d'Henry. Le bébé avait les yeux fermés de contentement, et sa minuscule tête ivre de lait avait roulé sur l'épaule de sa mère quand celle-ci avait tendu le bras pour attraper une autre olive. « Tout va bien ?

— Ouais. » Une touche d'irritation pointait maintenant dans la voix de Charlie. « C'est juste Kim. Elle a envoyé un message à Zara hier soir. Elle voulait passer déposer son cadeau d'anniversaire, mais il n'y aura plus personne quand elle se pointera. »

Au moins, Zara avait eu l'air penaude. « J'ai essayé, d'accord ? Elle répond presque plus depuis qu'elle a eu le bébé. »

Charlie l'avait ignorée, tapotant sur son écran. Tout le monde s'était tu et Falk avait pu entendre la sonnerie étouffée à l'autre bout du fil. Qui avait fini par cesser.

« Tu vois ? avait dit Zara, d'un ton légèrement triomphant. Elle décroche jamais. »

Sans rien ajouter, Charlie avait réessayé. De nouveau, tous avaient écouté la sonnerie pendant ce qui avait paru un long moment. La communication était sur le point de couper quand, soudain, après une ou deux secondes de silence, un bruissement s'était fait entendre. Le visage d'une femme était apparu sur l'écran.

« Kim. Salut ! » Charlie avait lui-même paru un peu surpris. Il avait posé son téléphone sur la table en le calant contre la bouteille de vin. « Comment vas-tu ?

— Salut, Charlie, avait répondu Kim Gillespie, sa voix s'adoucissant en voyant sa fille approcher. Bonjour Zara, ma chérie. »

C'était la première et unique fois que Falk avait entendu parler Kim. Le son était clair mais la connexion téléphonique aplanissait sa voix, la faisant paraître lointaine.

« T'es où ? » Charlie avait tendu la main pour ajuster la position du smartphone et Falk avait eu son premier véritable aperçu de la femme. Les traits de Kim étaient déformés par l'angle de l'écran, mais il avait distingué ses cheveux sombres. « Toujours sur la route ?

— Ouais. On est… ah… près du pont, vers l'est, avait répondu Kim, et Falk s'était représenté cette portion de la route, à une demi-heure environ de Marralee. Bon, dis-moi, Charlie : qu'est-ce qu'il y a ? Ce n'est pas le meilleur moment, Zoe s'est endormie à l'arrière. »

Falk avait vu une ombre traverser le visage de Zara en entendant le nom de sa nouvelle sœur. L'ombre avait disparu aussitôt, mais pas complètement. Kim n'avait pas semblé le remarquer, se tournant vers une parole murmurée, hors champ.

« C'est Rohan que j'entends ? » Charlie s'était éclairci la voix. « Félicitations pour ce petit bout, mon vieux. »

L'image s'était momentanément brouillée, tandis que Kim tournait son portable vers le siège conducteur, d'où Rohan avait salué d'un geste de la main.

« Merci. » La voix de l'homme était plutôt amicale, mais retenue. « Désolé, on va parler doucement, si ça ne te dérange pas.

— Charlie. » Le ton de Kim était sec quand elle avait retourné le téléphone vers elle. « On se rappelle plus tard, OK ? De toute façon, je vous vois bientôt, Zara et toi.

— Attends, Kim, en fait c'est au sujet de ce soir, avait répliqué Charlie en se penchant vers l'écran. On ne sera plus à la maison quand vous arriverez, désolé. »

Il y avait eu une pause. Le seul son qu'on entendait à l'autre bout du fil, c'était le grondement sourd du moteur.

« C'était ce soir ? avait interrogé Rohan.

— Ouais. Tu te sou… ? » Le volume avait brusquement baissé, comme si Kim avait posé la main sur le téléphone. Nouvelle pause, puis un échange indistinct. « … un détour pendant que tu étais au restaurant. »

De l'autre côté de la table, Rita s'était levée et avait tendu le petit Henry à Falk.

« Tu veux bien le tenir le temps que j'aille aux toilettes ?

— Ah ! Oui, bien sûr. » Henry était déjà calé dans ses bras quand il avait répondu. Il s'était redressé sur sa chaise et avait posé une main derrière la tête instable du bébé, se rappelant qu'on était censé faire ça. Il avait collé Henry contre sa poitrine, sentant monter et redescendre les minuscules respirations du nourrisson au creux de son cou. Ç'avait été une expérience étrange. Mais agréable, avec cette odeur de linge fraîchement lavé et ce petit poids ferme sur son épaule.

Le temps qu'il se reconcentre sur la conversation téléphonique, celle-ci paraissait plus tendue, Zara parlant à toute vitesse.

« … et je leur ai déjà dit que je les rejoignais là-bas. Donc c'est bon, non ? »

Il n'y avait pas eu de réponse à l'autre bout du fil. Charlie se frottait le menton, les yeux rivés à l'écran.

« Je veux dire… » Zara s'était tournée vers son père. « Papa doit tenir le stand à la Fête du vin, de toute façon. »

Charlie avait acquiescé. « Ouais. Tu sais bien comment c'est. Le rush du premier soir…

— Donc aucun de vous ne sera à la maison dans la soirée ? avait demandé Kim, après ce qui avait paru un long silence. Vous allez tous les deux à la fête ?

— Ouais. » Charlie avait hoché la tête. Silence. « Désolé.

— Et Rita et Greg ?

— On y va tous.

— Oh ! » Nouvelle pause. « Très bien…

— Très bien ? » Zara avait souri. « Super. Merci, maman. »

Même si Falk ne pouvait distinguer le visage de Kim, il était évident pour lui qu'elle n'avait pas dit ça dans ce sens. Pourtant, Zara avait sauté sur l'occasion. Tous s'étaient tus pendant un long moment.

« Charlie ?... » Il y avait quelque chose de différent dans la voix de Kim quand elle avait repris la parole. Falk ne connaissait pas assez bien son ton habituel pour en identifier la nature, mais, s'il avait fallu deviner, il aurait dit qu'elle avait l'air à cran. « Vous ne pouvez pas m'attendre, Zara et toi ? »

Charlie secouait déjà la tête. « Écoute, Kim, pas vraiment. Je suis désolé, mais on se verra à un autre moment. Faut que je descende au stand. Et Zara a seize ans, elle a envie de sortir avec ses amis ce soir. Tu te rappelles ce qu'on...

— Oui, bien sûr, je... » Les mots s'étaient interrompus d'un coup, et il y avait eu un silence des deux côtés tandis que l'écran devenait noir. D'abord, Falk avait cru que Kim recouvrait de nouveau le portable avec sa main, mais, au bout de quelques secondes, le silence s'éternisant, il se demanda si la connexion n'avait pas été coupée.

Charlie aussi semblait s'interroger. « T'es toujours là ? »

La communication était restée muette pendant quelques instants encore, puis c'était la voix de Rohan qui s'était fait entendre, plus forte à présent.

— Allô ? Vous nous entendez ? » Dès qu'il les avait entendus répondre, il avait de nouveau baissé le ton. « Désolé, les gars, c'est juste un peu compliqué avec Zoe en ce moment. Écoutez, on n'a qu'à juste dire que Zara sort ce soir ? Amusez-vous bien. On trouvera un autre moment.

— Super. D'accord. » Zara aurait volontiers raccroché là-dessus.

« Je…, avait commencé Kim à l'instant même où Charlie soupirait et se penchait en avant sur sa chaise.

— Bon, écoute, avait-il repris. Pourquoi vous ne feriez pas un saut à la fête ? On sera tous là.

— Non, papa. J'ai rendez-vous avec…, avait soufflé Zara, mais Charlie lui avait fait signe de se taire.

— Eh bien… » Pause. Kim semblait réticente, mais elle avait alors changé de ton. « Oui. On fait comme ça. On passera à la fête.

— J'ai rendez-vous avec mes parents ce soir, était intervenu Rohan, manifestement moins partant. Mais… » Nouvelle pause, brève. « Ouais, on pourrait peut-être faire un saut.

— Eh bien… parfait. » Il y avait eu une infime hésitation dans la réponse de Charlie, comme s'il ne s'attendait pas à ce qu'ils acceptent, mais, le temps que Falk le regarde, il souriait de nouveau. « Alors on vous voit là-bas tous les trois.

— OK, avait acquiescé Kim d'un ton qui avait poussé Falk à se demander, vaguement – déjà sur le moment –, si elle ne regrettait pas de s'être engagée à faire ça. On se voit là-bas.

— Super. *Bye*, maman. Je t'aime. » Zara s'était levée, les doigts déjà suspendus au-dessus de l'écran.

« *Bye*, Zara. Je t'ai… »

Zara avait donné une tape sur l'écran, coupant la communication.

Elle ne pouvait pas savoir, à ce moment-là, ce qui allait se passer ensuite, songeait maintenant Falk, un an plus tard, en observant l'adolescente à l'autre bout de la cuisine. Il y avait derrière ses yeux un poids sombre qui n'était pas là douze mois plus tôt, et le regard de Zara était ailleurs, tandis qu'elle contemplait les vignes à travers la fenêtre.

Falk aurait mis sa main à couper qu'elle revivait souvent cette conversation. La fin, au moins. Quand elle s'était penchée en avant, main tendue vers l'écran. L'unique tape du bout de l'index, le frôlement de la chair contre le verre pour couper les derniers mots qu'elle entendrait jamais de la bouche de sa mère. Falk espérait se tromper, mais il en doutait fort. Zara donnait l'impression de ressentir ce geste jusque dans son sommeil.

Chapitre 4

Le soleil était plus bas au-dessus des vignes quand ils achevèrent leur dîner et chargèrent les cartons de flyers dans le Land Rover de Charlie. Rita et les enfants sortirent sur le porche pour leur dire au revoir, Henry déjà emmailloté dans une serviette de bain. Raco les embrassa, puis grimpa à l'arrière avec Zara, tandis que Charlie démarrait.

Depuis le siège passager, Falk regarda Rita agiter le bras pendant qu'ils s'éloignaient. Son sourire ne s'affaissa pas, mais il la connaissait suffisamment pour sentir un soupçon de stress. Il n'aurait su dire si elle était soulagée ou triste de ne pas les accompagner.

Charlie conduisait en silence. Les cartons de flyers glissèrent contre la paroi du coffre dans un choc sourd quand il tourna au bout de l'allée du vignoble pour s'engager sur la route. Ils avaient suivi ce même itinéraire un an plus tôt, mais c'étaient alors des cliquetis de verre qui tintaient dans le coffre, rempli qu'il était de deux ou trois caisses du syrah de Charlie.

« J'en fais quelques bouteilles chaque année, avait-il confié à Falk, quand ils les avaient chargées à bord du Land Rover. Pour voir ce que ça donne.

— Ça ne représente pas une grande part de ta production ? avait demandé Falk, et Charlie avait ri.

— Même pas une petite partie. Quelques vignobles de la vallée m'achètent quasiment tout mon raisin de ce cépage, mais j'en garde un peu pour le plaisir. Je le mets en bouteille et je le vends pendant la Fête du vin, dans deux ou trois marchés de producteurs, ce genre de truc. J'en offre aux amis, qu'ils en veuillent ou pas. »

Enfonçant la main dans une des caisses, Falk en avait sorti une bouteille, la tournant pour examiner le logo du vignoble sur l'étiquette. Il avait essayé de se représenter ce que c'était que de produire une bouteille comme celle-ci à partir de rien, des grappes de raisin à la caisse. « Et alors, il est bon ?

— Oui, avait répondu Charlie, tout sourires. Même si c'est pas à moi de le dire… »

Falk avait remis la bouteille à sa place. « Donc, tu n'as pas eu envie de perpétuer la tradition familiale ?

— Non », avait répondu Charlie avec tant de vigueur que Falk n'avait pu s'empêcher de sourire. Les Raco étaient une famille de policiers, et les trois frères avaient grandi en regardant leur père administrer cette ville, dont il avait été l'officier pendant de longues années. Y faisant régner un ordre irréprochable, de l'avis général, jusqu'à ce qu'il prenne finalement sa retraite quinze ans plus tôt et déménage dans le Queensland avec leur mère pour profiter un peu du soleil de la côte pacifique. Il était mort quelques années auparavant, Falk le savait, mais deux de ses trois fils avaient repris le flambeau et fait carrière dans la police.

« Ça ne m'a jamais attiré, avait déclaré Charlie. C'est fait pour un certain type d'homme, je crois. Le prends pas mal. »

Falk avait éclaté de rire. « Je ne le prends pas mal.

— Ben, *moi*, je le prends un peu mal, était intervenu Raco d'une voix douce en redressant une caisse de vin.

— Je sais, mon vieux. C'est parce que t'es exactement ce type d'homme », avait répondu Charlie en rendant à son frère son sourire, avant de refermer le coffre.

Ce soir, l'ambiance dans la voiture n'était pas aux plaisanteries alors qu'ils roulaient vers le champ de foire, sans échanger un mot ou presque. Les rues de Marralee étaient déjà envahies de voitures de touristes, et ils se retrouvèrent pris dans une circulation au ralenti bien avant d'arriver sur place. Falk se rappelait que le site de la fête ne se trouvait pourtant qu'à quelques kilomètres du vignoble. Assez près pour y aller à pied, s'il n'y avait pas eu ces cartons de flyers entassés dans le coffre, mais personne ne se plaignait. Ils s'engageaient dans le parking quand Zara brisa enfin le silence.

« Vous croyez que ça va marcher ? »

Raco se tourna sur son siège. « L'appel à témoins ?

— Ouais. »

Falk jeta un coup d'œil à Zara dans le rétroviseur. Elle passait en revue les voitures de la file d'à côté, étudiant de près leurs occupants. Il n'aurait su dire ce qu'elle pensait ou espérait trouver.

« Je crois que ça dépend de ce que tu attends, répondit Raco. Est-ce que ça rafraîchira la mémoire à certains, ce qui permettra de combler quelques trous dans la chronologie ? Oui, avec un peu de chance.

Est-ce qu'après ça, tu sauras ce que ta mère a fait, dans le moindre détail ? C'est peu probable. Désolé, j'aimerais bien…

— Non. Je sais. T'inquiète. » Le visage de Zara était de marbre. Seuls ses yeux continuaient de bouger, sautant d'une voiture à l'autre.

Les abords de la fête étaient tout à fait fidèles au souvenir qu'en avait gardé Falk. Même depuis l'intérieur de la voiture, il distinguait le rythme d'un groupe jouant au loin, la mélodie indistincte se mêlant au bourdonnement grave et régulier, si familier, de centaines de badauds convergeant vers le même endroit. Des bénévoles préposés au stationnement avec lunettes noires et gilets jaunes faisaient signe aux voitures de former une seule file et les dirigeaient au-delà des premières rangées déjà occupées, vers un champ encore dégagé.

Un an plus tôt, c'était Charlie qui avait repéré la voiture de Kim.

Il avait été assez silencieux pendant le trajet, mais son visage s'était quelque peu détendu tandis qu'ils traversaient le parking au pas.

« Hé ! avait-il lancé en avançant d'un mètre avant de s'arrêter. On dirait que ta mère est déjà là.

— Où ça ? »

Zara avait levé les yeux de son téléphone au moment où Charlie montrait du doigt une berline familiale argentée garée sur leur gauche. Un homme – Rohan Gillespie, avait deviné Falk sur le moment – était penché derrière le coffre, en train de se débattre pour déplier un landau.

« Ah ! Super. » Les yeux de Zara avaient aussitôt replongé vers l'écran.

Charlie avait donné un petit coup de klaxon et Rohan s'était redressé. Charlie avait freiné, mais un autre coup de klaxon avait retenti derrière lui, et un bénévole stressé leur avait fait signe d'avancer.

« C'est bon, j'y vais ! » avait grommelé Charlie, en redémarrant. Il avait jeté un coup d'œil à sa fille dans le rétroviseur, les sourcils légèrement froncés derrière ses lunettes de soleil. « Je compte sur toi pour retrouver ta mère dans la fête, hein ? »

Mettant une main en visière pour se protéger du soleil, Rohan s'était tourné vers leur voiture. Semblant soudain les reconnaître, il avait levé le bras tandis qu'ils passaient lentement devant lui, avant de poser le landau par terre et de se pencher pour lancer quelques mots vers la portière passager de la berline.

« Zara ? avait insisté Charlie. Tu m'as entendu ? Au sujet de ta mère ?

— Ouais. Je vais le faire. »

Elle avait répondu d'une voix distraite et, dans le rétroviseur, Falk avait vu ses yeux fixés sur l'arrière de la voiture de sa mère, tandis qu'ils s'éloignaient. Quelqu'un avait collé des autocollants sur la vitre teintée du coffre. Une famille de trois personnes tracée à la craie – maman, papa et leur bébé. Zara avait cligné des yeux, une fois, puis laissé son regard retomber sur son téléphone. Son pouce s'était déplacé furieusement sur l'écran.

Rohan Gillespie avait ensuite déclaré aux policiers que sa famille était arrivée sur le site de la fête aux alentours de 19 h 15. Zara s'était montrée plus précise, indiquant l'heure de 19 h 19, confirmée par le texto qu'elle avait envoyé à des amis à ce moment-là : *Arrivée. On se gare.*

Falk savait que Kim avait été aperçue pour la dernière fois entre quatre-vingt-dix et cent trente minutes plus tard, selon qu'on donnait plus de poids au témoignage de l'artiste qui maquillait le visage des enfants ou à celui du serveur débordé. Ou, comme certains avaient décidé de le faire, à aucun des deux.

Douze mois plus tard, le parking était toujours aussi encombré, et Charlie dut se garer assez loin de l'entrée. Ils prirent chacun un carton de flyers dans le coffre et se frayèrent un chemin à travers cette mer de voitures. La même grande banderole étincelante que Falk avait aperçue l'an dernier se balançait doucement dans la brise chaude du soir : *Fête du vin et de la gastronomie de la Marralee Valley. Depuis 1951.* Des guirlandes lumineuses formaient une canopée menant jusqu'à l'entrée, qui brillait d'un éclat doré dans le soir tombant. Aux tourniquets, deux agents aux cheveux gris portant des polaires assorties comptaient le nombre de visiteurs, ouvrant le portail latéral toutes les dix secondes pour laisser passer une famille avec une poussette ou un fauteuil roulant. L'accès était toujours gratuit, remarqua Falk, et il se rappela avoir pensé que cela ajoutait encore à l'atmosphère conviviale de l'événement. Derrière l'entrée, il aperçut des bénévoles en train de collecter des pièces jaunes pour une association caritative.

« Où est-ce qu'on rejoint les autres ? lança Charlie à Zara quand ils s'engagèrent dans le goulot d'étranglement des tourniquets. Sur la scène principale ?

— Non, à notre stand.

— OK. » Charlie articula un *merci* quand l'un des agents, repérant les cartons dans leurs bras, leur fit signe de passer par le petit portail.

« Je pensais que tu ne prendrais pas de stand cette année…, dit Raco à son frère une fois à l'intérieur.

— Ouais, je m'en serais bien passé, pour être honnête, reconnut Charlie. Mais on avait réservé l'emplacement pour trois ans et, au bout du compte, Shane a trouvé que c'était aussi bien d'y aller.

— Il vient ce soir ? demanda Raco.

— Il devrait déjà être là, normalement. Pour briefer nos jeunes. »

Charlie ouvrait la voie à travers la foule, et Falk ne tarda pas à reconnaître la couleur pourpre de la marque, droit devant. Une longue table occupait tout l'avant du stand de Penvale Vineyard, où plusieurs bouteilles étaient déjà débouchées pour la dégustation. Une jeune femme avenante qui avait une tête d'étudiante versait de petites doses à destination d'une famille, tandis qu'une autre pointait du doigt l'étiquette de la bouteille.

Derrière elles, dans la pénombre du stand, un grand type démontait des cartons vides, ses larges épaules et son torse tendant à bloc le tissu de son tee-shirt à l'effigie du vignoble. Il était déjà là l'année précédente – même s'ils n'avaient pas été formellement présentés, Falk reconnut son visage.

« Bonsoir tout le monde ! » Charlie salua son staff d'un hochement de tête et dégagea un espace au bout de la table pour que Zara puisse y disposer les flyers.

Le stand semblait se trouver à peu près au même emplacement que l'année d'avant, remarqua Falk en observant les environs. Il n'avait pas la prétention de s'y connaître en stands commerciaux, mais celui-ci lui semblait bien positionné pour attirer les visiteurs. Il était situé juste au bout de l'allée principale reliant l'entrée et la sortie, ce qui signifiait que la plupart des gens devaient passer devant en arrivant ou en repartant.

Parfait aussi pour observer la foule, comme l'année précédente. Falk s'était demandé un moment, à l'époque, si cela se révélerait utile. Ce qui n'avait finalement pas été le cas, suggérant seulement que, selon toute probabilité, Kim Gillespie n'avait pas quitté les lieux par la sortie principale. Falk se dit que c'était là, d'une certaine façon, une information éclairante.

« Oh ! génial. Papa, cette journaliste est venue, déclara Zara, et Charlie posa son carton sur la table pour regarder l'endroit qu'elle pointait du doigt. Là-bas. En train de parler avec Rohan et le sergent Dwyer. »

Falk posa son carton et se tourna à son tour dans cette direction.

Rohan Gillespie se trouvait de l'autre côté de la vaste allée, à côté d'un grand policier grisonnant. Les deux hommes étaient légèrement courbés, tendant l'oreille dans le brouhaha ambiant pour entendre la question que leur posait une femme, calepin ouvert à la main. Un photographe avec un jean mal ajusté et un sac d'équipement posé à ses pieds attendait patiemment à proximité. La journaliste avait fini de poser sa question, et le policier hocha la tête en guise de réponse, désignant quelque chose en direction de l'entrée, par-dessus les toits de toile des stands. Suivant cette indication, Falk repéra une caméra de surveillance fixée à un poteau, en hauteur. C'était nouveau. Un an plus tôt, il n'y avait eu de caméras qu'au niveau de la sortie principale.

Les yeux de Rohan quittèrent la caméra pour regagner le stand, et un éclat de soulagement les traversa lorsqu'il aperçut les Raco. Il murmura quelque chose à la journaliste, qui griffonnait frénétiquement, puis se fraya un chemin à travers l'allée bondée pour les rejoindre.

« Salut. Je suis content de vous voir, les gars. Zara, cette journaliste aimerait beaucoup discuter avec… » Il s'interrompit quand ses yeux se posèrent sur les cartons. Ils étaient ouverts et, après un temps d'hésitation, Rohan tendit la main pour attraper un flyer sur le dessus de la pile. Il l'approcha de son visage et contempla longuement la photographie de son épouse et les mots imprimés dessous.

« Merci encore de les avoir faits, Zara. » Sa voix était étranglée, et il donna un imperceptible coup de menton. « Ils sont… »

Il chercha un mot, n'en trouva pas.

« Où est Zoe ? demanda Charlie.

— Oh ! Avec mes parents », répondit Rohan, toujours distrait par la photo. Son visage se froissa. « Ç'a été un peu le cauchemar pour les déposer. Tout le monde est… » Il s'interrompit de nouveau. Secoua la tête. « Enfin bref, peu importe. Il fallait que je sois là.

— N'hésite surtout pas si tu veux nous la laisser, proposa Raco. On a tout le matos pour bébé, donc ce n'est pas compliqué pour nous.

— Merci », répondit Rohan, les yeux rivés sur sa femme.

Raco semblait sur le point d'ajouter quelque chose, mais il se ravisa en voyant le sergent de police se diriger vers eux, traînant dans son sillage la journaliste et le photographe.

« Bonjour tout le monde, lança le policier en arrivant devant le stand. Content de te voir, mon vieux. Bienvenue à la maison. » Il serra la main de Raco puis se tourna vers Zara. « Et toi, comment vas-tu ?

— Ça va, merci.

— Vraiment ? Alors tu t'en sors mieux que la plupart des gens dans ta situation. » Le policier la gratifia d'un petit sourire et ramassa un flyer, sortant des lunettes de lecture de la poche de sa chemise. Il devait aller sur ses soixante ans, estima Falk, mais sa silhouette maigre attestant de son attrait pour les activités de plein air laissait deviner le taux de cholestérol et la pression artérielle d'un homme dix ans plus jeune. Sur sa poche de poitrine, on pouvait lire : *Sergent R. Dwyer*.

« Ils sont très bien faits, Zara. C'est du bon boulot. » Dwyer la dévisagea par-dessus ses lunettes. « Écoute, cette journaliste voudrait échanger quelques mots avec toi avant que tu t'en ailles, mais les volontaires sont déjà là, ils n'attendent plus que toi. Donc, si Rohan et toi êtes prêts à y aller, je suggère qu'on s'y mette tout de suite. »

Le visage de Rohan afficha automatiquement un air déterminé, attentif. Falk avait l'habitude de voir cette expression pendant ses réunions de crise, au travail, où il était crucial de prendre les bonnes décisions. En général, c'était bidon : une simple bravade pour masquer la peur et le doute. Lui-même possédait en réserve une version de cette expression.

Zara était en train de compter les quelques dizaines de volontaires patientant aux abords du stand et discutant par petits groupes. Des troupes hétéroclites, jeunes et vieux mêlés, et une ou deux familles. Falk reconnut vaguement des amis des Raco parmi eux. Ils l'étaient sans doute tous, d'une manière ou d'une autre, et à la manière impatiente et tendue dont ils attendaient les instructions, Falk comprit que l'ombre des événements de l'année passée pesait encore sur eux.

Falk n'avait pas été là pour voir de lui-même toutes les répercussions ; après que la chaussure avait été localisée et que l'histoire des ordonnances d'antidépresseurs avait commencé à fuiter, la mort de Kim avait pris l'allure d'une tragédie familiale extrêmement intime. Il avait soudain eu l'impression de gêner. Personne ne le lui avait dit, bien sûr, mais il sentait que son lit dans la dépendance serait plus utile aux proches qui affluaient désormais tous les jours. Falk avait fait le point avec Raco et, séparément, avec Rita – tous deux se repliant déjà sur cette douleur familiale – et, moins de soixante-douze heures après son arrivée, il avait pris congé, d'un commun accord avec eux.

« Bon, déclara Dwyer, élevant à présent la voix pour couvrir le vacarme de la foule. Si vous êtes là pour l'appel à témoins, s'il vous plaît, approchez un peu, histoire de ne pas bloquer le passage. Comme ça, c'est parfait. »

D'un geste, il donna le signal de la distribution des flyers, pendant que le groupe assemblé formait un cercle.

« Bien. Merci à tous d'être venus, commença-t-il. Je reconnais beaucoup de visages, et je sais que pas mal d'entre vous connaissaient bien Kim. Mais il y aura beaucoup de gens ce soir, dans cette Fête du vin, qui ne la connaissaient pas aussi bien, ou pas du tout. Et c'est avec ces gens-là – tous ceux qui se trouvaient ici l'an dernier pendant la soirée d'ouverture et l'ont peut-être croisée – que nous voulons parler.

« Nous avons des flyers – ouais, merci, prenez-en une poignée chacun –, et notre objectif, ce soir, est de faire en sorte que les gens repensent bien à cette nuit-là. À ce qu'ils auraient pu voir ou remarquer. Des choses qui ne leur ont peut-être pas semblé importantes sur le moment, mais dont j'aimerais quand même avoir connaissance, pour en décider par moi-même. Je serai dans le coin toute la soirée, et joignable en appelant le commissariat. »

Il frappa dans ses mains. « Bon ! Nous monterons sur la scène principale un peu plus tard pour lancer un appel et rendre un bref hommage à Kim, donc, s'il vous plaît, encouragez les gens à venir. C'est prévu à… » Il se tourna vers Zara et Rohan pour avoir confirmation. « Vingt heures trente ? C'est ça, vingt heures trente. » Ses yeux s'attardèrent sur la famille. « Vous avez quelque chose à ajouter ? »

Rohan jeta un coup d'œil à Zara, qui se figea. Elle eut un instant d'hésitation et, quand elle fit non de la tête, Rohan s'éclaircit la voix. « Écoutez, nous tenons à tous vous remercier d'être venus. Nous…

— En fait…, le coupa Zara. Pardon. Pardon, Rohan. Je crois que j'ai quelque chose à dire.

— Ah ? OK. Bien sûr. »

Zara semblait encore hésiter tandis que tous les yeux se tournaient dans sa direction, mais elle inspira profondément.

« Je sais que la plupart d'entre vous étiez là l'an dernier, et que vous savez ce qui s'est passé. Donc vous avez sans doute entendu dire que ma mère souffrait d'une dépression post-partum. Et c'est la vérité. Vous avez sans doute aussi entendu dire qu'elle avait abandonné ma sœur dans son landau, qu'elle était descendue jusqu'à la digue de la retenue d'eau et… » Zara trébucha sur ces mots et se tut. Elle prit quelques secondes pour reprendre ses esprits. « Cette partie-là n'est pas vraie. »

Falk vit certains dans la foule basculer leur poids d'un pied sur l'autre et jeter un regard à leur voisin. Personne ne semblait trop savoir comment réagir, et l'atmosphère se chargea d'un certain malaise. Raco et Charlie échangèrent un regard, une communication muette passant entre les deux frères. Leurs yeux filèrent aussitôt se reposer sur Zara, qui avait senti cette vaguelette traverser la foule.

Rohan aussi l'avait sentie, Falk le voyait. L'homme avait écouté Zara le front baissé, fixant un point sur le sol, mais il avait redressé la tête à présent. Son expression déterminée s'était évaporée et il avait juste l'air déçu. Il fit courir son regard à travers le groupe des volontaires, dont plusieurs détournèrent les yeux, puis fit un pas minuscule mais visible en direction de Zara. Cela ne réduisit en rien la distance entre eux, mais suffit à donner l'impression d'une forme de solidarité. Il gratifia Zara d'un petit hochement de tête d'encouragement, et l'adolescente parut soulagée. Falk remarqua que Charlie regrettait de ne pas avoir fait de même, mais l'occasion était passée. Il était trop tard maintenant et il le savait.

« Oui. Donc… » Zara retrouva le fil de ses pensées et son élan. « Ce que je veux dire, c'est que ma mère n'aurait jamais laissé Zoe. Ni moi, d'ailleurs. Elle nous aimait, et elle aurait détesté voir ce que nous avons tous traversé pendant cette année. »

Un imperceptible mouvement à l'arrière de l'attroupement attira l'attention de Falk, qui pencha la tête de côté pour mieux voir. Un adolescent solitaire se tenait légèrement à l'écart du groupe, les bras croisés sur la poitrine. Il tenait un flyer dans une main et écoutait Zara, un semblant de moue sur le visage.

Falk eut la vague impression de le reconnaître. Mais il ne le connaissait pas, en réalité. Il ne connaissait personne, ici, à part les Raco. Le garçon avait les cheveux coupés ras, et devait avoir dix-huit ans. Il était tout en angles, avec l'allure dégingandée d'un corps en pleine croissance peinant à suivre le rythme.

« Je sais ce que tout le monde croit qu'il s'est passé. » On décelait à présent une touche d'urgence dans la voix de Zara. « Et je peux le comprendre, d'ailleurs. Mais ma mère n'est pas descendue au réservoir. Quelqu'un – un *témoin* – qui a travaillé juste à côté pendant toute la nuit a dit aux policiers qu'elle n'est jamais passée par la sortie qui mène au lac. »

L'adolescent n'eut aucune réaction visible. Il continuait de fixer Zara tandis que plusieurs têtes se tournaient vers lui. Mais tout, dans sa posture, se fit aussitôt défensif.

C'était donc lui. Falk sentit les pièces s'assembler. Le témoin qui avait passé toute la soirée au poste de secours situé au fond du champ de foire. Qui avait fait sa déposition et – devina Falk en voyant son expression rebelle – s'y tenait sans doute depuis.

« Il est arrivé autre chose à ma mère cette nuit-là, poursuivit Zara. Soit quelqu'un l'a forcée à quitter la fête, soit sa santé mentale était si mauvaise qu'elle a accepté de partir, ou s'est fait embrouiller, ou je ne sais pas… »

Raco et Charlie échangèrent un autre regard. Cette fois, Zara s'en rendit compte.

« Mais il faut partir du principe que maman est encore là, quelque part, jusqu'à preuve du contraire. » Sa voix se raffermit soudain. « Donc voici les choses qu'il faut savoir : la chronologie de ce qu'elle a fait ce soir-là… »

Falk jeta un coup d'œil au sergent Dwyer. Il n'avait encore jamais rencontré de policier aimant qu'on lui dise comment faire son travail. Mais au lieu d'avoir l'air sceptique ou agacé, son visage était resté résolument neutre.

« … il faut que nous sachions à qui elle a parlé et quand… »

Falk vit la tête de Dwyer s'incliner dans un hochement quasi imperceptible, comme pour lui-même. C'était intéressant. Le policier était en congé l'année précédente quand Kim avait laissé sa fille dans l'aire des poussettes au pied de la grande roue. Falk n'était même pas sûr d'avoir jamais su pourquoi Dwyer était absent – des raisons familiales, peut-être ? –, mais il se rappelait avoir été surpris qu'on ait permis au sergent de poser des jours de repos durant l'une des semaines les plus chargées de l'année, à Marralee. Quelle qu'en soit la raison, Dwyer n'avait pas été là pour gérer ce qui s'était passé. Falk se demanda s'il ne se sentait pas obligé de se rattraper maintenant.

« Ma mère me manque et je l'aime et… » Zara laissa échapper un soupir. Elle semblait soudain épuisée. « Et puis, écoutez : quelqu'un sait quelque chose, c'est sûr. Cette personne est peut-être là ce soir. Il faut que nous la trouvions, pour pouvoir retrouver maman. Donc, si tout le monde pouvait prendre des flyers, s'il vous plaît, ce serait génial. Merci. »

Voyant une ouverture, le policier s'y engouffra. « Merci, Zara. Allez, vous tous, on y va. Mettez-vous par deux, par petits groupes, comme vous voulez, et on se met au boulot. Voyons ce qu'on pourra récolter. »

Un bourdonnement de conversations s'éleva tandis que des groupes épars se formaient et commençaient à s'éloigner, flyers en main, le visage animé d'un enthousiasme plus ou moins marqué. Falk se tourna vers Raco, qui se trouvait toujours au même endroit, en train de regarder Zara serrer la main de la journaliste.

« Tu veux que je prenne quelques flyers ? proposa Falk, et Raco hocha lentement la tête.

— Merci. On devrait, je suppose. »

Falk marcha vers le carton le plus proche, attendant son tour pendant que d'autres volontaires se servaient. Tout près de lui, il entendit Rohan se faire accoster par deux hommes d'un certain âge qui venaient s'enquérir de la santé de son père.

« … je vous remercie, ouais, jusqu'ici il refuse d'écouter à peu près tous les conseils des médecins, répondait Rohan. Mais maman veille au grain, plein de légumes, pas d'alcool. Donc, on croise les doigts. »

Devant le stand, Falk aperçut l'employé aux larges épaules, sorti de derrière la table, qui se tenait aux côtés de Charlie. Ils avaient été rejoints par une petite femme blonde qui portait un chemisier blanc impeccable au décolleté profond, et enfoncé dans un jean noir moulant. Les trois discutaient tout bas en faisant mine de ne pas observer Zara tandis qu'elle remerciait la journaliste et le photographe, puis s'extirpait prestement de la foule pour se diriger droit vers l'adolescent.

Celui-ci se raidit en la voyant approcher, elle ouvrit les bras et ils se serrèrent fugacement. Zara lui tendit quelques flyers et prononça des mots que Falk ne put entendre mais devina grâce à son langage corporel.

C'était bien ?

L'adolescent acquiesça. *Ouais. Super.*

Ni l'un ni l'autre ne souriait. Zara pointa du doigt quelque chose, à l'est du champ de foire, et le garçon se fendit d'un léger haussement d'épaules approbateur.

Falk arriva devant le carton et en sortit une pile de flyers, puis alla retrouver Raco qui, il le constata, suivait lui aussi l'échange entre Zara et le garçon.

« Tiens, dit-il en lui tendant une poignée de flyers.

— Merci, répondit Raco sans les regarder. Écoute… » Il surveillait toujours les adolescents, qui s'éloignaient ensemble. « Je crois qu'il y a assez de gens pour couvrir tout le terrain. Descendons à la retenue d'eau. Voir ce qu'on pourra trouver.

— Ouais, OK », approuva Falk, un peu surpris. Il aligna la pile de flyers dans sa main, étudia une dernière fois le visage de Kim et esquissa un pas en direction de son ami. Il inclina la tête de manière que Charlie et les autres ne puissent pas lire sur ses lèvres, et baissa la voix. « Il y a un truc qui t'embête dans tout ça ? »

Raco regardait toujours par-dessus l'épaule de Falk, suivant des yeux Zara tandis que le garçon et elle se frayaient un chemin parmi les badauds. « Ça l'embête, elle. »

Ne pas répondre à une question, c'était parfois y répondre, songea Falk, mais il n'insista pas.

« Bon. » Il se tourna juste à temps pour voir Zara disparaître dans la foule et adressa un signe de tête à Raco. « Alors allons jeter un coup d'œil par là-bas. »

Chapitre 5

« Elle croit avoir aperçu sa mère deux fois cette année », confia Raco à Falk pendant qu'ils progressaient vers le fond du champ de foire. Les méandres du flot des visiteurs les empêchaient d'accélérer le pas au-delà d'un rythme de flâneurs. L'air tiède de la soirée colportait des effluves de friture et de cannelle.

« Ah bon ? » Falk fit un rapide pas de côté pour éviter un enfant à trottinette.

« Ouais. » Devant eux, le haut de la tête de la nièce de Raco s'élevait au-dessus de la foule puis disparaissait, tandis qu'elle s'éloignait avec le garçon. « De temps à autre, elle s'imagine l'apercevoir.

— Bon, c'est une réaction assez courante. Surtout quand on ne retrouve pas de corps. Je suppose qu'elle n'a pas l'impression d'imaginer.

— Ouais, c'est ce que je lui ai dit.

— Ça ne l'a pas convaincue ?

— Pas vraiment. Elle ne veut pas être convaincue, c'est une partie du problème – non, merci, dit poliment Raco à la personne qui lui tendait un plateau de dégustation de fromage bleu. Une fois, ça s'est passé au supermarché, ici. Zara a dit qu'elle avait vu Kim passer au bout d'un rayon. Elle n'a pas voulu en démordre. Au point que le directeur les a laissés, Dwyer et elle, emporter les enregistrements des caméras de surveillance au commissariat.

— Elle a trouvé qui elle avait vu ?

— Plus ou moins. C'était personne, juste une femme lambda. Apparemment, elle ne ressemblait même pas à Kim. Impossible de les confondre, en temps normal. Puis une autre fois, Zara et Charlie étaient à Adélaïde et Zara l'a obligé à faire demi-tour en voiture pour suivre un bus, parce qu'elle croyait avoir vu sa mère monter dedans. Ce qui n'était pas le cas, bien sûr. Après ça, Charlie est devenu… » Raco soupira. « J'sais pas… Plus inquiet. Lui non plus, il ne sait pas quoi faire.

— Rita m'a dit que vous étiez revenus ici plusieurs fois pour parler avec Zara ?

— Trois fois. Sans compter ce séjour. » Raco baissa les yeux sur les flyers, dans sa main. « Charlie s'est dit qu'examiner tout ça avec un regard de policier aiderait peut-être. Passer en revue avec elle les éléments de preuve, les dépositions, tout ça. Mais bon, j'ai pas l'impression que ça ait beaucoup aidé. »

Raco ralentit soudain dans l'allée, s'excusant quand le couple distrait qui marchait derrière eux, bras dessus, bras dessous, lui rentra dedans. Falk jeta un coup d'œil avant de s'immobiliser à son tour. Il suivit le regard de Raco. Zara et le garçon avaient pris position près du stand de bière. L'endroit où le barman avait cessé de servir une femme – ivre, bouleversée et correspondant vaguement à la description de Kim Gillespie – en fin de soirée.

Falk et Raco regardèrent l'adolescente accoster une jeune famille, visiblement pas très motivée pour s'arrêter. Quelles que soient les paroles de Zara, elles furent cependant assez convaincantes pour faire ralentir les parents et, dans un mouvement si fluide qu'il aurait pu être chorégraphié, le garçon s'était avancé à son tour et leur tendait un flyer d'une manière qui ne leur laissait pas d'autre choix que de le prendre. Zara continua de parler, tout dans sa posture trahissant la gravité et l'urgence, et quand la famille fut enfin autorisée à repartir, le couple étudiait le flyer et l'homme le pointait du doigt, sa compagne hochant la tête. *Deux personnes supplémentaires au courant de l'appel à témoins*, songea Falk, et Zara et le garçon se dirigèrent sans tarder vers leurs cibles suivantes. Les gamins faisaient leur boulot avec un grand sérieux. Falk se tourna pour observer Raco, qui semblait penser la même chose.

« Allons-y, dit son ami, et, se sentant peut-être un peu coupable, il tendit quelques-uns de ses propres flyers à un groupe qui passait.

— Donc c'est lui, non ? demanda Falk en jetant un regard en direction de l'adolescent. Le témoin clé de Zara ?

— Ouais. Joel Tozer. » D'un geste, Raco l'invita à quitter l'allée principale pour longer ce qui semblait être un stand de syrah particulièrement populaire, et ils débouchèrent sur une autre section du champ de foire, où se dressait un labyrinthe de manèges. Droit devant, la grande roue dominait l'horizon de plus en plus sombre. « Enfin, je ne sais pas. Est-ce qu'on est vraiment un témoin clé, techniquement parlant, quand on croit ne rien avoir vu du tout ? »

Falk se fendit d'un petit sourire. « Il était positionné où, exactement ?

— Je vais te montrer. C'est là-bas, faut qu'on passe devant, de toute manière. »

Ils avaient presque atteint la grande roue, maintenant. Celle-ci avait terminé d'embarquer des passagers, et Falk leva les yeux en passant devant. Au premier coup d'œil, la nacelle du haut lui parut vide, se détachant sur les dernières lueurs du jour, mais il remarqua alors qu'elle penchait d'un côté – quelqu'un devait y être assis. L'instant d'après, il devina un mouvement fugitif, tandis que le ou les occupants se déplaçaient sur leur siège derrière les barreaux colorés. Au niveau du sol, l'aire des poussettes toute proche était remplie de landaus, de vélos et de trottinettes. Mais cette fois, un bénévole était chargé de la surveiller. Encore une nouveauté, par rapport à l'année précédente.

Falk observa la foule un peu éparse assemblée au pied de la grande roue. Certains faisaient la queue pour le tour suivant, d'autres attendaient que des amis ou des proches descendent. Un tas de gens se contentaient de papoter et de prendre des nouvelles. En tout cas, c'était une intersection très fréquentée. Falk tenta de repérer l'endroit où lui-même s'était arrêté douze mois plus tôt, au moment du feu d'artifice. Il n'était plus très sûr. Tout avait un peu changé depuis l'édition précédente.

« On y est presque », annonça Raco, serpentant parmi les manèges. La moyenne d'âge était plus jeune ici que devant les stands de vin et de gastronomie locale, remarqua Falk. Essentiellement des adolescents ou des familles avec enfants. Mais même ceux-là commençaient à se disperser, au fur et à mesure que les deux hommes s'approchaient de la limite orientale du site, et que les manèges cédaient la place à des tentes administratives et techniques. Les lumières et la musique étaient derrière eux à présent, et cette allée, Falk le savait, ne menait qu'à un seul endroit : le sentier de la retenue d'eau. Il médita la chose un moment. C'était une sensation étrange et solitaire que de laisser le bruit et l'agitation derrière eux.

« Donc, si Zara pense que Kim n'est jamais descendue à la retenue, demanda-t-il tout en marchant, comment interprète-t-elle la chaussure retrouvée dans le filtre du barrage ? »

Raco secoua la tête. « Elle a plusieurs réponses à ça : ce n'était pas sa chaussure, quelqu'un l'a balancée là, Kim elle-même l'a lancée… » Il sourit sans humour en voyant l'expression de Falk. « Oui, je sais. Zara a essayé de nous convaincre que c'était une coïncidence. Que cette chaussure pouvait être à n'importe qui. Apparemment, c'est la pointure féminine la plus vendue par cette marque. C'est Zara qui me l'a appris. Tu sais combien de paires de ce modèle précis ont été vendues en Australie l'an dernier ?

— Non.

— Moi non plus, mais Zara, elle, le sait. Quelques milliers, je crois, mais elle pourrait te donner le chiffre précis. Elle a contacté le distributeur.

— Elle est pleine d'initiative.

— Ouais, acquiesça Raco, l'air triste. On peut dire ça comme ça. Mais bref : c'était la chaussure de Kim. Sans le moindre doute.

— Ah bon ?

— Ouais. Deux ou trois mois plus tôt, elle avait fait tomber une grande fourchette du barbecue de la maison, qui avait brûlé le côté de sa basket. Il y a des photos où Kim les porte et on voit clairement la marque. Bien dessinée, pas juste une trace. J'ai vu les photos de la chaussure retrouvée dans le filtre. La taille, le modèle, tout ça, c'est une chose – je suis d'accord. Mais la marque de brûlure est là. Cette chaussure lui appartenait.

— Et Zara, quelle est sa réponse à ça ?

— Elle n'en a pas. Je veux dire, il n'en existe aucune, pas vrai ? C'est la basket de Kim et, dans un sens, Zara le sait. Mais en même temps, elle souffre de la perte de sa mère. Ça rend les gens sélectifs dans ce qu'ils voient, tu crois pas ?

— Ouais, approuva Falk. Parfois. »

Les stands avaient quasi disparu à l'approche de l'extrémité est du champ de foire, et il se tut, gardant un œil à demi ouvert, guettant quelque chose qu'il était persuadé de trouver par ici. Il commençait à se demander s'il n'avait pas perdu ses repères quand soudain, au détour d'une courbe, il la vit : la caravane qui servait de QG à l'organisation.

Un grand modèle vintage, installé à l'écart, de l'autre côté d'une étendue d'herbe, sous un arbre immense. Falk devina qu'en pleine journée, ses feuilles offraient de l'ombre, mais à présent des lanternes égayaient les branches. Une petite table pliante et des chaises étaient sorties devant la caravane.

Falk se rappelait les avoir vues l'année précédente. Il marchait seul, alors, et se dirigeait vers cette même caravane avec à la main deux documents signés que

Charlie devait transmettre aux organisateurs. Il s'était porté volontaire pour cette mission et Charlie, joyeusement distrait par les obligations du stand et à trois heures encore d'apprendre que son ancienne compagne et la mère de son enfant avait disparu, lui en avait été reconnaissant.

Falk avait traversé le champ de foire pour la première fois, observant tout avec un regard neuf, et s'était arrêté lorsqu'il avait repéré la caravane. Il avait scruté ces mêmes fenêtres, guettant le moindre signe de vie à l'intérieur. Pas facile d'en avoir le cœur net, même en se rapprochant, tandis qu'il se baissait pour passer sous une branche et contournait table et chaises. Il levait déjà la main, sur le point de frapper à la porte, quand il avait entendu une voix dans son dos.

« Je peux prendre ces formulaires pour vous, mon vieux. »

Se retournant, Falk se retrouva nez à nez avec un homme d'un certain âge, portant la polaire officielle de la Fête du vin, qui essuyait une petite clé à molette couverte de cambouis avec un chiffon.

« Qu'est-ce que vous avez là ? » L'homme avait désigné la paperasse d'un geste du menton. « Les inspections de sécurité, signées ? Super. Laissez-les-moi.

— Je… » Falk s'était tourné de nouveau vers la caravane. Était-ce bien un mouvement, là, derrière les fenêtres ? Ou bien un reflet ? Devant lui, l'homme tendait déjà sa main graisseuse.

« Je fais juste un petit entretien du groupe électrogène », avait expliqué l'homme, interprétant de travers l'hésitation de Falk. Il se tordit le cou pour lire la signature sur les documents, et eut un sourire rassurant. « Mais dites à Charlie que Kev les a. Je vais les ranger tout de suite. »

Falk avait marqué un temps d'arrêt. Il était sur place, maintenant. La caravane de l'organisation était juste devant lui. Il fallait au moins essayer. « Je suis censé les remettre directement à…

— Elle n'est pas là.

— Ah.

— Ouais. Elle a fait un saut à la fête. »

Falk avait jeté un dernier coup d'œil vers les fenêtres. Tout était immobile. Le reflet s'était déplacé sur la vitre et, soudain, Falk avait senti, plutôt que vu, que l'homme disait la vérité. Il n'y avait personne à l'intérieur. Devant lui, le vieux attendait toujours, son expression amicale teintée d'autre chose, à présent. Falk eut alors l'intuition, très nette, que cet homme trouvait qu'il lui faisait perdre son temps et se demandait s'il fallait le lui faire remarquer ou non.

« Le feu d'artifice des enfants va bientôt commencer, avait-il décidé de dire, à la place. Donc elle ne va pas rentrer tout de suite. Pas avant que ce soit terminé, en tout cas.

— Ah, je vois. » Falk n'avait plus vraiment d'autre choix que de lui confier les formulaires. « Merci. Je le dirai à Charlie. »

L'homme avait souri, visiblement soulagé que cet échange ait enfin débouché sur sa seule conclusion sensée et satisfaisante. Il était retourné à son groupe électrogène et Falk s'était éloigné de la caravane vide, n'emportant rien d'autre qu'une profonde déception.

Un an plus tard, il se rendit compte qu'il ralentissait de nouveau le pas à l'approche de la caravane. Il plissa le front et accéléra l'allure pour rattraper Raco. Mais la porte de la caravane était ouverte – il n'avait pu s'empêcher de regarder dans cette direction – et cette fois, pas de doute : il y avait de la lumière derrière la petite fenêtre. Il crut détecter du mouvement à l'intérieur. Il ralentit encore, mais personne n'entra ni ne sortit.

« J'ai entendu dire qu'ils avaient renforcé les mesures de sécurité cette année », déclara Raco, ramenant brusquement l'attention de Falk sur le moment présent et le chemin devant eux. Raco contemplait une caméra fixée sur un poteau temporaire, près de la clôture, dont la loupiote rouge clignotait.

« Il y en a une autre près de l'entrée, aussi, répondit Falk, remettant de l'ordre et de la concentration dans ses pensées.

— Je peux le comprendre, hein. Mais c'est un peu dommage. Je viens à cette fête depuis que je suis né, et ça n'a jamais donné l'impression d'être un événement qui avait besoin d'être vraiment surveillé. C'était une affaire familiale avant tout, l'occasion de célébrer les produits locaux, que tout le monde attendait avec impatience. Mais bon, c'est devenu beaucoup plus gros, maintenant. Faut vivre avec son temps, j'imagine. » Les traits de Raco se durcirent. Les deux hommes étaient arrivés tout au fond du champ de foire. « Et réagir aux événements. »

Ils s'immobilisèrent tous les deux. Devant eux se trouvait la sortie est, même si Falk n'aurait pas forcément appelé cela une sortie, si on la comparait à celle qui se trouvait à l'extrémité ouest du site. Il s'agissait tout juste d'une interruption dans la solide clôture grillagée, avec une simple corde tendue en travers, à hauteur de hanche. On pouvait décrocher la corde d'un côté ou de l'autre, ou se glisser sans peine dessous.

« Beaucoup de gens accèdent à la fête par ici ?

— Personne, en fait. Ou quasiment personne. Peut-être un ou deux riverains, mais aucun touriste. Rien ne les en empêche, mais c'est super galère de faire tout le tour jusqu'ici. Il n'y a pas de parking officiel. Y a toujours moyen de se garer sur celui de la retenue d'eau, mais après il faut remonter tout le sentier, et redescendre dans le noir avec quelques verres dans le nez. Et puis l'entrée est gratuite, de toute façon, alors il n'y a aucune bonne raison de ne pas accéder à la fête par l'ouest.

— Pourquoi laisser cette ouverture, alors ? interrogea Falk. Pour la sécurité ?

— Ouais. Légalement, il faut qu'il y ait une autre issue. » Raco avança d'un pas et fit courir sa main le long de la corde. Il avait la voix fatiguée. « En cas de trop grande affluence, d'urgence ou je ne sais quoi. Pour le positionnement des postes de secours, c'est pareil. »

Falk suivit son regard le long de la clôture, jusqu'à l'endroit où une petite tente de secouristes avait été installée, avec une chaise devant. Une bénévole entre deux âges était assise seule, concentrée sur son téléphone, une radio et un porte-bloc posés par terre à côté d'elle.

« C'est là qu'était posté l'ado, l'année dernière ? demanda Falk.

— Joel ? Ouais. »

Falk regarda autour de lui. Cette section était très calme, comparée au reste du champ de foire. La tente jouissait d'une vue dégagée sur la sortie. « Donc il pouvait clairement voir qui entrait et sortait.

— Ouais. Je dis pas le contraire. Mais les caméras de la sortie principale montrent que Kim n'est pas passée par là-bas, et il n'y a pas vraiment d'autre choix. Donc… » Raco haussa les épaules.

« T'es sûr qu'elle est sortie par ici ?

— Absolument certain. »

Falk hocha la tête. Si Raco était satisfait, ça lui allait aussi. « Combien de temps a duré le tour de garde du gamin ?

— Deux heures et demie, de 19 h 45 à 22 h 15.

— Pas facile de rester concentré tout ce temps, surtout si on ne cherche rien en particulier.

— Ouais, reconnut Raco. Et puis écoute, pour sa défense, le fait est que Joel n'a que dix-huit ans – seulement dix-sept, l'an dernier. Ça nous arrive à tous, pas vrai ? De regarder notre portable cinq minutes et, quand on relève la tête, une demi-heure a filé… »

Falk étudia la sortie et revit malgré lui Zara, son visage tendu et ses traits tirés tout à l'heure, lorsqu'elle s'était adressée aux volontaires devant le stand de son père. Il repensa à la manière dont Joel l'avait regardée, sa légère moue, la référence de Zara au témoignage du garçon devant les policiers, leur brève étreinte après.

« Ils sont ensemble ?

— Zara et Joel ? Non, répondit Raco. Personnellement, je pense que ça a joué. Ils étaient copains, enfants, mais il est assez évident qu'il aime Zara un peu plus que ça maintenant. Donc, non, ils ne sont pas ensemble. Et Joel nierait, pourtant, qu'il se l'avoue à lui-même ou non, ce gamin a de bonnes raisons de dire à Zara ce qu'elle a envie d'entendre. De très bonnes raisons.

— Donc il ment ?

— C'est possible. Mais je crois plutôt qu'il se trompe, nuança Raco. Je suis prêt à penser qu'il croit à ce qu'il raconte. Charlie le connaît depuis tout petit, et il est d'accord avec moi. C'est pas le genre à inventer un truc pareil juste pour faire le malin. C'est le beau-fils de Gemma Tozer. La directrice du festival, tu vois qui c'est ? »

Raco donna un petit coup de tête en direction de la caravane, au loin, de l'autre côté du champ. La porte était toujours ouverte et la lumière chaude qui se répandait devant à travers les fenêtres semblait plus brillante dans la nuit tombante. Les lanternes accrochées aux branches de l'arbre se balançaient doucement dans la brise.

« Je ne suis pas sûr que tu l'aies vue ici l'an dernier, mais vous vous êtes croisés à Melbourne il y a déjà pas mal de temps, la fois où je suis… » Raco bâilla à s'en décrocher la mâchoire, mettant la main devant sa bouche. « Bon Dieu ! J'ai le cerveau en compote avec ce foutu bébé, à force de pas dormir la nuit. J'étais venu faire quoi, déjà ? Un témoignage au tribunal, ou quelque chose comme ça.

— Tu n'avais pas pu rentrer chez toi, à cause de cette formation d'une journée qui s'était terminée tard.

— C'est ça. » Raco se retourna pour soulever la corde tendue à travers la sortie. « Ouais. Bref. Donc tu te rappelles. Eh bien, c'est elle.

— Ouais. » Falk jeta un coup d'œil derrière lui en passant sous la corde avant de s'engager sur le sentier menant à la retenue d'eau. La lumière derrière les vitres de la caravane faiblit un peu, avant de briller de plus belle. Un mouvement, à l'intérieur. Il y avait quelqu'un dedans, cette fois, aucun doute. « Je me rappelle. »

Chapitre 6

Cela s'était passé seize mois auparavant, aurait-il pu dire à Raco s'il l'avait voulu. Par l'une de ces soirées sombres à Melbourne où c'était encore officiellement l'automne, mais où l'on avait plutôt l'impression d'être en hiver. De violentes averses s'étaient succédé toute la journée, et les trottoirs lisses reflétaient ce soir-là les lumières de la ville.

Rita était à Kiewarra, enceinte de six mois. Le petit Henry n'était pas encore né, son baptême n'avait pas encore été organisé, encore moins annulé. Falk n'avait encore jamais entendu parler de Kim Gillespie, jamais posé les pieds dans la Marralee Valley. Il avait reçu un appel de Raco, de passage à Melbourne pour une journée de formation continue. Les deux hommes s'étaient donné rendez-vous pour prendre un verre, après.

La journée s'était déroulée sans encombre et l'après-midi touchait à sa fin dans les locaux de l'AFP, la police fédérale australienne, quand le portable de Falk se mit à vibrer sur une épaisse pile de dossiers cornés qui menaçait de s'effondrer sur son bureau. Falk profita de cette interruption pour se lever. Empoignant son téléphone, il se dirigea vers la fenêtre. La pluie s'était remise à tomber et il vit un tramway s'arrêter au pied de l'immeuble, attendant que les passagers secouent leurs parapluies et frottent leurs imperméables avant de monter à bord. Ils portaient toutes sortes de vêtements – jeans, uniformes, une ou deux blouses –, mais, à leur langage corporel, Falk devina que quelques-uns au moins avaient terminé leur journée de travail. Légèrement envieux, il retourna le portable dans sa main et ouvrit le message de Raco.

Une amie d'Australie-Méridionale est là pour une conférence, disait le SMS. *Elle passera peut-être ce soir dire bonjour.*

Raco envoya un autre message immédiatement après : *C'est OK ?*

Sincèrement, ce n'était pas idéal. Falk posa son front contre la vitre, regardant le tramway refermer ses portes et s'éloigner. Il se faisait une joie de retrouver Raco, mais – bref coup d'œil vers son bureau : les dossiers n'avaient pas disparu, malheureusement – il n'était pas sûr d'avoir assez d'énergie pour faire la conversation à une inconnue. Balayant l'écran d'un geste du pouce, il se demanda s'il pouvait simplement répondre ça. À Raco, oui, sûrement. En même temps, ce n'était pas la faute de Raco s'il avait d'autres amis.

Falk resta planté là assez longtemps pour qu'un autre tramway arrive, puis envoya ce message : *Pas de problème*. Il observa le tramway jusqu'à ce qu'il reparte, avant de se forcer à tourner le dos à la fenêtre pour regagner son bureau.

C'était ainsi que, quelques heures plus tard, Falk s'était retrouvé dans un bar bondé qui dominait la Yarra River, attendant Raco. Ils s'étaient donné rendez-vous au complexe de Southbank, option pratique mais peut-être regrettable, à la réflexion. Le rush du vendredi soir à la sortie du travail était rendu plus frénétique encore par les fans de football qui s'arrêtaient boire un verre sur le chemin du stade. Vers l'est, Falk apercevait les immenses tribunes du MCG, illuminé pour le match du soir.

Il se fraya un chemin dans la salle et dénicha un espace où attendre, près de la porte, plus proche qu'il ne l'aurait voulu d'une table où trois femmes partageaient une bouteille de vin. L'une d'elles leva brusquement les yeux, un peu importunée par sa présence, d'une manière qui lui rappela vaguement sa relation la plus récente. Il changea d'angle par rapport au mur. Il sentait toujours les yeux de la femme sur lui, tourna son regard vers le fleuve, dehors.

Cette femme dans le bar n'était pas son ex, à l'évidence – celle-ci se trouvait toujours à Sydney, à sa connaissance, ce qui était sans doute mieux pour tout le monde. Ils s'étaient rencontrés au mariage d'une collègue commune et, pendant dix-huit mois, cette histoire avait été plaisante sans être géniale, ni pour l'un ni pour l'autre. Sa collègue Carmen avait oscillé entre frustration et déception en apprenant leur rupture. *Vous aviez tellement en commun*, n'arrêtait-elle pas de répéter, et elle avait raison.

Tellement en commun, comme le fait d'appartenir tous les deux à l'antenne de la police fédérale basée à Melbourne. Et celui d'avoir une charge de travail qui ne laissait pas beaucoup de temps ni de place pour quoi que ce soit d'autre. Il y avait eu d'autres facteurs, aussi. Par exemple, elle n'était jamais aussi heureuse que lorsqu'ils allaient voir sa famille sur la péninsule Mornington, où elle nageait, jouait avec ses nièces, filait un coup de main pendant des heures à la librairie de son beau-frère et profitait de longs dîners paresseux sur la terrasse en bois, derrière la maison, dans les parfums lourds du jasmin. Un ancien petit copain de l'époque du lycée, devenu depuis un père divorcé, célibataire et amical, semblait être assez souvent dans les parages pour mettre tout le monde un peu mal à l'aise, à part eux deux. Le soir, elle murmurait à l'oreille de Falk sur le lit de la chambre d'amis, chez sa sœur : « C'est comme un petit village », d'un ton qui faisait passer ça à la fois pour une blague et pour tout à fait autre chose.

Mais on ne pouvait nier qu'elle était différente, là-bas – plus légère et plus douce, ses yeux et sa bouche adoptant même une nouvelle forme. Comme elle redevenait toujours différente dès leur retour à Melbourne et au travail. Brusque et cassante pendant toute une semaine, son professionnalisme refaisant peu à peu surface, aussi tranchant que douloureux.

« Toi aussi, tu es différent », avait-elle répliqué la seule et unique fois que Falk avait abordé la question.

Quand elle s'était vu proposer une mutation doublée d'une promotion à Sydney, tous deux avaient accueilli la nouvelle avec un certain soulagement. Elle avait accepté cette offre comme une sorte de défi, ces nouvelles fonctions en plein cœur urbain d'un autre État, à des centaines de kilomètres de ses petites nièces, des baignades sur les plages de la péninsule et de la librairie indépendante. Elle avait tout organisé comme pour provoquer Falk, le pousser à s'opposer à cette décision. Il y avait réfléchi – sérieusement, avec soin –, puis avait cessé d'y réfléchir, et il avait parfaitement conscience qu'elle s'était sentie trahie par ce renoncement. De sorte qu'elle était partie, laissant quelques vides dans la vie sociale de Falk et d'autres dans son séjour – pourquoi perdre une petite amie impliquait-il toujours de perdre des meubles ? se demandait-il –, puis rapidement, très rapidement à vrai dire, ces vides s'étaient résorbés, comme s'ils n'avaient jamais existé. Depuis un an, chaque fois que Raco ou Rita lui demandait ce qu'il faisait de beau, Falk leur avait toujours donné la même réponse, honnête : travailler, pour l'essentiel.

Une bouffée d'air froid montant tout droit de la Yarra s'engouffra dans le bar quand la porte s'ouvrit, puis se referma, et Falk consulta l'heure. Raco était en retard – fait inhabituel pour lui – et finalement, à contrecœur, Falk abandonna son coin pour se diriger vers le bar. Il faisait défiler ses e-mails et tentait sans conviction d'attirer l'attention d'un serveur quand son téléphone vibra dans sa main.

Un SMS de Raco : *Bloqué ici, putain, vais essayer d'appeler...*

Un jeune serveur se planta brusquement devant Falk et, le voyant penché sur son écran, se tourna aussitôt vers la femme au bar à côté de lui, avec un « Oui ? » cinglant.

« Oh ! je vais prendre… » La femme marqua une pause, distraite à son tour par l'illumination de son portable. Le serveur ne chercha même pas à cacher son agacement. Relevant les yeux, la femme le prit sur le fait.

« Désolée, dit-elle, et le type se radoucit un peu. J'avais rendez-vous avec quelqu'un mais il vient juste de m'écrire et… » Elle s'interrompit. Le serveur s'en fichait, clairement. D'un geste, elle désigna Falk. « Servez ce monsieur, peut-être, pendant que je… »

Son manteau bleu marine était constellé de gouttes de pluie, et elle avait apporté le froid avec elle. Elle plaqua son portable sur le comptoir et noua ses cheveux mouillés en un chignon grossier, sur le dessus du crâne, contemplant son écran en fronçant les sourcils. Elle baissa les bras, décrocha son sac de son épaule et le posa sur le tabouret vide devant elle. Deux cadeaux pour enfant, empaquetés, étaient visibles à l'intérieur ; sur l'étiquette de celui du dessus, on pouvait lire : *Bébé Raco*.

Alors, Falk pivota pour bien la regarder, se cognant contre un jeune type qui se tenait trop près, juste derrière lui. « Vous avez rendez-vous avec Greg Raco ? demanda-t-il. Vous êtes son amie d'Australie-Méridionale ?

— Oui. » Elle se tourna, surprise. Le serveur les enveloppa tous les deux d'un regard impatient et les planta là. « Vous êtes… Adam ?

— Aaron. Falk. » Il lui tendit la main.

« Ah oui, pardon ! » Elle sourit en prenant sa main, la paume encore fraîche de la nuit. « Gemma Tozer. Salut. » Elle baissa les yeux sur son portable. « Vous avez reçu… »

Comme sur commande, le portable de Falk se mit à sonner. « C'est lui, justement », gesticula-t-il tout en décrochant, couvrant son autre oreille pour étouffer le brouhaha des conversations et la musique.

« Désolé, mon vieux, j'ai pas pu sortir avant… » Raco se lança dans une explication décousue que Falk ne saisit qu'à moitié. Le formateur avait été appelé en urgence, et son remplaçant avait pris beaucoup de retard. Ils étaient obligés de terminer ce soir pour que les policiers retrouvent tous leurs commissariats respectifs à temps pour le service du week-end.

« Écoute, ajouta Raco, Gemma va arriver d'un instant à l'autre, je vais l'appeler pour…

— Elle est déjà là, Greg. Attends, je te la passe. » Falk avait tendu son téléphone à la femme. « Il est bloqué là-bas.

— Il ne va pas pouvoir venir ?

— Ça m'a l'air mal embarqué.

— Ah. » Elle avait déboutonné son manteau. Dessous, elle portait une robe imprimée qui descendait sous le genou, cintrée au niveau de la taille. Elle essuya ses mains mouillées sur le bas de la robe avant de prendre le portable de Falk et d'écouter pendant une minute, tendant l'oreille dans ce vacarme.

Falk estima qu'elle était à mi-chemin de Raco et de lui, côté âge. Sans doute plus près de Raco, à moins qu'elle ne fût juste particulièrement disciplinée à l'heure d'appliquer de la crème solaire. Elle avait les cheveux d'un brun clair ou foncé, selon l'angle de la lumière.

« Non, Greg, disait-elle. T'inquiète pas. Bien sûr. Ça arrive. C'est… »

Les mots de réconfort se poursuivirent si longtemps que Falk ne put s'empêcher de sourire. Croisant son regard, Gemma sourit aussi. Elle s'appuya contre le bar, attrapant un dessous de verre promotionnel de sa main libre et jouant avec pendant que Raco continuait de s'excuser.

« Je crois que nous pouvons te pardonner, finit-elle par déclarer. Embrasse Rita pour moi. OK ? Oui. Écoute, parfois, il faut ce qu'il faut. » Elle grimaça tout en parlant et cessa de faire tourner le sous-verre entre ses doigts, le rabattant brusquement sur le comptoir. Sur le dessus, Falk déchiffra le slogan d'une nouvelle blonde artisanale : *Parfois, il faut ce qu'il faut*.

Il sentit un frisson d'amusement et releva la tête. Gemma haussa son épaule libre.

Longue journée, articula-t-elle.

Je comprends, articula-t-il en retour.

Alors, elle lui sourit. « OK. Je lui transmets, dit-elle dans le combiné, sans quitter des yeux Falk. Pas de souci. *Bye*. »

Elle raccrocha et lui rendit son téléphone. « Ils l'ont rappelé dans la salle. Il est vraiment désolé pour ce soir. »

Falk éclata de rire. « Ouais, j'avais saisi.

— Il m'a dit de vous dire qu'il vous appellera demain.

— J'en suis sûr. C'est un type bien.

— Ah oui, vraiment ! Il l'a toujours été. » Gemma balaya du regard la salle bondée. « Bon…

— Ouais. » Ils vacillèrent, au bord du malaise. « Donc… »

Rester ou partir ?

Dehors, au moins, l'averse semblait avoir cessé. Gemma n'avait pas enlevé son manteau. Falk avait un travail à finir, chez lui. Il pourrait mettre le match de *footy* à la télé, en fond sonore. Raco ne viendrait pas. Le serveur s'occupa théâtralement de quelqu'un derrière eux.

« C'est dommage. » Gemma tripotait un bouton de son manteau, mais sans le remettre. « Je suis déçue de ne pas le voir.

— Moi aussi, déclara Falk. Vous le connaissez depuis longtemps ?

— Oui, ses frères aussi. On se voit moins souvent ces temps-ci, mais on était tous ensemble à l'école, donc ça doit faire, je ne sais pas… vingt ans maintenant ? Plus, peut-être ? » Ce chiffre lui fit écarquiller les yeux, jovialement. « Et vous ?

— Je les ai rencontrés il y a à peu près cinq ans, Rita et lui, répondit Falk. Donc nous ne sommes pas encore tout à fait assez proches pour nous refiler des conseils de dessous de verre, mais bon, j'espère qu'on y arrivera…

— Ouais, ça va, j'ai compris, merci. » Elle souriait en retournant le sous-verre sur le comptoir, plaquant le fameux message contre le marbre rayé.

« Vous voyez, si nous étions assez proches, bien sûr, je lui dirais… » Falk retourna le sous-verre posé près de son coude : « *On regrette davantage les choses qu'on n'a pas faites que celles qu'on a faites.*

— Mon Dieu », soupira Gemma. Sa manche frôla la sienne quand elle se pencha pour lire. Elle sentait bon, remarqua Falk. « C'est quoi, cette marque ?

— Ça ne vous parle pas ? »

Elle plissa le nez. « Mais je ne suis sans doute pas leur cœur de cible. J'imagine que cette histoire de "Ne rien regretter", ça marche avec certains.

— Les équipes de marketing des brasseries artisanales ?

— Apparemment, oui. » Elle retourna distraitement le sous-verre de Falk. « Les amateurs de tatouages ?

— Les sauteurs à l'élastique.

— Les fabricants de boissons énergisantes.

— Les salariés mécontents qui ont dit à leur patron d'aller se faire foutre, enchaîna Falk. Et qui maintenant voyagent en Thaïlande avec leur sac à dos ?

— Les cadres quinquagénaires qui s'inscrivent à un marathon contre l'avis de leur médecin.

— Les gens qui n'ont jamais vraiment eu à, vous voyez… » Falk se tut. Non. Pas le bon ton. Trop lourd. Il tenta de rediriger cette pensée, mais la femme l'avait déjà comprise.

« … à repenser avec amertume à des choses qu'ils ne peuvent plus changer ?

— Exactement. » Il s'était efforcé d'adopter une voix légère.

Leurs regards se croisèrent. Ils restèrent silencieux un moment. Le visage de Gemma était ouvert et détendu, mais Falk y décela une ombre qu'il ne put déchiffrer.

« Ces gens-là existent ? interrogea Gemma.

— Apparemment, répondit-il en désignant les sous-verre d'un hochement de tête.

— Ils ont de la chance. » Elle eut alors un sourire, profond et chaleureux, et dans cet instant fugace il ressentit une chose, aussi claire et vibrante qu'une cloche.

Reste.

Mais Gemma regardait déjà dehors par-dessus son épaule, vers le fleuve sombre et miroitant. Son manteau était encore ouvert, mais elle avait plongé la main dans sa poche pour en sortir son portable. Falk sentit les pensées de la femme dériver vers la soirée qui s'annonçait, la même question s'élevant dans son esprit. *Rester ou partir ?*

« Vous avez le temps de prendre un verre ? » s'entendit-il demander avec un vague étonnement. Il le pensait depuis tout à l'heure, mais eut soudain l'impression que son cerveau avait un demi-tèmps de retard sur ses lèvres. « Puisque nous sommes là tous les deux. »

Gemma se tourna vers lui, le visage figé.

Falk la vit soupeser Dieu sait quoi, pendant ce qui lui parut être un long moment. Elle tourna, puis retourna son dessous de verre. « Ce verre vient-il avec une leçon de vie ?

— Vous avez ma parole que non.

— Bon. Dans ce cas-là… » Ce sourire, de nouveau, et Falk éprouva ce qu'il n'aurait pu décrire que comme une bouffée de soulagement. Elle remit son téléphone dans la poche de son manteau. Ils se tournèrent ensemble vers le comptoir et le dos de sa main effleura la sienne.

Reste.

Chapitre 7

La surface de la retenue d'eau était lisse comme du verre sous les yeux de Falk et de Raco. Ils marchaient depuis dix minutes à peine, d'abord l'un derrière l'autre le long de l'étroit sentier qui descendait du champ de foire, puis côte à côte quand celui-ci s'était fait plus large. À en juger par les ornières anciennes qui creusaient en parallèle la terre de la piste, cette partie-là avait visiblement été un temps accessible aux véhicules. À présent, comme on pouvait le lire sur des pancartes, elle était réservée aux marcheurs.

Les deux hommes ralentirent au moment où la piste s'élargit encore, avec d'un côté un petit talus de terre et de pierres. Une clôture en bois en protégeait le rebord, qui dominait le réservoir, loin en contrebas.

Raco s'écarta du chemin proprement dit et Falk le suivit jusqu'à la balustrade, qui leur arrivait à la taille. Il la testa avec ses paumes avant de s'appuyer franchement dessus. Elle semblait assez solide.

Le soleil s'était couché maintenant et, au-dessus d'eux, un fin croissant de lune était suspendu, pâle et argenté, sur le fond de plus en plus sombre du ciel. Sous leurs yeux, le lac épousait les contours naturels du terrain. Même dans cette pénombre, Falk le vit se déployer, vaste et dégagé en son centre, puis s'incurvant et se tortillant pour remplir les coins et recoins des berges. Il était grand. Plus grand que dans son souvenir. La rive opposée était à peine visible par-delà ses flots impassibles, mais Falk ne put distinguer son extrémité ouest, ni le barrage qui se dressait quelque part à l'est. Le champ de foire semblait loin derrière eux, même si Falk distinguait encore le grondement sourd de la musique et de la foule, entamant le silence.

Testant de nouveau la barrière de sécurité – toujours aussi solide –, il s'y accouda et regarda en bas. À droite et à gauche, la berge rocheuse formait une pente moyennement abrupte du sentier jusqu'au bord de l'eau. Mais depuis cette corniche, elle tombait brusquement, en un à-pic vertigineux.

« Y a combien de hauteur, ici ? interrogea Falk.

— Ça dépend du niveau de l'eau. » Raco jeta un petit caillou par-dessus la rambarde. Ils le regardèrent chuter, frapper la surface et couler sans un bruit. Des vaguelettes plissèrent doucement l'eau. « Mais l'an dernier, il y avait vingt-trois mètres.

— Sacrée chute, commenta Falk tandis qu'ils baissaient les yeux sur la retenue. L'eau est tellement… »

Un soudain éclat de musique fendit l'air derrière eux, et Falk et Raco se retournèrent comme un seul homme. Le bruit, beaucoup plus proche et fort que tout ce qui pouvait leur parvenir de la fête, jaillissait des épaisses broussailles sur les hauteurs du chemin. Derrière la musique, Falk distingua des éclats de rire féminins et le cliquetis aigu de bouteilles dans un sac.

Une voix masculine, grave et jeune, suivit, les mots restant indéchiffrables. La voix se retrouva noyée quand la musique monta encore d'un cran.

« Ils commencent tôt cette année, dit Raco en consultant sa montre.

— La fameuse fête du soir d'ouverture, hein ? » Falk scruta l'orée des arbres. Le sous-bois était dense et sombre. Il ne vit rien. Il n'aurait jamais deviné que quelqu'un se trouvait là-dedans, s'il n'y avait pas eu ce vacarme.

« Ouais. L'une des plus anciennes et glorieuses traditions de notre ville, répondit Raco. Je ne plaisante qu'à moitié – ça remonte à l'époque où j'étais encore un gamin. Et même avant ça. Ça existe sans doute depuis aussi longtemps que la Fête du vin.

— C'est là que Zara devait aller l'an dernier ? » Falk savait qu'ils n'étaient pas loin du champ de foire, en termes de distance, mais l'épaisseur des broussailles et la relative tranquillité de l'eau procuraient une sensation d'isolement. « Charlie était d'accord ?

— Ben, en fait, il n'avait pas trop le choix. Lui aussi il venait là dans le temps, comme nous tous. Moi. Kim aussi. Tout le monde, à vrai dire. » Raco écouta un moment les vibrations de la musique et l'écho des rires. « C'est pas si terrible que ça en a l'air. Des gamins du lycée, pour l'essentiel, et quelques-uns de leurs potes partis à la fac, revenus pour l'occasion. Quelques enfants de vacanciers viennent parfois aussi. Pour se lâcher un peu, se retrouver autour de quelques verres de trop, pendant que les adultes sont occupés par la Fête du vin.

— Et le sergent Dwyer vient les disperser, à un moment ?

— Ouais, un peu plus tôt chaque année, à ce que j'ai cru comprendre, confirma Raco. Il déteste ce truc, mais nous autres, on est tous nostalgiques à mort. On a tous fait ça, et on ne venait jamais nous disperser quand j'avais cet âge-là, mais… » Ce souvenir embua légèrement ses yeux. « Mon père était le sergent de la ville, à l'époque, donc peut-être qu'il nous laissait un peu tranquilles. »

Falk étudia l'orée des arbres. Il ne trouva aucune trouée dans le sous-bois.

« Ils nous voient de là-haut ? »

Raco se frotta le menton. « Ça dépend. Pour faire court : oui, s'ils le veulent. Tu ne t'en rends peut-être pas compte dans le noir, mais il y a une petite ouverture entre les arbres, quelque part là-bas… » Il tendit le bras, faisant glisser son doigt lentement. Il marqua une pause, revint en arrière puis laissa retomber sa main. « Ouais, bon. Quelque part, en tout cas.

— Et pour faire long ?

— Ils peuvent voir le bas de la pente, mais ça ne veut pas forcément dire qu'ils regardent. Il y a une clairière, là-haut, en plein bush. C'est là que toute l'action se déroule. Enfin, se déroulait. À moins que la manière de se bourrer la gueule et d'essayer d'aborder les filles ait beaucoup changé depuis mon époque – peut-être que c'est le cas –, mais bon, bref, nous, c'est là-bas qu'on traînait. Personne avait vraiment besoin d'aller regarder un paysage qu'on connaissait depuis toujours. »

Raco se retourna vers le lac. C'était une piscine d'encre soyeuse à présent, sous le ciel nocturne.

« Mais c'est l'une des choses qui turlupinent Zara : elle pense que quelqu'un dans leur groupe, l'an dernier – et elle, en particulier –, aurait forcément repéré Kim.

— T'en penses quoi, toi ?

— Sauter sans bruit de ce rebord ? » Les yeux de Raco étaient presque noirs dans la pénombre. « Je crois qu'on pourrait s'approcher du bord et avoir disparu en moins de dix secondes. »

Ils restèrent silencieux, les mains posées sur la barrière, à méditer la chose.

« Je n'arrête pas de repenser au jour où Charlie a rencontré Kim », reprit soudain Raco. Il se redressa, détachant ses paumes de la rambarde. « Elle était à vélo. Elle devait avoir quinze ans à l'époque, parce que Charlie venait d'en avoir dix-sept. On vivait encore dans notre ancienne maison, près du commissariat, et on avait ce grand jardin, côté rue. Charlie, Ben et moi, on était là, un après-midi, à faire n'importe quoi, à donner des coups de pied dans un ballon de footy, ce genre de trucs, quand cette fille a déboulé. Kim avait les cheveux très longs, ils flottaient un peu derrière elle pendant qu'elle roulait sur la route en faisant de grandes boucles. Elle avait emménagé à côté avec sa famille cette semaine-là, si bien qu'aucun de nous ne l'avait encore croisée, et je me souviens que quand elle est passée devant nous, Charlie a fait genre, *woushhh…* »

Raco eut un léger sourire en tournant la tête de gauche à droite, suivant le parcours imaginaire de la gamine d'alors et de sa bicyclette sur les eaux silencieuses, devant eux.

« Et là, Charlie a lâché le ballon, s'est précipité dans l'allée pour attraper son vélo et il a… » Raco ouvrit la main, comme pour relâcher une poignée d'air. « … disparu. Derrière elle. Le tour était joué. » Son sourire s'estompa. « Enfin, le temps que ça a duré. »

Falk repensa à l'échange téléphonique entre Charlie et Kim, un an plus tôt. Pour un couple séparé, ils semblaient avoir évité l'amertume qui s'ensuivait généralement. « Qu'est-ce qui leur est arrivé ?

— Ils ont fini par se cramer, répondit Raco. Peut-être qu'ils aimaient l'idée qu'ils se faisaient l'un de l'autre plus que la réalité, en fait, parce que chaque fois, ils se remettaient ensemble, comme deux aimants. C'était très intense, et ils ont réussi à faire durer ce truc, bon an mal an, pendant leurs années de fac. Je veux dire, Rita adore l'histoire de leur rencontre, mais en réalité, c'était un truc d'ados qui a sans doute duré beaucoup plus longtemps que ça n'aurait dû. Et puis quand Charlie avait – quoi, vingt-cinq ans ? –, Zara est arrivée et Kim et lui ont essayé de faire les choses sérieusement. Mais honnêtement, je ne suis pas sûr qu'ils seraient restés ensemble si la petite n'avait pas été là. »

Falk hocha la tête. « Ça n'a pas trop affecté Charlie que Kim finisse par se marier avec un autre type du coin ? »

Raco fronça les sourcils. « Bon… Il ne pouvait pas y faire grand-chose, hein. Kim et lui n'étaient plus ensemble. » Il marqua une pause, comme s'il se souvenait d'un détail. « Les ruptures, quand ils étaient plus jeunes, lui mettaient un sacré coup. Leurs disputes empiraient chaque fois et il leur fallait de plus en plus de temps pour se rabibocher. Mais Charlie s'est détendu avec l'âge, comme nous tous, j'imagine. Alors, ç'a aidé. Et ça fait un moment que Rohan ne vit plus ici, donc ce n'était pas vraiment un type du coin. Je veux dire, Charlie, lui et les autres étaient tous potes à l'école et la famille de Rohan vit toujours ici, mais, après son départ pour la fac, il n'est jamais vraiment revenu. Kim et lui bossaient tous les deux à Adélaïde quand ils se sont mis ensemble.

— Ouais, mais quand même : le monde est petit.

— Ah, bon Dieu, oui, c'est l'impression que ça donne parfois. Surtout par ici. Mais je ne crois pas que ça ait surpris grand monde. Ils étaient amis dans le temps, avaient cet endroit en commun, donc ils faisaient déjà un peu partie de la même famille, mais Rohan est plus... » Raco s'interrompit pour réfléchir. « J'sais pas. C'est un ingénieur, donc il est différent de Charlie. Charlie... » Il se tut de nouveau, et Falk discerna chez lui une pointe de culpabilité. « Charlie avait un peu pris l'habitude de laisser tomber Kim. Comme pour cette foutue visite pour l'anniversaire de Zara, l'an dernier. Je veux dire, est-ce qu'il n'aurait pas pu s'organiser un peu à l'avance, pour une fois, afin que tout le monde sache ce que nous avions prévu de faire ce soir-là, et éviter ce plan foireux à la dernière minute ? »

Falk repensa à l'échange téléphonique entre Charlie et Kim. À la déception, ponctuée de silences gênés et tendus.

« Je sais que c'est pas uniquement la faute de Charlie, mais c'est vraiment la merde que sa dernière conversation avec elle se soit passée comme ça. » Raco contempla l'eau, en contrebas. « Kim était une de ces personnes qu'on est toujours content de rencontrer par hasard, tu vois ? Après avoir discuté avec elle, on repartait en se sentant mieux. C'est ce qui m'a le plus marqué chez elle, depuis ce premier jour où elle est passée à vélo. Même si c'était peut-être plus trop le cas à la fin. J'sais pas. Ça faisait quelques années qu'on ne se voyait plus tellement.

— Ç'a été confirmé, ce que Zara a dit au sujet de sa dépression post-partum ? »

Raco fit oui de la tête.

« Elle avait déjà eu ça après la naissance de Zara, apparemment, mais j'ai l'impression que cette fois, c'était pire. On a découvert plus tard qu'elle avait été sous antidépresseurs pendant un moment, avant même de tomber enceinte de Zoe. Donc ce n'était pas juste un truc post-partum.

— Elle n'en a parlé à personne ?

— Rohan savait, mais il dit qu'il n'avait pas pris conscience de l'ampleur du problème.

— T'en penses quoi ?

— Eh bien, elle n'en a parlé à personne d'autre, à ce que je sache, donc on peut raisonnablement penser qu'elle cachait des trucs. »

Falk hocha la tête. La nuit était chaude, et la lune se levait. La manière dont l'eau se déployait devant eux, placide et miroitante, était comme une invitation. « Est-ce que quelque chose comme ça est déjà arrivé, ici ?

— Quelqu'un qui aurait sauté, tu veux dire ? » Raco secoua la tête. « Il y a de vieilles histoires, mais depuis que je suis là, non. Tout le monde sait que c'est un endroit dangereux. On avertit tous nos gamins qu'il ne faut pas traîner par ici. » Il s'accouda à la balustrade et laissa échapper un soupir. Près de sa main, Falk aperçut une petite plaque vissée dans le bois. Il pencha la tête de côté, mais il faisait trop noir pour lire l'inscription. Raco surprit son regard.

« Un accident. Il y a quelques années déjà. » Il avait deviné sa question. « Du temps où la piste était aussi accessible aux voitures, et… »

Il fut interrompu par un soudain sursaut de la musique, derrière eux, une ligne de basse jaillie des arbres égrenant un nouveau tempo, plus rapide. Le son resta assourdissant pendant une bonne trentaine de secondes avant que quelqu'un de plus responsable, sans doute, ne s'en mêle, le volume baissant de plusieurs crans et la playlist passant d'un morceau inconnu de Falk à un autre morceau tout aussi inconnu. Il scruta de nouveau le bush. On ne voyait personne mais, même sans la musique, il lui sembla cette fois distinguer un mouvement.

« On dirait qu'ils arrivent tous maintenant, déclara Raco.

— Ils font comment pour monter là-haut ?

— Jusqu'à la clairière ? Il y a un embranchement, à une ou deux minutes de marche, par là. » Raco pointa du doigt le sentier qui montait vers le champ de foire. « Rien d'officiel, juste une petite sente à travers les broussailles. »

Falk scruta l'obscurité. Le sentier était désert, à ce qu'il pouvait voir. Il n'avait ni entendu ni senti personne monter depuis tout à l'heure. Il se retourna vers la retenue d'eau. Par contraste avec cette agitation cachée au fond des bois, celle-ci était toujours d'une immobilité surnaturelle. Falk s'accouda à la balustrade.

« C'est tellement calme. On dirait qu'elle pourrait encore flotter là, juste sous la surface. »

Raco hocha la tête. « Zara n'arrive pas à se faire à l'idée que ce n'est pas le cas.

— Je peux comprendre pourquoi.

— Moi aussi. En regardant ce lac, je penserais sûrement la même chose. Charlie et moi, on a même fini par contacter une experte de l'hydrographie locale, qui est venue ici avec Zara pour lui expliquer les courants, tout ça…

— Qu'est-ce qu'elle a dit ?

— Elle a expliqué que le barrage était en partie ouvert à cette époque, l'an dernier. Qu'il y avait eu pas mal de précipitations, si bien que deux ou trois ruisseaux avaient reçu une part du trop-plein. Et que les filtres aussi créaient un certain mouvement. » Raco soupira. « Ç'aurait été assez intéressant, d'ailleurs, en d'autres circonstances. Mais en gros, une fois que Kim a heurté l'eau et s'est retrouvée à une certaine profondeur, les courants ont pu l'entraîner littéralement n'importe où.

— Je vois.

— Ouais, donc là on parle d'une surface d'eau équivalente à celle de cinquante stades, et il y a une cuvette naturelle au centre, de sorte que la profondeur atteint soixante mètres par endroits. Je ne sais pas ce que Zara a vu dans les films ou sur Internet, mais les plongeurs ne peuvent pas chercher aussi profond. C'est impossible. Il faut une embarcation équipée d'un sonar.

— Vous avez essayé ?

— Bien sûr, on a tenté tout ce qui était raisonnablement envisageable. Mais pour faire ça sur le long terme, il faut des réserves de fric inépuisables ou beaucoup de chance. »

Falk acquiesça. Les deux hommes se turent pendant un long moment.

« Est-ce que c'est… » Comment formuler la chose ? Falk ne put trouver aucune manière subtile. « … la source d'eau potable de la ville ? »

Cela ne le troublait guère, cependant. Il avait grandi à la campagne, il savait très bien ce qui pouvait se retrouver dans les barrages et les rivières. Chaque goutte d'eau sur cette Terre est recyclée, quand on y pense.

Mais Raco secoua la tête. « Non. » Il se fendit d'un sourire ironique. « Les gens se seraient sans doute un peu plus bousculés pour financer les recherches, si ç'avait été le cas. Notre eau est puisée plus haut, en amont. Cette retenue est privée, elle appartient à un consortium agroalimentaire. C'est pour le bétail et les vignes, la régulation des cours d'eau.

— Il y a quelques entreprises viticoles dans ce consortium, j'imagine ?

— Ouais, évidemment. L'idée est de protéger l'activité de leurs producteurs, et donc leurs investissements. »

Derrière eux, le volume de la musique était remonté d'un cran, et Raco jeta un coup d'œil à son téléphone.

« C'est l'heure de l'appel ? l'interrogea Falk.

— Dans pas longtemps. On ferait mieux de remonter. Je suis curieux de voir ce que ça va donner. »

Falk se tourna vers lui. Difficile de distinguer le visage de son ami, dans le noir.

« Zara n'est pas là, l'encouragea Falk.

— Non.

— C'est juste toi et moi.

— OK.

— Donc, qu'est-ce que tu penses de tout ça ? Il reste des choses à découvrir, d'après toi ? »

Raco ne répondit pas tout de suite. Il resta planté là, mains dans les poches, tournant le dos à la retenue, écoutant le bruit de la fête.

« Difficile à dire, finit-il par répondre, et ils se remirent en marche. Peut-être. Est-ce que ça changera quelque chose à ce qui s'est passé ici, j'en sais rien. Mais il y a toujours quelqu'un, en général, qui a gardé pour lui une info utile, pas vrai ? »

Oui, songea Falk tandis que leurs pas se synchronisaient sur le sentier, et qu'ils laissaient derrière eux l'immense étendue d'eau et les rires jaillissant des arbres. C'était la vérité. Mais il connaissait bien Raco désormais, du moins suffisamment pour être certain qu'il avait autre chose en tête.

Chapitre 8

« Merde. » Les yeux de Raco étaient lourds de culpabilité lorsqu'ils se posèrent sur la poignée de flyers toujours serrée au creux de son poing.

Falk avait réussi à distribuer toute sa cargaison avant d'atteindre le stand du vignoble, mais son ami semblait avoir oublié l'existence des siens. Il était resté inhabituellement silencieux pendant qu'ils revenaient de la retenue d'eau, puis se frayaient tant bien que mal un chemin au milieu de la foule, sur les allées désormais illuminées du champ de foire. En apercevant le stand de Charlie devant eux, Raco considéra honteusement les derniers flyers dans sa main.

« Donne. » Falk offrit sa main, et Raco, reconnaissant, lui remit la moitié des feuilles. Ils passèrent les minutes suivantes à les fourguer, impérieusement, à toutes les personnes qu'ils croisaient. La plupart baissaient à peine les yeux avant d'en glisser une dans leur poche ou leur sac.

« J'ai l'impression… » Il y avait de la résignation dans la voix de Raco. Il ne précisa pas sa pensée.

Falk savait exactement ce qu'il voulait dire, mais ils continuèrent quand même jusqu'à ce que leurs mains soient vides.

Le stand était toujours très animé, constata Falk quand ils eurent terminé. Le colosse qui empilait tout à l'heure les cartons au fond de la tente était désormais posté derrière la table, avec les deux jeunes femmes. Il servait des verres de dégustation à un groupe assez fourni, et salua Raco d'un hochement en le voyant arriver.

« Ils sont déjà partis, mon pote. » L'homme posa la bouteille de vin et s'essuya les mains sur son jean. Il chassa d'une gifle un papillon de nuit insistant qui voletait autour d'une ampoule, à hauteur de son visage. « Zara voulait arriver en avance. Charlie a dit que tu l'appelles quand tu seras près de la scène.

— Pas de problème, répondit Raco. Tu viens, toi ? »

Des clients potentiels gravitaient autour du stand, mais les yeux de l'homme se posèrent sur un tas de prospectus empilés avec soin au bord de la table. Kim Gillespie le contemplait depuis la photo imprimée.

« Ben, écoute, je serais pas contre. » Il se tourna vers l'employée la plus proche, qui acquiesçait déjà. « Ça va aller, t'es sûre ? Vingt minutes ?

— Bien sûr. Vous inquiétez pas, Shane. » La femme agrafa un prospectus au reçu qu'elle s'apprêtait à remettre à un couple. « Prenez votre temps.

— Super. Merci. »

L'homme contourna la table, forcé de baisser la tête pour ne pas se cogner contre le toit de la tente, et rejoignit Falk et Raco dans l'allée.

« Vous vous êtes rencontrés l'an dernier, tous les deux ? demanda Raco alors qu'ils se mettaient en route. Aaron… » Il s'arrêta en voyant s'illuminer l'écran de son portable. « Désolé, c'est Charlie. » Il porta l'appareil à son oreille. « Ouais, on arrive… »

Le type tendit sa grosse main calleuse à Falk. « Je ne crois pas qu'on ait été présentés, si ? Shane McAfee.

— Ouais, je sais. » Falk se présenta. « Je vous ai vu quelques fois sur la pelouse du MCG. Super joueur.

— Ah, vraiment ? Merci, mon pote. » Le ton de Shane McAfee était léger, mais Falk sentit qu'il était content. Il avait l'intéressante manie de s'interrompre brièvement, comme pour soupeser ses paroles, et sa voix était plus douce qu'on ne l'aurait cru. « Ça commence à remonter, maintenant. »

Vingt ans au moins, estima Falk. Shane devait avoir le même âge que lui, mais la carrure imposante d'un joueur professionnel de football australien. Il était toujours en forme, visiblement, avec cependant l'allure épaisse et un peu ramollie d'un ancien athlète d'élite désormais responsable de la composition de ses repas et de son programme d'exercice physique.

« Donc vous suivez le footy ? » l'interrogea Shane tout en continuant de marcher.

Falk hocha la tête. « Depuis tout gosse. J'ai grandi dans la campagne du Victoria, alors…

— Plus ou moins inévitable, hein ?

— Plus ou moins, oui. En plus, mon père était très fan. Il avait joué un peu lui-même dans sa jeunesse, à un niveau local, vous voyez ? Il aimait aller au stade, regarder les matchs à la télé. En fait, nous étions en tribune le jour de cette fameuse finale, ajouta Falk. L'année où vous…

— Ouais. » Ce souvenir fit sourire Shane. « Ouais. Là, ça remonte vraiment. Vous n'étiez sans doute pas pour nous, hein ? Étant du Victoria…

— Eh bien, non. On était pour ceux d'en face.

— Je vous dois des excuses, alors… » Les traits de Shane se détendirent en un sourire. Il n'avait pas l'air désolé, mais Falk ne pouvait pas lui en vouloir.

Ç'avait été le genre de match qu'il se sentait encore privilégié d'avoir vu en vrai, malgré le résultat. Il vivait près de la fac, à l'époque, accaparé par ses études, et ne faisait que très rarement le trajet de cinquante minutes jusqu'au domicile de son père, à l'autre bout de Melbourne, même pendant les vacances, et encore moins le week-end. Si l'on avait obligé Falk à s'arrêter un instant pour analyser sa relation avec son père, il aurait reconnu, en toute honnêteté, qu'un peu de distance ne leur avait pas fait de mal. Leurs interactions étaient depuis longtemps teintées d'une politesse un peu superficielle, et ce n'est que des années plus tard, après la mort de son père, que Falk avait fini par s'avouer que « bonne » n'était sans doute pas le terme le plus adéquat pour qualifier cette relation.

Le jour de la finale, Falk était en train de feuilleter sans enthousiasme un manuel dans sa résidence étudiante quand son père l'avait appelé. Sa voix vibrait d'une énergie que Falk ne lui connaissait plus depuis des années. Une tombola avait été organisée à l'entreprise de matériel agricole pour laquelle Erik Falk travaillait, et devinez qui était l'heureux et fier gagnant de deux tickets pour le grand match ? Son excitation était contagieuse, et le fauteuil de bureau de Falk s'était effondré bruyamment sur le plancher quand il s'était dressé d'un bond, frappant l'air de son poing.

Ce n'est que plus tard qu'il avait compris : son père aurait pu inviter, littéralement, des dizaines d'autres personnes à ce match – collègues, voisins, peut-être même des amis, Falk n'en avait aucune idée – et tous auraient sûrement sauté sur cette aubaine. Mais le footy, surtout à ce niveau, transcendait les drames familiaux – cela allait sans dire. Si bien qu'Erik Falk avait évidemment convié son fils.

Ils s'étaient retrouvés à la gare de Flinders Street, arborant la même écharpe de supporter aux couleurs de leur équipe. La courtoisie empruntée qui planait généralement entre eux s'évapora durant les quatre quart-temps de cette finale, entre célébration et commisération. Après le match, ils s'étaient frayé un chemin dans un pub pour partager quelques bières et refaire le match, tombant d'accord, avec une passion commune, sur le fait qu'il aurait dû basculer en leur faveur. De retour à la gare, ils s'étaient serrés dans les bras pour se dire au revoir, dans un geste spontané, quasi instinctif. Falk avait inspiré profondément. L'écharpe de footy de son père avait la même odeur que dans son enfance. Et toutes ces années plus tard – bien trop tard, maintenant –, Falk songea que c'était l'une des meilleures journées qu'ils avaient passées ensemble.

« Super match, fut tout ce qu'il put dire à Shane McAfee, qui marchait à côté de lui. Et une bonne journée.

— Ouais. » Shane semblait lui aussi pris d'une certaine mélancolie. « Vraiment. »

Il se racla la gorge, et Falk aurait aimé le connaître assez pour pouvoir lui demander à quoi il pensait. Comment avait-il vécu ce moment ? La pression et l'adrénaline sur le terrain, l'émotion et l'énergie émanant des tribunes. Shane devait avoir vingt ans à peine, comme Falk, mais au lieu d'être l'un des cent mille visages anonymes des gradins, il avait participé à ce match, en plein cœur de l'action. L'un des rares élus suants, sales et victorieux qui avaient eu la chance de fouler cette pelouse.

Si Shane revivait tout cela maintenant, il n'en laissait rien paraître, concentré sur l'allée encombrée devant eux. Il n'en avait pas vraiment besoin, avec sa carrure imposante. La foule avait tendance à s'écarter devant lui.

Qu'était-il arrivé à Shane McAfee ? Falk tenta de se souvenir. Il avait l'impression qu'il aurait dû le savoir, car ce type avait été un joueur exceptionnel, et pourtant, après ce match, il ne se rappelait pas avoir jamais repensé à lui jusqu'à l'année précédente, quand Raco le lui avait montré, en plein travail sur le stand du vignoble de Charlie.

« Donc vous avez grandi ici ? demanda Falk, contournant une famille bruyante stoppée au centre de l'allée.

— Ouais, j'étais pote avec Charlie. Greg, aussi. » Shane hocha la tête en direction de Raco, qui marchait devant eux, toujours au téléphone. « J'ai bossé un temps à Melbourne après le footy, commentateur à la radio, des trucs comme ça, mais… » Il haussa les épaules. « Et je me suis retrouvé ici. C'est bien, se hâta-t-il d'ajouter.

— Vous jouez encore un peu ?

— Pas vraiment. J'ai essayé avec des potes, pour m'amuser, mais c'est pas la même chose.

— Non. » Falk repensa à la foule du MCG. « J'imagine.

— En plus, ça me ruine les genoux. Ça vaut pas la peine, au final, juste pour jouer entre potes. Mais bon, j'entraîne l'équipe masculine de la ville. » Shane scruta Falk de la tête aux pieds. « Vous jouez ? Comme votre père ?

— Non.

— Mais vous avez joué, plus jeune ? insista Shane en continuant de le jauger. Vous avez l'air bâti pour la vitesse.

— Juste à l'école, et un peu à la fac. Rien de sérieux. Et ça fait une éternité.

— Tout le monde dit ça. » Shane avait l'air vaguement amusé. « Il est jamais trop tard.

— Ça, je n'en suis pas si sûr, répliqua Falk, et les deux hommes échangèrent un sourire, ralentissant alors que Raco s'arrêtait.

— Ouais, d'accord. On se retrouve là-bas. » Raco raccrocha et se tourna vers eux. « Charlie dit qu'ils sont sur la gauche, près des haut-parleurs. Par là, je crois. »

Ils formèrent une file indienne un peu lâche, serpentant à travers un océan de pique-niques, en direction de la grande scène centrale. La musique se fit plus forte et là-bas, droit devant, un groupe inondé de lumière interprétait un morceau rapide. Falk vit Shane se pencher pour ramasser quelque chose par terre, puis se redresser, ralentissant à peine l'allure. Il tenait dans sa main un flyer froissé, avec une empreinte de semelle poussiéreuse imprimée sur le visage de Kim. Il passa son gros pouce dessus, puis plia soigneusement le papier en quatre et le glissa dans sa poche arrière.

Ils repérèrent Charlie et Zara au pied de la scène, avec un groupe de volontaires que Falk avait aperçus tout à l'heure devant le stand. La jeune fille était en train de parcourir des notes griffonnées sur un bout de papier, ses yeux courant le long des lignes. Joel se tenait debout à ses côtés, les bras croisés sur sa grande carcasse d'adolescent, lisant par-dessus son épaule. Charlie contemplait, perplexe, l'écran de son portable, réussissant le prodige d'avoir l'air étrangement seul au milieu de la foule. Relevant les yeux, il les vit approcher et éteignit son téléphone.

« Salut, mon pote. » Shane dut hausser la voix pour se faire entendre dans le vacarme de la musique. « Les filles s'occupent du stand. Je vais y retourner bientôt, je voulais juste…

— T'inquiète. » Charlie l'interrompit d'un geste de la main, puis consulta sa montre. On sentait qu'il aurait voulu être ailleurs. « De toute façon, il est temps de s'y mettre. »

Comme s'il l'avait entendu, le groupe plaqua le dernier accord du morceau, qui résonna longuement dans l'air tandis que les projecteurs de la scène passaient d'un bleu vif à un jaune tamisé. Un ingénieur du son fit signe à Zara de s'approcher de l'escalier qui montait vers la scène, où elle fut rejointe par Rohan Gillespie et le sergent Dwyer. Ils écoutèrent attentivement le technicien leur expliquer comment se servir du micro.

Vous êtes prêts ? Falk vit plus qu'il n'entendit l'homme prononcer ces mots, et les trois autres acquiescèrent. Dwyer semblait être le seul à le penser vraiment. L'ingénieur du son se tourna vers l'autre extrémité de la scène et leva la main pour faire un geste à l'un de ses collègues. *C'est bon, on y va.*

Falk sut avant de savoir. Il le sentit alors même qu'il tournait la tête vers l'obscurité du bord de scène. Et il avait raison : elle était là.

Les cheveux de Gemma Tozer étaient coupés un peu plus court que seize mois auparavant, et le manteau bleu marine et la robe imprimée avaient cédé la place à un jean sombre et un chemisier en lin. En la voyant, Falk fut forcé d'avouer – en son for intérieur – qu'il la cherchait à moitié depuis le début de la soirée. Plus qu'à moitié, en fait. Il vida l'air de ses poumons.

« Ça va ? » La voix de Raco le prit au dépourvu. L'espace d'un instant, Falk avait oublié sa présence.

« Ouais. Pourquoi ?

— Non, rien. J'ai cru que t'avais dit quelque chose.

— Oh ! non », répondit Falk, mais Raco ne lui prêtait guère attention, de toute manière, totalement concentré sur Zara, qui passait rapidement ses notes en revue, l'air soucieuse.

Falk se tourna de nouveau vers la scène. Gemma était à présent baignée d'une lumière dorée absurdement flatteuse, donnant l'impression qu'une aura chaude et aveuglante émanait de sa personne.

Oh ! mon Dieu. Falk la contempla, avec une touche d'amusement. *Ça*, ce n'était vraiment pas du jeu.

Elle signala quelque chose à l'ingénieur du son puis se tourna, son visage parcourant le public. Soudain conscient qu'il était en train de la dévorer des yeux, Falk les baissa brusquement sur le sol.

Bon sang. Il faillit en rire, embarrassé pour lui-même. Il n'avait quand même plus seize ans.

Reste.

Il releva la tête. L'attention de Gemma s'était reportée sur la scène.

Et c'était ridicule, songea Falk. Parce qu'il faisait nuit, et qu'il y avait une certaine distance entre elle et lui, et que son visage était perdu parmi des centaines d'autres. Il avait peut-être – probablement, pour être honnête – pris ses désirs pour des réalités. Mais quand même. Il regarda Gemma, debout au bord de la scène.

Qu'est-ce qui avait changé ? Une légère altération dans l'expression de son visage, dans sa posture ? Peut-être. Rien du tout, en fait. Mais en même temps, la peau de Falk le démangeait comme si l'air s'était soudain chargé d'un léger surcroît d'électricité. Et il se demanda si, un instant plus tôt, elle ne l'avait pas regardé, elle aussi.

Chapitre 9

La salle du bar de Southbank, où l'instant d'avant on trouvait à peine la place de se tenir debout, était devenue soudain plus aérée, les fans de footy se dirigeant vers le stade pour ne pas manquer le coup d'envoi. Gemma bondit habilement sur une table libre – une bonne table, donnant sur les eaux de la Yarra, où se reflétaient les lumières de la ville – et le serveur eut la générosité d'oublier le temps qu'ils lui avaient fait perdre tout à l'heure, et de prendre leur commande. Alors qu'ils s'installaient, Gemma fit référence à une série télé que Falk regardait lui aussi. La dissection des mérites respectifs du livre dont elle s'inspirait et de son adaptation les propulsa gaiement vers un deuxième verre. Falk se dirigea vers le comptoir et, lorsqu'il revint, Gemma avait dénoué ses cheveux. Il proposa un dîner avant même que son verre ne soit vide.

Elle sourit. « Oui, avec plaisir. »

La pluie eut la bonne idée de rester en suspens le temps qu'ils traversent côte à côte le pont enjambant la Yarra, vers le cœur de la ville. Falk suggéra un restaurant au sujet duquel il avait entendu de bonnes choses, et ils quittèrent la grand-rue et ses perpendiculaires pour s'aventurer dans les allées du centre, jusqu'à ce qu'ils atteignent une petite devanture. Un jeune type sérieux affublé d'un tablier et d'une pilosité faciale compliquée jeta un coup d'œil dans un registre près de la porte, puis, sans un mot, les guida parmi les grappes denses de chaises, jusqu'à une petite table tassée dans un coin. La salle était chaude après l'air humide de la nuit, et ils se débarrassèrent de leurs manteaux, s'assirent coude contre coude avec un couple d'amoureux à la table voisine. Falk et Gemma se sourirent par-dessus leurs cartes et, quand Falk se tourna sur sa chaise, leurs genoux se frôlèrent.

« C'est comment, d'organiser la Fête du vin ? l'interrogea-t-il une fois leur commande passée.

— Intéressant. » Elle se redressa sur sa chaise, s'excusant après avoir heurté du coude son voisin, qui venait de tendre la main pour prendre celle de sa dulcinée. Celui-ci l'entendit à peine. « C'est marrant, et toute la communauté nous soutient, donc ça aide. Une bonne partie d'entre nous a grandi avec, alors il y a cet immense facteur nostalgie. Mais l'événement n'a pas cessé de se développer au fil des années, ce qui signifie qu'il y a maintenant d'autres aspects à prendre en compte, et Marralee reste fondamentalement une petite ville… » Elle haussa les épaules.

« Ça demande pas mal de diplomatie ?

— Oui. *Tellement !* Super, merci », dit-elle quand il remplit son verre avec la bouteille de vin qu'ils avaient commandée. Elle but une gorgée. « Mmm… Il est bon. Vous êtes déjà venu ?

— Dans la Marralee Valley ? Non. » Falk goûta le vin à son tour. Elle avait raison : il était bon. « Mais j'ai grandi dans une petite ville. Celle où Greg Raco travaille aujourd'hui, d'ailleurs.

— OK, donc, oui : vous savez comment c'est. » Gemma sourit par-dessus son verre. « Ménager toutes les sensibilités en permanence… Même si, en réalité, c'est seulement parce que les gens tiennent à cette fête. Ils ont l'impression qu'elle leur appartient. Et c'est vraiment excitant de la voir prendre forme chaque année. »

Son enthousiasme était revigorant. La plupart des gens que Falk connaissait détestaient plus ou moins la manière dont ils gagnaient leur vie.

« Vous avez toujours… ? » Il s'interrompit en voyant le serveur jouer des coudes pour les rejoindre, leurs assiettes en équilibre sur les paumes de ses mains. Remarquant que la petite chandelle au centre de leur table était éteinte, il siffla un *tss tss*, posa les plats devant eux et sortit une boîte d'allumettes de sa poche.

« Non, c'est…, commença Falk, qui n'était pas à l'aise avec les flammes libres, quel que soit le contexte.

— Pas de souci. » Le serveur interpréta à tort son hésitation comme un geste de politesse – ou peut-être, comprit Falk, comme la nervosité d'un rendez-vous galant – et, avec un sourire rassurant et un geste un peu grandiloquent, il frotta une allumette et l'approcha de la mèche.

« Voilà. » Il reposa précautionneusement la bougie entre Gemma et lui. « C'est mieux comme ça. »

Ce n'était pas mieux. Mais ça irait, se persuada Falk. Il ferma les yeux un instant puis les rouvrit. Oui, il était capable de gérer.

Gemma le dévisageait par-dessus la bougie, tandis que le serveur se faufilait vers les cuisines. Falk n'était pas sûr qu'elle avait remarqué les cicatrices de brûlures sur sa main gauche ou si, parce qu'elle connaissait Raco, elle avait fait le rapprochement, mais, dès que le serveur se fut éloigné, elle montra du doigt la flamme incriminée, qui dansait innocemment.

« Pardon, mais ça vous dérange si je l'éteins ? » Elle désigna la salle d'un tournoiement de doigt. « C'est juste que cet endroit m'a l'air bien confiné et inflammable, et comme je prends l'avion pour Adélaïde aux aurores, vous voyez… » Elle sourit. « J'aimerais autant ne pas me retrouver coincée là parce que j'ai renversé cette bougie et provoqué un accident. »

Falk la regarda. *Reste.* Il se contenta de hocher la tête.

« Super, merci. » Elle se pencha, lèvres retroussées, et, le boulot fait, empoigna ses couverts.

« Vous repartez demain ? » demanda-t-il comme ils commençaient à manger. Il s'était efforcé de garder un ton détaché. « Vous êtes juste venue pour la soirée ?

— Oui. Il faut que je rentre, j'ai un ado de dix-sept ans à la maison, même si je sais qu'il n'est pas particulièrement pressé de me voir. »

Gemma se concentra sur son assiette, mais Falk sentit qu'elle jaugeait sa réaction.

« Il s'appelle comment ?

— Joel. C'est mon beau-fils, techniquement, mais… » Elle marqua une pause pour empêcher une spirale de pâtes de se détacher de sa fourchette. « C'est un gosse intelligent, qui ne pose vraiment pas de problèmes. En tout cas, on peut le laisser tout seul pour une nuit.

— C'est bien. » Falk était curieux de savoir quelle était la nature de la relation actuelle entre Gemma et le père de son beau-fils, mais elle n'offrit aucune explication, et il ne posa pas de questions. « Vous avez toujours vécu là-bas ? demanda-t-il à la place.

— À Marralee ? » Gemma avala sa bouchée et secoua la tête. « J'ai grandi là-bas, mais j'ai fait mes études à Sydney et, après avoir obtenu mon diplôme, j'ai travaillé aux États-Unis pendant quelques années. En Californie.

— Ah oui ? Vous n'avez pas du tout l'accent.

— Non, je ne suis même pas sûre de l'avoir jamais eu. Et ça fait longtemps, maintenant.

— Vous bossiez dans l'événementiel, là-bas ?

— Ah non ! pas du tout, répondit Gemma en riant. Je devrais vous laisser deviner, les gens sont toujours surpris. J'étais dans l'informatique. Les start-up de la Silicon Valley, tout ça… Je faisais de la programmation pour une grande société de technologie.

— Vraiment ? » Falk était impressionné. « Laquelle ? »

Elle fit un geste discret du menton vers un businessman à quelques tables, qui avait ouvert son portable et consultait un site, maniant le clavier d'une main tout en mangeant. « La plus grosse.

— Sérieux ? C'était comment ?

— Mon Dieu, à fond tout le temps. La boîte n'était pas encore aussi grosse à l'époque, et le paysage de la concurrence a changé depuis, à l'évidence. J'ai décroché un stage avec ma fac, et j'ai réussi à le convertir en job. Je bossais essentiellement sur le back-end, toutes les fonctionnalités invisibles qui se retrouvaient ensuite dans les produits commercialisés. » Elle but une gorgée de vin, toute à ses souvenirs. « En y repensant, c'étaient des années un peu dingues, mais j'ai beaucoup appris.

— J'imagine. » Du coin de l'œil, Falk vit le serveur allumer une bougie à une table proche, avec le même geste que tout à l'heure, avant d'aviser la leur, le visage inquiet. Il fit un pas dans leur direction, mais, par chance, un voisin le fit dévier en réclamant de l'eau. Falk se tourna de nouveau vers Gemma. « Ça vous arrive encore d'en faire ?

— De la programmation ? » Elle secoua la tête, mais sans tristesse. « Je me souviens encore d'une partie des trucs sur lesquels je bossais – une sorte de mémoire musculaire, j'imagine ? –, mais je crois qu'on devient obsolète au bout de cinq minutes de nos jours, alors après tant d'années…

— Qu'est-ce qui vous a fait revenir ?

— Des États-Unis à une petite ville d'Australie-Méridionale ? Plusieurs choses, à vrai dire. » Falk attendit que Gemma développe. Au lieu de quoi, celle-ci le regarda par-dessus son verre. « Vous retourneriez vivre dans votre ville natale, vous ? »

Falk se figea, interdit. « Mon Dieu, non !

— D'accord. » Elle éclata de rire. « C'était vraiment catégorique. »

Il ne put s'empêcher de rire à son tour. « Oui, j'en ai peur. »

Les sentiments de Falk à l'égard de Kiewarra étaient profondément enracinés, mais, en réalité, ils s'étaient considérablement adoucis ces dernières années. Pourtant, le simple fait qu'il fût capable de considérer ses souvenirs de cet endroit avec une tendresse nouvelle ne voulait pas dire qu'il était impatient de s'en fabriquer de nouveaux. Mais cette histoire-là, il la garderait pour un autre jour. À la place, il déclara : « Je préfère ici.

— La grande ville ?

— Ouais. Enfin, Melbourne en particulier. Mon boulot, et tout le reste.

— Ça vous plaît de travailler pour la police fédérale ?

— Ouais, vraiment. Pour l'essentiel. J'aime les enquêtes, les affaires financières. Voir où vous conduit l'argent, parfois, ça vous ouvre sacrément les yeux. Ce n'est pas fait pour tout le monde mais moi, ça me va bien. Le reste – les réunions, la politique et la paperasse –, c'est un peu moins… »

Comme par un fait exprès, son portable émit une sonnerie dans sa poche. Tous deux l'entendirent. Falk ignora le tintement, mais il fut suivi d'un second, puis de deux autres encore.

« Mince, désolé. » Falk sortit le téléphone de sa poche pour le mettre en mode silencieux. « Je m'étais dit qu'il valait mieux le laisser allumé, au cas où Raco…

— Non, ça va, le rassura Gemma. Allez-y. Il faut que j'aille aux toilettes de toute manière. »

Elle s'essuya les mains sur sa serviette puis se leva. Elle tint le tissu de sa robe à l'écart de la table en se faufilant, et Falk sentit la chaleur diffuse de son corps quand elle passa devant lui. Il la regarda traverser la salle. Son téléphone tinta de plus belle, insistant, et il se força à baisser les yeux vers l'écran.

Quand elle revint, il était encore plongé dedans. Il releva la tête quand elle se glissa le long de sa chaise.

« Je suis vraiment désolé. Nous sommes au beau milieu de cette… » Il n'alla pas au bout de son excuse, appuya sur *Envoyer* et se tourna vers elle. « Pardon.

— Ce n'est pas grave.

— Non. Je suis très malpoli. C'est la folie au boulot, mais quand même… » Il reposa son téléphone.

« Période chargée ?

— C'est toujours un peu le cas, mais j'ai récemment été affecté à… Bon Dieu, je vais… » Une réponse venait de tomber. Marquée *Urgent*, bien sûr, mais elles l'étaient toutes. Falk tapa une réponse d'un seul mot, enclencha le mode silencieux et enfouit son portable dans la poche de son manteau, où il le sentit immédiatement vibrer. Il se força à l'ignorer. « J'ai été affecté il y a quelques mois dans un groupe opérationnel, et c'est… » Il sentit son portable vibrer de nouveau. *Ignore-le.*

Gemma scrutait son visage, tout en mâchant.

« C'est quelque chose que vous souhaitiez ? demanda-t-elle.

— Ouais. Ça faisait un moment que j'essayais de rejoindre cette équipe.

— Eh bien, félicitations. » Elle inclina son verre vers lui. « C'est formidable.

— Oui. Merci. » Il le pensait vraiment, mais elle décela la touche dissonante dans sa voix.

« Ce n'est pas ce que vous espériez ?

— Eh bien… »

C'était une bonne question. Dans l'ensemble, ce job correspondait à ce qu'il s'était imaginé. Il savait qu'il y aurait beaucoup de boulot, et c'était bien le cas. Il avait fait des pieds et des mains pour décrocher ce poste. Donc oui, en ce sens, c'était à la fois ce qu'il avait souhaité et ce à quoi il s'attendait.

« Si, pour l'essentiel. Mais c'est aussi très… » Son portable vibra de plus belle. Falk posa ses deux mains à plat sur la table pour s'empêcher de l'empoigner. « … prenant.

— Je peux comprendre ça, dit-elle, d'une manière qui lui fit sentir qu'effectivement, elle comprenait. Méfiez-vous de ce que vous désirez, c'est ça ? »

Il lui rendit son sourire. « Quelque chose dans le genre. »

Elle les resservit en vin et parut réfléchir.

« C'était comme ça, en Californie.

— Ah ouais ?

— Un peu. Je voulais vraiment faire partie de l'aventure, le travail était stimulant et me poussait à me dépasser, mais… Je ne sais pas, il y avait des choses auxquelles je ne m'attendais pas trop. La culture d'entreprise, notamment. Et puis c'était un peu un panier de crabes, parce que la bulle technologique était… » Elle haussa les épaules. « Eh bien, une bulle, avec tous les licenciements et l'incertitude et les pertes que ça engendre, donc toute l'industrie a été à cran pas mal de temps. J'ai tenu bon pendant la majeure partie de ma vingtaine, alors j'ai tout connu. Mais au bout d'un moment, je crois que j'ai juste eu besoin de changement.

— Donc vous êtes revenue ? »

Elle avala une bouchée. « Pas tout de suite. J'ai d'abord fait le grand voyage classique pendant quelques mois, et cramé une partie de mes économies, histoire de relâcher un peu la pression, de réfléchir à ce que j'allais faire ensuite. J'ai atterri à Londres, et me suis retrouvée dans l'une de ces fêtes de backpackers australiens. Vous savez, celles où vous vous rendez avec une personne rencontrée par hasard dans votre auberge de jeunesse, et où vous tombez sur votre cousin et votre pire ennemi du lycée ? »

Falk sourit. Elle présentait ça de manière comique, mais c'était un bon souvenir, il le devinait.

« Bref, je suis allée à cette fête et, surprise, surprise… j'ai croisé cet homme que j'avais connu dans ma jeunesse à Marralee, mais que je n'avais pas revu depuis longtemps. Dean Tozer. On s'est reconnectés, j'imagine. » Elle gagna un peu de temps en buvant une gorgée de vin. Falk attendit.

« Dean travaillait pour un cabinet comptable qui l'avait détaché à Londres pour six mois, mais il avait un fils – Joel – d'une précédente histoire. Joel était… » Elle compta doucement sur le bout de ses doigts, avec son pouce. « Il avait sept ans à l'époque. Il vivait avec sa mère en Australie. Mais c'était une danseuse professionnelle et on lui avait proposé un engagement régulier sur un bateau de croisière, si bien que quand j'ai rencontré Dean, il était sur le point de rentrer à Marralee pour qu'elle puisse accepter cette offre – Joel vivrait quelque temps avec lui. Il a quitté Londres, je suis restée juste assez longtemps pour bien lui faire comprendre, et me faire comprendre à moi-même, que je n'allais pas le suivre au pays… » Elle rit. « … et puis, évidemment, je l'ai suivi au pays. Mais j'en avais envie, en fait, j'étais prête à vivre quelque part où je me sentirais plus chez moi. »

Le serveur passa devant eux et Gemma marqua une pause, jouant avec son verre. Falk sentit un nuage se former.

« Donc, Dean et moi avons vécu ensemble, avec Joel bien sûr, et puis Dean est mort. Ça fait presque cinq ans, maintenant. »

Falk la regarda. « Je suis désolé.

— Merci. Ça va. Je veux dire, c'était dur, évidemment, mais ça fait un moment déjà.

— De manière brutale ? » interrogea Falk, même s'il devinait déjà la réponse. Il n'y avait pas eu d'adieux apaisés dans un centre de soins palliatifs, à l'évidence, mais une rupture soudaine. Entre un avant et un après.

« C'était un accident. Donc oui. Il s'est fait renverser par une voiture. C'était… » Gemma chercha le bon mot. « … horrible, sincèrement. La police était impliquée. C'était vraiment un sale moment. » Elle ferma les yeux une fraction de seconde plus longtemps que la normale, comme une minuscule réinitialisation, puis les rouvrit et gratifia Falk d'un demi-sourire. « Je suis désolée, je n'ai jamais trouvé de bonne manière de raconter cette histoire.

— Je comprends. Certaines histoires ne sont pas bonnes, en soi. » Ils se regardèrent par-dessus leur bougie éteinte. Falk décelait sa tristesse, ancienne et lasse, refaisant surface comme si elle avait besoin d'une petite dose d'air et de lumière avant de replonger. « Je suis vraiment désolé de l'apprendre, Gemma.

— Merci. »

Il sentit qu'elle voulait changer de sujet et chercha à tâtons un enchaînement naturel.

« C'est à ce moment-là que vous avez commencé à travailler pour la Fête du vin ? Quand vous êtes rentrée à Marralee ?

— Oui. » Gemma parut soulagée de retrouver un terrain plus ferme. « C'était différent de mon boulot dans la tech, mais… » Elle haussa les épaules.

« C'était un peu le but, n'est-ce pas ? fit remarquer Falk.

— Exactement. J'ai d'abord fait du bénévolat au sein du comité, et comme je me débrouillais plutôt bien pour tout ce qui était organisation et planning, on m'a vite proposé un poste rémunéré. J'occupais une position assez élevée au sein de l'équipe et, quand le poste de directeur s'est retrouvé vacant, c'est moi qu'on a choisie.

— Génial. Et vous êtes contente, là-bas ? Pas tentée de repartir à l'étranger ?

— Non. » Gemma secoua la tête. « Il ne faut jamais dire jamais, je crois, mais non. Joel et moi avons évoqué la possibilité de partir après, eh bien, l'accident de Dean. Recommencer de zéro, tout ça. Mais en fait, ni lui ni moi n'en avions vraiment envie. Joel est au lycée, il a des amis, des gens qui le soutiennent. Moi aussi. Et Marralee est une belle ville, une communauté formidable. Enfin, Greg vous dirait la même chose.

— Oui, répondit Falk. Je devrais peut-être lui demander de m'inviter, histoire de me faire une idée. Il paraît qu'ils ont une Fête du vin formidable.

— Effectivement. » Elle lui sourit. « Et oui, vous devriez. »

Ils restèrent longtemps attablés, et quand leurs assiettes et la bouteille furent vides, ils se levèrent et se dirigèrent vers la sortie, se retrouvant dans la rue froide. Sans vraiment réfléchir, Falk tendit le bras pour lui prendre la main. Il s'était remis à pleuvoir, avec toute l'intensité d'une brève averse, et ils s'arrêtèrent sous un auvent pour la laisser passer, regardant les trombes d'eau s'illuminer de blanc et d'or sous les lampadaires. La pluie tambourinait sur l'auvent, et le bourdonnement nocturne de la ville grondait tout autour d'eux. Il faisait froid, mais Gemma se tenait tout près de lui et sa main était chaude au creux de la sienne.

Il se tourna pour lui glisser quelques mots – lesquels, au juste, il n'aurait su le dire – mais se figea en la voyant le regarder d'en bas, d'une manière qu'il était quasi certain de reconnaître. Ils se sourirent dans le noir et, tout en songeant que certaines choses semblaient juste naturelles, Falk s'avança, baissa la tête et l'embrassa. Il sentit son sourire, ses doigts se tendre au creux des siens, tandis qu'elle lui rendait son baiser dans cette nuit fraîche et calme. La pluie s'arrêta avant eux.

Chapitre 10

La Fête du vin et de la gastronomie annuelle de la Marralee Valley avait bien des choses à offrir à ses visiteurs et, par chance, les groupes réunis autour des couvertures de pique-nique semblaient être confortablement installés. Malgré tout, certains parurent hésiter à rester en voyant les musiciens quitter la scène et le sergent Dwyer grimper les marches, un micro à la main. L'angoisse déforma les traits de Zara quand une poignée de gens ramassèrent leurs couvertures et leurs assiettes en carton, cependant la plupart semblaient être d'avis qu'étant arrivés tôt pour réserver une bonne place, ils préféraient la garder, merci bien. Alors que Dwyer attendait son signal, Raco se pencha à l'oreille de Falk.

« Je reviens dans une minute, je vais juste saluer Naomi. » Raco marqua une pause, considérant une idée avant de la rejeter. « Il vaut sans doute mieux que je te la présente demain, tu veux bien ? Ça sera plus facile de se parler.

— Pas de souci. » Falk n'avait pas rencontré la future marraine d'Henry l'année précédente – le café prévu avait été reporté comme tant d'autres choses après cette soirée d'ouverture –, mais il regarda Raco se diriger vers une femme en jean moulant, aux cheveux blonds resplendissants. Falk l'avait aperçue tout à l'heure au stand du vignoble, où elle discutait avec Charlie et Shane. Donc c'était elle, Naomi Kerr ?

La femme rabattit ses cheveux par-dessus son épaule puis ouvrit grand les bras pour étreindre Raco, le bas de son tee-shirt se soulevant pour dévoiler une bande de ventre plat au-dessus de la taille. Elle dit quelque chose que Falk ne put lire sur ses lèvres, à part le mot *Henry*, et Raco sortit prestement son portable pour lui montrer une photo. Au premier coup d'œil, Naomi ne correspondait pas à ce que Falk s'était imaginé, mais enfin, il ne s'était jamais considéré non plus comme le parrain typique.

L'arrière-plan de la scène changea brusquement, et un quasi-silence tomba sur le public, tandis que le visage de Kim Gillespie apparaissait sur un écran géant.

C'était la même photo que celle des flyers, mais cette fois accompagnée des mots : *M'avez-vous vue ?* imprimés en gras au-dessus, et d'un numéro d'appel spécial au-dessous. Le sergent Dwyer attendit que la houle des conversations étouffées reflue. Quand la foule fut aussi silencieuse qu'on pouvait raisonnablement l'espérer, il brandit le micro vers l'écran puis le porta à ses lèvres.

« Kim Gillespie. S'il vous plaît, prenez quelques instants pour bien regarder la photo qui s'affiche derrière moi. Cela fait douze mois que la famille de Kim ne l'a plus revue, ni n'a reçu de ses nouvelles. Nous invitons toute personne qui se serait trouvée ici l'an dernier lors de la soirée d'ouverture et qui aurait pu entrer en contact avec elle, si bref soit-il, à se manifester. »

Dwyer se débrouillait très bien, apprécia Falk. La plupart des regards étaient braqués sur lui, maintenant, les gens oubliant un instant leurs roulés à la saucisse à moitié croqués.

« Si vous étiez sur place ce soir-là, particulièrement entre 19 h 15 et 22 h 30, et que vous pensez avoir peut-être aperçu Kim, merci de nous contacter, moi ou mes collègues, au commissariat de Marralee, ou *via* le numéro inscrit sur cet écran. Nous sommes particulièrement intéressés par toute personne qui aurait pu remarquer la présence de Kim aux abords de la sortie est. C'est celle qui se trouve tout au fond du champ de foire. »

Comme Dwyer pointait son doigt dans cette direction, Falk jeta un coup d'œil à Joel Tozer. L'adolescent était parvenu à contrôler sa réaction tout à l'heure, devant le stand, mais cette fois il secoua la tête avec un drôle d'air pensif exprimant – quoi, la gêne ? la colère ? Falk n'aurait su le dire. En lisant l'expression sur ses traits, pendant qu'il regardait Dwyer, Falk se demanda si le policier ne l'avait pas un peu malmené au sujet de sa déposition. Possible.

Il repensa à ce que Gemma lui avait confié sur son beau-fils, dans ce restaurant de Melbourne, seize mois plus tôt. On pouvait lui faire confiance, estimait-elle alors. Pour certaines choses, du moins, comme le laisser seul à la maison. N'empêche : le fait que Joel continue de soutenir que Kim n'avait pas emprunté cette sortie-là compliquait tout, et les complications – Falk le savait d'expérience – étaient rarement vues d'un bon œil, même par les meilleurs flics.

Il s'autorisa un autre regard fugace vers le bord de la scène. Gemma se tenait toujours là, mais arborait à présent un air préoccupé, regardant elle aussi son beau-fils. Son téléphone s'illumina dans sa main et elle jeta un coup d'œil à l'écran, son front se plissant encore davantage, puis elle recula et disparut dans l'obscurité. Falk attendit, mais elle ne réapparut pas. Dans l'éclat aveuglant des projecteurs, le sergent Dwyer égrenait les principaux faits.

« Kim Gillespie, trente-neuf ans, a été vue pour la dernière fois… »

Falk remarqua que le policier ne s'appuyait pas sur des notes. Visiblement, ce type connaissait sur le bout des doigts tous les détails de la chronologie et des témoignages. Il semblait vraiment maîtriser son sujet, pour quelqu'un qui n'avait pas été présent au moment des faits.

« Où était-il l'année dernière ? murmura Falk à l'oreille de Raco, qui venait de le rejoindre.

— Qui ça, Dwyer ? Oh ! pardon… » Raco ôta ses pieds de la couverture de pique-nique, sous les yeux irrités d'une femme. « Euh, parti camper. Dans les Flinders Ranges. En congés.

— C'est une période un peu chargée pour poser ses congés, non ?

— Carrément. Je sais que papa n'avait jamais le droit de les prendre à ce moment-là, du temps où il dirigeait le commissariat. Mais la fille de Rob Dwyer est morte l'an dernier, quelques semaines avant la Fête du vin, alors j'imagine que, dans ces circonstances… » Raco haussa les épaules. « J'ai de la compassion pour ce type, mais putain, c'était vraiment un timing pourri.

Il a fallu plusieurs jours pour le localiser après la disparition de Kim, tu te rappelles ?

— Ouais, vaguement.

— Eh bien, c'était pour ça. Sa femme et lui étaient partis tout seuls au milieu de nulle part. Ils avaient éteint leurs portables, pour tenter de remettre leurs idées au clair. »

Falk regarda le sergent en train de s'adresser au public. Ses idées semblaient tout à fait remises au clair, en cet instant. Son appel était aussi calme que limpide, et il donnait l'impression d'être totalement impliqué. Ce qu'il avait pu rater pendant ces quelques jours, il semblait bien déterminé à le rattraper maintenant.

« Qu'est-ce qui est arrivé à sa fille ? interrogea Falk.

— Elle a trop bu lors d'une fête et s'est étouffée dans son vomi.

— Oh ! putain.

— Ouais. Les colocs de son appartement, là-bas à Adélaïde, l'ont retrouvée le lendemain matin. Elle avait à peine vingt-deux ans, je crois, donc… »

Raco se tut brusquement quand, là-haut sur la scène, Dwyer se tourna vers Zara pour la présenter. Le policier attira une dernière fois l'attention de la foule sur la photo et le numéro d'appel affichés sur l'écran, avant de passer le microphone à la jeune fille.

« Zara t'a raconté ce qu'elle allait dire ce soir ? demanda Falk.

— Non. » Raco jeta un coup d'œil vers son frère. Charlie n'eut aucune réaction en voyant sa fille s'avancer sur la scène. « Mais bon, je crois deviner. »

Zara échangea un regard avec quelqu'un, aux abords de la scène, et l'image derrière elle disparut, remplacée par une vidéo. Celle-ci, visiblement prise avec un portable, n'avait pas de son. Une Kim Gillespie plus jeune, souriante, chantait en silence – *Happy Birthday to You* –, en tenant dans ses mains un gâteau fait maison. Le soleil filtrait à travers les fenêtres et les bougies tressaillaient sur le gâteau. Le regard de Kim dévia légèrement, tandis qu'elle se tournait vers la personne en train de filmer avec une complicité manifeste. Falk se tourna vers Charlie. À l'expression sur son visage, il comprit que c'était lui, sans l'ombre d'un doute.

« C'est ma maman, Kim. » Zara était nerveuse, mais son émotion à fleur de peau ne fit qu'attirer davantage de regards vers cette scène. « Et je sais qu'une partie d'entre vous a forcément entendu parler de ce qui s'est passé ici l'année dernière, mais les faits… »

C'était une version plus élaborée du discours qu'elle avait prononcé devant le stand du vignoble, et Falk entendit Raco soupirer. Un diaporama défila derrière Zara, des photos et des vidéos couvrant plusieurs années. Du pur point de vue d'un appel à témoins, ne put s'empêcher de penser le flic en lui, il était toujours préférable de n'utiliser que des photos récentes, mais d'un autre côté, il comprenait parfaitement pourquoi Zara avait choisi celles-ci : elles permettaient de faire comprendre aux gens que Kim Gillespie avait été une personne réelle, aussi active et pleine de vie que toutes celles présentes ce soir-là, et Falk sentit l'ambiance dans le public s'infléchir légèrement. Kim avait déambulé parmi eux – récemment, ici même –, vivant et respirant et sentant sans doute aussi l'odeur de pop-corn qui flottait dans l'air, tâchant d'éviter de marcher sur les couvertures de pique-nique.

« Ma maman n'aurait jamais fait ça à sa famille… »

Sur l'écran, Kim souriait de nouveau dans une robe crème dépouillée, discrète mais nuptiale. Zara, quatorze ans à l'époque et portant le rose flatteur d'une demoiselle d'honneur, se tenait à ses côtés, dévorant un gâteau et tentant de faire croire qu'elle passait vraiment un bon moment. Tenant Kim par la main, Rohan portait le costume chic traditionnel et arborait le sourire heureux, un peu abasourdi, de tous les mariés de la terre.

Une autre image de ce mariage suivit : Kim, tenant dans ses bras un couple plus âgé, manifestement ses parents. Ces derniers vivaient au Canada, se rappela soudain Falk, mais ils avaient aussitôt rappliqué l'an dernier. Il balaya d'un regard rapide la foule des soutiens de Zara. Pas d'aller-retour en Australie pour l'anniversaire de cette disparition, devina-t-il. Il est des expériences que personne n'a envie de revivre.

« Quelqu'un ici, ce soir, sait quelque chose… »

Zara avait atteint son rythme de croisière, tandis que les images s'enchaînaient derrière elle. Kim au vignoble, cette fois, riant avec Rita, tête contre tête. Falk sentit Raco expirer brusquement.

« Où a-t-elle trouvé ça ? » marmonna-t-il alors que l'image changeait de nouveau.

Kim sur la ligne d'arrivée d'une course familiale au profit d'une association caritative. Le visage rougi mais contente, elle brandissait un gobelet d'eau, triomphante, devant une autre participante, qui semblait avoir à peine transpiré, ses cheveux blonds noués en queue-de-cheval.

Falk se tourna juste à temps pour voir Naomi Kerr décontenancée d'apparaître ainsi sur l'écran. Peut-être Zara n'avait-elle pas jugé nécessaire de demander la permission d'utiliser les photos de sa mère – en tout cas, elle n'avait pas prévenu Naomi. La femme contempla l'image, le regard vide, jusqu'à ce qu'elle disparaisse.

« Je voudrais terminer en adressant un message à ma mère », déclara l'adolescente, alors que maintenant, dans son dos, Kim tenait un bébé dans ses bras. Zoe, à en juger d'après l'âge de Kim. Le bébé avait l'air tout neuf ; Kim, elle, semblait épuisée. Ses lèvres se tordaient en un sourire peu convaincant.

« Si tu entends ceci et que tu peux rentrer à la maison, maman, s'il te plaît : rentre à la maison. » Zara s'interrompit. « Et si tu ne peux pas, je veux que tu saches que nous faisons tout ce que nous pouvons pour te retrouver. D'accord ? Voilà, c'est tout. Merci. »

Quelques applaudissements embarrassés cédèrent bientôt la place à un murmure sourd quand Zara baissa le micro et le tendit à Rohan. Falk n'était pas surpris : les gens étaient toujours intéressés par le mari.

Si Rohan l'avait remarqué, et Falk n'imaginait pas qu'il ait pu ne pas s'en rendre compte, il n'en montra rien.

« Merci, Zara », dit-il simplement avant de prendre sa place devant l'écran, où s'afficha alors la photo d'identité standard d'un appel à témoins. Pas de montage chargé d'émotion pour Rohan. C'était la bonne décision, se dit Falk. Ce qui avait paru touchant et sincère de la part de Zara aurait pu être jugé comme une manipulation venant de Rohan. Au lieu de quoi, l'épouse de cet homme se contentait à présent de regarder la foule. *M'avez-vous vue ?*

« Parfois, j'ai l'impression d'avoir rencontré deux fois ma femme pour la première fois. » Rohan se lança directement. « La deuxième, c'était un dimanche après-midi à Glenelg Beach. J'étais sorti courir sur la plage et Kim était là, dans l'eau, avec sa fille Zara. » C'était l'instant où Rohan aurait sans doute marqué une pause pour se souvenir, s'il avait raconté cette histoire à des amis. Mais ce n'était pas le cas, et cette foule – quoique n'étant pas hostile – restait pour l'instant sur ses gardes avec lui. Il poursuivit :

« Cela faisait de longues années que je connaissais Kim. Nous étions allés à l'école ensemble – c'est là que je l'avais rencontrée pour la première fois –, et nous étions amis alors, nous appartenions au même groupe, assez large. »

Charlie ne réagit pas à ces mots, gardant les bras croisés et le menton planté sur sa poitrine, mais Falk vit Shane hocher la tête.

« Kim et moi nous étions perdus de vue après le lycée, avec la fac, les premiers boulots, tout ça…, continua Rohan, jusqu'à cet après-midi-là, à la plage, où je l'ai revue. Et j'ai tout de suite su que c'était Kim car elle avait ce truc à elle, qui vous attirait. C'est difficile à expliquer, mais tous ceux qui se souviennent d'elle savent de quoi je parle. »

Cette fois, Charlie réagit : un petit coup de tête sec, approbateur.

« Bref, Kim avait de l'eau jusqu'aux genoux, se rappela Rohan. J'ai arrêté de courir et j'ai dû lui dire un truc malin et recherché, du genre : "Je ne m'attendais pas à te croiser ici." »

Un rire discret mais sincère voleta dans la foule. C'était intelligent de la part de Rohan de s'humaniser ainsi, songea Falk. Que ce soit calculé ou pas, pour qu'un tel appel porte ses fruits, il faut que les gens aient envie de vous aider.

« Et Kim a sans doute répondu par un truc malin et recherché. J'aimerais vraiment me rappeler ce que c'était, parce que ça a marché et que tout est parti de là. Nous avons vécu trois ans ensemble, nous avons une fille qui vient d'avoir un an… »

Raco se pencha vers Falk, sans quitter des yeux Rohan. « J'ai personnellement enquêté sur ce trou dans sa soirée. Au cas où tu te poserais la question. »

Falk sourit. Il s'était effectivement posé cette question.

« Les huit minutes ?

— Yep, confirma Raco. Enfin, six, en fait. Je sais que Dwyer aussi a vérifié. Mais bon, j'ai refait tout ce parcours à pied. Une fois avec Zara. Deux ou trois fois tout seul.

— Pour la tranquilliser ou bien… ?

— Essentiellement, oui. Et me tranquilliser, moi, j'imagine. Juste au cas où. Je veux dire, j'aime bien Rohan. Donc je ne sous-entends rien du tout, mais… » Il haussa les épaules. « Les conjoints, d'un point de vue statistique, tu vois ? On est obligé de vérifier. On ne peut pas ne pas le faire.

— Non. Évidemment. Combien de temps t'a pris cette marche ?

— Sept minutes trente, d'un bon pas. Je l'ai faite une fois ou deux en un peu moins de sept minutes. Donc, aucun détour. Il aurait même plutôt couru.

— Il n'aurait pas pu revenir ici ?

— Au champ de foire ? Non, impossible. Donc ç'a été… » Raco soupira. « … un soulagement, je crois. »

Falk observa Rohan sur la scène. Le visage de sa femme le dominait toujours, immense. « Il sait ?

— Que j'ai vérifié ses allées et venues ? J'en doute. Pas moi, en particulier. Mais on l'a bien sûr interrogé à l'époque, donc il doit forcément savoir que Dwyer l'a fait. Je crois qu'il préfère ça, d'ailleurs. Il devait forcément se sentir un peu coupable d'avoir laissé Kim seule, tu ne crois pas ? » Raco marqua une pause. « En plus, c'est loin d'être un idiot. Il sait qu'il a une sacrée chance que ç'ait été six minutes, et pas davantage. »

Falk savait que Raco disait vrai. Il se souvenait encore des déplacements officiels de Rohan Gillespie, un an auparavant, notamment parce que les siens avaient aidé à les corroborer.

Après que Falk l'avait vu au pied de la grande roue, saluant de la main son épouse et sa fille au sommet du manège, Rohan Gillespie avait continué pendant quelques instants encore à discuter avec le couple de touristes du Queensland et leur jeune enfant épuisé, et quand ceux-ci lui avaient demandé quel était le plus court chemin pour rentrer en ville, il avait proposé de les accompagner. Ils s'étaient dirigés ensemble vers la sortie principale, à l'ouest du champ de foire, où la caméra de surveillance les avait filmés. Ils avaient ensuite traversé le parking et remonté la grand-rue, un quart d'heure de marche au total.

À l'orée de la ville, Rohan avait pris le téléphone du couple pour faire un cliché de cette petite famille devant un mur floral. L'image avait été prise à 20 h 27. Puis il leur avait indiqué la direction de leur hôtel, une rue plus loin, leur avait souhaité un bon séjour et – là commençait le trou – avait poursuivi sa route seul. Six minutes plus tard, il avait de nouveau été identifié grâce à une caméra de surveillance alors qu'il grimpait les marches du perron du restaurant italien préféré de ses parents. Parmi une quarantaine d'autres clients, ses parents et lui avaient passé plus de deux heures dans cette salle, le temps de savourer entrées, plats et desserts, et d'envisager tout ce qu'impliquait le cancer que les médecins venaient de diagnostiquer à son père.

Peu après vingt-deux heures trente, Rohan avait mis ses parents dans un taxi et, depuis le trottoir devant le restaurant, avait appelé son épouse. Tombant sur sa boîte vocale, il avait alors envoyé un texto. *Toujours debout ? Je rentre maintenant.* En fait, il était retourné dans le restaurant pour régler l'addition, et avait passé cinq minutes encore à papoter avec la propriétaire et son mari. Il était en train de leur montrer des photos de la petite Zoe quand son téléphone avait sonné, pour lui annoncer que sa fille avait été retrouvée sur le champ de foire, seule.

« Je suis ingénieur de métier, déclarait maintenant Rohan, et Falk se concentra de nouveau sur son discours. J'ai fait ça pendant toute ma carrière, alors j'ai l'impression de bien maîtriser certaines choses. Je sais comment faire en sorte qu'un bâtiment ou qu'un pont ne s'effondre pas. Et si je sais comment m'y prendre, c'est en partie parce que tout cela est très logique. En faisant une chose après l'autre, on obtient le résultat escompté. Mais tout au long de cette dernière année… »

Rohan bafouilla pour la première fois, quelque chose qui ressemblait à de l'incrédulité faisant vaciller les traits de son visage. Sa *femme* avait disparu. On aurait dit qu'il venait juste de l'apprendre. Sa femme avait *disparu*. Il souffla lentement. Sa respiration se répercuta bruyamment dans le micro.

« Kim était une personne extrêmement créative, finit-il par reprendre. Elle travaillait dans le marketing, s'occupait du graphisme et de l'image des marques, donc sa pensée était toujours originale. Nous avions une manière différente d'envisager le monde, et j'aimerais tant pouvoir lui demander ce que je dois faire, maintenant, parce qu'elle aurait eu des idées que je suis incapable d'imaginer. »

À chaque mot, l'expression de Rohan se faisait plus sombre.

« Mais Kim n'est pas là, et cela fait déjà un an. La seule chose que je suis capable de faire, pour Zoe et pour moi, c'est revenir à la logique. Car cette logique me dit que quelqu'un ici, ce soir, possède des informations qui pourraient nous apprendre ce qui est arrivé à mon épouse il y a un an. »

Le public resta figé, et un silence qui n'avait accompagné ni les mots de Dwyer ni même ceux de Zara s'était formé à l'écoute de ce discours.

« Il y a forcément des gens parmi vous qui ont aperçu Kim, ici. Nous allons maintenant faire une minute de silence pour penser à elle, mais, pendant ce temps, je vous demanderai de garder autre chose à l'esprit. » Rohan passa lentement en revue les visages tournés vers lui. « Si vous êtes l'un des nombreux témoins qui ont fait une déposition devant les policiers, soyez-en remercié. Mais réfléchissez bien ; regardez autour de vous. N'y a-t-il pas autre chose dont vous

vous souvenez, au sujet de cette soirée ? » Impossible de cacher la tension dans sa voix. « Et si vous avez vu Kim l'an dernier et que vous n'en avez parlé à personne – quelle qu'en soit la raison –, c'est le moment de le faire. D'accord ? N'attendez pas un jour de plus. Nous ne voulons pas savoir pourquoi, nous avons seulement besoin de savoir ce que vous savez. Alors creusez un peu dans vos souvenirs. S'il vous plaît. Qu'avez-vous vu ? »

Au bord de la scène, Falk vit le technicien faire un signe, et Rohan acquiescer.

« Donc, au nom de Kim et de sa famille, je vous demande maintenant de bien vouloir vous joindre à nous pour une minute de silence. »

Rohan écarta le micro de sa bouche et traversa la scène pour aller se poster aux côtés de Zara. Le tintement assourdi d'une cloche électronique résonna et la plupart des spectateurs courbèrent le front, au moins un peu, et bon nombre d'entre eux fermèrent les yeux.

Falk s'était calé sur ses deux jambes quand il sentit Raco bouger. Il se tourna vers lui. Son ami avait relevé la tête et Falk crut d'abord qu'il regardait Zara, mais non. Ses yeux étaient en fait braqués sur le côté de la scène, où le sergent Dwyer se dressait tout en haut des marches.

« Tout va bien, Greg ? » demanda Falk entre ses dents.

Raco ne répondit pas, se contentant d'un petit geste du menton en direction du policier. Falk suivit son regard. Dwyer avait une vue dégagée depuis le sommet des marches. Et son front à lui n'était pas courbé. À la place – Falk voyait à présent ce que Raco avait déjà remarqué –, Dwyer profitait pleinement de sa position privilégiée. Ses yeux grands ouverts examinaient lentement et méthodiquement, l'un après l'autre, les amis, les soutiens et les proches de Kim Gillespie.

Chapitre 11

« Hé, vous deux », lança tout bas Rita en voyant Falk et Raco sortir sur la véranda.

Les vignes étaient calmes et immobiles et le cottage plongé dans une quasi-obscurité quand ils avaient garé la voiture. Ils trouvèrent Rita assise dehors, Henry somnolant contre sa poitrine. Elle tenait un livre dans une main et, de l'autre, tapotait le dos du bébé. Juste au pied de la véranda, un petit brasero rougeoyait dans le noir.

Rita posa son livre et tendit le bras vers son mari. « Ça s'est passé comment ? »

Raco empoigna la main de sa femme. « Pas trop mal, je crois.

— Ah… À ce point-là ? »

Raco lui sourit. « Deux heures difficiles, c'est tout.

— Où sont les autres ?

— Zara est restée là-bas… »

Après l'appel à témoins, la jeune fille avait simplement ramassé une autre poignée de flyers et écarté d'un haussement d'épaules la suggestion que lui faisait Charlie d'en rester là pour ce soir et de rentrer à la maison.

« J'ai mes clés. Je serai rentrée pour onze heures », avait-elle ajouté avant de disparaître dans la foule avec Joel. Falk avait été soulagé que personne d'autre, apparemment, n'ait envie de l'imiter. Il n'était même pas vingt et une heures, mais il se sentait vidé.

« Et Charlie est à l'intérieur. » Raco jeta un regard vers la cuisine. « Il nous rejoindra dans un moment.

— Pas de souci. » Rita déplaça Henry sur sa poitrine. « Je vais peut-être essayer de coucher celui-là.

— Passe-le-moi deux minutes. » Raco prit son fils et le cala au creux de son épaule.

Rita s'étira, faisant craquer ses vertèbres. Elle vit le regard de Falk braqué sur le brasero en contrebas, et son expression s'adoucit. « T'inquiète, c'est juste des lampes. »

Falk tendit le cou pour mieux voir. Elle disait vrai : ce qu'il avait pris pour des braises rougeoyantes était en réalité des ampoules alimentées par des panneaux solaires.

« Charlie a fini par céder vu que ça faisait, genre, trois ans que je n'allumais pas ce brasero. Ça le mettait en rogne, l'hiver, mais tant pis. » Raco sourit et montra du doigt son cou. La peau, à l'endroit où son fils reposait en respirant lourdement, avait un drôle d'aspect plissé. « Pas moyen de la ramener avec ça, il aurait eu l'air con. »

Falk retourna sa main gauche. La peau avait bien cicatrisé, mais on voyait encore les marques.

« En plus, ces loupiotes sont plus jolies », ajouta Rita, et Raco lui caressa la main.

Falk se cala au fond de sa chaise, écoutant les gazouillis nocturnes qui résonnaient au-dessus des vignes sur un rythme lent et irrégulier. « Comment était la saison des incendies, cette année ?

— À Kiewarra ? demanda Raco. Pas trop méchante pour une fois. L'été a été moins chaud, tu sais.

— Et puis… » Rita reposa son verre. « … la rivière s'est remise à couler, t'étais au courant ?

— Ouais, répondit Falk. J'ai appris ça. C'est super. »

Ça l'était, vraiment. Raco lui avait envoyé des photos par mail. Les habitants s'étaient rassemblés le long des berges, sous la pluie, pour regarder l'eau recouvrir le lit de la rivière pour la première fois depuis des années. Même sur ces images figées, il avait senti la joie et le soulagement.

Faudrait que tu viennes voir ça, avait écrit Raco. *C'est magnifique.*

Faudrait, oui, avait répondu Falk, tous deux sachant pertinemment qu'il n'en ferait certainement rien. Pas tout de suite, en tout cas, mais peut-être – pensa-t-il – un jour.

Les choses avaient un peu changé à Kiewarra ces dernières années. Ses amis Barb et Gerry Hadler avaient vendu – leur maison, la ferme de leur fils – et étaient partis s'installer au bord de la mer, sur la Great Ocean Road. Leur petite-fille Charlotte apprenait le bodyboard. Falk était allé les voir quatre ou cinq fois, et Barb Hadler lui textait régulièrement des photos floues d'oiseaux sur leur véranda ou du soleil se reflétant sur les vagues.

Un type sympa du Gippsland nommé Paul avait acheté la ferme, plus leur propriété à Deacon, juste à côté, déterminé à retrousser ses manches et à tenter le coup. Il avait réussi, apparemment, tant du point de vue professionnel que personnel. Lors de sa deuxième soirée en ville, il était allé boire un verre au Fleece et avait repéré une grande blonde en train de siroter un vin blanc, engagée dans une conversation amicale avec le barman roux et bourru. Paul lui avait demandé s'il pouvait lui payer un verre, et ces deux-là s'étaient depuis mariés à l'église locale, quelques mois plus tôt.

« Gretchen te salue, d'ailleurs, déclara Rita, lisant dans ses pensées.

— C'était comment, son mariage ?

— Ben, chouette, tu vois. Petit. » Raco lança un coup d'œil à sa femme, qui observait Falk par-dessus le rebord de son verre, avec une expression qu'il ne sut interpréter. « Très petit, vraiment, essentiellement la famille proche, quelques gens du coin. Combien, Rita ?

— Une poignée, répondit-elle.

— Juste une poignée, répéta Raco, et Falk ne put s'empêcher de sourire.

— C'est bon, les gars, je vous assure. Je n'attendais pas une invitation ! »

Gretchen l'avait quand même appelé pour le lui annoncer. Ils avaient discuté un moment, se donnant les dernières nouvelles. Ç'avait été plaisant. Elle avait même laissé entendre qu'il était sans doute possible de faire un peu de place pour un vieil ami, si cela le tentait, mais, Falk l'avait senti, tous deux avaient été soulagés qu'il n'accepte pas. Il lui avait souhaité tout le bonheur du monde, en toute sincérité. Elle avait fait de même, et il la connaissait assez pour savoir qu'elle aussi, elle le pensait vraiment.

« Un type bien, son homme ? interrogea-t-il.

— Paul ? Ouais, il a l'air.

— Il est super avec Lachie. » Rita jeta un coup d'œil par-dessus son épaule alors que la porte de derrière s'ouvrait, et Charlie sortit sur la véranda, une bouteille sous le bras et des verres dans les mains. « Le gosse l'adore. Toujours à courir dans tous les sens ensemble.

— Bien », commenta Falk. Et ça l'était. Il accepta le verre que Charlie lui tendait. « Merci.

— Je t'en prie. » Charlie ouvrit la bouteille de rouge et les servit, puis se laissa tomber sur une chaise dans un grand soupir. Il avait un gros livre calé sous le bras ; il l'empoigna pour le passer à Raco. « Zara l'a trouvée là-dedans, au fait. Cette photo avec Rita qui semblait te surprendre.

— Ah ouais ? » Raco attrapa le livre et l'ouvrit sur la table.

Falk constata qu'il s'agissait en réalité d'un album de photos imprimées.

« Zara l'a fait faire l'an dernier, expliqua Charlie. Elle a épluché toutes les photos de la maison, tous les clichés sur nos ordis. Elle a pris tout ce qu'elle pouvait trouver de Kim et l'a organisé. Je crois qu'elle avait prévu de l'offrir à Zoe, mais au final elle l'a gardé. » Il fit tournoyer le vin dans son verre, puis but une longue gorgée. « J'imagine qu'elle pourra toujours imprimer un autre exemplaire.

— De quoi vous parlez ? demanda Rita, se penchant pour voir.

— Zara a passé un diaporama pendant l'appel, répondit Raco en feuilletant les pages. T'étais dedans, et d'autres personnes aussi. Je n'avais jamais vu cette photo. J'étais juste curieux de savoir d'où elle sortait... »

Il trouva la page qu'il cherchait et la tourna pour que Rita puisse voir.

« Ouais, je me souviens de cette visite. Kim et Rohan venaient juste de se marier. C'était une belle semaine. » Rita tourna deux ou trois autres pages, le visage de Kim apparaissant partout, avant de refermer doucement l'album.

« Je peux ?… » demanda Falk, et Rita le lui tendit. Les photos étaient classées selon un ordre chronologique approximatif. Kim, bébé, souriait sur la première page, puis suivaient des dents manquantes, des visites du père Noël et son premier jour d'école. Falk feuilleta l'album puis s'arrêta car, soudain, il y avait Charlie. Il était assis sur un mur avec Kim. Leurs visages étaient lisses et leurs mains posées à plat sur le dessus des briques, leurs doigts se frôlant.

« Ça s'est passé comme tu voulais, ce soir, Charlie ? demanda gentiment Rita.

— Eh bien, ce que je voulais surtout, c'était aider Zara. » Il but une autre longue gorgée et réfléchit. « Donc, de ce point de vue là, je sais pas trop.

— Laisse-lui le temps, suggéra Raco. Tu verras comment elle se sent d'ici quelques jours. Je crois que ça valait quand même la peine.

— J'espère. » Charlie se frotta les yeux. « Je crois qu'on a eu de la chance que Gemma soit d'accord pour faire ça. Certains membres du comité n'étaient pas très chauds, je te l'avais dit ?

— Pour l'appel à témoins ? » Raco murmurait à présent, car Henry remuait un peu. Il se leva délicatement et se mit à arpenter la véranda à pas lents, en décrivant un cercle.

« Ils craignaient que ce soit trop déprimant pour le premier soir. Je peux les comprendre, pour être honnête. » Charlie réprima un bâillement et se tourna vers Rita. « Oh ! je l'ai attrapée en repartant pour la remercier, et elle te salue, au fait.

— Gemma ? demanda Rita.

— Ouais. Et toi aussi, mon vieux. » Il gratifia Falk d'un hochement de tête puis se pencha en arrière sur sa chaise et ferma les yeux. « Elle m'a dit que vous vous étiez rencontrés une fois, il y a quelque temps ? À Melbourne, si j'ai bien compris…

— Oh ! Ouais. » Falk s'était efforcé d'avoir l'air détaché. « C'est vrai. »

Raco, qui faisait toujours les cent pas, ne parut pas le remarquer, mais Rita si, à coup sûr, sa curiosité piquée au vif. Décidément, cette femme avait le flair d'un chien de chasse dès qu'il y avait le moindre semblant d'activité dans la vie amoureuse largement en sommeil de Falk. Ils se regardèrent fixement par-dessus la table et Falk eut l'impression très nette que si Raco se rappelait à peine que Gemma et lui s'étaient croisés un jour, Rita, elle, s'en souvenait parfaitement. Finalement, un minuscule sourire aux lèvres, elle détourna le regard, et Falk se demanda ce qu'elle savait au juste.

« Rohan et Shane n'avaient pas envie de passer prendre un verre ? interrogea Rita en se tournant de nouveau vers Charlie, qui rouvrit les yeux.

— Non. Shane a dit qu'il allait rester encore un peu sur le stand. Et j'imagine que Rohan devait aller retrouver Zoe.

— Il a parlé de quoi au moment de l'appel ?

— Différents trucs, répondit Charlie. Comment Kim et lui s'étaient rencontrés… »

Pendant qu'ils discutaient, Falk tourna encore quelques pages de l'album. Il s'était aventuré sur le territoire du lycée, à présent. Kim avec sa queue-de-cheval. La chevelure de Charlie délivrait clairement un message, celle de son petit frère aussi, d'ailleurs, et Falk ne put s'empêcher de gratifier Raco d'un sourire entendu. Ce dernier était toujours en train de bercer son fils, il s'esclaffa en découvrant ce qui faisait sourire son ami.

« Fais gaffe, hein, chuchota-t-il. T'es qu'à un commentaire mal choisi d'être gentiment invité à remonter dans ta bagnole pour rentrer à Melbourne. »

Falk sourit de plus belle et continua de tourner les pages. Matchs de footy, fêtes, les rites de passage habituels.

« Bon Dieu, regarde-moi ça ! Je me rappelle, c'était mon bal de fin d'année au lycée, déclara brusquement Rita, se penchant pour regarder de plus près les costumes mal ajustés et les robes brillantes. J'y étais allée avec Caleb Maloney. Attends. Maroney ? » Elle secoua la tête et se pencha de nouveau sur l'album. « Et là, c'est Shane. Waouh ! il était balèze, hein ? Déjà à l'époque… » Elle tapota du doigt un ado qui dépassait les autres de la tête et des épaules sur la photo de groupe. « Là, c'est Rohan. Et là, Charlie. »

Falk montra du doigt une fille blonde qu'il croyait également reconnaître. « Elle, c'est Naomi ?

— Attends un peu… » Rita s'approcha davantage. « Yep. Je suis désolée que vous n'ayez pas encore été présentés. Mais elle vient à la maison demain, maintenant que j'y pense. Le prêtre voulait vous rencontrer tous les deux. » Elle le gratifia d'un clin d'œil. « Pour vous briefer sur les devoirs des parrain et marraine.

— OK. Super », répondit Falk avec autant d'enthousiasme qu'il put afficher à cette heure tardive, et Raco éclata de rire. « Faudra tenir bon, mon vieux. C'est juste un speech d'un quart d'heure. »

Falk lui sourit et il s'apprêtait à refermer l'album quand Rita le bloqua de la main.

« Oh ! mon Dieu, regardez Dean, dit-elle en faisant pivoter le livre pour mieux voir un jeune homme immortalisé en train de rire de quelque chose qui se déroulait hors champ. Elle est belle, celle-ci. Zara devrait en faire un tirage pour Joel.

— Laisse-moi voir. » Charlie se pencha pour étudier l'adolescent, avant de leur rendre l'album sans rien ajouter.

« C'est Dean Tozer, expliqua tout bas Raco pardessus le crâne du bébé. Le type qui a eu cet accident dont je te parlais au réservoir, tu te souviens ? Là où il y a cette plaque. Il est mort il y a quoi ? Cinq ans cette année, c'est ça ?

— Six. » Charlie n'avait pas eu besoin de réfléchir.

« Le mari de Gemma. » Rita lança un regard à Falk. « Le père de Joel. »

Il hocha la tête. Il examina l'homme, qui n'était alors qu'un gamin. Trapu, avec des taches de rousseur sur les bras et un visage ouvert et sympathique. Falk se demanda ce qui s'était passé, au juste. Un accident de voiture, à l'évidence. Inattendu, lui avait confié Gemma. La police était impliquée.

« Il s'est fait renverser, et le conducteur a pris la fuite, expliqua Charlie, anticipant sa question. Au début du week-end de la Fête du vin de cette année-là. Tôt le matin, alors qu'il promenait son chien.

— Merde, vraiment ?

— Ouais. À l'époque, on pouvait encore rouler autour de la retenue. Certains passaient par là pour éviter les alcootests sur la route principale.

« Et ça s'est passé au niveau du précipice ? Au même endroit que Kim ? » Falk sentit son front se plisser en prononçant ces mots, et Raco surprit cette expression.

« Ouais, je sais… » Il haussa les épaules autant qu'il put avec Henry dans les bras. « Nous avons tous conscience que ça peut paraître bizarre, mais le fait est que le reste de la digue est assez plat et sans danger. Si un accident devait avoir lieu, c'était presque forcément au niveau du précipice. C'est un virage aveugle, et puis tu as des marcheurs qui s'arrêtent juste à cet endroit pour reprendre leur souffle, admirer la vue ou je ne sais quoi – ces deux choses combinées, ça craint. C'est en partie à cause de ça qu'ils ont interdit l'accès aux voitures après ce qui est arrivé à Dean. Seuls les véhicules de service sont autorisés, maintenant. Alors… Je crois que c'est quand même mieux. »

Falk se tourna vers Charlie, qui contemplait son verre vide, perplexe, mais n'avait pas attrapé la bouteille pour se resservir. « Je suis désolé, mon vieux. C'est raide.

— Merci. Ouais. Dean était un mec bien. Kim aussi était amie avec lui donc, peut-être… J'sais pas. » Les plis sur son front se creusèrent davantage. « Peut-être qu'elle était… » Charlie s'interrompit de nouveau. Il repoussa son verre et soupira. « Bon sang. J'sais vraiment pas. Bref. Sur cette note joyeuse, je crois que je vais aller dormir. » Il s'arracha à sa chaise dans un grognement sourd. « Ou du moins rester allongé sur mon lit, l'oreille aux aguets, jusqu'à ce que ma satanée fille rentre à la maison.

— Bonne nuit, Charlie. » Rita le regarda disparaître à l'intérieur puis secoua la tête. « Mon Dieu, je suis tellement bête, soupira-t-elle tout bas. Qu'est-ce qui m'a pris de parler de Dean ?

— Non, t'inquiète. Ça va aller. C'est juste cette histoire avec Kim et tout le reste. » Raco caressa l'épaule de Rita et leva les yeux vers Falk, de l'autre côté de la table. « Charlie et Dean étaient super potes à l'école, et ensuite aussi, quand Dean est revenu s'installer ici. Ça lui a fait un sacré choc quand il est mort. Évidemment.

— À Shane aussi, ajouta Rita. Peut-être même plus encore, je pense.

— Ils étaient amis ? interrogea Falk.

— Ouais, toute leur bande. Charlie, Shane, Rohan, Dean… » Les yeux de Raco se posèrent sur l'album, resté ouvert sur la photo de Dean, au milieu de la table. « Mais Shane a été le premier à arriver sur place. Il était en train de courir et a vu qu'il y avait eu un accident. C'est lui qui a dû appeler la police. »

Falk hocha lentement la tête. Il repensa à la plaque commémorative, et revit le visage de Gemma, à la table du restaurant. Il aurait pu dire la réponse avant même de poser la question : « Et donc, ils ont chopé le chauffard ?

— Non », répondit Raco en secouant la tête. Une lumière s'éteignit à l'intérieur de la maison et le visage de Dean Tozer se retrouva plongé dans l'ombre. « On ne l'a jamais retrouvé. »

Chapitre 12

Assis côte à côte, Falk et Raco écoutaient le bourdonnement de la nuit en contemplant les longues rangées de vignes. Rita avait emmené Henry dans la maison et Falk l'entendait dans la cuisine.

« Tu vas attendre que Zara rentre ? demanda-t-il en voyant bâiller son ami.

— Je crois pas que je tiendrai jusque-là. Mais j'espère qu'elle ne se sent pas trop mal…

— C'est sacrément dur quand on ne retrouve pas une personne disparue. Je peux comprendre qu'elle se raccroche à tout cela.

— Je sais. Mais la plupart des théories auxquelles elle se raccroche ne mènent nulle part. Enfin quoi… Kim, qui serait toujours là à traîner je ne sais où ? » Raco frotta le coin de ses yeux. « Réfléchis-y juste deux secondes, de manière réaliste. Où est-elle censée avoir vécu, pendant toute une année ? Et comment elle fait, pour l'argent ? Kim faisait aussi partie de ma famille. Donc j'explore volontiers ces pistes, pour elle autant que pour Zara, mais… » Il agita la main pour signifier la futilité de tout cela. « Les choses mènent où elles mènent, tu vois ce que je veux dire ? Je ne peux pas changer ça parce que Zara voudrait qu'il en soit autrement.

— C'est sûr. » Falk se repassa les événements de la soirée, ces appels avides de réponses. Pas seulement de la part de Zara et de Rohan, mais du policier aussi, avec la manière inattendue – pour Falk, du moins – qu'il avait eue d'étudier les proches et les soutiens. « Tu penses quoi de Dwyer ? Il a l'air du genre curieux. »

Raco eut l'air vaguement amusé. « Ah oui ! tu trouves aussi ? J'imagine que c'est mieux comme ça. Mais ouais, écoute, c'est un mec solide. Parfait avec les habitants, et qui fait bien son job, je dirais. C'est mon père qui l'a formé, en fait, à son arrivée ici – une de ses premières affectations. Alors ça n'a rien d'étonnant !

— Cette manière qu'il avait de vous regarder tous un par un ce soir, à la fin…, reprit Falk, et Raco acquiesça. Tu étais inquiet ?

— Non.

— Pas du tout ? »

Son ami parut réfléchir un moment, puis il s'extirpa de sa chaise et disparut dans la maison. Il revint quelques instants plus tard avec un gros dossier ficelé sur les bras, qu'il tendit à Falk.

« J'ai pris quelques notes sur cette affaire, de mon côté.

— Ouais, mon vieux. Je vois ça. »

C'était un dossier épais, et Falk fit courir son pouce sur la tranche. Il n'était pas surpris que Raco ait ses propres ressources, mais celles-ci étaient encore plus exhaustives qu'il ne s'y attendait. Il releva les yeux vers son ami, qui haussa les épaules.

« Je sais. Écoute, c'est surtout par acquit de conscience. Comme ça, quand Zara me pose une question, je suis capable de lui fournir une réponse solide. Enfin, bref : feuillette-le à ta guise. Tu verras peut-être un truc qui m'a échappé.

— J'en doute, répondit Falk avec sincérité.

— Au point où on en est, je serais content que tu découvres quelque chose, honnêtement. » Raco débarrassa leurs verres vides. « Et on ne sait jamais, avec un regard neuf…

— Bon, soupira Falk, pas aussi convaincu. Peut-être. »

Quand ils eurent pris congé, Falk se dirigea vers la dépendance. Tout était si paisible, pensa-t-il. À l'écart des lumières du cottage, le vignoble prenait forme sous la lune argentée. Ses rangs parfaits luisaient dans l'éclat pâle de l'astre, et les collines lointaines encerclaient la vallée, tout en nuances de noir, de gris. Là-haut, le ciel était immense. Les étoiles scintillaient. Il resta planté là un moment, absorbant tout cela.

Finalement, assailli par les moustiques, il déverrouilla la porte de la dépendance et se glissa à l'intérieur. Il alluma deux lampes, qui inondèrent la pièce d'une lueur chaleureuse, et posa le dossier de Raco sur la table de chevet. Ouvrant le réfrigérateur, il se servit un verre d'eau fraîche puis marcha jusqu'à la salle de bains, fit tourner les robinets et prit une longue douche chaude.

Il se sentait mieux en ressortant, détendu, les idées plus claires. Il enfila le tee-shirt et le short dans lesquels il dormait toujours et alla se poster devant la fenêtre, en se frottant les cheveux avec une serviette. À travers les stores, Falk distingua les contours de la maison. Celle-ci était tout entière plongée dans l'obscurité, hormis l'éclat diffus qui émanait d'une fenêtre. Il se représenta le tracé des pièces, et décida qu'il s'agissait de la chambre de Zara. Une ombre se déplaçait derrière les rideaux. Donc l'adolescente était rentrée mais elle ne dormait pas, conclut-il en pendant sa serviette. Du moins, pas encore.

Il se brossa les dents et s'assit sur le lit. Il cala son dos contre la tête de lit, main tendue vers la lampe de chevet mais les yeux rivés au dossier de Raco. *Cinq minutes*, décréta-t-il. Il était prêt à s'endormir, mais était curieux de savoir ce que son ami avait bien pu trouver pour remplir un dossier d'une épaisseur pareille.

La réponse, découvrit Falk dès qu'il eut soulevé la couverture, était d'une minutie presque grotesque, typique de la manière dont Raco exerçait son métier de flic depuis quelque temps. Une série de cartes – de la ville, du champ de foire, de la retenue d'eau, du bush alentour – avaient été classées et annotées, avec des remarques, des heures, des listes de points clés. Raco avait résumé des dépositions de témoins, dont celle de Falk, et même réussi à se procurer des photocopies de certaines d'entre elles. Le serveur du stand de bière. Le couple qui avait vu une femme se disputer avec un homme sur le parking.

— elle portait un jean ou un pantalon noir. Je n'ai pas bien vu son haut parce qu'elle était penchée à l'intérieur de la voiture, vers le côté conducteur, mais il était blanc ou clair. La femme avait l'air agacée et elle a dit au conducteur un truc du genre : « Si tu me mens, je le

saurai. » Je n'ai pas entendu la réponse de l'homme, parce qu'on était en train de s'éloigner, et...

Falk tourna la page. Autre photocopie, cette fois le témoignage d'une femme dans les toilettes pour dames.

— en faisant la queue, j'ai entendu pleurer à l'intérieur d'un box. Le deuxième ou troisième sur la gauche. C'était une femme, elle semblait bouleversée, et j'ai failli lui demander si ça allait, mais il y avait beaucoup de monde dans la queue et je me suis dit que ça ne me regardait pas. Je viens à la Fête du vin tous les ans, et on croise toujours des gens qui ont un peu abusé et qui craquent. J'ai entendu sonner un portable à l'intérieur du box et la femme a cessé de pleurer. Elle a décroché et elle a dit : « Allô. » Puis : « Je suis encore ici. T'es où ? » J'étais à l'avant de la file, à ce moment-là, donc je suis entrée dans les toilettes et je n'ai plus rien entendu. J'ai connu Kim Gillespie entre seize et vingt ans, à peu près. J'étais copine avec sa mère, Deborah, avant que son mari et elle ne déménagent au Canada, et depuis, je suis tombée de temps en temps sur Kim quand elle était de passage à Marralee. Je crois que la voix que j'ai entendue était la sienne.

Falk avança dans le dossier, marquant les endroits sur lesquels revenir quand il serait plus réveillé. C'était un matériau intéressant. Raco affirmait avoir rassemblé tout cela pour aider Zara à comprendre, mais il y avait là-dedans des informations dont Falk doutait qu'il les ait jamais partagées avec la jeune fille. Des études sur la vitesse de décomposition des cadavres dans les eaux du sud de l'Australie, par exemple. À plusieurs reprises, Falk se surprit à contempler une page pendant de longues minutes, le regard vide, peinant à en saisir la signification. Un rapport sur les algues, ou le compte-rendu de l'assemblée générale annuelle du comité d'organisation de la Fête du vin, celle de l'année précédente.

Il bâilla et ouvrit à contrecœur une enveloppe froissée, où il trouva une liasse de photos granuleuses, prises de nuit. Elles avaient l'aspect familier, un peu flou, de clichés antérieurs à l'avènement des smartphones et du tri en temps réel des images. Sur la première, il reconnut Kim, pas plus de seize ou dix-sept ans, mais une canette de bière à la main. Il faisait noir et son visage était éclairé par une source lumineuse qui se trouvait hors champ. Un feu de camp, devina Falk à l'éclat orangé. Assise sur une couverture, jambes repliées sous elle, Kim faisait une grimace à l'objectif.

Falk sentit l'épuisement le gagner, et il avait déjà vu beaucoup de photos de Kim ce soir-là. Il entreprit de les remettre dans l'enveloppe, puis s'arrêta, intrigué par une inscription au dos de l'une d'elles. Il la retourna. Un chiffre, de la main de Raco : *11*. Il fit défiler le reste des clichés : tous avaient été numérotés, de 1 à 36. Et récemment, devina Falk. L'encre avait en effet l'air beaucoup plus fraîche que les photos.

Il jeta un nouveau coup d'œil au fond de l'enveloppe et y trouva ce qu'il espérait : un bout de papier plié, portant lui aussi les numéros de 1 à 36 écrits de la main de Raco. Falk passa la liste en revue.

3. Kim.
4. Kim, Naomi, ??

Falk reprit les clichés et chercha ceux qui portaient les numéros correspondants. La photo nº 3 montrait Kim assise seule sur la couverture de pique-nique, avec sa bière. Sur la 4, elle se trouvait toujours au même endroit mais Naomi l'avait rejointe, avec un adolescent anonyme qui avait les cheveux coupés ras et tenait une bouteille dans chaque main. Celui-ci était penché au-dessus des filles, ses bras pesant lourdement sur leurs épaules. Les visages des deux adolescentes étaient figés en un sourire tendu, obéissant, mais ni l'une ni l'autre n'avaient l'air très à l'aise.

Falk feuilleta le reste des photos. À en juger d'après les tenues, on voyait qu'elles avaient toutes été prises le même soir. Une fête autour d'un feu de camp, où presque tout le monde avait des boissons à la main. Ne reconnaissant pas la plupart des visages, il consultait la liste au fur et à mesure.

15. Moi et ??? Peut-être le cousin de Wade ? avait écrit Raco au sujet d'une photo de lui avec un grand type dont il avait manifestement oublié le nom, en train de rire comme deux larrons en foire.

16. Shane, Jen C., Charlie, ?? Shane, énorme à côté de Jen C., se penchait pour lui planter un baiser d'ivrogne sur la joue. Les yeux de la fille brillaient et elle avait les joues roses de ce qui semblait être une joie absolue. Charlie souriait à l'objectif, le bras passé autour de la taille d'une adolescente anonyme qui n'était clairement pas Kim.

Falk se figea. Raco ne connaissait peut-être pas la fille sur cette photo, mais l'ambiance de flirt sautait aux yeux. Qu'avait bien pu en penser Kim, se demanda

Falk, si toutefois elle en avait eu conscience ? Il passa de nouveau en revue les images, plus lentement cette fois. Il n'en trouva aucune de Charlie et Kim ensemble.

Il s'arrêta cependant sur la photo n° 19, légendée de l'écriture bien nette de Raco : *Dean, Rohan, Gemma.*

Le cliché était sous-exposé et Falk ne l'avait pas reconnue tout de suite, mais maintenant, si. Elle avait l'air plus douce et extrêmement jeune – comme tous les autres, en fait. Ses yeux dérivèrent de Gemma à Dean. S'il y avait là la moindre trace de la romance qui allait naître ensuite, elle était clairement désamorcée par Rohan, planté pile entre eux et portant un toast face à l'objectif avec sa canette de bière, le visage rougi. Il n'était pas le seul dans cet état. Ils avaient tous l'air bien entamés.

Falk continua à faire défiler ces visages et ces noms qui ne lui disaient rien. Tout en bas de la liste, Raco avait ajouté quelques noms qui ne renvoyaient apparemment à aucune des photos :

L'ami de Dean, petit, cheveux noirs, de Warrnambool.

Kyle.

Ryan S.

Cousins de Tania × 3.

Falk vérifia le dos des photos et de l'enveloppe en quête d'autres notes explicatives de Raco, mais n'en trouva pas. Une question de plus à ajouter à celles concernant le rapport sur les algues et le compte rendu de l'assemblée générale. Il se laissa retomber contre la tête de lit et envisagea un instant d'envoyer un texto à Raco, avant de se raviser. Ce qui avait attendu si longtemps pouvait bien attendre encore jusqu'au lendemain matin. Épuisé, il remit les photos dans l'ordre, s'attardant un peu plus sur le visage de Gemma, puis les glissa dans l'enveloppe et éteignit la lumière.

Falk avait embrassé Gemma sous l'auvent, au coin de cette rue sombre du centre de Melbourne, jusqu'à ce que l'averse cesse. Ils s'étaient pris par la main au moment de se remettre en route sur la chaussée luisante de pluie, et s'étaient dirigés vers la gare de Flinders Street, d'où tramways et trains partaient dans toutes les directions. Vers l'appartement de Falk à St Kilda, par exemple. Vers l'hôtel de Gemma à Richmond, aussi. Ne sachant pas vraiment ce qui allait se passer ensuite, Falk préféra se concentrer sur ce qui se passait, là, maintenant. Marcher côte à côte dans l'éclat de la ville, main dans la main.

Arrivés devant la gare, ils hésitèrent tous les deux sur le trottoir. *Rester ou partir ?* Puis Gemma avait jeté un coup d'œil par-dessus son épaule, vers le marchand de journaux ouvert tard le soir, près des portillons de la gare.

« Il faut que je recharge mon passe voyageur, déclara-t-elle.

— Ah ! » Était-ce une manière de lui dire au revoir ? se demanda Falk. Mais alors, elle lui sourit.

« Je reviens dans une minute.

— OK. Super. »

Tout en disant ces mots, il sentit son téléphone vibrer au fond de sa poche et le sortit tandis que Gemma disparaissait dans la boutique. Il resta planté près de la porte, épaules courbées contre le vent, lisant en diagonale une longue série de messages du travail et tapant quelques réponses rapides.

« Hey ! »

Il releva la tête en entendant la voix de Gemma, ressortie de chez le marchand de journaux. Elle avait l'air heureuse de le retrouver. Falk rangea son téléphone.

« Bon, c'était sur un coup de tête, mais je vous ai acheté ça… » Elle tenait sa carte de transport dans une main et, de l'autre, lui tendait quelque chose. « Tenez. »

Les yeux de Falk se posèrent sur le cadeau. C'était un agenda professionnel avec un stylo bille bleu.

« C'est vraiment gentil de votre part d'essayer d'avoir l'air content, s'amusa Gemma devant son manque de réaction. Mais, sérieusement, la personne la mieux organisée que j'aie jamais connue m'a refilé ce tuyau.

— Un agenda papier ?

— Oui. C'est parfait quand on a beaucoup de choses à faire. Ça remplit la même fonction qu'un calendrier de smartphone, mais sans sonner à tout bout de champ, chaque fois qu'il y a une réunion ou je ne sais quoi. L'idée, c'est qu'on a l'impression d'un peu mieux maîtriser ses journées, parce qu'on y jette un coup d'œil quand on est prêt, pas l'inverse.

— Et ça marche ?

— Pour certaines personnes, oui. Moi, en tout cas. Votre groupe opérationnel m'a l'air de bien vous occuper. Je crois que ça vaudrait la peine d'essayer. » Elle fronça les sourcils. « Et je vous ai acheté le stylo, en plus, parce que j'ai trop bu et que j'ai oublié que vous en aviez sans doute déjà un…

— Eh bien, on n'en a jamais trop. » Falk feuilleta l'agenda. Peut-être avait-il trop bu, lui aussi, mais ce geste le touchait vraiment. « Merci, Gemma. Je vais essayer. »

Il la regarda dans les yeux et elle lui rendit son sourire, satisfaite. Son visage était un peu rouge dans la lumière de la gare, ses cheveux humides tombaient sur ses épaules. Et d'un seul coup, Falk eut la sensation pressante qu'il était sur le point de passer à côté de quelque chose. Il retourna l'agenda et lui tendit la page des contacts.

« Je peux avoir votre numéro, Gemma ? »

Elle empoigna aussitôt l'agenda et le stylo. Mais alors, elle parut hésiter. Sous les yeux de Falk, son expression s'affaissa et elle resta plantée là, pensive, tandis que les secondes défilaient. Elle garda la pointe du stylo appuyée contre le papier pendant ce qui parut une éternité. Falk attendit sans un mot, mais elle n'écrivait toujours rien.

« Je crois… » Elle tapota la page avec le stylo, puis traça la lettre *G*. Elle s'interrompit de nouveau. Le stylo était à présent suspendu deux ou trois centimètres au-dessus du carnet. Gemma leva les yeux vers Falk, puis les baissa. Elle souffla lentement puis referma l'agenda. « Je crois qu'il vaut mieux pour nous deux que je vous dise non. Je suis vraiment désolée.

— Oh ! » Désarçonné, Falk ne sut quoi répondre. « OK. »

Il n'était pas souvent sûr de lui, dans ce domaine-là. Mais cette fois, il l'avait été. Dans son esprit, le numéro de Gemma était bel et bien inscrit dans cet agenda que, maintenant, elle lui rendait. Il était déjà passé à l'étape suivante, se demandant s'il fallait lui envoyer un message ou l'appeler le lendemain matin, quelle serait la meilleure suite à donner. Avant ou après le vol retour de Gemma ? Appeler, avait-il décrété. Au lieu de quoi, il tourna et retourna l'agenda vide dans ses mains, puis le glissa dans la poche de son manteau. Il inspira profondément et prit un long moment pour ajuster ses attentes à la réalité.

Gemma le dévisageait. « Je suis désolée, répéta-t-elle.

— Non, mon Dieu, ne le soyez pas, vous n'avez aucune raison... » Mais il se repassait tout le film de la soirée, avançant puis rembobinant, pour tenter de trouver l'erreur. Il avait toujours l'impression que c'était un grand oui.

« Je crois que j'ai juste mal...

— Non, absolument pas. » Elle se tut.

Falk attendit, sincèrement curieux, mais, comme elle ne poursuivait pas, il dit : « C'est bon, vraiment, vous n'avez pas à me donner d'explications. »

Une pause. « Merci. »

Pourtant, il espérait plus ou moins qu'elle allait lui en donner une. Était-ce son défunt mari ? se demanda-t-il. Cela entrait forcément dans l'équation, mais il avait l'impression que la réponse ne se limitait pas à ça. Falk avait eu affaire au deuil – conjoints, enfants, amis – assez souvent pour être tout à fait conscient de la complexité de ce sentiment. Mais là, ça semblait différent. Il passa de nouveau en revue les dernières heures : le bar, les verres, la marche, le restaurant, la bougie...

— Ce n'est pas votre faute, Aaron. Vous n'avez rien fait de mal. »

Ces mots le firent sourire, et Gemma lui sourit malgré elle.

« Vraiment, insista-t-elle.

— OK. » Il hocha la tête. Il allait la croire sur parole mais, dans ce cas, il aurait vraiment aimé savoir de quoi il retournait. « Eh bien… » Il soupira. C'était un non. Très bien, alors. Passons à autre chose. « Merci quand même, Gemma, pour cette soirée. J'ai vraiment passé un bon moment avec vous. C'était très agréable. »

Elle hésitait, Falk le vit. Mais alors, elle hocha simplement la tête. « Oui. Très agréable.

— Et je suis content de vous avoir rencontrée.

— Moi aussi. »

Rester ou partir ?

Partir.

Il ne put s'empêcher de s'attarder un moment encore, dans l'espoir qu'elle change d'avis. Mais elle se contenta de dire : « Bonne chance pour ce nouveau boulot.

— Merci. Bon voyage retour. » Il leva une main. « Eh bien… Au revoir, alors.

— Au revoir. »

Falk fit volte-face et se dirigea vers l'arrêt de tram. Il crut sentir le regard de Gemma dans son dos, mais, quand il se retourna, elle avait disparu. L'endroit où ils étaient plantés devant la gare, l'instant d'avant, était à présent occupé par deux adolescentes empêtrées dans une dispute larmoyante.

Non.

Pas de numéro de téléphone, pas de débat entre texter et appeler, pas de suite à donner. C'était un non. Cette décision n'appartenait qu'à elle, c'était tout à fait son droit. Mais Falk regrettait que ce n'ait pas été un oui.

Chapitre 13

Falk n'avait aperçu Gemma que deux fois lors de sa brève visite à Marralee, douze mois plus tôt. La première, ce qui n'avait sans doute rien d'étonnant, avait été à la Fête du vin. C'était peu après vingt heures, le soir où Kim Gillespie allait disparaître, et le ciel s'assombrissait déjà. Falk revenait de la caravane des organisateurs, après avoir tenté en vain de remettre les rapports de Charlie sur la sécurité à Gemma, en main propre, quand soudain elle était apparue. Juste derrière la grande roue, un peu plus loin dans l'allée.

Elle était en grande conversation avec la femme blonde que Falk n'avait pas reconnue à l'époque, mais qu'il identifiait à présent comme étant Naomi Kerr. Il s'était arrêté, ne sachant quoi faire. Au-dessus de lui, la grande roue tournait lentement sur son axe.

Sa première réaction aurait été de s'approcher de Gemma pour la saluer, mais il comprit d'instinct que ce n'était pas le moment. Les deux femmes parlaient vite, collées l'une à l'autre dans le vacarme ambiant. Naomi semblait agitée, faisant des gestes secs et précipités avec les mains. Elle avait défendu énergiquement son point de vue, et alors les deux femmes avaient brusquement relevé la tête et regardé dans la direction de Falk.

Il avait pensé – espéré – un instant que Gemma le verrait, mais Naomi et elle fixaient autre chose, leurs regards posés sur un point derrière lui. Gemma avait hoché la tête, ferme mais calme – OK, je comprends –, et Naomi avait paru légèrement apaisée.

C'est à ce moment-là que des interférences avaient sifflé dans les haut-parleurs du manège, derrière Falk, qui s'était retourné par réflexe ; le moment où il avait croisé le regard de Rohan Gillespie, l'avait vaguement repéré en train de discuter avec les touristes du Queensland, l'avait vu adresser un geste de la main à la nacelle la plus haute. Et c'était pour cela – comme Falk l'aurait expliqué au policier qui l'avait interrogé ensuite, si celui-ci avait un peu insisté – que, deux heures et demie avant que la disparition de Kim ne soit signalée, il ne lui avait guère prêté attention. Il était tout entier concentré sur Gemma, qui s'était trouvée *juste là*, dans l'allée, avant qu'il ne détourne le regard et qui, à sa grande frustration et à son grand désespoir, avait disparu quand il se retourna.

Il l'avait vue encore une fois, ensuite : le lendemain, pendant ces étranges heures sombres où la question pressante des allées et venues de Kim avait pris la teinte irréelle d'un cauchemar. Falk avait aperçu Gemma sortant du commissariat, alors que lui-même s'y rendait pour faire sa déposition. Depuis le trottoir d'en face, par-dessus la circulation de la grand-rue, il l'avait regardée descendre précipitamment les marches du perron. Elle était montée dans sa voiture, avait démarré et s'était éloignée. Si elle l'avait vu planté là, elle n'en avait rien laissé paraître.

Mais Falk avait gardé l'agenda. Ses pages étaient froissées, couvertes de rayures et d'annotations. Les journées s'étaient peu à peu remplies de réunions, de pense-bêtes, de corrections, de gens à rappeler, d'informations à vérifier et de rapports à rendre. N'empêche, il n'avait toujours pas son numéro.

Assis devant la dépendance, Falk et Raco sirotaient un café au soleil du matin, pendant que la petite Eva, cinq ans, s'efforçait de tresser une couronne avec des pissenlits. Falk avait ouvert les yeux avant la sonnerie du réveil, ce qui était assez inhabituel, et il était resté immobile sur le lit inondé de soleil, à tenter de se rappeler où il se trouvait. À présent, Raco et lui regardaient en silence le cottage d'en face, quand la porte de derrière s'ouvrit et que Zara sortit. Elle traversa la véranda et descendit dans les vignes, concentrée sur son téléphone. Elle était trop courbée pour qu'on puisse bien voir son visage.

« Elle m'a dit qu'elle pensait que ça s'était plutôt bien passé hier, annonça Raco.

— C'est déjà ça. »

Raco avala une gorgée de café. « Pourvu qu'elle ne se mette pas à trop espérer, du coup… Enfin, on ne peut pas y faire grand-chose. »

Falk était du même avis. « J'ai jeté un coup d'œil à ton dossier, hier soir.

— Ah ouais ? » Raco vida sa tasse. « Rien d'in… ? » Il s'interrompit en voyant la porte s'ouvrir de nouveau, et cette fois Rita apparut sur la véranda, la main en visière au-dessus des yeux. Elle les repéra et leur fit signe de la rejoindre.

« Naomi a dû arriver. » Raco se leva de sa chaise. « Viens, Eva. Donc, je disais… » Il se tourna vers Falk, tandis qu'ils se mettaient en route. « Des idées ?

— Ça me paraît très complet, Greg, répondit Falk. Tu n'as vraiment rien laissé de côté.

— Ou alors, je me suis raccroché à ce que j'ai pu…

— Mais pourquoi le compte rendu de l'AG ?

— Laquelle ?

— Celle du comité de la Fête du vin. L'an dernier.

— Ah, ça… Il était question de réaliser un audit sur la sécurité. J'ai inclus ce compte rendu pour ne pas oublier de suivre cette affaire, mais ça n'a finalement rien donné.

— Et le rapport sur les algues ? Avec les niveaux de bactéries du printemps et de l'été ? »

Raco fronça les sourcils. « Je ne sais plus, il faudrait que je revoie tout ça. Je crois que c'était un moyen de savoir si l'eau avait bougé.

— Il y a de vieilles photos, aussi, ajouta Falk. Numérotées, avec les noms. Prises pendant une fête.

— Yep. » Falk nota un changement dans le ton de Raco. « Je vois de quoi tu parles. »

Il donnait l'impression de vouloir en dire plus, au lieu de quoi il leva la main pour saluer la deuxième femme qui les attendait maintenant sur la véranda. « Bonjour, Naomi ! »

Naomi Kerr se tenait aux côtés de Rita, le petit Henry calé sur sa hanche.

« Salut, Greg. Et Aaron. Bonjour. Enfin. » Naomi se fendit d'un sourire, étincelant et chaleureux. Ses lunettes de soleil n'étaient pas tout à fait assez sombres pour cacher son rapide coup d'œil, de haut en bas, pour le jauger. « Ravie de faire enfin votre connaissance.

— Moi aussi », dit Falk.

Naomi était petite, elle lui arrivait à peine à l'épaule. Elle portait un legging d'un noir brillant qui s'arrêtait à mi-mollet, dévoilant des chevilles lisses et bronzées. Sous sa fine polaire, un tee-shirt serré épousait ses formes.

« Encore merci à tous les deux d'avoir accepté de faire ça. » Rita reprit Henry dans ses bras alors qu'il se mettait à pleurnicher, et fit signe aux autres de s'asseoir. « Le père Connor a un autre rendez-vous après, Naomi, donc tu devrais être de retour à la clinique avant…

— T'inquiète, l'interrompit Naomi avec un geste de la main. Je me suis arrangée pour bosser cet après-midi, finalement.

— Naomi est généraliste, lança Raco en disparaissant dans la cuisine, d'où il ressortit avec un pichet d'eau et quelques verres. Au centre médical de la ville.

— En parlant de ça… » Elle tira une chaise mais ne s'y assit pas, ses yeux s'étant posés sur Zara, qui se tenait à présent à l'ombre d'un arbre, au loin, toujours penchée sur son portable. « Prenez rendez-vous pour qu'elle vienne parler à quelqu'un, même si elle n'en a pas envie. On a une spécialiste qui vient d'arriver, elle est très bien.

— Merci, répondit Rita, et Raco acquiesça en remplissant les verres. On le dira à Charlie.

— Comment vous vous sentez ce matin ? Merci. » Naomi accepta un verre d'eau et repoussa ses lunettes sur le haut de son crâne. Elle avait la présence rassurante d'une professionnelle de la santé, et Falk commençait à comprendre pourquoi les Raco l'avaient choisie pour être son alter ego.

« Nous sommes juste pressés de voir ce qui ressortira de cet appel, répondit Raco. Ça aiderait d'avoir des réponses, quelles qu'elles soient.

— Absolument. » Les traits de Naomi se radoucirent, ses yeux toujours fixés sur Zara. « Je crois que ça aiderait beaucoup. Difficile de ne pas chercher à imaginer ce qui a pu passer par la tête de Kim.

— Ouais. » Raco fit craquer ses doigts comme il le faisait parfois lorsqu'il débattait intérieurement de quelque chose, et ce bruit tira une discrète grimace à Rita. Il s'arrêta et désigna Falk d'un petit coup de menton. « Nous étions justement en train de parler de cette fameuse fête du soir d'ouverture. »

En entendant ces mots, Naomi tourna son regard vers eux. Elle ne demanda pas de quoi il parlait. « Moi aussi, j'y ai repensé. »

Falk fronça les sourcils. « De quoi parlez-vous ? » interrogea-t-il. Raco et Naomi inspirèrent au même moment et leurs regards se croisèrent, avec le même geste, *Pardon, à toi de répondre*.

« Vas-y, dit Raco. C'est toi qui l'as retrouvée. »

Il y eut une bulle de silence durant laquelle on n'entendit plus que le bourdonnement des insectes. Rita caressait les cheveux de son fils avec une expression que Falk ne sut déchiffrer. Naomi contempla ses mains un moment, rassemblant ses pensées, puis fixa Falk droit dans les yeux.

« Vous avez sans doute entendu parler de cette fête qui a lieu dans le bush chaque année, au début de la Fête du vin ? Tous les ados du coin et tous les gosses de vacanciers qu'ils peuvent entraîner se retrouvent sur les hauteurs de la retenue d'eau le premier soir, et se bourrent la gueule. » Naomi se tourna vers Henry, dans les bras de Rita. « Excusez mon langage. »

Rita sourit, se redressant du fond de sa chaise. « Je ne crois pas que ça le choque. Il faut que j'aille le changer, de toute façon.

— Bon, écoutez..., poursuivit Naomi pendant que Rita s'engouffrait dans la cuisine. Opinion très peu populaire – j'ai conscience d'être une hypocrite qui faisait la même chose dans le temps –, mais c'est une tradition à laquelle il faudrait mettre un terme. Avant qu'un jeune fasse une mauvaise réaction à quelque chose, se brise le cou en tombant de cette foutue digue ou glisse et se noie dans la retenue, parce que je sais que personne ne veut en entendre parler, pourtant ça va finir par arriver.

— Les ados trouveront toujours..., commença Raco, mais Naomi secoua la tête.

— Non, Greg. Allons. Tu sais où se trouve la bordure de ma propriété. J'entends ces gamins aller et venir, et je peux te dire que ça n'est plus comme dans ton souvenir. À l'époque, on se connaissait tous, à part une poignée de cousins, et autres, venus d'ailleurs. Ce truc a pris de l'ampleur en même temps que la Fête du vin, et comme je n'arrête pas de le répéter, en tant que médecin et voisine inquiète – ou sale fouineuse, si on veut, je m'en fiche –, ça prend des proportions de plus en plus incontrôlables. Enfin, bref... » Naomi chassa une mouche d'un geste agacé de la main. « Vu ce que ça me rapporte de répéter ça sans arrêt… »

Son ton était brusque et contrôlé, mais on y décelait une touche de malaise, se dit Falk.

« Donc il s'est passé quelque chose qui impliquait Kim ? » interrogea-t-il.

Naomi et Raco échangèrent un autre regard, puis la femme fit oui de la tête.

« Il y a des années de cela, se hâta-t-elle de préciser. C'était une grosse soirée, celle-là, car nous étions pas mal à avoir fêté nos dix-huit ans. Moi, Charlie, Shane et Rohan, plus un autre de nos amis, Dean. » Son nom sonnait un peu différemment dans sa bouche que dans celle des autres. Elle s'éclaircit la voix. « Bref. Il était évident que Shane allait être recruté par une équipe de footy, et nous autres, on allait partir pour la fac à la fin de l'été, donc c'était la dernière fois que nous serions tous là pour cette fête. Bien sûr, les gens repassaient quelquefois, il y avait toujours des visages connus qui revenaient en vacances, et aussi des gens plus jeunes. Tu devais avoir… quoi ? demanda-t-elle à Raco.

— Quinze ans.

— Ouais, moi, j'avais quatorze ans la première fois que j'y suis allée. » Les yeux de Naomi revinrent se poser sur Falk. « Mais le truc, c'est qu'il y avait beaucoup de monde cette année-là. Ça buvait beaucoup, peut-être encore plus que d'habitude. Et pour une raison que j'ignore, peut-être à cause de ça, je n'étais pas vraiment dans l'ambiance, ce soir-là. Je trouvais que ça craignait un peu. » Elle jeta un coup d'œil à Raco. « Pas toi ?

— Si, confirma-t-il. Tout le monde s'est soûlé à mort, très vite, et l'atmosphère était vraiment bizarre. Il y avait tous ces jeunes qu'on ne connaissait pas… » Naomi opina du chef pendant qu'il parlait. « Il y avait une mauvaise énergie. De petites bagarres n'arrêtaient pas d'éclater, pour des bêtises. Et Charlie et Kim s'étaient brouillés avant même d'arriver sur place. »

Par-delà la véranda, Falk aperçut Charlie parmi les rangs de vigne. Shane était avec lui. Falk ne l'avait pas vu arriver, mais les deux hommes discutaient, leurs postures quasi identiques. Épaules voûtées, les bras croisés sur la poitrine.

« Savez-vous pourquoi Charlie et Kim étaient fâchés ? demanda Falk, et Raco comme Naomi secouèrent la tête.

— Une broutille, sans doute, répondit celle-ci. Charlie dit qu'il ne s'en souvient plus et je veux bien le croire. Ils n'arrêtaient pas de casser et de se remettre ensemble, déjà à l'époque. Donc ils s'étaient disputés une fois de plus, et bien sûr Charlie a réagi avec maturité : il a passé toute la soirée à parler à des filles pour tenter de la rendre jalouse. Et Kim, du haut de ses seize ans, a fait ce qu'on pouvait imaginer – elle a trop bu, en faisant comme si elle s'en foutait, de ce que pouvait faire son copain, avant d'aller pleurer en douce toutes les cinq minutes, planquée derrière un arbre.

— Ils étaient comme ça, des fois. » Raco parut soudain las en y repensant. « Mais au bout d'un moment, Kim a fini par en avoir marre et elle est partie. Je ne l'ai pas vue s'en aller, mais, quand je m'en suis rendu compte, ça ne m'a pas étonné.

— Moi non plus, renchérit Naomi. Je sais qu'il devait être encore assez tôt – dans les dix heures du soir, à peine –, parce que c'est à ce moment-là que j'ai décidé de rentrer, moi aussi. J'ai essayé de trouver quelqu'un qui voulait bien m'accompagner, pour ne pas marcher toute seule, mais personne n'avait envie. Donc au final, je suis juste partie. »

Naomi marqua une pause, et Falk sentit de nouveau son malaise. Il attendit sans faire de commentaire.

« J'ai trouvé Kim près de l'endroit où la piste rejoint le sentier de la retenue. » Naomi dessina un point de rencontre avec ses mains. « Elle n'était même pas sur le chemin. À cinq mètres peut-être sur le côté, au milieu des broussailles, genre, à moitié adossée à un tronc d'arbre. J'avais une lampe torche, parce qu'il pouvait faire vraiment noir par là-bas – encore aujourd'hui, d'ailleurs –, mais je n'ai aperçu Kim que parce qu'elle avait des paillettes sur son top, qui réfléchissaient la lumière. »

Naomi retira ses lunettes de ses cheveux, ouvrant et refermant les branches.

« Donc je me suis arrêtée et je l'ai appelée. Et elle n'a pas répondu. Elle avait les yeux fermés, il n'y avait personne avec elle… » Ouvertes, fermées. « … il faisait noir et, l'espace d'un horrible instant, j'ai cru qu'elle était morte. »

Elle jeta ses lunettes sur la table et tendit la main pour attraper son verre d'eau. Falk sentit que ce souvenir la bouleversait encore. Mais quand elle releva les yeux, il eut soudain l'impression, aussi diffuse qu'inébranlable, que quelque chose d'infime clochait.

« Je veux dire, bien sûr, elle n'était pas morte. » La voix de Naomi était brusque. « Heureusement. Mais bon Dieu, elle était complètement déchirée. Ivre morte. Plus que je ne le croyais, c'est sûr. J'ai vu qu'elle avait vomi, car il y avait cette petite flaque à côté d'elle. Alors je me suis approchée pour voir si ça allait. Elle avait du vomi partout sur son top, dans les cheveux aussi. Elle était encore complètement à l'ouest, alors je l'ai prise dans mes bras… » Naomi leva légèrement sa main, comme pour la tendre vers son amie. « … et je l'ai relevée. »

Quelque chose dans son geste – la manière particulière, précise, dont Naomi l'avait exécuté – fit de nouveau sonner la même fausse note dans l'esprit de Falk. Cette histoire semblait avoir été modifiée, comprit-il soudain. À quel point, il n'aurait su le dire. Trois fois rien, peut-être. Ou du moins rien de plus que ce à quoi on pouvait s'attendre vingt-cinq ans plus tard, avec tous les trous que cela supposait dans les souvenirs. Falk regarda Naomi qui se tenait le dos bien droit de l'autre côté de la table, avec ses yeux clairs. Et qui avait toute la confiance des Raco. Il voulait bien croire qu'elle racontait tout ça avec autant d'exactitude que sa mémoire le permettait. Mais même ainsi, aucune histoire n'avait qu'une seule version.

« Au moins, Kim était sur ses pieds maintenant. » Naomi but une gorgée d'eau, ses doigts dessinant des traces dans la buée lorsqu'elle reposa le verre sur la table. « Elle ne tenait pas debout, mais tous les week-ends à l'époque, avec les copains, on aidait ceux qui avaient trop bu à rentrer chez eux, alors ça ne me changeait pas trop. Je savais qu'elle avait vomi, j'espérais qu'elle allait bientôt dessoûler. Je l'ai ramenée sur le chemin, mais un truc… » Ses traits se durcirent. « Je sais pas, bon Dieu. Quelque chose n'allait pas. J'ai regardé ses habits. Parce qu'elle avait du vomi dans le dos, comme si elle s'était roulée dedans, et sa jupe était… » Les mains de Naomi retombèrent sur ses cuisses. « Genre, toute froissée. Mais elle avait encore sa culotte, et je me rappelle m'être sentie… » Elle s'interrompit. Laissa échapper un soupir. « … soulagée, j'imagine, parce qu'au moins, de ce côté-là, tout semblait en ordre. Enfin, pour autant qu'on puisse en juger. Alors j'ai remis ses vêtements en place, mais, pour être honnête, je commençais moi-même à flipper parce qu'on était toutes seules et que j'avais vraiment une drôle de… »

Naomi hésita, portant la main à sa poitrine.

« Cette bouffée d'adrénaline, vous voyez ce que je veux dire ? finit-elle par reprendre. Comme quand on vient d'éviter le pire ? Quand on a écrasé le frein à temps et qu'on a évité l'autre voiture ? Ou que le couteau dérape sur la planche à découper, mais qu'on ne se blesse pas ? Eh bien, c'est comme ça que je me sentais là-bas avec Kim. Comme si en débarquant, j'avais interrompu… » Naomi sentit qu'il n'était pas nécessaire de prononcer ces mots. « Bon, vous pouvez deviner tous les deux, comme je l'ai fait ce soir-là. Quelque chose de grave. »

Chapitre 14

« Kim vous a dit quelque chose ? » Falk étudiait Naomi, de l'autre côté de la table. « Quand vous l'avez ramenée sur le chemin ? »

Une légère brise s'était levée, faisant frissonner les vignes au pied de la véranda. Le soleil émergea de derrière un nuage et Naomi enfila de nouveau ses lunettes. Difficile, dès lors, de déchiffrer son expression, mais, lorsqu'elle secoua la tête, ses lèvres étaient crispées.

« Elle n'était même plus capable d'aligner deux mots, donc, non. Je l'ai raccompagnée chez elle. L'ai aidée à rentrer dans sa chambre sans que ses parents sachent dans quel état elle se trouvait. » Elle vida le reste de son verre d'eau. « Mais je suis quand même repassée le lendemain matin, pour voir comment elle allait. Lui demander ce qui s'était passé. Bon Dieu ! Elle avait une sacrée gueule de bois… Elle se rappelait certaines choses : son arrivée à la fête, le fait que Charlie avait joué au con et que ça l'avait retournée, mais après… » Les yeux de Naomi vacillèrent derrière ses lunettes noires. « Pas grand-chose. Elle ne se rappelait même pas avoir décidé de rentrer, ni avec qui elle était partie – si elle était accompagnée. Ni le moment où je l'avais retrouvée ni le retour chez elle.

— Ça fait beaucoup de blancs, fit remarquer Raco, les yeux plissés face au soleil.

— Ouais. Je lui ai raconté comment je l'avais retrouvée, l'impression que ça m'avait donné, mais honnêtement, elle semblait surtout gênée, reprit Naomi. Je sais que ça peut paraître idiot, assis là entre adultes, mais à l'époque… » Elle haussa les épaules. « Kim ne voulait pas que Charlie, ou qui que ce soit au lycée, le sache. Qu'est-ce que vous voulez que je vous dise ? J'étais une ado, moi aussi, et je pensais qu'il ne s'était rien passé de vraiment grave. » Naomi laissa échapper un rire sec, sans humour. Derrière lequel Falk sentit, plus qu'il ne l'entendit, la même fausse note que tout à l'heure. « Donc j'ai fait ce qu'elle me demandait. Je ne suis jamais revenue sur cette histoire, et je n'en ai parlé à personne. »

Falk hocha lentement la tête. « Jusqu'à quand ? L'année dernière ? »

Tous restèrent silencieux pendant un long moment.

« Yep. » Le ton était heurté, le visage de Naomi de marbre. « Après que Kim a abandonné son nouveau-né dans un lieu public pour aller mettre fin à ses jours à cent mètres de l'endroit où ça s'était passé. Donc à ce moment-là – oui, ça m'a mis une bonne tape dans le dos pour finalement tout raconter. Je suis allée trouver le sergent Dwyer parce que je pensais – et je pense toujours – que c'était un élément important pour comprendre l'état d'esprit de Kim, ce soir-là. »

Nouveau silence.

« Ce n'est pas juste une excuse facile de dire que les choses étaient différentes à l'époque, Naomi, fit remarquer Raco. Nous étions tous si jeunes… Aujourd'hui, nous pouvons nous asseoir autour de cette table en pensant au mot “agression”, à la notion de consentement sous l’effet de l’alcool aussi, parce que nous sommes tous les deux flics et toi médecin, et que vingt-cinq ans se sont écoulés entre-temps. Mais ça n’a pas toujours été comme ça. Surtout quand on parle de jeunes adolescentes buvant dans une fête.

— Je sais. Vraiment. Et j’ai cru Kim, sur le moment, quand elle disait qu’elle allait bien. Mais, mon Dieu… » Naomi ôta ses lunettes et passa une main distraite dans ses cheveux. « C’est tellement triste, putain. J’aimerais tellement avoir réagi autrement, c’est tout.

— Kim en a-t-elle parlé à quelqu’un d’autre ? » demanda Falk.

Raco et Naomi se regardèrent puis firent non de la tête.

« Je ne crois pas, répondit Raco. La première fois que j’en ai entendu parler, c’est dans la semaine qui a suivi sa disparition, quand Dwyer m’a demandé si je pouvais lui en dire plus. Je sais que Charlie et Shane aussi sont tombés des nues. Je parie que même Rohan n’était pas au courant, hein ? ajouta-t-il, et Naomi acquiesça.

— Elle ne lui en avait pas parlé non plus.

— Êtes-vous étonnée qu’elle ne l’ait raconté à personne ? » Falk devinait que Naomi s’était posé la même question, sans doute souvent. Pourtant, elle prit le temps de réfléchir.

« Pas vraiment. Je veux dire, elle n’a jamais reparlé de cette histoire avec moi, donc je me doutais qu’elle ne l’avait sûrement pas fait avec quelqu’un d’autre. Comme si ce n’était jamais arrivé, jusqu’à… »

Naomi se tut en voyant Rita pointer son nez à la porte. « Désolée de vous interrompre, mais la voiture du père Connor vient d'arriver.

— OK, merci. » Raco finit son verre d'eau et fit mine de se lever.

« C'est pour ça que tu as classé et annoté les photos de cette fête ? lui demanda Falk en repoussant sa chaise. Pour déterminer qui était présent cette nuit-là ? »

Raco confirma d'un hochement de tête. « Mais c'était impossible. Il y avait d'autres jeunes qui ne sont pas sur les photos, des gens que je n'avais jamais vus et dont je ne me souviens pas. Et l'endroit où Naomi a retrouvé Kim n'était pas loin de la piste principale, celle qui fait le tour de la retenue… » Naomi acquiesça. « … donc n'importe qui aurait pu passer par là. Un visiteur de la Fête du vin. Quelqu'un qui promenait son chien. Ou un joggeur de fin de soirée. On ne peut pas savoir. »

À l'autre bout de la maison, ils entendirent la porte d'entrée se refermer.

« C'est lui. » Raco se redressa aussitôt et se précipita à l'intérieur. Falk le suivit des yeux, réprimant un sourire. Le père Connor était *dans la place*. Naomi croisa son regard. Elle aussi avait l'air un peu amusée, et ses traits s'étaient détendus.

« Allez. » Elle contourna la table, glissant son corps couleur miel entre les chaises. « Affrontons cette épreuve ensemble. » Elle passa son bras sous celui de Falk. « Avez-vous des enfants, Aaron ?

— Non, répondit-il. Et vous ?

— Trois.

— Vraiment ?

— Ils passent les vacances scolaires avec mon ex-mari. » Elle lui adressa un regard de sous ses longs cils. « Vous avez l'air surpris.

— Oh ! Non. » Il l'était. Assurément.

« Parfois, les gens le sont », dit-elle avec l'assurance d'une femme se sachant spectaculaire en legging, et Falk ne put s'empêcher de lui rendre son sourire.

Un homme rondouillard aux cheveux blancs, dont émanait la chaleur accueillante d'une bouilloire posée sur le feu, était déjà installé à la table de la cuisine, où il les attendait. Il piquait en douce des biscuits dans une assiette pour les donner à Eva, qui les enfournait dans sa bouche avec délice, pendant que Rita préparait le café. Henry somnolait, si bien que Raco le donna à Falk et resta planté là, gênant un peu tout le monde.

Falk tira une chaise à côté de Naomi, prêt à se lancer dans sa première véritable conversation avec un représentant de l'Église depuis – quand ? Il tenta de se souvenir. Lorsqu'il avait organisé les funérailles de son père, peut-être. Avant cela, il ne se rappelait plus. Falk n'avait jamais été croyant, mais, au bout d'un moment, il lui fallut bien reconnaître qu'il y avait quelque chose de réconfortant à être assis là, dans la cuisine ensoleillée de son ami, à boire un bon café avec son futur filleul endormi dans les bras, en écoutant cet homme affable rappeler qu'un enfant était une bénédiction, et qu'il fallait toute une communauté pour l'élever.

Naomi posa ensuite quelques questions qui, devina Falk, devaient plus à la courtoisie qu'à une quelconque confusion, et auxquelles le père Connor se fit une joie de répondre. Il termina en leur secouant vigoureusement la main, les félicitant pour le rôle qu'ils avaient accepté d'endosser avec tant d'enthousiasme qu'on aurait pu croire que Falk et Naomi étaient les jeunes et fiers parents du bébé. Quand il se leva pour partir, Falk fut presque déçu. Il aurait pu rester assis là plus longtemps.

« Bon… », souffla Naomi quand Falk et lui se retrouvèrent seuls. Elle se rassit au fond de sa chaise et lui sourit. Raco avait repris Henry, et le doux murmure de Rita et lui prenant congé du prêtre résonnait dans le couloir. « Je crois qu'à nous deux, on va s'en sortir. Qu'en pensez-vous ?

— Je pense aussi, répondit Falk, même si c'était sans doute la première fois qu'il le pensait vraiment.

— Donc, pas d'enfants… » Naomi le fixait toujours. Elle fronça un sourcil. « Et côté petite amie ? Vous en avez une ?

— Non plus.

— Oh ! mon Dieu. *Plus* qu'une, Aaron ? »

Il rit. « Non. Moins.

— Je vois. Simple curiosité. » Naomi le gratifia d'un sourire espiègle. Elle n'était pas intéressée personnellement, il en était certain, mais le regardait avec la satisfaction d'une femme qui avait reçu la réponse espérée.

« Est-ce que… », commença-t-il, mais il s'arrêta aussitôt car Rita était revenue, une inquiétude sur les traits. « Tout va bien ? lui demanda Falk.

— Oh ! Oui, merci. » Rita le laissa remplir son mug de café, mais son expression demeurait inchangée.

« Tu es sûre ? » Falk se tourna vers Raco, qui lui aussi paraissait un peu abattu.

« C'est juste… » Rita avala une gorgée de café brûlant et grimaça. « N'est-ce pas terriblement indélicat, tout ça ?

— De quoi parles-tu ? répliqua Naomi, interloquée. Du baptême ?

— Le père Connor a mentionné Kim en passant, au moment de partir. » Il y avait une ombre dans la voix de Raco. « Pour dire qu'il était content que nous ayons décidé de reporter, après ce qui s'est passé l'année dernière.

— Mais tellement de gens vont faire ce rapprochement, ajouta Rita. Se souvenir de la raison de cette annulation. Du fait que c'est le premier anniversaire. Tout ça. »

Naomi lui tendit la main par-dessus la table. « J'ai conscience que les gens prétendent toujours savoir ce qu'une personne aurait préféré, une fois qu'elle a disparu… Mais honnêtement, Rita ? Kim aurait voulu que ce baptême ait lieu.

— Ouais. C'est ce que je ressens aussi. » Les lèvres de Rita se crispèrent. « Mais quand même, je n'arrête pas de repenser à l'année dernière. Que j'aurais dû faire plus d'efforts à la Fête du vin. Je veux dire, Kim avait un bébé de six semaines, bon sang. Je sais combien c'est…

— Arrête. » Raco posa sa paume dans le dos de Rita. « Ne fais pas ça.

— Je sais, mais je repense sans arrêt à ce moment au début de la soirée, dans les toilettes. J'ai eu la chance de tomber sur elle, mais je n'en ai pas profité. » Rita se tourna vers Falk, en quête de soutien. « Tu te souviens ?

— Oui, Rita, mais… » Il était évident, d'après sa culpabilité, qu'ils n'avaient pas le même souvenir de cet incident.

Ils venaient tout juste d'arriver à la fête, et la foule de la soirée d'ouverture n'arrêtait pas d'enfler à l'approche du crépuscule. Falk se tenait debout à côté de Rita, à regarder Raco et Eva tourner sur un manège, quand Rita s'était penchée sur le landau, avait humé l'air et déclaré : « On va devoir faire un petit détour par les toilettes. »

Pour Falk, qui était en train de terminer sa bière, ça n'avait pas non plus semblé être une mauvaise idée. « Je viens avec vous. »

Rita avait adressé un salut de la main à Raco, desserré le frein du landau, puis Falk et elle s'étaient mis en chemin. Les toilettes se trouvaient dans un horrible bâtiment en parpaings gris, qui avait au moins l'air propre et bien entretenu.

« Oh ! mon Dieu, vise-moi ce monde… », s'était exclamée Rita en arrivant devant, et Falk avait suivi son regard jusqu'à la file qui s'étirait, du côté des dames, jusqu'au coin du bâtiment. L'entrée des toilettes pour hommes se dressait, grande ouverte et déserte, et Rita roula de gros yeux.

« Vas-y. Si je ne suis pas ressortie avant la fin de la soirée, dis à mon mari de m'envoyer des vivres et…

— Hey, Rita ! Comment tu vas ? »

Rita s'était retournée en entendant la voix. « Rohan ! Salut, je suis contente de te voir. »

L'homme qui attendait devant le bloc des toilettes berçait un landau du bout du pied, et tenait une glace dans chaque main, l'une presque terminée, l'autre en train de fondre à vue d'œil. Il semblait un peu stressé, mais leur avait souri lorsqu'ils s'étaient approchés.

« Rohan, je te présente notre ami Aaron, avait lancé Rita, distraite, tandis qu'elle jetait un coup d'œil à l'intérieur du landau, où dormait un petit bébé. Oh ! c'est Zoe ? Elle est tellement belle. Regarde-moi ces cheveux… Félicitations.

— Merci. À toi aussi. » Rohan s'était fendu d'un sourire approbateur en désignant le petit Henry. « Il est déjà costaud, non ?

— Ça, je le sens quand il faut le porter. » Le sourire de Rita s'était évaporé en jetant un coup d'œil à l'interminable file d'attente des toilettes pour dames. « Kim est à l'intérieur ?

— J'espère, après tout ce temps…

— Ah ! c'est lent à ce point ? avait répondu Rita en montrant la glace en train de fondre.

— Ouais. » Le visage de Rohan s'était assombri en passant en revue la queue. « Je veux dire, ça semble quand même avancer, mais… » Il avait haussé les épaules. « Si tu croises Kim en train de papoter là-dedans, dis-lui que Zoe et moi sommes à trente secondes de manger sa glace. »

Rita avait éclaté de rire. « Je lui… » Elle n'avait pas fini sa phrase, inspirant brusquement en voyant s'entrouvrir la porte d'un box tout proche. Une dame âgée en sortit, appuyée sur une canne. Sur la porte qui se referma en claquant derrière elle, on apercevait à la fois un fauteuil roulant imprimé et un autocollant parent avec bébé. Personne d'autre n'attendait devant.

« Oh ! mon Dieu, désolée, mais je ne peux pas manquer cet avantage en nature parental. » Rita avait prestement fait pivoter son landau. « Vraiment ravie de t'avoir revu, Rohan. Dis à Kim que je l'appellerai.

— Pas de souci. » Rohan avait brandi la glace dégoulinante de son épouse en guise d'adieu.

« On se retrouve ici ! » avait crié Rita à Falk, par-dessus son épaule, en fonçant vers le box inoccupé.

Après avoir pris congé de l'homme qui s'efforçait à présent d'empêcher la vanille fondue de goutter sur le landau, Falk s'était engouffré dans les toilettes pour hommes.

Il se trouvait devant les lavabos quand il avait entendu une voix familière à travers la fenêtre ouverte. Raco, songea-t-il aussitôt – mais non. Le timbre était plus grave. Charlie.

« Hé ! disait celui-ci. Avant que tu disparaisses : t'es allée saluer ta mère ?

— Papa… Non. » Zara semblait agacée. « Je suis censée retrouver Sophie, genre, *maintenant*. Ils m'attendent tous.

— Zara, sérieusement. Allez, me force pas à faire ça. Rohan et Zoe sont juste là. Ta maman doit pas être loin. Passe au moins dire bonjour à ta sœur.

— Elle a à peine quelques semaines. Elle s'en fiche.

— Mais pas ta mère.

— Si, elle aussi.

— Bien sûr que non. Ils ont fait tout ce chemin pour te voir.

— Papa, l'avait coupé Zara. Si, elle s'en fiche. Arrête de toujours vouloir imposer ça de force.

— Imposer quoi ?

— Cette histoire de famille.

— Nous formons une famille.

— Non, c'est pas vrai. Pas comme ça. Quoi que tu fasses ou ne fasses pas. Pourquoi tu n'arrives pas à… ?

— Hé ! Fais attention à ce que tu dis, s'il te plaît. Ne me parle pas comme…

— OK, c'est bon. Pardon. Mais il faut vraiment que t'arrêtes.

— Arrêter quoi ?

— Tu sais très bien. Ça. Avec maman. Écoute, faut que j'y aille. OK ? Mes amis m'attendent.

— Zara…

— Dis à maman qu'on se parlera demain. »

Falk s'était lavé et essuyé les mains, avant de ressortir. Il s'attendait à moitié à trouver Charlie en pleine conversation avec Rohan, mais aucun des deux n'était là. L'endroit où le landau avait été garé était maintenant vide, hormis des éclaboussures de glace dans la poussière. Adossé au mur, Falk avait attendu jusqu'à ce que Rita émerge du box réservé aux parents, une minute plus tard.

« Tout va bien ? » avait-elle demandé. Falk avait hoché la tête et, ensemble, ils étaient allés retrouver Raco et Eva.

Dans la cuisine des Raco, un an plus tard, Rita jouait nerveusement avec sa tasse de café.

« En plus, je savais qu'elle était triste que Charlie et Zara n'aient pas été à la maison ce soir-là et, malgré ça, l'idée ne m'a même pas traversé l'esprit d'entrer pour lui parler. De juste faire cet effort. J'étais tellement centrée sur moi-même, à pas vouloir me compliquer la vie…

— Tu avais un bébé à gérer, lui rappela Naomi.

— Oui, mais Kim aussi. C'est encore pire, parce que je savais à quel point c'était dur, et pourtant je n'ai rien fait. Et puis, vous vous rappelez ? Le lendemain, ou le jour d'après, quelqu'un a raconté avoir entendu une femme pleurer dans les toilettes…

— C'était beaucoup plus tard dans la soirée, rectifia Raco. Et c'est une fête du vin. Il y a toujours quelqu'un qui pleure dans les toilettes. »

Naomi se fendit d'un petit sourire. « Il a raison. Et puis, écoute : nous sommes tous un peu coupables dans cette histoire. Je ne parle même pas… » Ses yeux filèrent sur Raco, puis fixèrent de nouveau le sol. « … de ce qui s'était passé à la retenue d'eau. Plus récemment, je veux dire. Tu sais depuis combien de temps je n'avais pas parlé à Kim ? J'ai calculé après : ça faisait plus d'un an. Et on ne s'était pas vraiment vues depuis son mariage. Je l'avais appelée deux ou trois fois après la naissance du bébé, sans réussir à la joindre. Mais bon, je n'ai pas insisté, j'ai juste envoyé un cadeau et c'est tout. » Naomi soupira. « Donc ouais, Rita, nous avons tous des choses que nous aurions aimé faire différemment.

— Comme quoi ? »

Ils se tournèrent tous vers la voix, à l'entrée de la cuisine. Zara les observait. Falk ne l'avait pas entendue approcher et vit, à l'expression des autres, qu'ils se demandaient eux aussi depuis combien de temps elle les écoutait.

« Bonjour, ma chérie, lança Rita, reprenant ses esprits. On va bientôt déjeuner, mais tu veux quelque chose en attendant ?

— Non, merci. » Le regard de Zara était toujours fixé sur Naomi. « Qu'est-ce que t'aimerais avoir fait différemment ? »

Naomi soutint son regard. « Je disais que je regrettais de ne pas avoir été une meilleure amie pour ta mère. »

Zara la dévisagea longuement, puis : « Donc t'es venue là pour revoir mon père ?

— Quoi ? Non. Je suis là pour… » Une ombre passa sur le visage de Naomi, qui désigna d'un geste Raco et Rita.

« Pour la réunion avant le baptême, intervint Rita, perplexe.

— Oh ! » Zara eut soudain l'air épuisée. « Mais mon père est dans le coin ?

— Il est dehors dans les vignes, répondit Raco. Tu as besoin de quelque chose ?

— Quelqu'un pourrait m'emmener au champ de foire ? J'ai rendez-vous avec Joel.

— Bien sûr, je t'emmène dès qu'on aura fait manger les petits.

— Je vais être en retard, il est déjà là-bas. Et je voudrais déposer un autre carton de flyers au stand.

— Eh bien…

— Je vais te conduire », proposa Falk.

Zara se tourna vers lui, étonnée. « Ah bon ? Merci. Je vais prendre mes affaires.

— T'es pas obligé…, commença Raco, tandis que sa nièce disparaissait dans le couloir, mais Falk secoua la tête.

— C'est bon, ça me fait plaisir.

— Oui », intervint soudain Naomi. Son visage s'était éclairé. « Il *faut* qu'il y aille. » Elle tourna brusquement la tête vers Falk. « C'est un super événement. Vous devriez y aller, Aaron. Prendre le temps de vraiment faire le tour. En fait, c'est une très bonne amie à moi qui l'organise. » Elle finit son café et se leva, ramassant sa polaire en lui lançant un regard faussement pudique cette fois. Vous la connaissez, je crois… Gemma Tozer ?

— Oui, répondit prudemment Falk. Elle était là-bas hier soir.

— Bien sûr. Bien sûr. » Naomi retroussa les lèvres, pensive. Elle cala nonchalamment sa hanche tonique contre la table. « Mais vous vous étiez déjà rencontrés, je veux dire. Avant. À Melbourne, c'est ça ?

— Ouais.

— Super. C'est chouette. Et qu'est-ce que vous avez fait tous les deux, dans la grande ville ? Quelques verres, un dîner au restaurant ? » Naomi se tourna vers Rita, qui faisait de son mieux pour ne pas paraître follement intéressée. Elles savouraient le moment.

« Oui, c'est à peu près ça. » Falk lui-même ne put s'empêcher de sourire.

« Formidable ! s'enthousiasma Naomi. Et je ne sais pas pour vous, mais j'ai toujours trouvé que Melbourne était tellement belle la nuit, tout illuminée.

— C'est vrai.

— Vous avez eu le temps, je ne sais pas, moi… de faire une petite promenade ? de profiter de l'ambiance ?

— Juste un peu. Il pleuvait.

— Ah ! Oui. » Naomi réussit presque à avoir les yeux larmoyants. « Mais bon, dans certaines circonstances, une petite averse peut parfois être bien agréable.

— Effectivement.

— Eh bien, vous semblez avoir passé une bonne soirée.

— Oui, Naomi, je vous remercie. » Falk vit Zara réapparaître dans le couloir, prête à partir. « Très bonne.

— Mmm. » Naomi remonta la fermeture de sa polaire, repoussa ses cheveux blonds derrière son épaule et le fixa droit dans les yeux, avec un air de conspirateur. « C'est aussi ce qu'on m'a dit. »

Chapitre 15

« Ils prétendent tous qu'ils étaient encore ses amis, déclara Zara de but en blanc.

— Pardon, qui ça ? » Falk se tourna vers elle tandis qu'il s'engageait sur le parking de la Fête du vin. Ils avaient roulé en silence jusqu'au champ de foire. Il était perdu dans ses pensées – qui n'avaient rien de déplaisant –, consistant pour l'essentiel à se repasser en boucle les mots de Naomi. *C'est aussi ce qu'on m'a dit.*

Zara haussa les épaules sur le siège passager. « Tous autant qu'ils sont. Naomi. Et même Rita. Genre, elles regrettent tellement de pas être allées parler à ma mère, le dernier soir. Mais bon, ça avait rien de vraiment nouveau. Naomi l'a dit elle-même : ça faisait un an qu'elle n'avait pas parlé à maman. Deux ans, sans doute, qu'elle ne l'avait pas vue. Pareil pour Rita, si on lui posait la question.

— Eh bien, tu sais, c'est parfois comme ça dans les amitiés entre adultes. » Falk posa le pied sur la pédale de frein quand un bénévole lui fit signe d'attendre, puis le dirigea vers une place libre. « On reste parfois de longues périodes sans…

— Ouais, je sais bien. Et je sais aussi que maman n'était pas toujours facile à joindre. Là-bas, à Adélaïde.

Nouveau mari. Nouveau bébé. Mais chacun fait comme si ça lui ressemblait vraiment pas de ne pas faire l'effort de prendre de ses nouvelles… » Zara tripotait nerveusement sa ceinture de sécurité. « Ça m'énerve, c'est tout. »

Falk la dévisagea et repensa à cet appel dans la cuisine des Raco, douze mois plus tôt. Kim sur l'écran du portable, Zara se penchant pour tapoter l'écran, coupant les derniers mots de sa mère. Il doutait, en garant la voiture, que l'amenuisement du cercle d'amis de Kim fût le seul problème, dans cette affaire.

« Bon. » Zara regardait dehors à travers sa vitre quand Falk coupa le contact. « Vous voulez que je vous montre pourquoi toute cette histoire autour de maman n'a aucun sens ? »

Comme il ne répondait pas, elle se retourna sur son siège.

« Mon oncle vous a sûrement montré ses notes, non ? Celles qu'il croit que je n'ai pas vues… » Falk ne répondit toujours pas, et elle plissa le front. « Vous êtes flic aussi, pas vrai ? Alors ? Vous en avez pensé quoi ? »

Falk secoua la tête. « Zara, honnêtement, je n'en sais pas assez pour même…

— Ouais, mais mon oncle dit que vous êtes très fort pour résoudre des énigmes.

— Il est bon dans ce domaine, lui aussi. Excellent, même. Donc j'aurais tendance à me fier à son jugement…

— Mais lui aussi, il pense qu'il y a un truc qui cloche. »

Il y eut un silence, que seuls vinrent briser le rythme lointain d'une musique et les discussions des familles qui passaient devant la voiture.

« Vous avez vu ses notes, reprit Zara. *Toutes ses notes.* Vous savez que j'ai raison. Combien d'heures il lui a fallu pour rassembler tout ça ? »

Falk se représenta le dossier de Raco. Lourd. Exhaustif. « Il dit qu'il a fait ça pour toi.

— Non. » Elle le regarda. « Ce n'est pas pour moi. »

Falk ne dit rien. Ils se dévisagèrent longuement.

« Donc. » Zara déverrouilla sa ceinture. « Vous voulez que je vous montre, ou quoi ? »

Falk hésita un instant, puis tendit la main vers la poignée de sa portière. « OK. Montre-moi. »

Ils traversèrent ensemble le champ de foire, ne s'arrêtant que pour déposer le carton de flyers au stand de Charlie. Les deux jeunes filles de la veille étaient de nouveau là, en train de remplir des verres et de répondre gaiement aux mêmes questions. Falk suivit Zara à travers la foule, par-delà les manèges et les tentes des organisateurs, jusqu'à la sortie est, où ils ne ralentirent que pour se glisser sous la corde. L'endroit était aussi calme que d'habitude. Un autre secouriste était assis sur la chaise, toute proche. Il leva brièvement les yeux avant de les laisser retomber sur l'écran de son portable.

Ils marchèrent l'un derrière l'autre sur le sentier du bush, les bruits de la fête s'estompant derrière eux tandis que le chemin se faisait plus plat et plus large.

« Une théorie a circulé à un moment, dit l'adolescente quand ils eurent atteint la piste de terre qui contournait le réservoir. Les gens ne m'en parlaient pas directement, mais je l'ai su quand même. Comme quoi ma mère est venue me chercher parce qu'elle était blessée que j'aie annulé mon anniversaire pour aller boire avec mes potes, ou je ne sais quoi. Et alors... » Zara contemplait ses pieds, à présent. « Je sais pas, les gens racontaient qu'elle était tellement déprimée qu'elle avait changé d'avis et continué jusqu'au précipice.

— Je vois..., commenta Falk.

— Mais pour moi, ça n'a pas de sens. » La voix de Zara était ferme. Falk sentit qu'elle avait étudié cette hypothèse sous toutes les coutures. « Je veux dire, si maman était vraiment fâchée au point de laisser son bébé de *six semaines* pour aller retrouver son autre fille, adolescente – ce qu'elle n'aurait jamais fait, évidemment –, alors pourquoi elle n'est pas venue me trouver ? Elle savait que j'étais là-haut. »

Zara ralentit et lui fit signe de quitter la piste principale pour s'engager sur un sentier étroit. Pas vraiment un sentier, d'ailleurs, plutôt une infime fracture au milieu du bush. Falk ne l'aurait même pas remarquée, mais à présent quelque chose au fond de lui y reconnut, sans l'ombre d'un doute, l'itinéraire qui menait à l'endroit où les ados faisaient la fête. Il suivit Zara parmi les arbres, et aperçut à un moment le chemin balisé de la retenue d'eau, continuant de l'autre côté, le long du lac vaste et silencieux, avant que les branches ne se referment autour d'eux, bouchant la vue.

« Si maman avait voulu me trouver, elle m'aurait trouvée », dit Zara en remontant la sente. Les broussailles étaient denses de part et d'autre, et Falk n'entendait plus le bourdonnement lointain du festival. « Pourquoi est-ce qu'elle serait juste passée sans s'arrêter ?

— Je ne sais pas.

— Non. » Zara haussa les épaules. « Eh bien, c'est une question rhétorique, de toute façon, parce qu'elle n'est pas descendue là. »

Falk ne répondit pas, et elle le regarda par-dessus son épaule, déçue. *Vous aussi ?* Elle se retourna, et il se sentit un peu coupable. Ils poursuivirent leur chemin. Le sentier, irrégulier et dévoré par une végétation luxuriante, obliqua brusquement. Falk aperçut l'endroit où la pente se faisait abrupte. Il n'aurait pas aimé descendre par là après un ou deux verres de trop. Qu'avait dit Naomi, déjà ? Qu'un gamin finirait tôt ou tard par tomber et se briser le cou. Tradition adolescente sacrée ou pas, Falk était plutôt tenté de lui donner raison.

Devant lui, Zara poussa de côté une grosse branche et, d'un seul coup, le sentier déboucha sur une clairière. L'endroit n'était pas réellement aménagé, mais Falk constata que des années d'usage en avaient fait un endroit aussi dégagé qu'une aire de camping. Un brasero en métal noirci posé au centre était entouré d'un cercle de troncs d'arbres, devenus lisses au fil de toutes ces années où des jeunes s'y étaient assis. Quelques bouteilles et des emballages vides jonchaient le sol alentour, et une poignée de canettes écrasées avaient été coincées sous un rondin. Cet espace avait clairement accueilli des dizaines de personnes – récemment – mais, à cette heure, il était désert. Zara regarda autour d'elle, un peu décontenancée de le trouver vide.

« Je croyais que Joel… », commença-t-elle, puis elle sortit son téléphone.

Falk fit lentement le tour des lieux, envahi par la nette sensation d'y être déjà venu. Il se demanda un instant s'il ne projetait pas là un souvenir de l'époque où, avec ses trois meilleurs copains, il s'était rendu dans une clairière semblable, au sommet d'une colline dominant une autre ville, en un autre temps. Mais non, comprit-il aussitôt, il reconnaissait juste ce décor pour l'avoir aperçu sur les photos, dans le dossier de Raco. L'espace avait une autre allure en plein jour, et ses couleurs étaient bien plus vives que sur ces clichés fanés, mais pas de doute : c'était bien le même endroit. Les choses n'avaient visiblement pas trop changé depuis vingt ans, ce qui n'étonna guère Falk. Un bon endroit pour boire était un bon endroit pour boire.

La mine soucieuse, Zara fourra son portable dans la poche de son jean. « Il a dû descendre au bord de l'eau. »

Elle marcha jusqu'à l'orée de la clairière et repoussa un gros buisson, dévoilant une trouée inattendue dans le sous-bois. Falk jeta un coup d'œil par-dessus son épaule. Un arbre était tombé à un moment, par le passé, créant comme une fenêtre au milieu des troncs et des broussailles. Zara lui fit signe de la suivre et ils parcoururent quelques mètres avant qu'elle ne s'arrête, un large panorama se déployant devant eux. En bas, la vue portait jusqu'au lac. La large piste en terre se trouvait assez loin en contrebas, mais elle était clairement visible. Tout comme le précipice. Une grande silhouette fine se dressait là-bas, devant le garde-fou, les mains posées sur la rambarde, tête baissée. Un chien était allongé, docile, à ses pieds. L'eau s'étendait devant eux, vaste et immobile.

« Joel ! Joel ! » La voix de Zara se répercuta au-dessus du bush, et une nuée de loriquets effrayés s'envolèrent d'un arbre voisin.

Le jeune homme fit volte-face. Contrairement à Raco la veille, il semblait savoir exactement où regarder pour localiser l'origine de la voix. Il leva la main. Zara sortit son téléphone et texta quelque chose. L'instant d'après, le garçon baissa les yeux sur son écran et hocha la tête. Il tendit un bras dans leur direction. *J'arrive.*

Satisfaite, la jeune fille rangea son portable et le regarda appeler son chien puis s'éloigner de la rambarde. Une partie seulement du chemin était visible, constata Falk quand l'adolescent disparut de sa vue. Le sentier serpentait au ras des broussailles, qui en avalaient certaines sections. Il avança d'un demi-pas.

« Attention. » Zara tendit le bras devant lui. « Le sol est un peu instable, par ici.

— Ah ! Merci. » Falk recula et ils contemplèrent le paysage, côte à côte.

« On voit vraiment très bien, la nuit. Il fait tellement noir dans le bush que la lune se réverbère sur l'eau et éclaire tout là-bas. »

Zara se tourna vers Falk, les lèvres serrées et les sourcils arc-boutés, comme si sa démonstration allait de soi. « Donc quelqu'un aurait forcément vu maman, expliqua-t-elle en voyant qu'il ne réagissait pas, sa voix se teintant d'une légère exaspération. Nous étions tout un groupe, ce soir-là. Certains ont passé la nuit ici. C'est comme ça tous les ans. C'est, genre, une tradition. Cet endroit, juste là… » Elle écrasa son talon sur le sol. Falk remarqua alors qu'un petit cercle de terrain avait été piétiné, autour d'eux. « Il y a toujours des gens ici. Parce que c'est tellement cool de regarder l'eau en bas, en discutant. »

Falk jeta un regard appuyé vers les canettes écrasées qui jonchaient la clairière.

« Ouais, OK, concéda-t-elle. En buvant aussi quelques bières, c'est clair. Mais ce que j'essaie de vous faire comprendre, c'est qu'on *voit* ce qui se passe en bas. » Sa voix s'étrangla. « Si maman était descendue là-bas et avait escaladé cette rambarde, quelqu'un l'aurait… »

Zara s'interrompit et ils se tournèrent tous deux en entendant des bruits de pas dans les fourrés. Deux pas différents, un léger, un autre plus lourd. La branche s'écarta à l'autre bout de la clairière, et Joel apparut, aussitôt suivi de son chien.

« Hey ! cria Zara. On est là. »

Joel traversa la clairière pour les rejoindre, sous le regard surpris de Falk. Le jeune homme était monté beaucoup plus vite qu'il ne s'y attendait ; il avait dû mettre à peine plus d'une minute. La jeunesse, combinée à l'habitude, devina-t-il. C'était la première fois que Falk le voyait de près, et il l'observa malgré lui avec curiosité. Le beau-fils de Gemma Tozer. Il avait l'étrange capacité des adolescents à paraître à la fois plus âgé et plus jeune que ses dix-huit ans, en fonction de l'angle sous lequel on fixait son visage. La carcasse osseuse de Joel et ses cheveux noirs ne ressemblaient guère aux quelques photos que Falk avait vues de son père au même âge. Sur ces clichés, Dean Tozer était trapu et souriant, son teint de rouquin un peu rosi par la bière qu'il tenait dans la main.

« C'est l'ami de mon oncle, Aaron, le présenta Zara. Lui aussi, il est flic. »

Joel se contenta de hocher la tête. « Salut. »

Il montrait un semblant d'intérêt, mais pas le moindre signe de reconnaissance. Gemma n'avait donc pas mentionné Falk – non pas qu'il l'eût imaginé, d'ailleurs. Le chien, une boule d'énergie au mystérieux pedigree, couvrait Falk d'une affection débordante.

« J'étais en train de montrer à Aaron combien la vue est dégagée, depuis cet endroit », expliqua Zara, et Falk jeta un coup d'œil à Joel pour jauger sa réaction. Les yeux du garçon, posés sur l'adolescente, se détournèrent précipitamment quand elle fit volte-face. Pour le reste, il ne laissa rien paraître, plissant juste un peu les yeux dans l'éblouissement du soleil, les bras croisés sur la poitrine.

Falk se tourna de nouveau vers le bas de la pente. La vue sur la retenue d'eau était certes dégagée, mais pas très large. Il apercevait l'endroit où la piste s'élargissait pour rejoindre la digue, au niveau du précipice, là où Joel s'était tenu tout à l'heure, mais, de part et d'autre, le chemin était caché par les taillis. À une dizaine de mètres, des deux côtés, plus moyen de l'apercevoir. Il se décala de deux pas, prudemment, vers le meilleur point de vue. Même de là, on ne distinguait que quelques mètres de sentier supplémentaires, en direction du champ de foire. Et l'autre côté était désormais invisible.

« C'était comment ici ? » Il se retourna vers Zara. « Le soir de l'ouverture. »

Elle haussa les épaules. « Comme d'hab, j'imagine. On s'est retrouvés à quelques-uns pour passer un peu de temps ensemble.

— Je veux dire, l'an dernier en particulier. Il y avait combien de personnes ?

— Quarante, peut-être. Ou cinquante. Je sais plus trop. »

Falk parcourut la clairière du regard. Celle-ci n'était pas immense. « Donc c'est plutôt bondé, non ?

— Ouais.

— Bruyant ?

— J'imagine.

— Vous passez de la musique ?

— Ouais, évidemment.

— Vous faites un petit feu de camp ?

— Ouais. Quand il n'y a pas d'interdiction.

— C'était interdit, l'an dernier ?

— Non. Donc, ouais. On a fait un feu. »

Falk ne prit même pas la peine de demander s'ils avaient beaucoup bu. Il se retourna vers le lac. Peu importait, finalement, combien de personnes se trouvaient là-haut ce soir-là. Falk savait très bien comment ce genre de soirée se terminait et, vue ou pas vue, impossible que cette trouée ait été surveillée à tout moment, et encore moins par une personne assez sobre pour voir et se rappeler clairement.

Ses yeux suivirent la partie non visible du chemin, d'un côté puis de l'autre. Il réfléchit longuement. Difficile d'imaginer que ce point de vue ait pu être surveillé en permanence, mais n'était-il pas assez dégagé pour écarter toute possibilité d'une lutte là-bas, près de la retenue ? Falk soupesa intérieurement ce scénario, imaginant son déroulement. Une agitation soudaine en bas, l'étrangeté d'un appel à l'aide dans la nuit. Cela aurait sans doute suffi à attirer les regards – peut-être. Ou peut-être pas. Tout dépendait du niveau sonore de la fête, et de la violence de la lutte.

Mais une femme passant seule, dans le noir… Ça, Falk pouvait le concevoir. Même en plein jour, il imaginait aisément la musique, l'éclat dansant du feu, l'alcool, les hormones. Raco avait raison : Kim Gillespie aurait très bien pu se glisser par-dessus la rambarde et plonger dans les eaux silencieuses, en bas, sans que personne ne lève même les yeux de sa bière.

« J'ai vu Naomi », déclara soudain Zara comme si elle avait lu dans ses pensées. Cette note désespérée, de nouveau. « Sa propriété jouxte le terrain du réservoir, là-bas, un peu plus haut… » Elle pointa le doigt à l'opposé du festival. « Elle rentrait chez elle en passant par là. J'étais debout ici, et je l'ai vue de mes propres yeux. »

Falk ne répondit rien. Il entendait Joel se balancer d'un pied sur l'autre.

« Donc, si vous pensez que quelqu'un aurait pu passer en bas sans qu'on le voie, poursuivit Zara, moi, je vous dis qu'on l'aurait forcément vu.

— La mère de Zara n'est pas descendue là, de toute manière. » C'était la phrase la plus longue que Joel avait prononcée depuis son arrivée, et il haussa les épaules quand les deux autres se tournèrent vers lui. « J'étais de garde près de la sortie est. J'aurais vu passer Kim. Et je l'ai pas vue.

— C'est ce que j'ai cru comprendre. » Falk le dévisagea. « Raconte-moi.

— Y a rien à raconter. » Joel parlait tout bas, mais soutenait fermement son regard. « J'étais de garde au poste de secours. J'y suis resté pendant deux heures et demie, sans prendre de pause. Kim n'est pas sortie par là. C'est tout. »

Falk attendit, mais le garçon en resta là. Comme s'il n'y avait vraiment rien d'autre à ajouter. « Mais tu as dû voir passer quelques personnes, pas vrai ? finit-il par demander. Des gens qui s'en allaient…

— Pas beaucoup. Il n'y a pas grand monde qui emprunte cette sortie. Naomi est passée, comme l'a expliqué Zara. C'était vers 21 h 30. Elle m'a dit au revoir en passant. Elle rentrait chez elle. Viv et Graham Marsh aussi, les voisins de Naomi. Ils sont partis assez tôt, après le feu d'artifice des enfants. Ils avaient leurs petits-enfants avec eux. Le plus petit était en train de leur faire une crise.

— Qui d'autre ? interrogea Falk.

— Comme je vous ai dit : personne. Enfin, aucun adulte. » Joel lança un regard à Zara. « Juste des jeunes qui montaient ici. »

Falk hocha la tête. « Tu n'as pas eu envie de les suivre ?

— Non. » La réponse avait jailli du tac au tac. Joel parut légèrement décontenancé par cette suggestion. Falk se contenta d'attendre et, au bout d'un moment, l'adolescent inspira une longue bouffée d'air.

« La semaine de la Fête du vin est un peu… » Il n'alla pas au bout de sa phrase. Il ne le regardait plus dans les yeux, maintenant, mais contemplait l'eau, l'air soucieux. « Peu importe. J'arrive pas à me mettre dans l'ambiance. Mais Gemma – c'est ma belle-mère – est la directrice de la fête, et deux ou trois secouristes l'avaient appelée pour annoncer qu'ils étaient malades. Légalement, il leur en faut un certain nombre. J'avais fait la formation et Gemma était coincée, donc j'ai proposé de lui filer un coup de main. Elle leur a demandé de me mettre à un endroit facile, juste pour faire le nombre. »

Falk ne dit toujours rien, et Joel haussa les épaules – elles étaient raides, voûtées.

« Écoutez, mon père a été tué par une voiture. » Joel n'essaya même pas de cacher la rage dans sa voix. « Il y a six ans, pendant la Fête du vin. Donc je sais pas quoi vous raconter. Quand j'ai dit que Kim n'était pas passée devant moi, c'était pas une foutue blague idiote pour compliquer la vie des gens. » Il donna un léger coup de tête, maîtrisé, en direction du précipice. « Mon père est mort là-bas. Je sais ce que ça fait. »

Le visage de Joel était sombre, et Falk suivit son regard à travers le sous-bois, jusqu'à l'eau scintillante, en bas.

« Je suis désolé, mon vieux. » Les yeux de Falk s'attardèrent sur le précipice. L'endroit de tous les dangers, avait dit Raco. Tout le monde le savait. « Ça te dérange si je te demande ce qui s'est passé ? »

Joel haussa les épaules. « Papa descendait là pratiquement tous les jours pour promener Luna… » La chienne releva la tête en entendant son nom, et Joel tendit la main pour lui frotter la tête. « De bonne heure le matin, genre six heures et demie. Mais ce jour-là, Gemma et moi, on était en train de prendre le petit déjeuner, il était presque huit heures et papa n'était pas rentré, ce qui semblait… » Il avala sa salive, se renfrogna. « … bizarre. Donc Gemma lui a envoyé un texto pour voir s'il était descendu en ville ou je ne sais quoi, et alors Shane a appelé – Shane McAfee, il bosse avec le père de Zara, clarifia Joel, et Falk acquiesça. Enfin bref, Shane était sorti faire son jogging autour de la retenue, et il a dit à Gemma qu'il avait retrouvé Luna toute seule en train d'aboyer comme une folle. La rambarde du précipice était défoncée, alors il avait essayé d'appeler mon père, mais personne n'avait décroché… »

Les mains de Joel étaient restées posées sur les oreilles de Luna.

« La Fête du vin avait commencé la veille, et les flics faisaient toujours des contrôles d'alcoolémie sur la grand-route, le matin. La piste de la retenue est interdite aux voitures maintenant, mais avant, on pouvait passer par là et éviter une portion de route. Les flics ont dit qu'un conducteur avait dû prendre ce raccourci pour échapper à l'éthylotest.

— Je vois. » Là où Gemma semblait avoir digéré son chagrin, celui de Joel était encore à vif. « Je suis vraiment désolé d'apprendre ça, c'est…

— Ouais. Je sais. Merci. » Joel écarta ses condoléances d'un revers de main, visiblement gêné. « Le truc, c'est que mon père a été projeté dans l'eau et qu'on n'a pas retrouvé son… » Hésitation infime. « … corps pendant cinq mois et neuf jours, et c'était… » Joel se racla la gorge. « Je sais pas. Cinq mois et neuf jours de merde, vraiment. Et le sergent Dwyer n'a jamais réussi à trouver qui avait fait ça, donc c'est encore plus la merde, pour être honnête. Alors ouais, je sais ce que tout le monde pense. Que je raconte n'importe quoi, que je surveillais pas cette sortie, que je cherche à attirer l'attention ou je ne sais quoi. Mais c'est pas vrai.

— D'accord. » Falk hocha la tête, tandis que Joel s'accroupissait pour caresser sa chienne, l'occasion bienvenue de cacher son visage. « Compris. »

Les yeux de Zara glissèrent de Joel à Falk, puis de Falk à Joel, son expression passant de la compassion à la frustration.

« Mais vous ne trouvez pas que tout ça est une drôle de coïncidence ? demanda-t-elle, son regard se fixant sur Falk. Je veux dire, le fait qu'on ne retrouve pas son père pendant des mois ? Ma mère, elle, on ne l'a jamais retrouvée. Ce n'est pas une grande ville – ça arrive souvent, ce genre de trucs ? Vous pensez pas qu'il pourrait peut-être y avoir un lien ? »

Il y eut un silence, et Joel se releva. Tous deux étudiaient de près l'inspecteur, attendant une réponse. Ils avaient l'air atrocement misérables, et il sentit une vague de compassion l'envahir, aussi profonde que complexe. Zara n'avait que dix-sept ans aujourd'hui, et Joel ne devait guère avoir plus de douze ou treize ans quand il avait perdu son père. Pas facile de traverser une telle épreuve pendant ces années de formation. Debout dans ce recoin du bush, Falk fut soudain assailli par des images de clinique de cancérologie, l'odeur de désinfectant du centre de soins palliatifs, le soleil accablant le jour des funérailles de son père. Perdre un parent était une expérience formatrice à n'importe quel âge de la vie.

Il les regarda tour à tour. « OK, je t'écoute.

— Eh bien, il y a un tas de similitudes, répondit Zara. Ma mère et le père de Joel se connaissaient. Nos parents sont tous copains depuis l'école. Ce qui leur est arrivé à tous les deux a eu lieu au moment de l'ouverture de la Fête du vin, à la retenue d'eau…

— Sauf que d'après toi, Kim n'est même pas descendue là », fit remarquer Falk à Joel, et il nota le petit regard échangé entre les deux adolescents. Intéressant. Au moins, ils étaient capables de reconnaître les incohérences dans leur théorie.

« Ben, tout ce que je dis, c'est que Kim n'est pas passée par la sortie est. » La voix de Joel était assurée.

« Ouais. » Zara hocha rapidement la tête. « Il lui est arrivé quelque chose, c'est évident. Mais le truc, c'est que c'est pas ce que tout le monde pense. C'est pas maman abandonnant son bébé et descendant jusqu'ici pour… » Elle s'arrêta, lèvres verrouillées.

« Écoutez, la chaussure de Kim a été retrouvée dans l'eau, donc le réservoir a forcément joué un rôle à un moment, fit remarquer Joel. Mais il y a d'autres manières de s'y rendre. Il y a un parking à quelques kilomètres, à l'autre bout du terrain. Ou bien on peut emprunter un des sentiers de randonnée. Les gens qui ont des propriétés donnant sur le terrain coupent tout le temps à travers les broussailles pour promener leurs chiens, aller courir, tout ça. On peut plus venir en voiture depuis la grand-route, maintenant, mais la jonction existe encore physiquement. »

Ils se turent, en attente, et Falk s'efforça de trouver la meilleure manière de réagir. Il ignorait la réponse, mais en savait assez pour pouvoir affirmer qu'il existait au moins une connexion réelle entre ces deux histoires :

la tristesse et l'incertitude. Il ne pouvait pas leur en vouloir. C'était une sacrée épreuve à surmonter.

Zara soupira avec la déception de qui se rend compte qu'il est sans doute en train de perdre son temps. « Tout ce qu'on essaie de dire, c'est que c'est pas aussi simple que… »

Elle se tut. Tous avaient perçu un mouvement sur le sentier, en contrebas. Falk changea de position et, ensemble, ils jetèrent un coup d'œil à travers la trouée. Il vit une ombre se détacher sur le chemin. Il y avait quelqu'un là-bas, caché par les buissons. Ils avaient tous les trois immédiatement senti cette présence, remarqua avec intérêt l'inspecteur. Certes, c'était en pleine journée et une fête tapageuse ne battait pas son plein derrière eux, mais quand même. Peut-être Zara n'avait-elle pas tout à fait tort. Falk resta planté à côté des deux adolescents, observant en silence, et au bout d'un moment la silhouette se montra. Le sergent Dwyer.

« Oh. » Zara soupira longuement, sa curiosité s'évaporant aussitôt. « Encore lui… »

Le policier resta immobile un moment, le dos tourné au bush et les paumes à plat sur le garde-fou, à contempler l'eau. S'était-il senti observé ? Falk n'aurait su le dire. Mais, tout à coup, il se redressa et fit volte-face, le regard braqué droit sur eux. Comme Joel, Dwyer semblait savoir exactement où trouver la percée au milieu des arbres. Il les voyait d'en bas, Falk le sentit. Personne ne bougea pendant une seconde, puis Dwyer leva le bras et leur adressa un signe. Une requête, sans équivoque.

Descendez, s'il vous plaît.

Zara plissa le front et, à ses côtés, Joel leva la main et désigna son propre torse. Dwyer secoua lentement la tête. Décala juste un peu son bras.

Vous.

Falk tressaillit, puis leva la main et se montra du doigt. Cette fois, Dwyer acquiesça. Il se figea, assez longtemps pour s'assurer qu'il avait été bien compris, puis se tourna de nouveau vers l'eau pour attendre.

« Vous êtes convoqué. » Il y avait une tonalité étrange dans la voix de Zara.

« On dirait bien, souffla Falk. Bon, on se revoit plus tard, j'imagine. »

Zara hocha la tête mais ne bougea pas quand il fit le geste de partir, les yeux toujours fixés sur le policier. Falk recula dans la clairière, puis s'arrêta en entendant des pas derrière lui.

« Hey ! » Joel se baissa pour remettre Luna en laisse. Quand il se redressa, Falk et lui étaient quasi face à face. « Bon, écoutez. Dwyer ne vous aidera pas du tout, déclara-t-il d'un ton factuel. Juste pour que vous sachiez.

— Vraiment ? » Falk garda un ton neutre.

« Vraiment. Il a l'air de bien faire son job, mais c'est juste parce qu'il n'y a pas vraiment de crimes dans le coin. Mais quand il se passe un gros truc – mon père, Kim… » Joel haussa les épaules, comme si la chose allait de soi. « Là, il a aucune réponse. »

Falk n'ajouta rien. Les enquêtes, il avait lui-même payé pour le savoir, étaient souvent moins évidentes qu'elles n'en avaient l'air, de l'extérieur. Joel rebondit sur son hésitation :

« Je veux dire, si vous nous demandez à Zara et à moi ce qui est arrivé à sa mère, bien sûr, on n'en sait rien. » D'un geste sec du menton, le garçon désigna l'endroit où le sergent Dwyer attendait. « Mais lui, il devrait savoir. Il devrait vraiment savoir. C'est son boulot, pas vrai ? Ça, c'est un fait. » La voix de Joel était tenue, égale. « Et j'en ai un autre pour vous : il a fallu six mois pour retrouver mon père dans ce lac, mais finalement ils l'ont quand même retrouvé. Devinez combien de personnes se sont noyées dans cette retenue depuis cinquante ans, sans qu'on les retrouve jamais ?

— Je t'écoute.

— Kim serait la première. »

Chapitre 16

Falk savait que Zara et Joel ne pouvaient pas le voir quand il quitta la clairière et redescendit à travers le bush, mais il sentit leurs yeux qui le suivaient à l'approche du précipice.

« Bien le bonjour. » Le sergent Dwyer l'attendait devant le garde-fou. Il se présenta quand Falk l'eut rejoint. « Une chance que je vous aie repéré là-haut. Je vais pouvoir vous rayer de ma liste des gens à voir.

— Ah ! » Falk leva les yeux vers les arbres. Il ne distingua aucun signe des adolescents, même s'il était certain qu'ils n'avaient pas bougé.

« Un peu plus haut. » Dwyer plissa les yeux à son tour, puis pointa du doigt. Il avait l'air plus vieux en plein jour que la veille au soir, ses cheveux brillant d'un éclat argenté au soleil. « Cherchez l'arbre tombé – vous le voyez ? Là-bas, il a l'air plus sombre vu d'ici… et ensuite, tout droit vers le haut de la pente. Vous les voyez ? »

Falk, soudain, les aperçut. Le bleu du blouson de Joel, les cheveux sombres de Zara près de son épaule. N'empêche, ce n'était pas facile. L'avantage de connaître le coin, supposa-t-il.

« Merci d'être descendu, reprit Dwyer. Je serais bien monté, mais j'essaie de respecter un peu le territoire des jeunes, enfin, quand c'est possible. Je ne suis pas sûr qu'ils seraient de cet avis, mais que voulez-vous… »

Falk était tenté de le croire. Sec et en forme comme il l'était, Dwyer n'aurait eu aucun mal à grimper l'étroit sentier menant à la clairière en l'espace de quelques minutes, s'il l'avait voulu.

« Comme je vous disais, je voulais juste avoir une petite conversation avec vous, déclara le policier avec un ton fort similaire à celui que Falk employait quand il prononçait cette phrase. Nous n'avons pas eu l'occasion de nous rencontrer hier soir. Ni l'année dernière, bien sûr.

— Effectivement, confirma Falk, plus curieux que préoccupé. C'est vrai. » Il s'accouda à la rambarde. La petite plaque qu'il avait remarquée la veille au soir était vissée dans le bois entre Dwyer et lui.

À la mémoire de Dean Tozer, parvint-il à lire à présent, à la lumière du jour. *Aimé et regretté.*

Le bois peint de la barrière, de part et d'autre, avait été récemment couvert de graffitis. Les gribouillis idiots de gamins avec un feutre noir et trop d'alcool et de temps entre les mains, plutôt qu'un message ciblé, mais c'était tout de même déplaisant. Des restes de nourriture gluants étaient étalés sur la rambarde, et il y avait des traces de semelles à côté de la plaque, à l'endroit où quelqu'un avait tenté de s'asseoir en équilibre. Falk revit soudain Joel se dressant à cet endroit, tout à l'heure, les épaules voûtées, à contempler sans doute la plaque commémorative de son père cernée par toutes ces saletés.

« Tout ça doit dater d'hier soir. » Dwyer avait suivi le regard de Falk, le visage impassible. « Les gamins viennent là tous les ans, ils s'emballent un peu. Ce n'est pas mon événement préféré de l'année, loin de là. Mais… » Il haussa bien haut les épaules. « Être flic ici, c'est une question d'équilibre. Vous travaillez pour la police fédérale, si j'ai bien compris ? »

Dwyer ne parut ni menacé ni particulièrement impressionné quand Falk acquiesça du chef.

« En ville pour le baptême, c'est ça ? Parrain du dernier-né de Greg et Rita… » Dwyer le dévisagea. « Donc vous devez bien les connaître. Vous faites partie de la famille proche ?

— Pas vraiment. Greg et Rita, oui. Je les connais depuis quelques années.

— Et les autres ? Charlie, Shane McAfee ? Tous leurs copains ? Naomi Kerr est la marraine, pas vrai ?

— C'est ça. Mais je viens juste de les rencontrer. » Falk sentait que ses réponses étaient jaugées, mais il ne savait pas encore pourquoi. Il repensa à Dwyer pendant l'appel à témoins de la veille, à la manière dont il avait passé en revue les proches et les amis de Kim. Il se tut et attendit.

Mais Dwyer se contenta de hocher la tête, réfléchissant, puis se retourna vers le bush, ses yeux remontant de l'arbre mort jusqu'à la trouée où Zara et Joel se trouvaient tout à l'heure. Plus trace d'eux, maintenant.

« Ces deux-là ne sont pas contents de moi. » Dwyer tendit le bras pour frotter une fine bande de terre sur la plaque commémorative, puis se servit de l'ongle de son pouce pour dégager une feuille morte coincée entre métal et bois. « Ils vous ont parlé de leur théorie de la connexion ? De ce lien qu'il y aurait entre Dean Tozer et Kim ?

— Ils l'ont mentionnée, oui.

— Ils vous ont dit que je ne prenais pas ça au sérieux ?

— Ça semblait être le sentiment général… »

Dwyer ne parut pas fâché, simplement résigné. « Ce n'est pas que je ne les prends pas au sérieux. Je pense plutôt qu'ils se trompent sur ce point précis. » Il trouva un endroit plus propre sur la barrière, et s'y appuya. « Vous avez eu l'occasion d'être policier dans une petite ville ?

— Non, mais j'ai *grandi* dans une petite ville.

— Un endroit comme Marralee ?

— Plus délabré. Plus à la dure. Mais pour l'essentiel, oui, le même genre.

— Donc vous pouvez sans doute comprendre. Une ville de cette taille… On peut avoir de la chance pendant des années et des années, éviter ce genre de gros pépins. Mais pas éternellement… Et quand ils arrivent, ils nous font du mal à tous. Notamment parce que la plupart des gens se connaissent, donc quand deux choses distinctes arrivent à deux personnes distinctes, on peut avoir l'impression qu'elles sont plus proches qu'elles ne le sont en réalité. »

Falk songea qu'il était sans doute du même avis. Il se tourna vers l'eau. Il y en avait tellement – cette prise de conscience répétée donnait toujours l'impression d'être neuve.

« Joel affirme que Kim serait la première personne depuis un bon bout de temps à ne pas avoir été retrouvée dans la retenue, déclara Falk, et, à ses côtés, Dwyer hocha la tête.

— Ouais, et je vais vous dire : il n'a pas tort, d'un point de vue technique. Mais il faut toujours se méfier de ce genre de statistiques, pas vrai ? Elles peuvent servir à démontrer tout et son contraire. » La lumière se réfléchissait sur l'eau, projetant des vaguelettes sur le visage du policier. « Nous n'avons perdu personne au cours des cinquante dernières années parce qu'au cours des cinquante dernières années, on a commencé à installer des barrières de protection et des panneaux de mise en garde. Et puis il y a une meilleure prévention au sujet de la baignade, et les gamins apprennent tous à nager à l'école. Et lorsqu'il y a quand même une noyade, nous disposons de meilleurs bateaux et de techniques plus élaborées pour récupérer le corps. Revenez cent ans en arrière, quand cet endroit était juste un lac naturel – enfin, un simple trou d'eau –, là, c'était une autre histoire. » Dwyer fit courir son doigt sur le rebord de la plaque. « Il nous a fallu plus de cinq mois pour retrouver le corps de Dean Tozer. Une foutue éternité pour Joel et Gemma – croyez-moi, je le sais. Mais nous avons fini par le retrouver.

— Pas moyen d'identifier le conducteur ? répliqua Falk. Aucun jugement de ma part, simple curiosité. »

Le policier expira par les narines. « Vous savez comme c'est, répondit-il au bout d'un moment. Parfois, c'est juste impossible. »

Falk hocha la tête. Oui, il savait.

« Mais nous avons retrouvé Dean, reprit Dwyer. Et je n'ai pas perdu espoir de retrouver Kim, aussi. C'était vraiment une chouette femme. Elle mérite mieux que ça, et je n'aime pas rester sans réponses. »

Falk sentit que c'était vrai. Dwyer semblait personnellement et professionnellement contrarié que cet épisode si pénible n'ait pas trouvé d'explication – si triste fût-elle.

« L'appel à témoins d'hier soir a donné quelque chose ? interrogea Falk, et Dwyer le gratifia d'un haussement d'épaules évasif.

— Un truc ou deux. Quelques personnes se sont manifestées, deux ou trois témoignages potentiellement intéressants. Dont un près de l'aire des poussettes, qui paraît prometteur – une mère venue récupérer les vélos de ses enfants. Le timing pourrait correspondre, donc on vérifie tout ça. On verra bien. » Il se renfrogna. « Mais bon, le problème n'a jamais été la quantité d'informations ; le souci, c'est plutôt de trier celles qui peuvent être utiles. Une femme autour de la quarantaine, taille et corpulence moyennes, cheveux bruns, portant un pantalon noir et un haut léger ? J'ai une bonne dizaine de témoins qui ont aperçu une personne correspondant à ce signalement à une bonne dizaine d'endroits différents, à la même heure. Toutes ne peuvent pas être Kim. » Il soupira. « Mais on ne sait jamais. Ça arrive d'avoir du nouveau. C'est déjà arrivé. »

Falk discerna un changement dans sa voix. Les arbres du sous-bois se dressaient, menaçants, derrière eux. « Vous voulez parler de la tentative d'agression ? demanda-t-il. Quand Kim était adolescente ? »

Les yeux gris de Dwyer se plantèrent brusquement dans les siens. « Vous avez entendu parler de ça ?

— Naomi me l'a raconté. Ce matin.

— Eh bien, ouais, c'est un exemple parmi d'autres. Qui a pris absolument tout le monde par surprise, visiblement. » Cette fois, la note dissonante était manifeste.

« Naomi dit qu'elle n'en avait jamais parlé à personne jusqu'à la disparition de Kim, l'an dernier. Mais, quoi ?… » Falk scruta son visage. « Vous pensez que ce n'est pas vrai ?

— Non, je crois que c'est sans doute vrai. Et je veux bien croire que Kim elle-même ne l'ait jamais raconté à personne. » Le front de Dwyer se creusa. « C'était juste intéressant de noter les réactions quand les gens l'ont appris. Tout le monde était très choqué. Ces hommes qui étaient eux-mêmes des ados lourdingues et pleins de testostérone il n'y a pas si longtemps, et qui maintenant font les scandalisés quand on leur suggère qu'un de leurs potes de beuverie aurait pu croiser une jeune fille dans un sale état et profiter de la situation. » Il laissa échapper un grognement incrédule. « Je ne suis pas en train de dire qu'ils savaient, mais personne n'est naïf à ce point. Ou dans le déni. »

Les deux hommes se turent un moment, regardant un petit oiseau brun se poser délicatement sur l'eau, créant des cercles à la surface.

« Quand je disais qu'il y avait eu du nouveau, je pensais plutôt à la santé mentale de Kim, finit par reprendre Dwyer, et Falk se tourna vers lui. La dépression post-partum – enfin, d'avant la grossesse, déjà. Elle était sous traitement depuis plus d'un an, apparemment, sans en avoir parlé à personne. Mais oui, ces allégations d'agression, c'est quelque chose que je n'avais pas vu venir. » Il passa la main sur son menton.

« Je ne sais toujours pas quoi en penser. Comme je le disais tout à l'heure, deux événements distincts peuvent parfois donner l'impression d'être connectés. »

Il tourna le dos à l'eau, contemplant longuement le profond silence du bush.

« Bon Dieu, ce que je hais cette foutue fête du soir d'ouverture…, grommela-t-il tout bas, les yeux rivés aux arbres. Et quoi qu'en pensent Zara et Joel, je sais ce qu'ils ont traversé. Ma femme et moi avons perdu notre fille l'an dernier, de manière brutale. C'est dur, putain. C'est pour ça que je n'étais pas dans les parages quand Kim a disparu, et que je n'ai pas pu m'occuper de l'enquête initiale. J'aurais aimé… » Dwyer se tut, les sourcils dressés. « Eh bien… On ne peut pas revenir en arrière. Mais Zara se fourre le doigt dans l'œil si elle pense qu'un des gamins, là-haut, aurait forcément remarqué une femme marchant seule sur ce chemin. Tous les ans je viens disperser cette fête, et tous les ans je remonte ce sentier avec deux collègues, et pas un seul gamin ne lève les yeux de sa bière assez longtemps pour nous repérer, jusqu'à ce qu'on balance de l'eau sur leur feu de camp et qu'on leur demande leurs pièces d'identité. Donc, ouais, je crois aussi que Zara se plante là-dessus. »

Le regard du policier revint se poser sur la rambarde, une empreinte de semelle à proximité de sa main.

« Le truc… » Il resta silencieux pendant plusieurs secondes. « Je crois que Joel et elle n'ont pas tort sur tout. »

Falk ne s'y attendait pas. « À quoi pensez-vous ? » interrogea-t-il.

Les yeux gris de Dwyer se plissèrent. Il parut soupeser sa réponse, puis donna un petit coup de tête en direction du champ de foire.

« Vous remontez là-bas ?

— Ouais, j'imagine. »

Ils s'écartèrent du garde-fou et se mirent en route. Dwyer attendit qu'ils aient dépassé l'embranchement menant à la clairière des ados, l'étroit sentier de nouveau caché sous les broussailles, avant de reprendre la parole.

« Dites-moi un truc. » Il se tourna vers Falk, sans cesser de marcher. « J'ai l'impression qu'il y a quelque chose qui travaille votre ami Greg, au sujet de Kim. Vous en pensez quoi ? »

Falk revit l'épais dossier, dans la dépendance des Raco. Il était tombé d'accord avec Zara quand elle avait laissé entendre la même chose, et il acquiesçait secrètement, à présent. Mais les raisons de Raco étaient généralement de bonnes raisons, si bien qu'il se contenta de hausser les épaules. « Qu'est-ce qui vous fait croire ça ?

— Bonne question », répondit Dwyer, tandis que Falk calquait son pas sur le sien. Ils avaient laissé derrière eux la large piste de la retenue, et remontaient l'étroit sentier grimpant vers le champ de foire. Falk ne s'était pas trompé : l'officier était en forme, et le rythme, rapide.

« C'est le père de Greg et de Charlie qui m'a formé, ils vous l'ont raconté ? poursuivit Dwyer. Un type bien, ce Les Raco. Un type super. Excellent policier. Ma première véritable affectation, c'était ici à Marralee, sous ses ordres, au début de ma vingtaine. J'ai été muté ailleurs pendant un temps, et puis je suis revenu une dizaine d'années plus tard quand Les a pris sa retraite. Donc, quand j'ai connu Greg, il était encore plus jeune que Zara aujourd'hui. J'ai suivi de loin sa carrière, parce que ça m'intéressait. Ce qui vous est arrivé à tous les deux dans le Victoria, il y a quelques années... » Dwyer gratifia Falk d'un hochement de tête sec, pour signifier qu'il comprenait. « Ça, c'était sacrément raide. Donc, connaissant Greg comme je crois le connaître, je ne pense pas qu'il soit du genre à perdre un temps fou à ratisser des trucs qui ont déjà été explorés et à rassembler tous ces documents sans avoir une bonne raison de le faire. »

Dwyer jeta un coup d'œil par-dessus son épaule pour guetter la réaction de Falk. Celui-ci haussa les épaules, puis hocha la tête. L'argument pouvait se défendre. Raco était un homme pragmatique et fiable. Il ne créait pas des problèmes là où il n'y en avait pas. Satisfait, Dwyer se retourna et poursuivit sa marche. On apercevait déjà la clôture du champ de foire et la sortie est, déserte. Le bruit de la foule et de la musique, de l'autre côté, se faisait de plus en plus fort.

« Donc vous ne connaissez pas très bien la famille élargie ni les amis de Greg, reprit Dwyer. Mais moi, si. Et le truc avec eux – le truc avec un tas de gens par ici –, c'est que ces cercles-là sont drôlement soudés. Une fois qu'on est dedans, on est dedans. Ils tiennent les uns aux autres, ils font attention les uns aux autres. Et je vais vous dire : ce qui me turlupine, c'est la même question que celle qui, d'après moi, empêche votre bon ami, et le mien, de dormir la nuit.

— C'est-à-dire ?

— C'était la première fois que Kim revenait chez elle depuis plus de deux ans. Elle était là, entourée d'un tas de gens qu'elle avait bien connus – cette famille élargie si soudée, ces amitiés qui remontent à plusieurs décennies… Pourtant, tous reconnaissent ne pas avoir eu la moindre conversation avec elle de toute la soirée. » Dwyer s'arrêta lorsqu'ils atteignirent le bout du sentier. Il souleva la corde pour que Falk puisse se glisser dessous, scrutant sa réaction au passage. « Ça ne vous paraît pas invraisemblable, à vous ? »

Falk médita la chose en remettant les pieds dans l'enceinte du champ de foire. Une autre secouriste était assise sur la chaise, à présent. Plongée dans un roman, elle ne tourna même pas la tête dans leur direction.

« Ça n'est pas impossible, répondit-il.

— Pas impossible, non. Mais ça paraît quand même louche, répliqua Dwyer. Donc, quand je vois notre sergent Raco fouiner un peu partout, je ne peux pas m'empêcher de me demander s'il n'aurait pas entendu un truc dans son fameux cercle de proches et d'amis. S'il n'en sait pas davantage qu'il n'a bien voulu nous le confier. »

Falk dévisagea le policier. « Je ne saurais pas vous dire, vraiment.

— Il vous en aurait parlé ? »

L'aurait-il fait ? Falk repensa à Raco. À la manière dont leur amitié avait évolué ces dernières années, passant de la vulnérabilité du traumatisme initial à une relation solide et inébranlable. « Oui. Il me l'aurait dit. »

Dwyer le gratifia d'un sourire entendu. « Et vous, vous me l'auriez dit ?

— C'est pas faux. » Falk se fendit à son tour d'un sourire entendu. « J'ai confiance en cet homme. Totalement. Donc j'aurais bien sûr eu une longue conversation en tête à tête avec lui avant de faire quoi que ce soit dans le genre. Mais sincèrement, si c'était quelque chose d'important, je crois qu'il vous en aurait parlé lui-même.

— Même si ça concernait… ? Excusez-moi. » Dwyer fut interrompu par la vibration de son portable, au fond de sa poche. Il consulta l'écran, l'approcha de son oreille et écouta quelques instants. « Yep, j'arrive tout de suite. » Il raccrocha et se tourna vers Falk. « Désolé. Donc vous pensez que Greg se serait manifesté, hein ? Même si ça concernait sa propre famille, ses amis ? »

Falk n'eut pas vraiment besoin de réfléchir. « Oui, même dans ce cas-là. S'il avait vraiment le sentiment que c'était ce qu'il fallait faire. » Il avait l'impression de prêcher un converti. « Mais je crois que vous le savez déjà, mon vieux. Greg Raco a un sens moral très aigu. Il n'est pas du genre à garder un secret pareil. Pas sur une affaire aussi grave. Ce n'est pas dans sa nature.

— Sans doute, mais… » Le téléphone de Dwyer se remit à vibrer. Il baissa les yeux vers l'écran et laissa échapper quelque chose qui ressemblait à un soupir. « Écoutez, faut que j'y aille. On se reparlera. » Mais au lieu de se mettre en route, il fixa soudain quelque chose, à l'autre bout du champ de foire, que Falk ne put identifier. « Pour info, il se trouve que je pense comme vous, au sujet de Greg Raco. Mais est-ce que je dirais la même chose des autres ? Là… »

Dwyer haussa légèrement les épaules. Il prit congé d'un geste de la main et, sans attendre de réponse, pivota sur ses talons et s'éloigna. Falk suivit des yeux le policier, dont la silhouette se fit de plus en plus petite. Puis il resta seul dans la tiédeur printanière pendant un long moment, à ruminer cette même question.

Chapitre 17

Le vignoble était silencieux quand Falk se gara à côté de la voiture de Raco.

Il traversa la maison de Charlie et trouva la cuisine déserte, avant de sortir sur la véranda. Il n'aperçut aucune présence parmi les rangs de vignes, mais, de l'autre côté de l'allée en terre, la porte de l'administration du vignoble était ouverte. Le claquement d'un tiroir suivi d'un juron étouffé résonnèrent dans l'air immobile de l'après-midi. Falk jeta un dernier regard autour de lui, puis descendit les marches en direction des bruits.

« Salut. » Falk glissa la tête à l'intérieur du bureau.

« Oh. Salut. » Shane McAfee leva les yeux sur lui, puis les rebaissa aussitôt. Il était assis devant un ordinateur de bureau, sa carcasse imposante tassée dans un fauteuil et le visage rougi malgré le bloc de climatisation tournant à plein régime dans un coin de la pièce. Il contemplait l'écran comme si son regard s'était perdu au fond d'un abîme. « J'ai cru que c'était Charlie.

— Non.

— Il est dans le coin ?

— Je ne l'ai pas vu.

— Ah. » Shane donna deux petits coups sur le clavier avant de jurer de plus belle, entre ses dents cette fois. Il passa la main sur son menton et essuya la sueur sur son short, avant de se rasseoir lourdement au fond du fauteuil. « J'imagine que vous vous y connaissez pas trop en tableurs, si ?

— Un peu, répondit Falk, pour qui les feuilles de calcul n'avaient aucun secret. Vous avez besoin d'aide ?

— Charlie voudrait ajouter les dernières factures aux chiffres du trimestre d'hiver, mais notre comptable a installé ce nouveau système, et… » Shane pointa du doigt l'écran, tandis que Falk se glissait entre le bureau et le caisson à tiroirs pour jeter un coup d'œil. « Là. La largeur de la colonne est bien trop grande, mais, en essayant de la modifier, j'ai perdu toute une putain de section.

— Elle n'est certainement pas perdue. » Falk se pencha et identifia aussitôt le logiciel de comptabilité. Il avait récemment passé toute une semaine dessus pour remonter la trace de plusieurs millions de dollars de revenus déguisés. Il tendit la main vers la souris, déplaça la flèche sur l'écran. « En général, ça reste là quelque part. Il faut juste faire ça, puis ça. Et… ouais, voilà. C'est ce que vous cherchiez ?

— Oui, c'est la section qui manque. » Shane souffla lentement. « Dieu merci. Vous assurez, mon vieux. Je vous revaudrai ça.

— Et puis aussi, vous vous compliquez la vie pour importer des trucs. C'est beaucoup plus facile en allant là et en faisant glisser…

— Vers où ?

— Là. Ouais, c'est ça. » Falk passa quelques minutes à lui expliquer, puis se redressa et regarda Shane le faire à son tour. Le colosse grimaçait, tandis que ses doigts burinés se débattaient avec la souris. Sa main libre massait distraitement son genou gauche.

« Putain, c'est carrément plus simple comme ça, grommela Shane. C'est votre boulot, ou quoi ? Je croyais que Greg avait dit que vous étiez flic comme lui…

— Brigade financière de la police fédérale, répondit Falk. Donc, ouais, je passe pas mal de temps à faire ça.

— Ça vous plaît ?

— De compiler des feuilles de calcul ? »

Shane sourit. « Ce boulot, je veux dire.

— Ouais, ça me plaît, répondit sincèrement Falk. C'est intéressant. »

Il sentait que Shane aurait voulu en savoir plus, mais cette conversation et la feuille de calcul avaient déclenché une séquence familière dans l'esprit de Falk. Il sentit aussitôt le poids virtuel accablant des messages non traités dans son téléphone, au fond de sa poche. Il n'avait pas pensé au travail ni communiqué avec ses collègues depuis au moins vingt-quatre heures, ce qui était une sorte de record, ces derniers temps. Il était en congé, se rappela-t-il, mais il était déjà trop tard. Maintenant, il avait ça en tête.

« C'est bien, remarqua Shane, ramenant Falk dans ce bureau. Vous avez eu de la chance de trouver un boulot qui vous plaît. »

Il semblait le penser vraiment, ce qui n'était pas si fréquent. La plupart des gens en profitaient généralement pour lui glisser un commentaire mesquin sur le caractère visiblement ennuyeux de son métier. Falk l'observa pendant un moment, tandis qu'il s'échinait sur son ordinateur. « Quand avez-vous arrêté le footy ?

— Plus tôt que j'aurais voulu. » Shane se fendit d'un sourire triste. « Je venais à peine de fêter mes vingt-quatre ans. J'ai juste eu le temps de jouer une saison complète après la finale à laquelle vous avez assisté. »

Falk hocha la tête, car il se retrouvait soudain plongé dans ces tribunes, une fois de plus. Assis à côté de son père, à regarder ce type jouer ce qui avait sans doute été le match le plus important de sa carrière. « À cause d'une blessure ?

— Ouais, au troisième quart-temps du deuxième match de la saison d'après. C'était contre Collingwood. Je me suis pété un ligament croisé. » La main de Shane redescendit se poser sur son genou. « Les techniques de kiné et de rééducation ont progressé depuis, mais à l'époque… » Il secoua la tête. « *Game over*. J'ai jamais pu revenir.

— C'est vraiment dommage.

— Ouais. C'est ce que je me suis dit aussi. » Shane haussa les épaules. « Mais bon, c'est des choses qui arrivent.

— Qu'est-ce que vous avez fait, après ?

— Mon Dieu… *Tout et n'importe quoi*, au début. J'ai un peu fondu les plombs. Je savais pas trop quoi faire, mais j'avais pas mal d'argent de côté – enfin, c'est l'impression que ça donnait, à cet âge-là – et les videurs de toutes les boîtes VIP me reconnaissaient, alors… » Shane se tut, montrant du doigt l'ordinateur. « Excusez-moi, je dois entrer ces chiffres ici ? Ou bien là ?

— La première case. C'est ça.

— Super, merci. » Shane hocha la tête. « Ouais, c'était un peu n'importe quoi au début, mais au moins je m'amusais bien, et puis… » Shane marqua une pause. Il leva les yeux sur Falk, avec une expression vaguement ironique. « Je ne sais pas si vous vous rappelez, mais une photo de moi s'est mise à circuler, dans une situation assez compromettante… »

D'un seul coup, Falk se rappela. Mais oui, c'était bien Shane McAfee. L'image s'était retrouvée partout en l'espace de cinq minutes et, toutes ces années plus tard, Falk put aussitôt se la représenter. Pas l'une de ces fréquentes photos volées où Shane ressortait au petit matin en titubant, rougeaud, d'une discothèque, avec chaque fois une femme différente à son bras, ni l'une de celles, plus rares, où il était penché au-dessus d'une traînée de poudre blanche non identifiée étalée sur le verre crasseux d'une table basse ; non, cette unique photo, fort malencontreuse, impliquant une bouteille remplie de sa propre urine et un défi autour d'une table lors d'un dîner en smoking, à Sydney.

Il fallait vraiment effectuer une sorte de grand écart mental pour faire coïncider ce grand gaillard à la voix douce avec cet autre type – *l'ancienne star du footy Shane McAfee en pleine dégringolade* –, s'affichant en fâcheuse posture dans la presse papier et sur Internet, et Falk eut du mal à trouver une réaction adéquate. Shane se contenta de hausser les épaules, avec un petit rictus d'autodérision.

« Vous inquiétez pas, mon vieux. Qu'est-ce qu'il y a à en dire ?

— Si ça peut vous rassurer, répondit Falk, j'avais complètement oublié cette histoire.

— Vous avez de la chance, rétorqua Shane, souriant de plus belle. Même si, pour être honnête, je ne m'en souvenais plus moi-même le lendemain matin. Mais d'autres se la rappelaient parfaitement, et il restait cette photo, si bien que mes contrats publicitaires et mes interventions dans les médias, tout ça s'est envolé. Le club a pris ses distances, ce qui n'avait rien d'étonnant. » Pour la première fois, le ton se teinta de tristesse. « J'ai présenté mes excuses, évidemment. J'ai fait une cure de désintox.

— Et puis vous êtes revenu ici ?

— Ouais. » Shane fit glisser la souris et cliqua. Il commençait à prendre le coup. « C'était un peu la merde au début, mais je ne voyais pas quoi faire d'autre. Et puis, tout le monde savait que j'étais parti d'ici avec cette chance en or et voilà que j'étais de retour avec un genou en vrac. Charlie était toujours dans le coin. Kim aussi. Donc ça, c'était bien, ajouta Shane, mais son visage s'était tendu en prononçant le prénom de Kim. Ils s'étaient remis ensemble, et Charlie avait acheté cet endroit. Kim est tombée enceinte de Zara peu après, donc Charlie ne pouvait pas vraiment se permettre de m'accueillir, et pourtant il l'a fait. Et ouais, je suis resté là depuis. »

Sous le regard de Falk, Shane fit glisser le dernier fichier sur l'écran, puis tendit la main à travers le bureau pour attraper un stylo et une feuille de papier.

« Enfin. Vous... » Shane désigna l'écran d'un geste du menton. « ... m'avez bien aidé, sur ce coup. Je ferais mieux de noter tout ça pour m'en souvenir au moment du prochain bilan trimestriel.

— Je pourrais vous envoyer un lien si ça vous facilite la vie. Surtout si votre comptable change de nouveau de système, ce qui est tout à fait possible. Celui-ci n'est pas terrible, faut le reconnaître.

— Ouais, c'est bien son genre. Il n'arrête pas de changer des trucs. Il pense que c'est plus efficace, mais… » Shane poussa un grognement dubitatif. « Peut-être que ça l'est pour lui, hein.

— Vous ne pouvez pas demander à Charlie d'embaucher quelqu'un d'autre ? suggéra Falk. Il n'y a pas de raison que ce soit si compliqué.

— Peut-être. Mais c'est un peu délicat, quand même, parce que ce type est le comptable local, et on essaie tous de s'entraider par ici. »

Shane se leva et le fauteuil de bureau couina de soulagement. Il se dirigea vers le petit réfrigérateur dans le coin, en sortit une bouteille d'eau et deux verres. Il en montra un à Falk, qui accepta.

« Dans le temps, le comptable de la ville était un pote à nous, donc il s'occupait de tout le monde. Il était vraiment bon. Comme vous, il maîtrisait tous les petits trucs… » Shane tendit un verre d'eau à Falk, puis but une longue gorgée du sien. « Tout était facile, avec lui.

— Vous ne pouvez plus faire appel à lui ? » s'étonna Falk.

Shane contempla son verre d'eau. « Non. Il est mort. Sale histoire. Un chauffard qui a pris la fuite.

— Dean Tozer ? demanda Falk, et Shane releva brusquement la tête, surpris.

— Ouais. Vous le connaissez ?

— Non. Mais je suis allé à la retenue d'eau avec Zara, tout à l'heure, et j'ai rencontré son fils. Charlie a évoqué Dean hier soir, aussi. Mais je n'avais pas compris qu'il bossait avec vous. »

Shane acquiesça d'un signe de tête. « Pas seulement avec nous, il faisait la compta de la plupart des gens en ville. C'était un mec intelligent, il avait bossé un temps pour un grand cabinet comptable à Londres, donc il connaissait son métier. Et puis quand il est revenu s'installer ici pour s'occuper de Joel, il a monté sa propre boîte. C'était chouette. Il savait comment fonctionnaient les entreprises, par ici, et les gens l'aimaient bien, donc on passait tous par lui. » Shane se concentra un peu plus qu'il n'aurait dû sur le remplissage de leurs verres. Il but une autre gorgée avant de reprendre la parole. « Donc Joel traînait au réservoir, hein ? Il avait l'air comment ? »

Falk repensa au grand adolescent sombre. « Un peu triste, je dirais.

— Je vois. Je devrais peut-être lui rendre visite plus tard. Je sais pas s'il vous en a parlé, mais Dean est mort pendant la Fête du vin. Ça fait six ans maintenant, mais c'est toujours aussi dur. Surtout à cette période de l'année. » Shane marqua une pause en faisant tournoyer l'eau dans son verre. L'homme semblait vouloir parler, mais resta silencieux.

« J'ai vu la plaque commémorative de Dean, glissa Falk au bout d'un moment. Sur la barrière du précipice.

— Ouais. » Shane releva les yeux. « Ça vous est déjà arrivé d'être présent sur une scène d'accident ? Dans votre boulot de flic ?

— Pas depuis un bon bout de temps. Mais plus jeune, oui. Quelques fois. » Falk s'en souvenait parfaitement. D'un accident en particulier, où ni le conducteur ni son passager ne portaient de ceinture. L'intérieur de l'habitacle ressemblait à une pizza. « Ce n'est pas une expérience que j'aimerais revivre.

— Non. Moi non plus. » La petite voix de Shane se fit encore plus étranglée. « C'est moi qui ai trouvé Dean. Enfin, le lieu de l'accident, plutôt. Dean n'était plus là.

— Rita m'en a touché deux mots, dit Falk tandis que Shane étudiait ses mains, abattu.

— Ouais. Ça m'arrive de faire mon jogging autour de la retenue, histoire de garder la forme, vous voyez ce que je veux dire. Pas si souvent – pas aussi souvent que je devrais – mais deux, trois fois par semaine, à peu près. Dean allait promener son chien là-bas presque tous les matins, mais plus tôt, donc en général on se loupait. » Les traits de Shane se creusèrent. « Mais ce jour-là, je suis tombé sur Luna, la chienne de Dean, et je me rappelle avoir pensé qu'il devait avoir pris du retard. Mais j'ai tout de suite compris qu'il y avait un problème, parce que Luna était plantée au milieu de cette foutue piste, à pousser ce drôle de… » Il se raidit soudain en revivant la scène. « … hurlement. Je ne l'avais jamais entendue faire ça. J'ai cru qu'elle était blessée, mais non, elle tremblait juste de tous ses membres. Elle tournait en rond en jappant. » Shane secoua la tête. « La barrière de protection était défoncée. Les poteaux cassés en deux, toute la section du milieu envolée. Comme si elle avait été arrachée. Quand je me suis penché par-dessus, j'ai vu qu'un gros bout de bois pendait dans le vide, complètement éclaté. Et Luna traînait là toute seule, et Dean avait disparu. Pas trace de la moindre voiture.

— Vous avez compris tout de suite ce qui s'était passé ? interrogea Falk.

— Je crois bien, oui. À cause des dégâts sur la barrière. » Shane se tut pendant de longues secondes. « Je m'étais moi-même crashé en voiture, une fois. Des années auparavant, juste après avoir pris ma retraite, à l'époque où je picolais encore. J'avais foncé dans une clôture. Personne d'autre n'était impliqué, mais… » Il secoua la tête pour chasser cette pensée, sans regarder Falk. « Là-bas, au bord de la retenue d'eau, ça m'a fait la même impression. Difficile à expliquer. »

Falk connaissait cette sensation. Il l'avait lui-même éprouvée sur des scènes d'accident, bien des années plus tôt. Comme si l'air lui-même avait absorbé l'impact, qui continuait de s'y répercuter, tel un écho.

« J'ai essayé d'appeler Dean, vous savez. Alors que j'étais planté au bord du vide. » Cette idée parut le déconcerter lui-même. « J'ignore pourquoi. Au cas où il aurait été balancé dans les airs ou je ne sais quoi et serait juste blessé, peut-être. Il n'a pas décroché. Évidemment. Je n'ai même pas entendu son portable sonner, mais Luna s'est mise à aboyer comme une dingue et à hurler à la mort, alors qui sait ? Je me rappelle avoir jeté un autre coup d'œil en bas, dans l'eau. J'ai rien vu. Je ne savais pas combien de temps s'était écoulé depuis l'accident. Et ensuite… »

Shane vida son verre d'eau, puis le posa violemment sur le bureau.

« J'ai téléphoné à Gemma. Je l'ai appelée, elle, plutôt que le sergent Dwyer parce que… » Sous l'éternelle cadence paisible de la voix de Shane, on distinguait à présent une touche de colère. « Bon Dieu, je sais pas en fait. Parce que j'espérais qu'elle me dise que Dean était à la maison, ou à l'hosto, mais ça n'a pas de sens, putain, parce que Gemma et Joel n'auraient jamais laissé Luna comme ça. Bref, je me rappelle même plus ce que j'ai dit exactement, mais c'est comme ça qu'ils ont appris la mort de Dean. Ce qui n'était pas super… » Shane soupira lentement et se frotta le visage. Sa voix retomba, plus proche de la normale. « Je veux dire, j'ai toujours pensé que j'avais fait des trucs vraiment débiles à l'époque où je jouais au footy, mais des fois, je me demande… J'aurais préféré que Gemma et Joel découvrent ça d'une meilleure manière.

— Parfois, il n'y a aucune bonne manière d'apprendre une nouvelle.

— Peut-être. Mais il y en a de plus mauvaises que d'autres, pas vrai ? » Shane parvint à se fendre d'un demi-sourire, puis désigna l'écran d'un hochement de tête. « Bref, tout ça explique pourquoi je suis assis dans ce bureau à remplir des feuilles de calcul destinées à un comptable qui me prend pour un débile. » Il marqua une pause, son humeur s'égayant soudain, comme s'il venait d'avoir une pensée amusante. « Il va pas en revenir que je l'appelle pas, cette fois, pour lui demander son aide. Je crois que ça lui plaît, en fait, vu comme il me parle. Les gens aiment bien vous cataloguer, vous voyez ce que je veux dire ?

— C'est très vrai, acquiesça Falk.

— Nous le faisons aussi avec nous-mêmes, hein ? » Shane empoigna son verre vide et le pencha vers l'ordinateur. « Genre, vous êtes doué pour ces trucs-là, mais vous vous croyez incapable de jouer au footy. »

Falk sourit. « Eh bien, ça, c'est un fait, mon vieux. Pas une opinion.

— Vous ne *jouez pas*, ce n'est pas la même chose qu'être *incapable* de jouer. » Shane le jaugea du regard. « Vous avez quoi, à peu près mon âge ? Vous avez l'air plutôt en forme. Et grand comme vous êtes ? J'ai passé des années à observer des mecs sur les terrains pour voir à quel point ils étaient bons – je crois que vous pourriez vous en tirer pas mal. » Il réfléchit quelques secondes. « Enfin, pas mal pour ici en tout cas. »

Falk ne put s'empêcher de rire. « Ce qui signifie quoi, au juste ?

— Ben, c'est pas très dur, effectivement. » Shane souriait quand une ombre passa dehors, et Charlie apparut sur le seuil du bureau. « Mais c'est quand même pas rien.

— Elles doivent être dans le tiroir, là. Je vais juste… », disait Charlie à Raco quand ils entrèrent, la petite Eva galopant bruyamment derrière eux. Ils se figèrent en apercevant Falk et Shane.

« Hey, vous êtes rentrés ! » Raco sourit pendant que Charlie se frayait un chemin derrière le bureau pour fouiller dans un tiroir. « C'était comment, la Fête du vin ?

— Pas mal, répondit Falk. J'ai…

— Devine ce qu'on est en train de faire ? » le coupa Eva. Elle brandissait Duffy, la poupée que Falk lui avait envoyée à sa naissance. Ses traits étaient en partie effacés à force d'amour et de manipulation, conférant à la poupée un aspect légèrement grotesque, mais Eva ne semblait pas s'en offusquer. « On va faire un tour en tracteur.

— Oh, super. Ça va être marrant.

— Tu peux venir aussi, dit-elle avec une bienveillance radieuse.

— Je ne sais pas, ma puce, je devrais sans doute… » Le téléphone de Falk se faisait lourd au fond de sa poche. Ce qu'il aurait dû faire, c'était retourner dans la dépendance, sortir son ordinateur portable et traiter rapidement ses messages les plus urgents. Mais Eva les avait déjà pris par la main, Raco et lui, et les emmenait dehors.

Charlie referma brusquement le tiroir du bureau, les clés cliquetant dans sa main, et les suivit au soleil. Falk jeta un coup d'œil derrière lui en sortant, prenant congé de Shane d'un geste de la main, puis il s'abandonna à l'instant et laissa Eva le guider vers les vignes. Il inspira l'air frais et dense, absorba l'ambiance printanière tout en feuilles vertes, en fruits naissants.

« Il y avait du monde au champ de foire ? l'interrogea Charlie tout en marchant. J'ai appelé le commissariat tout à l'heure pour voir ce qu'avait donné l'appel à témoins, et ils m'ont dit que Rob Dwyer était déjà sur place.

— Ouais. » Falk hésita. « Je suis tombé sur lui. Il m'a dit qu'ils avaient récolté une poignée de nouveaux signalements. Ils pensent que deux ou trois méritent d'être explorés.

— Ah. » Le front de Charlie se creusa légèrement. « Bien. C'est déjà un début, non ? » Il se tourna vers son frère pour avoir confirmation, et Raco approuva.

« Au bout d'une année entière, toute nouvelle information est bonne à prendre, dit-il avant de se tourner vers Falk. Rien d'autre ?

— À propos de l'appel ? Non. » Falk croisa le regard de Raco. Ajouta d'un ton détaché : « Mais il avait l'air de mijoter une ou deux idées.

— Rob ? Ouais. » Raco lui adressa un sourire entendu par-dessus la tête de sa fille. « Ça m'étonnerait pas de lui. » Ils échangèrent un regard complice, silencieux. Ils discuteraient plus tard.

Soudain, Eva lâcha leurs mains et courut devant jusqu'au tracteur, qui était garé sous le grand hangar à l'autre bout des vignes. Elle posa délicatement Fluffy sur le siège puis grimpa à son tour, calant la poupée sur ses genoux.

« Tu sais ce qui serait *super* marrant ? dit-elle comme si l'idée venait de lui traverser l'esprit, en coinçant fermement Falk dans sa ligne de mire. Ce serait que *toi*, tu conduises.

— Moi ? » Falk éclata de rire. « Non, Eva.

— Oh. » Ses traits s'affaissèrent. « Pourquoi ?

— Déjà, j'ai du travail.

— Maman a dit que t'étais en vacances.

— C'est vrai.

— Alors pourquoi faut que tu travailles ? N'importe quoi.

— C'est vrai aussi, Eva. » Falk sourit. La gamine n'avait pas tort. « Mais quand même, je crois que c'est mieux de laisser faire ton papa ou ton oncle.

— Oh ! » Elle avait l'air anéantie. « OK, parvint-elle à articuler, courageusement.

— N'en rajoute pas, gamine. » Charlie sourit, en dégageant de sous une roue ce qui ressemblait, à l'odeur, à un sac d'engrais. « C'est pas pareil qu'une voiture. Tout le monde peut pas conduire ça.

— Même si... », commença Raco. Adossé au tracteur, il suivait avec amusement la conversation. « Je te parie mille dollars, Eva, qu'Aaron sait le faire.

— *Vraiment ?* » Eva et Charlie se tournèrent vers Falk comme un seul homme, l'une ravie et l'autre étonné.

Raco partit d'un grand rire. « J'ai vu la propriété où ce gars a grandi. Pas moyen qu'il ne sache pas se débrouiller avec ces engins-là. Toi, passe-lui les clés. » Il pointa son doigt vers Charlie, puis Falk. « Et toi, oublie un peu le boulot pour une fois. Emmène la petite faire un tour. »

Falk leva les yeux sur l'engin. Raco n'avait pas tort. Falk avait appris à manier un tracteur avant de savoir conduire une voiture, et c'est son père qui lui avait enseigné les deux. Mais ça faisait un sacré bail qu'il n'était pas monté là-dessus. Il était planté là, dans la fraîcheur de ce hangar, les rayons du soleil réchauffant le sol poussiéreux, quand d'un seul coup il fut ramené vingt-cinq ans en arrière et ne put attendre un instant de plus. Il avança d'un pas et grimpa sur l'engin, retrouvant la sensation depuis longtemps oubliée mais immédiatement familière devant ce gros volant et ces manettes. Il prit la clé que lui tendait Charlie et mit le contact. Ses réflexes revinrent aussitôt. Il savait comment faire.

« OK. » Bien sûr. Il avait toujours su conduire un tracteur. « Allons-y.

— Tâche de ne pas écraser les vignes, si tu peux ! » cria Charlie dans leur dos, mais il plaisantait.

Falk sortit du hangar dans la lumière éblouissante, la petite fille à ses côtés, la terre et le ciel immenses devant. Raco et Charlie les suivirent en marchant et, au bout d'un moment, Rita et Henry sortirent de la maison pour se joindre à eux, et tous flânèrent en papotant au milieu des rangées de ceps. Sur le siège contre lui, Eva chantonnait des comptines et racontait des histoires décousues tandis qu'ils roulaient lentement, décrivant de larges cercles paresseux au soleil de l'après-midi jusqu'à l'heure du dîner.

Chapitre 18

Quand Falk courait ces temps-ci, c'était tout seul sur un tapis roulant, avec des écouteurs pour s'isoler de son environnement. Les fenêtres de la salle de gym ouverte vingt-quatre heures sur vingt-quatre, juste à côté de son travail, donnaient sur les parois vitrées d'un grand immeuble de bureaux loué par une banque d'investissement, et Falk avait pris l'habitude d'enchaîner les kilomètres en regardant une silhouette indistincte penchée sur son écran, dans le bureau d'en face.

Ce type semblait faire de longues journées, plus encore que celles de Falk. À moins qu'il n'ait des horaires décalés qui le faisaient rester tard le soir au bureau, lui aussi. Quoi qu'il en soit, c'était là qu'ils se trouvaient tous les deux, trois à cinq soirs par semaine et même certains week-ends. Un jour, un mois plus tôt, le type s'était levé pour s'étirer, comme il le faisait de temps en temps. Mais cette fois, il avait marché jusqu'à la fenêtre et relevé le store qui ne le protégeait plus du soleil depuis des heures, et il était resté planté là, un quadragénaire avec un gobelet de café tardif dans la main. Falk et lui s'étaient longuement dévisagés à travers les deux baies vitrées, au dixième étage, une fine bande de ciel sombre au-dessus d'eux et les lumières des rues loin en contrebas, puis Falk avait monté le volume de ses écouteurs et le type avait fait volte-face pour regagner son bureau. Pour des raisons qu'il n'aurait su formuler, Falk n'avait plus jamais couru sur ce tapis roulant.

Ce soir, après avoir noué ses lacets, Falk referma la porte de la dépendance derrière lui. Le ciel était rose et orangé, l'air encore tiède et dense. Les lumières de la cuisine éclairaient la véranda du cottage. La table du dîner avait été débarrassée, Raco et Rita étaient en train de préparer Eva et Henry au coucher.

Falk trottina jusqu'au bout de l'allée, puis tourna à droite. Il n'était jamais allé dans cette direction, et laissa ses jambes le guider le long de la route de campagne déserte, faisant juste assez attention pour être sûr de retrouver son chemin au retour. Il courut un certain temps avant que la route ne décrive une large courbe, et alors, droit devant, il vit le vert luxuriant du vignoble céder la place à un grand parc. Falk ralentit en entendant le bruit familier d'un ballon de footy rebondissant sur le sol, au loin. Il s'arrêta, s'appuya contre la barrière d'une aire de jeux pour reprendre son souffle. Par-delà le toboggan et la balançoire, une silhouette faisait des longueurs au petit trot sur un terrain de footy.

Le joueur était trop éloigné pour que Falk distingue les traits de son visage, mais il le reconnut à sa seule manière de bouger. Shane. Ça ne pouvait être que lui. Même avec ces années et ces quelques kilos de plus, Shane McAfee avait toujours le truc. Il faisait rebondir le ballon en courant, avec contrôle et grâce à chaque foulée. Sur la ligne des cinquante mètres, il ramena sa jambe en arrière et frappa le ballon d'un mouvement fluide et ample. Le tir passa entre les deux poteaux du centre, net et sans bavure. C'était magnifique.

Shane resta immobile sur l'ovale silencieux, dans la pénombre du crépuscule, mains sur les hanches. Au bout d'un long moment, il passa la paume de sa main sur son visage et traversa lentement le terrain désert pour aller récupérer la balle. Falk eut soudain l'impression de s'immiscer dans un moment profondément intime et il se détourna, se remettant à courir le long du chemin avant que Shane ne l'aperçoive.

Falk enchaîna deux kilomètres encore, et se demandait s'il était temps de faire demi-tour quand il repéra l'ancienne piste menant à la retenue d'eau. Il ignorait qu'il existait un accès de ce côté-ci, trouée discrète à travers le bush. Il allait passer devant sans le voir, quand ses yeux tombèrent sur la pancarte délavée.

Retenue est. Accès interdit aux véhicules privés. Ouvert aux randonneurs.

Falk ralentit sa course et se mit à marcher, le souffle lourd, et fit demi-tour pour aller jeter un coup d'œil. La géographie se redéfinit dans sa tête pour adopter une nouvelle orientation, tandis qu'il s'efforçait de trouver ses repères par rapport au plan d'eau qui, comprit-il, devait se trouver derrière ces arbres. Quelque part, dans le lointain, on entendait le grondement assourdi de la grand-route.

L'entrée du terrain de la retenue était assez large pour laisser passer un camion ou une voiture, mais elle était bloquée par une barrière métallique, à hauteur de hanche. Celle-ci était maintenue en place par un cadenas fixé à un poteau, lequel se trouvait légèrement en retrait des premiers buissons, si bien que les marcheurs, au fil des années, l'avaient simplement contourné, traçant un chemin dans la terre.

Falk regarda sa montre, puis le ciel. Le soir recelait encore une bonne quantité de lumière douce, mais celle-ci pouvait disparaître à tout moment et il ne connaissait pas très bien le chemin du retour. Mais le chemin était clairement marqué et s'il laissait l'eau sur sa… – il consulta la carte vaguement esquissée sous son crâne – … gauche, il retomberait tôt ou tard sur le champ de foire. De là, il pourrait rentrer sans encombre s'il le fallait.

Il contourna la barrière et parcourut quelques pas en courant sur la piste de terre, émergeant des arbres plus tôt qu'il ne s'y attendait. La retenue d'eau se déployait là, sous ses yeux, presque noire maintenant que le soleil s'était couché. L'équivalent de combien de stades, avait dit Raco ? Quel que soit le nombre, Falk n'avait aucune peine à le croire. Vu sous cet angle, le lac semblait encore plus vaste et plus profond.

Falk reporta ses yeux sur la piste et se remit à trottiner. Les broussailles sur sa droite bruissaient et sifflotaient des derniers chants d'oiseaux, le chemin devant lui était large et lisse, légèrement en pente, et il ne tarda pas à trouver son rythme. Il se concentrait sur son souffle et s'efforçait, sans grand succès, de ne pas penser au travail quand il repéra la silhouette, devant lui.

Difficile de discerner le moindre détail dans la pénombre de plus en plus épaisse, et la personne, quelle qu'elle soit, lui tournait le dos. Elle se tenait debout devant une rambarde qui – Falk s'en rendit compte avec un sursaut d'étonnement – était celle qui protégeait le précipice. Quelle distance avait-il parcourue ? Il consulta sa montre. À en juger par son rythme, il ne devait guère se trouver à plus d'un kilomètre de la barrière. L'eau se trouvait moins loin qu'il ne l'avait imaginé.

Devant lui, la silhouette, courbée, était en train de s'activer autour de la rambarde. Falk repensa à la plaque commémorative de Dean Tozer, et plus précisément aux saletés et autres graffitis hérités de la nuit précédente.

« Hey ! » Sa voix sèche fit sursauter l'inconnu, qui laissa tomber ce qu'il tenait dans les mains.

Merde. C'était Joel, sut aussitôt Falk. Grand et fin, l'adolescent grimaçait dans la lumière agonisante, ne se détendant légèrement qu'en voyant qui l'avait appelé. Il se baissa pour ramasser l'objet qui avait roulé à ses pieds. Luna se tenait derrière lui, elle les observait tous les deux en remuant la queue.

« Désolé, mon vieux. » Falk le salua du bras et ralentit pour parcourir au pas les derniers mètres, en reprenant son souffle. « Je ne voulais pas te faire peur. J'ai vu que quelqu'un avait tout salopé la nuit dernière… »

Arrivé devant le précipice, Falk s'immobilisa. Dans les mains de Joel, il aperçut un chiffon mouillé et un flacon de produit nettoyant. Falk releva la tête et leurs yeux se croisèrent, presque à la même hauteur. Le jeune haussa les épaules et détourna le regard, gêné.

« C'est pas comme si quelqu'un d'autre allait s'en charger », maugréa Joel en se penchant de nouveau sur le garde-fou. Il pulvérisa un peu de détergent sur le bois autour de la plaque de son père et frotta de toutes ses forces pour enlever une marque noire près d'un coin.

Falk hocha lentement la tête. Il fit glisser une main sur le dessus de la barrière. Celle-ci était propre et humide sous sa paume, les croûtes de saleté ayant été raclées. Joel semblait avoir lessivé près de la moitié de la rambarde.

« Tu viens souvent ici faire ça ? » l'interrogea Falk.

Nouveau haussement d'épaules. « J'sais pas. Chaque fois qu'y a besoin. » Joel sortit une bouteille d'eau de son sac à dos, posé par terre, et en versa un peu dans son chiffon. « Sinon ça reste comme ça pendant un bon bout de temps. L'endroit appartient à une grosse entreprise, donc ils s'en tapent complètement, ça les dérangerait pas que ça reste dans cet état toute une année. »

À la mémoire de Dean Tozer. Aimé et regretté.

La plaque, près de la main de Falk, resplendissait à présent. La poussière et les traces de semelles avaient presque entièrement disparu, mais les graffitis tracés au feutre s'accrochaient obstinément à la surface du bois.

« Il te faudrait de l'essence de térébenthine ou un truc dans le genre pour les effacer, fit remarquer Falk.

— Je sais. On n'en avait plus à la maison. » Joel aspergea de nouveau le bois avec son liquide. « C'est déjà mieux que rien, pour l'instant. »

Falk acquiesça du chef. Il faisait de plus en plus noir. Le gamin avait encore pas mal de boulot.

« T'as un chiffon en rab ? »

Joel releva la tête, surpris. « Vous n'êtes pas obligé de m'aider. Je peux faire ça tout seul.

— Ouais, je vois ça. » Falk s'accouda à la barrière propre et observa Joel pendant une minute. « Mon père à moi est mort il y a de cela quelques années. Cancer.

Interminable. Annoncé. Donc, pas de plaque comme celle-ci. Mais il a sa tombe là-bas, dans le Victoria. Et je vais te dire un truc, si des connards alcoolisés la laissaient dans un état pareil, je serais incroyablement énervé. » D'un petit coup de tête, Falk désigna le sac sur le sol. « Sérieusement. Laisse-moi te filer un coup de main. »

Joel ne réagit pas tout de suite, mais Falk le vit jauger d'un regard ce qu'il restait à nettoyer. Un instant d'hésitation, puis il tendit le bras pour sortir un autre chiffon de son sac.

« Merci. » Le mot fut presque couvert par le bourdonnement discret du bush.

« Pas de quoi. »

Ils travaillèrent en silence pendant un moment, côte à côte, tandis que le violet du ciel au-dessus de l'eau s'assombrissait. Ils en étaient à l'ultime portion quand Joel fit rouler ses épaules en étirant son cou.

« Alors, qu'est-ce que le sergent Dwyer avait à vous dire tout à l'heure ? »

Falk fronça les sourcils en continuant de frotter du coin de son chiffon une marque grise particulièrement coriace qui semblait avoir été cuite dans la masse. « Il pense que Zara et toi êtes sur la mauvaise piste. »

Un rire bref. « Rien de nouveau, alors. Et c'est quoi la bonne piste, selon lui ?

— Ouais, effectivement, approuva Falk. Ce serait intéressant de le savoir.

— Il ne l'a pas dit ?

— Pas à moi, en tout cas.

— Parce qu'il ne le sait pas lui-même. Ni ce qui est arrivé à Kim. Ni qui a tué mon père. Bon Dieu !

C'est vraiment dur à ce point de retrouver une voiture aussi abîmée ? »

Falk ne dit rien, mais cessa de frotter et regarda autour de lui, plus attentivement cette fois. La piste, les broussailles, le précipice, la barrière de protection. Falk ne connaissait pas grand-chose d'utile pour résoudre des affaires d'accidents de la route. C'était à mille lieues de ses activités quotidiennes, mais rien qu'en s'appuyant sur ses techniques d'enquête élémentaires, il se doutait déjà que ce scénario-là devait être assez épineux. Aucun témoin, tôt le matin, des voies d'accès et de sortie désertes, des centaines si ce n'est des milliers de hangars agricoles assez grands pour y planquer le véhicule endommagé. Dans l'hypothèse où il s'agissait d'un véhicule du coin, d'ailleurs, ce qui n'allait pas du tout de soi. Falk distinguait la pulsation sourde de la musique du champ de foire à travers les arbres, et se représenta l'ampleur de la foule. Un tas de gens, avec un tas de véhicules. Foncer vers la grand-route, filer jusque chez soi. Une voiture pouvait avoir franchi la frontière du Victoria ou de Nouvelle-Galles du Sud en quelques heures à peine. Falk se tourna vers Joel, qui essorait son chiffon, les traits durs.

« Dwyer sait de quel type de voiture il s'agissait ?

— Une Toyota bleue. Ou peut-être une Holden. Et oui, ajouta Joel alors que Falk s'apprêtait à ouvrir la bouche, avant que vous posiez la question, je sais à quel point ce type de véhicule est répandu. Le sergent Dwyer a insisté là-dessus quelques centaines de fois.

— Effectivement. » Falk hocha la tête. Il fallait bien reconnaître que, sur ce point, Dwyer n'avait pas tort.

« Mais j'allais en fait te demander comment il l'a su. Une caméra de surveillance quelque part, ou bien… ?

— Oh ! Non, rien de tout ça. » Joel examina la rambarde. « Juste les éclats de peinture incrustés dans le bois.

— Et ils ont vérifié tous les véhicules immatriculés dans le coin, j'imagine ?

— Apparemment. »

Falk y réfléchissait encore quand Joel reprit la parole :

« Hé ! » Le ton du garçon était excessivement décontracté. « Zara allait bien en rentrant à la maison ? Elle avait l'air un peu déprimée quand elle est partie, cet après-midi. »

Falk cligna des yeux, le temps d'embrayer sur ce sujet. Il revit Zara pendant le dîner. Elle n'avait pas dit grand-chose, concentrée sur son assiette, l'air ailleurs.

« Pas pire que d'habitude, répondit-il avec honnêteté.

— Ça me rassure. »

Falk observa Joel dans la pénombre. Il avait pour principe personnel et professionnel de ne jamais tirer de conclusions hâtives, mais certaines choses étaient tellement claires qu'il n'y avait même pas besoin de poser la question. Par exemple, il était aussi évident que si cela avait été écrit dans le ciel nocturne au-dessus de leurs têtes que ce gamin avait un sérieux faible pour Zara et qu'elle n'éprouvait pas les mêmes sentiments à son égard. Falk étudia Joel tandis qu'il versait de l'eau propre sur son chiffon. Il se rappelait encore cette sensation, à son âge. Se languir d'une fille. Les intenses bouffées de désir, à la fois plaisantes et douloureuses.

Je peux avoir votre numéro, Gemma ?

Je crois que... non.

Ce souvenir jaillit sans prévenir et, presque amusé, Falk le repoussa tout au fond.

« Dis-moi, c'est quoi la situation entre Zara et toi ? Vous êtes ensemble, ou… ? » Falk connaissait la réponse, mais il était curieux d'entendre la version de Joel. L'adolescent secouait déjà la tête.

« Non. Juste amis. » Il garda le silence pendant un long moment. « Mais nous nous entendons très bien, je crois. Maintenant, évidemment, mais même avant tout ça. Nos parents étaient proches, donc on se connaît depuis pas mal de temps. Zara m'a beaucoup aidé quand mon père est mort. Et puis il y a eu cette histoire, avec sa mère… » Joel haussa les épaules, la voix prête à dérailler. « Donc on veille plus ou moins l'un sur l'autre, j'imagine. C'est pour ça je n'irais jamais lui compliquer encore la vie en allant mentir sur le fait que j'ai pas vu Kim ce fameux soir. Pour info.

— Je n'ai pas l'impression que les gens croient que tu mens, mon vieux. » Falk était presque arrivé au bout de la portion qu'il nettoyait. « Je pense vraiment que c'est parce qu'ils se souviennent d'eux-mêmes à ton âge. À quel point ils étaient fiables. Ou ne l'étaient pas, probablement. La plupart des gens se revoient et se disent qu'ils n'auraient sans doute pas été aussi sûrs de ne pas s'être trompés, à ton âge et dans cette situation.

— Et vous, alors ? rétorqua Joel en se tournant vers lui. Vous vous seriez fait confiance ?

— Non. » La réponse de Falk tomba si vite que même Joel en sourit. « J'ai fait quelques trucs vraiment bêtes dans ma jeunesse, comme tout le monde. Je ne me serais pas cru sur parole, non. »

Le garçon hocha la tête. Il aspergea de liquide nettoyant un gribouillis de feutre et en approcha son chiffon, mais il resta figé au milieu d'une pensée. Il semblait en débattre intérieurement. Finalement, il se remit à frotter, mais plus lentement. Jeta un regard en coin à Falk.

« Donc, ce soir-là, l'année dernière… » Joel était presque inaudible. Il avait la tête baissée, concentré sur la rambarde. « J'étais déjà installé au poste de secours quand j'ai vu Zara s'approcher de la sortie est. Elle était avec deux filles de notre lycée, mais elle m'a vu, alors elle est passée me saluer. M'a demandé si j'étais sûr de pas vouloir venir avec elles, vu que pas mal de nos potes seraient là. Mais je ne voulais vraiment pas, parce que… » Joel posa son chiffon sur la rambarde et se baissa pour caresser la tête de Luna. « Parce que c'était trop dur pour moi, je sais pas… Être là, à ce moment de l'année, à boire en faisant comme si tout allait bien. » Il plissa le front d'une manière qui le fit soudain paraître plus jeune. « Et puis de toute manière, j'avais commencé ma garde. J'avais promis à Gemma de rester jusqu'au bout, donc je pouvais pas juste m'en aller comme ça. »

Joel frotta les oreilles de la chienne et contempla les graffitis désordonnés, toujours clairement lisibles malgré leurs efforts. « Bref. On savait tous que Dwyer serait pas dans le coin pour nous disperser cette année-là, donc il y avait déjà cette sensation que les choses risquaient de pas mal dégénérer là-haut. Et Zara m'a dit qu'elle ne resterait sans doute pas trop tard, parce que son père arrêtait pas de l'embêter pour qu'elle passe du temps avec sa mère. » Joel marqua une pause. « J'ai pensé qu'avec un peu de chance, elle repasserait par là avant la fin de ma garde. Et donc… » Il s'interrompit de nouveau, plus longtemps cette fois, puis haussa les épaules. « Donc je la guettais à moitié. Je surveillais la sortie. Au cas où elle reviendrait tôt, vous voyez ? »

Oui. Falk se tourna vers lui dans les dernières lueurs du jour. Oui, il voyait très bien ce que Joel essayait de lui faire comprendre sans vouloir l'exprimer clairement. Ce n'était pas nécessaire, de toute manière, car Falk se représentait parfaitement la scène, à présent, avec une clarté absolue, hormonale. Avoir cet âge-là et voir une fille qu'on aime bien s'en aller avec des amies, avec la vague promesse d'un retour. Falk connaissait cette sensation et il savait également, sans l'ombre d'un doute, que lui aussi aurait sans doute passé toute la soirée à scruter la sortie.

« OK », dit-il avec un petit hochement de tête. Même dans cette semi-obscurité, il vit rougir le visage et le cou de Joel, tandis que le garçon reprenait son chiffon pour récurer les dernières marques. Falk donna encore un coup sur sa portion, et ils se redressèrent pour inspecter leur travail. Le bois peint luisait d'un éclat blanc sous les premiers rayons de lune.

« T'en penses quoi ? demanda Falk.

— Ouais. Ça va. Carrément mieux. » Joel semblait aussi proche d'être heureux que Falk l'avait jamais vu jusqu'ici. L'adolescent tendit le bras pour lui prendre son chiffon sale. « Merci de… »

Il resta figé quand ils entendirent tous les deux du mouvement sur la piste. Falk tendit l'oreille. Des bruits de pas sur la terre compacte, descendant du champ de foire. Ils se retournèrent comme un seul homme, mais c'est Joel qui la reconnut en premier.

« Oh. C'est juste ma belle-mère. » Il leva la main pour la saluer. « Gemma ?

— Joel. Oh, c'est bien. Tu es là. »

Falk se souvenait de sa voix, même si la silhouette n'avait pas encore tout à fait pris forme et, d'un seul coup, il la vit à son tour. Il se raidit, prenant soudain conscience de sa tenue de sport trempée de sueur, et regarda Gemma Tozer approcher. Elle portait un jean, et les manches de son chemisier étaient repliées au niveau des coudes. Ses cheveux étaient noués en chignon, remarqua-t-il, comme la première fois qu'il l'avait vue seize mois plus tôt, dans ce bar bondé de Southbank.

Le soulagement de Gemma en voyant Joel se changea en stupéfaction lorsqu'elle s'approcha davantage. Elle tressaillit, ses yeux courant de son beau-fils à la barrière, puis à la plaque commémorative, puis aux chiffons dans leurs mains, avant de finalement se fixer sur Falk.

« Bonjour, dit-il.

— Rebonjour. »

Il lui adressa un sourire, automatique et impulsif. Il n'avait pu s'en empêcher.

Et là dans le noir, entre le ciel sombre et démesuré et les eaux calmes et silencieuses du lac, elle lui rendit son sourire. Ils se dévisagèrent pendant un interminable instant, puis Gemma regarda Joel, derrière lui, occupé à ranger son matériel dans le sac à dos.

« C'est beaucoup mieux comme ça, dit-elle en passant la main sur le bois brillant de la barrière, ne s'arrêtant qu'un instant sur les graffitis. Du bon boulot. »

Joel haussa les épaules et tendit sa main libre en direction de Falk. « Aaron m'a aidé. C'est un ami de l'oncle de Zara… » Il se tut en voyant Gemma hocher la tête.

« Oui. Nous nous sommes rencontrés une fois, en fait.

— Oh, d'accord. » Joel haussa de nouveau les épaules, la vie sociale de sa belle-mère ne l'intéressant pas outre mesure, visiblement, et jeta son sac dans son dos. Plus grand que Gemma, il devait baisser la tête pour la regarder dans les yeux pendant qu'ils parlaient. « Tu rentres aussi à la maison ?

— Pas tout de suite. Je dois rester là jusqu'à la fermeture ce soir. Je venais juste voir si tu étais ici, parce que… » La voix de Gemma était légère, mais Falk discerna l'inquiétude sous-jacente. « Enfin, tu vois, parce que tu descends là parfois. »

Tous regardèrent la plaque, puis Joel s'accroupit pour fixer la laisse au collier de Luna.

« Ouais, bon. J'ai fini maintenant », déclara-t-il d'un ton qui se voulait rassurant, mais qui eut pour effet de crisper les lèvres de Gemma. Joel s'en rendit compte et la gratifia d'un petit sourire en se retournant pour partir, saluant Falk d'un geste. « Encore merci.

— Pas de quoi.

— Envoie-moi un texto quand tu seras à la maison », lança Gemma derrière lui, et le garçon acquiesça sans se retourner. Plantés côte à côte, ils le regardèrent disparaître sur le chemin. La nuit paraissait soudain immense et paisible, et Falk inspira profondément.

« Écoutez, j'espère ne pas avoir…

— Merci, c'était… »

Leurs yeux se rencontrèrent.

« Pardon, dit-il. Vous d'abord. »

Gemma hésita. Elle se tourna de nouveau vers la plaque et la barrière propre, puis releva les yeux vers Falk et indiqua la direction du champ de foire.

« Allons prendre un verre. S'il vous plaît. Enfin, si vous avez le temps ?

— Ouais. Super. Ça me… » Falk se tut. Ses mains tâtèrent son short sans poches. « À vrai dire, je n'ai pas d'argent sur moi. »

Ils baissèrent tous deux les yeux, étudiant sa tenue de sport, puis les relevèrent, et se regardèrent de nouveau. Gemma avait un air espiègle.

« Ne vous en faites pas. J'ai un ou deux contacts là-haut. Et il me semble que je vous suis redevable, de toute façon. » Elle fit volte-face, mais pas avant que Falk n'ait surpris son petit sourire, pour elle-même. « Vous savez, de la dernière fois. »

Chapitre 19

La caravane qui faisait office de QG de campagne était inoccupée, constata Falk en suivant Gemma à l'intérieur du champ de foire. Les lanternes suspendues aux branches du grand arbre, au-dessus, baignaient les lieux d'un éclat pâle. Gemma désigna d'un geste du menton les chaises pliantes, dessous.

« Asseyez-vous. »

Falk prit place sur le tissu rayé d'un siège étonnamment confortable, pendant que Gemma ouvrait la porte de la caravane et disparaissait à l'intérieur. Elle réapparut quelques instants plus tard, montrant tour à tour diverses boissons. La fatigue de la course commençait à rattraper Falk, qui sentit la plaisante brûlure s'emparer de ses jambes, tandis qu'il pointait du doigt le pichet d'eau fraîche.

« Pareil pour moi », dit Gemma, en le rejoignant avec deux verres. Elle tira l'autre chaise en face de lui puis enfonça la main dans la poche de son jean et posa son téléphone sur la table. « Désolée, je suis encore de garde, il faut que je sois joignable.

— Ne vous en faites pas, je connais ça. Merci, ajouta-t-il quand elle les servit.

— Eh bien. » Elle leva son verre. « Bienvenue, Aaron Falk.

— Merci. » Ils se regardèrent en buvant. Falk avala une longue gorgée. Par où commencer ? « Au fait, j'ai utilisé l'agenda. » C'était un bon début. Cela faisait à peu près un an qu'il avait envie de le lui dire. « Celui que vous aviez acheté à la gare.

— Celui que je vous ai *imposé*, plutôt. » Gemma éclata de rire, un peu gênée. « Mon Dieu, je n'en revenais pas d'avoir fait une chose pareille, après coup. Le vin m'était un peu monté à la tête. Alors, comment vous avez trouvé ça ?

— Utile, répondit Falk, convaincu. Pour toutes les raisons que vous m'aviez données. La folie du boulot m'a paru un peu mieux maîtrisée, avec. J'en ai même acheté un nouveau cette année.

— Ah bon ? dit-elle d'un ton détaché, mais elle semblait vraiment ravie. Et ça se passe comment, avec votre équipe ? Le chaos reste gérable ?

— Tout juste. » Même si soudainement, à son grand désarroi, Falk eut une vision de son téléphone. Posé sur son lit dans la dépendance des Raco, croulant sous les appels en absence et les e-mails à traiter. Il se gratifia en secret d'une petite secousse mentale pour chasser cette image. « En parlant de travail… Gemma, cette Fête du vin est… »

Il fit un grand geste du bras pour désigner l'ensemble de cette opération complexe. L'air nocturne était imprégné de musique et du brouhaha régulier des rires et des conversations d'hommes et de femmes qui passaient du bon temps. De bénéfices pour les producteurs de la vallée, aussi, devina Falk. Sans mentionner les emplois créés et l'argent généré pour cette petite ville. La quantité de travail nécessaire pour faire de la Fête annuelle du vin et de la gastronomie de la Marralee Valley une réussite était difficile à imaginer.

« C'est un sacré tour de force. Incroyable. Vous n'avez pas besoin que je vous le dise, mais félicitations. Vraiment.

— Merci. Nous en sommes tous très fiers. » Elle sourit. « Je suis contente que vous ayez pu la découvrir.

— Oui. Moi aussi. »

Falk étudia Gemma, de l'autre côté de la table. Ses cheveux paraissaient plus sombres dans la faible lumière émanant de la caravane et des lanternes. Elle ne les avait pas détachés, cette fois, remarqua-t-il. Il lui était parfois arrivé de se demander ce qui se passerait s'il se retrouvait un jour dans cette situation avec elle. Ils avaient passé une seule soirée ensemble seize mois plus tôt, et Falk savait pertinemment qu'il en avait sans doute embelli et remanié une partie, inconsciemment. Mais là, dans l'air tiède du printemps, assis face à face en chair faible et en os, il éprouvait les mêmes sentiments que par cette soirée pluvieuse à Melbourne. *Reste.* Elle aussi le dévisageait. Il restait immobile dans sa tenue de jogging, à siroter son eau en s'efforçant de déchiffrer l'expression de Gemma. Ils sursautèrent en même temps quand le téléphone de cette dernière se mit à vibrer bruyamment sur la table. Elle se pencha en avant.

« Joel est rentré à la maison. C'est bien. » Elle se rassit au fond de son siège, mais on lisait maintenant sur son visage une once de tension. « Écoutez, je tiens à vous remercier. De l'avoir aidé à nettoyer la plaque.

Ça compte beaucoup pour lui. Et pour moi, aussi. » Elle marqua une pause. « J'imagine que Joel vous a raconté ce qui est arrivé à Dean ? »

Falk hocha la tête. « Shane McAfee m'en a touché un mot aussi.

— Ah. » Gemma parut soudain peinée. « Oui, la fête est difficile pour ces deux-là, avec l'anniversaire de l'accident.

— Et pour vous ? demanda Falk. En étant si impliquée dans l'organisation ?

— Eh bien… » Elle hésita. « L'anniversaire proprement dit n'est jamais mon jour préféré, évidemment. Mais pour la Fête du vin, c'est différent. Je ne vis pas ça comme eux. Je ne fais pas cette association, je crois, peut-être parce que pour moi c'est le travail de toute une année. Et… » Elle balaya du regard le champ de foire. « Je veux dire, nous avons déjà perdu Dean. Qui était une part immense de nos vies, à Joel et à moi. Je ne voulais vraiment pas perdre en plus cet événement.

— Oui. Je peux le comprendre. » Mais le deuil ne frappait pas tout le monde de la même manière, et Falk repensa à Joel. Là-bas, au bord de la retenue, un vendredi soir, silhouette solitaire avec ses chiffons et son produit nettoyant. À en juger d'après la moue soucieuse de Gemma, il la soupçonnait d'avoir la même pensée.

« Joel allait plutôt mieux, lui confia-t-elle. Ça fait six ans maintenant que Dean est mort et il semblait avoir bien encaissé le coup. Et puis l'année dernière… mon Dieu, ce cauchemar absolu avec Kim. » Sa voix était étranglée, et elle triturait l'ongle de son pouce.

« Vous étiez proches, Kim et vous ? » l'interrogea Falk.

Gemma hocha la tête comme par réflexe, puis ralentit peu à peu. « Dans le temps, oui, aucun doute. Quand on était au lycée, et ensuite quand je suis revenue ici. Dean et Charlie étaient amis, et Zara et Joel avaient à peu près le même âge. Vous l'avez connue ?

— Non, répondit Falk. Nous ne nous sommes jamais rencontrés.

— Kim a été la première à dire que je devais poser ma candidature pour ce poste de directrice. » Ce souvenir l'égaya soudain.

« Vraiment ?

— Oui. Je ne pensais pas avoir vraiment ma chance quand il s'est libéré, mais un soir, Dean et moi étions au pub avec Charlie, Naomi et elle, nous discutions de qui risquait de se présenter, et Kim est allée chercher un bout de papier au bar. Elle nous a fait dresser la liste de tous les candidats possibles, et nous avons comparé mes points forts et mon expérience à ceux des autres. On rigolait, tout ça, mais au bout du compte, ça m'a fait sentir que, oui, j'en étais sans doute capable. Et elle avait raison. Sans Kim, je ne me serais sans doute pas présentée.

— Elle a assuré, fit remarquer Falk, tout sourire. Et vous aussi.

— Merci. Elle faisait toujours ce genre de trucs. Dans le temps, en tout cas. » Le sourire de Gemma s'évapora. « Nous nous sommes éloignées ces dernières années, ça faisait un bail que je ne l'avais pas vue. » Elle contempla le verre au creux de sa main, et Falk perçut la culpabilité dans sa voix.

« Rita m'a dit à peu près la même chose », dit-il, sans savoir si cela l'aiderait ou pas.

Elle lui offrit un timide sourire. « Tout est devenu un peu compliqué quand Kim et Charlie se sont séparés et qu'elle a quitté la ville. Ce n'est pas une excuse, mais le temps a passé et nous nous sommes perdues de vue. Mais elle était toujours mon amie, et ce qui est arrivé l'année dernière a été… » Elle eut du mal à trouver le bon mot. « Mon Dieu. Tellement bouleversant. Et puis Joel s'est retrouvé happé là-dedans. Il n'avait que dix-sept ans, donc ça faisait beaucoup à encaisser, à cet âge. À n'importe quel âge, d'ailleurs. Perdre Dean était déjà bien assez dur, mais avec cette histoire, il s'est senti très… » Gemma haussa tristement les épaules. « … seul, j'imagine. »

Falk hocha la tête. « Sa mère est présente dans sa vie ?

— Pas tellement. » Gemma remplit leurs verres et se redressa sur sa chaise. « Il n'y a aucun ressentiment ni quoi que ce soit, mais elle s'est mariée il y a quelques années et vit près de Port Pirie. Elle a deux jeunes enfants maintenant, donc c'est dur pour Joel. Elle fait vraiment de son mieux, mais Dean et elle s'étaient mis ensemble très jeunes, et Joel a certainement débarqué avant qu'aucun des deux ne soit prêt. Et maintenant, il est cet adolescent un peu gauche, et sa mère a une nouvelle famille pour laquelle, cette fois, elle était prête. Attention, je ne dis pas qu'elle ne l'aime pas, pas du tout. » Elle secoua la tête. « Mais c'est différent. Et quoi qu'on puisse dire à Joel, il est assez intelligent pour… »

Des bruits derrière l'arbre, dans l'ombre, la firent soudain taire. Elle se pencha et tendit le cou pour voir d'où cela venait.

« Ce n'est que moi ! » cria une voix, et un homme d'un certain âge portant un tee-shirt de la Fête du vin émergea de l'obscurité. Il avait un duvet posé en travers de l'épaule et étudiait, les yeux plissés, une pièce de métal terne entre ses doigts pleins de cambouis. Il les salua de sa main libre et Gemma se rassit au fond de son siège.

« La fixation du foutu toit de la tente Chardonnay Revival a encore lâché, dit l'homme. Je vais la remplacer comme je peux pour l'instant, je regarderai ça de plus près quand il fera jour.

— Super, merci Kev, répondit Gemma tandis que le vieux s'arrêtait devant la caravane pour étudier la pièce à la lumière. Tu as besoin de quelqu'un pour t'aider ?

— Non, t'inquiète. Matty est déjà là-bas. » L'homme entra dans la caravane et ils l'entendirent fouiller à l'intérieur. Il ressortit bientôt avec une boîte à outils et adressa un sourire à Gemma. Son regard dériva vers Falk, s'attarda quelques instants, puis, soudain, se fit plus froid.

« Je vous ai donné les attestations signées de Charlie Raco l'an dernier », souffla Falk, répondant à sa question muette.

Le type fit claquer ses doigts. « C'est vrai, effectivement. » La curiosité s'empara de nouveau de ses traits, teintée à présent d'une touche de méfiance. « Bon, eh bien… » Ses yeux restaient rivés à Falk. « Tu peux me joindre sur le portable si t'as besoin de moi, Gemma.

— Pas de problème, Kev. Merci. »

L'homme hocha sèchement la tête, puis prit congé d'un geste de la main et se mit en route dans l'herbe.

« Attendez une minute…, rit Gemma en s'accoudant à la table quand il fut reparti. C'était donc *vous*, le “mec tendu” contre lequel Kev m'avait mise en garde parce que, d'après lui, il se comportait bizarrement ?

— Ouais, faut croire », confirma Falk, mais lui aussi souriait. Il regarda le vieux disparaître dans la nuit.

« Ce sont les mots de Kev, pas les miens. Il a tendance à en rajouter un peu. Mais bon, la fête attire parfois de drôles de numéros – il veut juste me protéger.

— Il fait bien. Et puis, peut-être que j'étais un peu tendu. » Falk haussa les épaules. « J'avais bien conscience que c'était une manœuvre assez transparente pour vous voir. »

Gemma pencha la tête de côté. Dans l'arbre au-dessus de leurs têtes, la brise nocturne faisait danser les lanternes. « Ah bon ?

— Ouais.

— Eh bien… » Ils échangèrent un long regard. Gemma semblait sur le point d'en dire plus, mais elle se ravisa, tendant la main vers le pichet pour remplir leurs verres encore pleins. « Vous savez, il m'a semblé vous apercevoir l'an dernier, en fait. » Elle reposa le pichet sur la table et jeta un coup d'œil à son téléphone.

« Près de la grande roue ? demanda-t-il.

— Non, devant le stand de Charlie. Mais j'étais assez loin et le temps que je m'approche, vous aviez disparu. » Son front se rida légèrement. « Je ne crois pas vous avoir aperçu près de la grande roue…

— C'était au moment du feu d'artifice des enfants. Vous étiez en train de discuter avec Naomi. Elle avait l'air assez sérieuse, donc je n'ai pas voulu vous interrompre.

— Oh. » Gemma repoussa une mèche de cheveux tombée sur son visage, tout en réfléchissant. « Je me souviens, maintenant. Elle était venue par le chemin de la retenue, et elle avait peur que la fête des jeunes, dans le bush, soit déjà hors de contrôle. Elle voulait que j'envoie les policiers de garde sur place pour vérifier.

— Ils l'ont fait ?

— Je leur ai demandé, mais non, j'ai appris plus tard qu'ils n'y étaient pas allés. En temps normal, le sergent Dwyer arrête tout ça sans trop traîner, mais il n'était pas là, et personne d'autre ne s'en est chargé.

— J'ai l'impression que Naomi aimerait bien qu'on interdise cette fête purement et simplement.

— Effectivement. Elle y arrivera, d'ailleurs, vous verrez, prédit Gemma. Vous l'avez rencontrée, n'est-ce pas ?

— Oui, ce matin. C'est la marraine d'Henry.

— Ah oui, bien sûr. Super choix. Elle est marrante, et très intelligente. » Gemma sirota son verre d'eau. « Vous avez fait la connaissance de Shane, aussi ?

— Oui. Mais bon, je savais déjà qui c'était. Mon père et moi, on suivait le footy. Nous l'avons vu jouer une finale du championnat, il y a des années. Super journée. Un match incroyable. Il était phénoménal. »

Gemma acquiesça. « C'est ce qu'on m'a dit. J'étais à la fac à ce moment-là, puis aux États-Unis, mais les autres allaient voir ses matchs chaque fois qu'ils pouvaient. Charlie et Kim, Naomi… Mes parents aussi étaient très fans. Eux aussi, ils étaient en tribune le jour de cette finale.

— Ah bon ? Ils vivent toujours dans le coin ?

— Ils ont déménagé à Stirling, à côté de chez ma grande sœur et de ses trois filles. Donc pas trop loin d'ici. Et votre père ?

— Non, il est mort il y a un moment. Mais il aurait adoré rencontrer Shane. »

Gemma sourit. « Les pères, en général, adorent rencontrer Shane.

— Vous savez, il aurait beaucoup aimé tout ça, aussi. » Falk se tourna sur sa chaise pour regarder le champ de foire. Les bruits et les lumières, les odeurs de nourriture et de vin avaient réveillé un souvenir que Falk ignorait posséder.

« La Fête du vin ? demanda Gemma.

— Oui. Nous avions des moutons chez nous, dans le temps, et un jour, quand j'avais à peu près quatorze ans, on a dû en transporter quelques-uns à Clyde, à deux heures de route environ. » Il temporisa pour laisser ce souvenir remonter à la surface et prendre forme. « Ils organisaient cette foire, pour vendre leurs produits locaux – pas aussi bien que la vôtre, hein, beaucoup plus petite. Mais on a passé toute la journée là-bas et on s'est bien amusés. Pendant tout le chemin du retour, j'entends encore papa nous dire qu'il faudrait que quelqu'un organise le même genre d'événement à Kiewarra. Histoire de diversifier un peu les activités, d'attirer des visiteurs dans la région. Il était persuadé que les gens adoreraient. Que ça redonnerait un peu de vie à notre ville. »

Falk ne comprenait pas comment il avait pu oublier ça.

« C'était marrant. Il était tellement enthousiaste que j'ai cru un instant qu'il allait se garer devant la mairie, retrousser ses manches et demander les autorisations nécessaires ou je ne sais quoi. Mais il n'en a rien fait, évidemment. Je veux dire, il devait bosser tellement dur chez nous qu'il n'avait pas le temps pour quoi que ce soit d'autre. Mais il n'arrêtait pas de remettre ça sur le tapis. Nous n'avons vécu à Kiewarra que deux ou trois ans de plus et, chaque automne, nous faisions le voyage jusqu'à Clyde pour aller à la foire locale et rapporter à la maison du fromage bio, des trucs comme ça. Donc, oui. » Falk sourit pour lui-même, perdu dans ses souvenirs. « Il aurait beaucoup aimé cette fête. Peut-être plus encore que rencontrer Shane.

— Eh bien, ça, c'est un sacré compliment ! s'amusa Gemma. C'est chouette que vous ayez été proches, votre père et vous.

— Oh. » Falk tressaillit, sa mémoire se brouillant soudain. « Non. Nous ne l'étions pas, en fait. Malheureusement.

— Non ? » Gemma semblait sincèrement surprise. « Désolée. C'est l'impression que ça donnait, à vous entendre. Le fait d'aller ensemble à des fêtes locales et à des matchs de footy, tout ça. Et vous avez visiblement tout de suite compris ce que Joel ressentait, ce soir, devant la plaque de son père.

— N'importe qui comprendrait ça, non ?

— Eh bien, non, en fait. » Gemma secoua la tête. « Ces actes de vandalisme stupides en sont la preuve. »

Falk ne répondit rien, mais se surprit à réfléchir à ce qu'elle venait de dire. Il n'avait jamais envisagé en ces termes sa relation avec son père, mais la manière qu'elle avait eue d'en parler donnait l'impression d'une relation… quoi ? Vraie. Peut-être.

Le portable se remit à vibrer sur la table entre eux, et Gemma se pencha puis pianota sur l'écran.

« Bon, eh bien… Toutes les bonnes choses…, dit-elle avec un sourire attristé. Ma présence est requise, j'en ai peur. Des soucis du côté de la tente Chardonnay Revival.

— Je vois. Pas de souci. » S'efforçant de ne pas paraître déçu, Falk vida le reste de son verre et se hissa hors de sa chaise. « Je ne voudrais surtout pas retarder le grand retour du chardonnay. C'est vraiment la tendance ?

— Oh, mon Dieu, oui. Absolument. C'est quoi le dicton, déjà ? Attendez assez longtemps, et tout finit toujours par revenir. » Gemma marqua une pause. Elle regardait Falk d'une manière qui lui rappela un peu Melbourne. « En parlant de ça… Ça m'a fait plaisir de vous voir.

— Oui. Moi aussi, Gemma. »

Elle était prête à partir, mais ne bougeait toujours pas. Au-dessus d'eux, les lanternes brillaient dans la nuit et le battement étouffé d'une musique leur parvenait d'une scène lointaine. Les bruits de la foule résonnaient partout alentour, mais, devant cette caravane, ils étaient seuls.

« Écoutez…

— Je… »

Ils se turent en même temps. Gemma sourit et ses yeux se posèrent sur son portable, muet au creux de sa main. Falk vit à son expression qu'elle soupesait quelque chose. Quoi au juste, il n'en savait rien. Mais quand elle releva les yeux, elle semblait un peu mal à l'aise.

« Aaron, je voulais vous expliquer, pour l'an dernier…

— Vous n'êtes vraiment pas obligée.

— Je sais, mais j'y tiens. Parce que j'ai vraiment passé un bon moment avec vous – cette fois-là, et ce soir encore… » Elle bascula son poids d'une jambe sur l'autre, mais sans s'approcher davantage. « Et quand vous m'avez demandé mon numéro à Melbourne, ce n'est pas que je n'avais pas envie de voir où tout ça allait nous mener. » Ses épaules se soulevèrent imperceptiblement. « Je crois juste que c'était assez évident.

— Ah oui ? » Falk était sincèrement surpris.

— Oui. Vraiment évident. » Gemma le fixa dans la lumière pâle. « Je veux dire, à quoi ressemble votre agenda ? »

Il réfléchit. Visualisa les pages cornées, surchargées de réunions, de rendez-vous, de pense-bêtes, de délais à respecter.

« Bien rempli, hein ? » Elle scruta son visage. « C'est obligé, avec le boulot que vous faites. Sept jours par semaine, j'imagine ? »

Elle attendit, comme si elle espérait que Falk la contredise, mais il fut forcé d'acquiescer.

« Et donc, qu'est-ce qui se passe ? reprit Gemma. Nous échangeons nos numéros, et après ? Même avec toute la bonne volonté du monde, pas moyen de compter sur des visites régulières, des week-ends de trois jours. Il faut être réaliste.

— Nous pourrions essayer. » Il en avait envie, il s'en rendit compte soudain. Il essaierait, *vraiment*. « Tenter le coup.

— Oui, c'est vrai. Nous pourrions. Mais supposons que ça fonctionne. Alors quoi ? La situation à long terme est pire encore. Vous avez travaillé dur pour arriver là où vous êtes, moi aussi. Je ne veux pas m'en aller d'ici. Et, sauf erreur de ma part, la première antenne de la police fédérale se trouve assez loin de Marralee.

— Effectivement. OK. Mais… »

Gemma attendit. Falk tenta de trouver une réponse à cela. Il n'en trouva aucune.

« Il y a dix ans… », reprit-elle quand il fut clair que Falk ne dirait rien. La voix de Gemma se fit plus douce. « Écoutez, Aaron, je n'aurais pas parlé de cette manière quand j'étais plus jeune. Si vous aviez voulu mon numéro à l'époque, je vous l'aurais donné, sans aucun doute. Mais j'ai évolué depuis. Et il faut aussi que je pense à Joel. Donc je ne sais pas à quoi ressemble la relation idéale, mais je sais que ce n'est pas une aventure à cheval sur deux États. Vraiment pas. Je regrette. »

Elle avait l'air sincère, pensa Falk. Mais sa résolution semblait plus forte que ses regrets.

« J'ai déjà essayé par le passé, la comédie du *appellera-appellera pas*, pendue à mon téléphone…, ajouta Gemma. Et ce n'est plus pour moi. Je n'ai pas besoin de week-ends volés, de champagne et de couchers de soleil. J'ai besoin qu'on m'aide à rentrer les courses, de quelqu'un à qui parler, avec qui regarder la télé. Les trucs du quotidien, vous voyez ce que je veux dire ? »

Ils échangèrent un long regard, et Falk finit par acquiescer.

« Ouais, je vois très bien. Et ça me paraît logique, ajouta-t-il. J'aurais juste aimé… »

Elle attendit, mais il se contenta de hausser les épaules. Il parvint à trouver un sourire, malgré lui. « J'aimerais tellement avoir une réponse.

— Je sais. Moi aussi. » Le portable de Gemma vibra de nouveau dans sa main.

« Vous feriez mieux d'y aller, dit Falk. Mais… » Il s'arrêta. Il aurait voulu poursuivre, mais rien ne lui venait. « Merci de me l'avoir dit.

— Non, c'est normal, répondit-elle. Merci de votre compréhension. Parce que ce n'est vraiment pas vous, ni rien que vous auriez pu faire. Bien au contraire, d'ailleurs. C'est juste que je me connais trop bien, et quand je me projette sur ce chemin-là… » Gemma secoua la tête, un demi-sourire aux lèvres, en se retournant pour partir. « Honnêtement, et je vous confie ça de la manière la plus positive qui soit, je me verrais bien perdre un temps fou pour vous. »

Chapitre 20

Rita et Raco étaient assis devant la dépendance lorsque Falk remonta d'un pas lourd l'allée du vignoble. Une bouteille de vin était débouchée sur la petite table, entre eux ; Rita lisait un roman, et Raco avait la tête basculée en arrière et l'avant-bras en travers des yeux, dormant peut-être. Falk était heureux de les voir. La marche du retour lui avait paru longue, en grande partie parce que, quel que soit l'angle sous lequel il envisageait les choses, il se disait qu'en fin de compte, Gemma n'avait sans doute pas tort.

« C'était un long jogging », lança doucement Rita en l'apercevant. Elle tira la troisième chaise près de la sienne, et Falk s'assit, reconnaissant. « Tu veux boire quelque chose ?

— Oui, pourquoi pas ? répondit-il tandis que Raco bougeait et se frottait les yeux. Je n'ai pas couru pendant tout ce temps. Je suis tombé sur Gemma.

— Ah bon ? » Rita gratifia son mari d'un regard triomphant. « Et… ?

— Et nous avons pris un verre. Discuté un moment.

— Et… ?

— Et malheureusement, Rita, c'est tout ce qu'il y a à raconter.

— Pour le moment ?

— Pour de bon, je crois, répondit Falk d'un ton volontairement léger. Mais pour des raisons tout à fait valables. Donc, ouais. C'est comme ça. »

Il se préparait déjà à faire face à une avalanche de questions, de paroles rassurantes ou d'intrigues romantiques mais, à la place, Rita tendit juste le bras pour poser délicatement sa main sur la sienne. La paume de Rita était chaude et réconfortante, et Falk sentit soudain sa gorge se serrer. D'un seul coup, sans prévenir, l'espace d'un instant interminable et absolument réel, il crut même qu'il allait se mettre à pleurer. Il se concentra fort sur le verre devant lui et avala sa salive deux fois, puis une troisième, le temps que cette sensation reflue. Ni Rita ni Raco ne prononcèrent le moindre mot, ils restaient juste assis là avec lui, dans les bruits assourdis de la nuit.

« Il faut que je te dise, Greg, reprit enfin Falk après s'être bruyamment éclairci la voix. Le sergent Dwyer pense que quelqu'un, dans votre cercle d'amis et de proches, ment quand il affirme ne pas avoir vu Kim ce soir-là. » Abrupt, il en avait conscience, mais cela avait au moins le mérite de faire basculer la conversation sur un autre sujet. « Il juge improbable que personne ne lui ait parlé, sachant à quel point vous êtes tous proches.

— C'est ce qu'il t'a dit cet après-midi ? » Raco s'étira sur sa chaise, faisant craquer les articulations de ses épaules. Il échangea un regard avec Rita, mais ni l'un ni l'autre ne parurent choqués, ni même étonnés. « Je croyais qu'il y avait peut-être du nouveau, après l'appel…

— Non. Il m'a posé des questions sur vous. Votre groupe, je veux dire.

— Ouais, normal. Je ferais la même chose à sa place, pas toi ? » Raco se pencha vers la table et répartit entre leurs verres le reste de la bouteille. « J'aime bien Rob Dwyer, mais je crois qu'il a tort là-dessus. C'était une soirée animée à la Fête du vin. Dans une foule pareille ? On pourrait se trouver à deux mètres de quelqu'un et ne pas le voir. Et puis, nous pensions tous que Kim était en ville pour quelques jours, donc il n'y avait pas vraiment urgence à lui parler. » Il se tourna vers Rita, qui approuva du chef. « Pas pour nous, en tout cas. Et encore, c'est sans compter le fait que Kim avait peut-être décidé d'éviter les gens qu'elle connaissait, pour une raison que j'ignore. Avec ses problèmes de santé mentale, qui sait ? »

Falk vit que Rita était d'accord et, à bien y réfléchir, il avait tendance à le croire aussi. Notamment parce qu'il avait soudain – encore – repensé à Gemma. Ils s'étaient apparemment repérés l'un l'autre l'année précédente, sans qu'aucun d'eux ne s'en rende compte. C'était tout sauf impossible. « Donc tu n'es pas inquiet ?

— Inquiet de quoi ? » Raco secoua la tête. « Je sais qu'il y a une connexion personnelle, du fait que Dwyer a travaillé avec mon père, mais s'il y avait vraiment quelque chose de solide derrière tout ça, il n'aurait pas hésité à creuser. Et puis… » Il jeta un coup d'œil à la maison de son frère, par-dessus l'épaule de Falk. Les lumières de la cuisine étaient allumées, mais ce dernier ne distingua personne à l'intérieur. Pourtant, Raco baissa d'un ton. « Le fait est – et Dwyer le sait parfaitement – que tous les alibis sont en béton. Pour tous ceux qui appartenaient au cercle de Kim.

— Tu les as toi-même vérifiés ? » interrogea Falk en jetant un coup d'œil à Rita, dont les sourcils s'arc-boutèrent légèrement au-dessus de son verre. Ce n'était pas nouveau pour elle.

« Va pas crier ça à la table du dîner, ni quoi que ce soit, répondit Raco. Mais oui, bien sûr. Et pas parce que je ne ferais pas confiance à mes propres amis ni à ma famille. J'ai confiance en eux. Mais Kim aussi faisait partie de la famille. Et on se pose toujours des questions quand un truc pareil arrive, donc j'ai préféré en avoir le cœur net pour ne pas risquer d'avoir des surprises. »

Falk hocha la tête. Il apercevait une ombre derrière les fenêtres, maintenant. Zara, peut-être. « Donc les allées et venues des uns et des autres sont claires, cette nuit-là ?

— Oui, répondit Raco. Pas parfaites, mais le sont-elles jamais ? La plupart des gens ont passé toute la soirée sur le champ de foire, et ont été aperçus à de nombreuses reprises par une ou plusieurs personnes. Dans le domaine, j'ai vu bien pire. Et toi aussi.

— De qui on parle, là ? insista Falk. Charlie ? Shane ?

— Yep. » Raco s'exprimait tout bas, à présent. « Rohan, évidemment, même si on sait où il est allé. Naomi. Gemma. Zara, j'imagine, si on veut vraiment faire le tour. Nous… » De son verre, il se désigna lui-même, puis Rita. « Toi, théoriquement.

— Assez d'éléments pour les mettre tous hors de cause ?

— Dans le monde réel, oui. » Raco hocha la tête. « Et c'est quelqu'un qui tenait beaucoup à Kim qui te l'affirme. Mais oui. Il y a des blancs de quelques minutes ici et là, mais sur des laps de temps très courts. Pas des heures, ni même des demi-heures. Personne n'a quitté seul le site, sauf Naomi, et Zara et Joel l'ont tous les deux vue se diriger vers chez elle. Shane est rentré en voiture ici peu avant vingt et une heures pour venir récupérer deux caisses de vin en plus. Mais la caméra de surveillance l'a filmé en train de s'en aller par la sortie principale, et il a croisé au retour l'une des employées saisonnières de Charlie. Il s'est arrêté pour la ramener au champ de foire, et il est revenu sur le stand assez vite. Pas d'incohérence dans la chronologie. »

Falk hocha la tête. C'était bon à savoir, en tout cas. Si Raco était persuadé d'avoir tout vérifié, c'est que tout roulait.

« Mais… » Se tournant vers la dépendance, Falk pensa au dossier de Raco, posé sur la table de chevet, aussi épais que méticuleux. « Tu penses quand même qu'il y a un truc qui cloche. » C'était une affirmation plutôt qu'une question.

« Eh bien… Pas exactement. » Raco hésita. « Écoute, rien d'étayé. Mais pour moi, c'est le bébé. Le fait que Kim ait pu laisser Zoe comme ça. Je pense à nos deux… » Rita et lui se tournèrent instinctivement vers la maison où Eva et Henry dormaient. « Et je n'arrive pas à imaginer Kim faisant une chose pareille. Vraiment, je n'y arrive pas. Il y avait dans les parages tellement de gens qu'elle connaissait et en qui elle avait confiance, pourquoi ne pas avoir laissé Zoe à quelqu'un ? Elle aurait pu inventer n'importe quelle excuse – vraiment, n'importe quoi –, confier le bébé à quelqu'un et s'en aller, mais au moins elle aurait su que Zoe était en sécurité. Bien sûr… » Il jeta un regard à Rita, et Falk sentit qu'ils avaient déjà eu cette conversation. « Je sais que les gens font parfois des choses qui ne leur ressemblent pas trop quand ils ne vont pas bien. J'en ai conscience. Mais là, ça ne lui ressemble *absolument* pas.

— Je vois. » Falk se tourna vers Rita. « Tu en penses quoi, toi ? »

Rita tendit le bras pour prendre la main de son mari dans la sienne. Une chaleur muette, intime, passa entre eux. « Sincèrement, je crois que les problèmes de santé mentale, c'est parfois compliqué. Je ne suis pas sûre que juger ce qu'a fait Kim cette nuit-là sur la base de la femme que nous avons connue aide beaucoup. »

Raco serra la main de sa femme. « Écoute, tu as sans doute raison. » Il soupira. « C'est juste que quand je pense à Kim, je n'arrive pas à croire à – je ne sais pas, moi – à une *fin* pareille. Un truc aussi triste et solitaire, putain. Elle méritait une vie heureuse. Meilleure que ça, en tout cas. »

Tous se turent et Falk entendit la brise murmurer dans les vignes.

« Mais il y a peut-être autre chose, finit-il par reprendre. Joel n'en démord pas : il est persuadé que Kim n'a pas quitté le champ de foire par cette sortie-là.

— C'est pourtant ce qu'elle a fait.

— Mais il y a d'autres moyens d'accéder à la retenue, Joel n'a pas tort sur ce point…

— Ça ne colle pas.

— Mais si elle a emprunté un autre chemin, alors ça ouvre…

— Non. Mon vieux… », le coupa Raco. Pas agacé, juste épuisé. « Je comprends ce que tu dis. Mais Kim est sortie par là. Forcément. »

Il étouffa un énorme bâillement et Rita se leva, posa avec délicatesse les doigts sur l'épaule de Falk, puis sur celle de son mari, en se penchant pour récupérer les verres. *Ça suffit pour ce soir.*

« Allons nous coucher, dit Raco. Mais demain, je te montrerai.

— Ouais, répondit Falk. D'accord. »

Ils se souhaitèrent bonne nuit, Rita se hissant sur la pointe des pieds pour lui planter un petit baiser sur la joue, et Falk regagna sa dépendance. Il alluma la lumière et s'assit sur le lit, seul. Puis il se releva, retournant son sac jusqu'à ce qu'il trouve son agenda. Il alla se rasseoir et l'ouvrit. Ignorant les réunions et les pense-bêtes qui cherchaient désespérément à attirer son attention, il tourna lentement les pages, une par une, passant toute l'année en revue pour trouver un week-end de trois jours où il serait totalement libre. Il éplucha en détail les cinquante-deux semaines et n'en trouva aucun.

Chapitre 21

Les braves gens de la Marralee Valley n'étaient pas du genre à ne pas profiter d'un samedi matin ensoleillé, et les allées de la Fête du vin étaient plus bondées que jamais. Falk avait laissé Raco et Rita devant le vignoble, où ils installaient leurs petits dans la voiture, préférant marcher jusqu'au champ de foire que se tasser entre les sièges des enfants. Il était passé par la grand-route, accédant au site par le parking plutôt que par la retenue d'eau, ce qui ne l'avait pas empêché d'arriver sur place avant eux. Il regarda les Raco approcher depuis un coin à l'ombre, près de l'entrée, Henry exprimant son mécontentement depuis sa poussette tandis qu'Eva se pendait au bras de son père.

« Vas-y, je peux les gérer tous les deux, proposa Rita en désignant les enfants d'un mouvement de tête, quand ils se retrouvèrent devant l'entrée. Pas trop longtemps, quand même.

— Je ne te ferais jamais ça, mon amour. » Raco sourit et embrassa Rita. « Bon, Eva. Dis au revoir à maman. Henry et elle vont aller jeter un coup d'œil aux manèges pour bébés pendant qu'Aaron, toi et moi allons faire notre petite enquête.

— C'est *vrai* ? » Le visage d'Eva se fit aussitôt alerte et sérieux. « On cherche quoi ? »

Raco posa les mains sur ses genoux pour se mettre à sa hauteur. « Des manières d'entrer et de sortir d'ici. »

Eva plissa le front, puis montra du doigt l'entrée principale derrière eux, où un embouteillage s'était formé. « C'est facile. Y a plein de manières.

— Eh bien, répondit Raco d'une voix douce. Nous allons voir ça. »

Il se redressa et, ensemble, ils allèrent se joindre à la foule qui se pressait devant l'entrée. La poussette d'Henry permit à celui-ci et à Rita de franchir sans attendre le portail latéral en leur adressant des gestes joyeux de la main, pendant que Falk, Raco et Eva faisaient la queue devant les tourniquets. « Ils doivent surveiller le nombre d'entrants, ouvrir le portail sur le côté. Repérer d'éventuels fauteurs de troubles aussi, pour faire intervenir la sécurité si besoin… »

Raco prit Eva par la main pour franchir les portillons et fouilla dans sa poche en quête d'un peu de monnaie à donner aux bénévoles qui faisaient une collecte pour une œuvre de charité, de l'autre côté. Falk fit de même, sortant une poignée de pièces et les déposant dans la boîte la plus proche.

« Merci, mon vieux. »

Falk s'arrêta et leva les yeux vers cette voix familière. Il lui fallut quand même un moment pour reconnaître le sergent Dwyer, qui semblait être un autre homme sans son uniforme. Vêtu d'un jean et d'une chemise à carreaux, il faisait la collecte en compagnie d'une femme au visage avenant dont Falk devina qu'elle était certainement son épouse.

« Bonjour, Eva. Messieurs. » Dwyer les salua d'un hochement de tête, tout sourire, en tendant sa boîte métallique pour qu'un autre badaud y dépose son don. « C'est gentil à vous, merci. »

Derrière lui, Falk jeta un œil à la pancarte. Chaque jour, une association caritative différente prenait place à l'entrée, et il n'était pas très familier de celle-ci. Il reconnaissait cependant le logo, et l'image. Un réseau de soutien aux familles de personnes ayant des problèmes avec l'alcool.

« Je vous présente ma femme Cathy, au fait. » Dwyer désigna la femme qui attendait avec patience qu'Eva dépose péniblement les pièces de Raco dans sa boîte, une par une.

« Bonjour. » Cathy releva la tête et lui sourit. Elle portait un badge sur son chemisier, avec la photo d'une jeune femme immortalisée dans une pose naturelle. Un éclat surpris, amusé, illuminait ses yeux mais, l'espace d'un instant, son regard figé, depuis longtemps éteint, rappela un peu à Falk celui de Kim Gillespie. Mais la similitude s'arrêtait là ; cette femme était beaucoup plus jeune, et des cheveux clairs encadraient son visage. *Caitlin Dwyer*, pouvait-on lire au-dessus du logo de l'association et de ses dates de naissance et de mort. Qu'avait donc dit Raco à son sujet ? Falk réfléchit. Étouffée dans son propre vomi après une fête, un an plus tôt. À en croire le badge de sa mère, Caitlin avait alors vingt-deux ans à peine.

« Je suis vraiment désolé pour votre fille, déclara Falk en se tournant de nouveau vers le sergent.

— Merci. » La voix de Dwyer était assurée, mais il y avait quelque chose de profondément triste dans son regard. « C'est toujours aussi dur, mais nous tenons vraiment à en parler aux gens. Ce n'est pas un sujet très populaire à ce moment de l'année… » Il suivit des yeux un couple qui passait devant eux avec une grande caisse de bouteilles cliquetantes, traînant de jeunes enfants derrière eux. « Mais dans une communauté comme celle-ci, il existe une véritable culture de l'alcool, et on ne prête pas assez attention aux problèmes d'alcoolisme chez les jeunes. Les gens croient juste que c'est une phase normale, à cet âge, mais certains gamins… » Ses yeux glissèrent vers le badge de sa femme, puis s'en détournèrent aussitôt. « Ils n'arrivent pas à gérer ça. Oh, super, merci. » Il tendit sa boîte à un autre passant.

« Bon…, intervint Raco quand Zara eut enfin glissé sa dernière pièce de cinquante *cents*. Ravi de vous avoir vus, Rob, Cathy. On va vous laisser continuer.

— Merci pour les pièces, ma chérie, dit Cathy à Eva. Tiens, laisse-moi t'offrir un autocollant. Profite bien des manèges !

— On va pas aux manèges, annonça Eva. On fait une enquête sur les sorties. »

Les lèvres de Dwyer se tordirent en un rictus. « C'est vrai, Eva ? » Il s'adressait à la fillette, mais ses yeux se plantèrent dans ceux de Raco, le temps d'un instant savamment dosé. « Ça m'a l'air très intéressant. Tu me diras ce que t'as trouvé, d'accord ? »

Falk regarda Dwyer et Raco se fixer dans les yeux quelques secondes encore, puis ce dernier inclina la tête. Compris. Entre flics.

« Bon, je crois que c'est le moment de vous laisser, répéta Raco tandis qu'un grand groupe franchissait les portillons et que Cathy tendait sa boîte, pleine d'espoir. Allons-y. »

Raco roula de gros yeux une fois qu'ils se furent éloignés, mais il ne semblait pas fâché.

« Foutu Dwyer. Mais bon, difficile de lui en vouloir.

— C'est triste, pour sa fille. » Falk jeta un regard derrière lui. Cathy agitait de nouveau sa boîte. « Pas étonnant qu'il ne soit pas très fan de la fête du soir d'ouverture…

— Non. Il va obtenir son interdiction d'ici quelques années, j'en suis sûr. Cathy a confié à Rita, un jour, qu'ils pensent que c'est là que Caitlin a appris à boire, et ils ont sans doute raison. Même si, à ce que j'ai cru comprendre, elle a vraiment vite pris le pli.

— Elle leur a causé du souci, pas vrai ?

— Ouais, ç'a été très dur pour eux. » Les yeux de Raco se posèrent sur l'autocollant de l'association sur le tee-shirt de sa fille. « Ça l'est encore, je crois. Mais c'est ça, le truc, avec Dwyer : il sait ce que ça fait de perdre quelqu'un, pour une famille. Ce chagrin-là est bien réel pour lui. Et je comprends la frustration de Zara, mais on ne peut pas accuser cet homme de ne pas prendre au sérieux la disparition de Kim. Bon… » Il ralentit. « Arrêtons-nous là une seconde. »

Raco désigna un petit espace entre deux stands. Il se trouvait à l'écart de l'allée principale, mais on voyait encore clairement l'entrée. Falk crut sentir le regard de Dwyer dans son dos mais, quand il se tourna, le sergent était concentré sur un nouveau groupe qui s'engageait dans les portillons.

« Donc, imaginons, hypothétiquement, que Kim ne soit pas passée par la sortie est, tout au fond, dit Raco en serrant sa fille contre lui. Elle serait donc forcément sortie par un autre endroit. » Il montra du doigt la foule déferlant sur le champ de foire. « Mais je n'ai jamais envisagé l'entrée principale comme une option réaliste. »

Falk observa un moment le flot puissant des visiteurs, à sens unique, et le personnel surveillant la situation de part et d'autre de l'entrée. Toute personne tentant de la franchir à contresens en affrontant la marée des poussettes, des trottinettes, des fauteuils roulants, des familles aux bras crochetés et des couples en train de flâner se ferait forcément repérer.

« Je crois que tu as raison, concéda-t-il. Quelqu'un se serait souvenu d'elle. » Il leva les yeux vers la caméra de surveillance fixée à un poteau. « C'est l'une des nouvelles ?

— De cette année, oui. Pas de caméra l'an dernier. »

Falk hocha la tête et se tourna de nouveau vers l'entrée. Des deux côtés, celle-ci était flanquée d'étals serrés l'un contre l'autre, vendant des articles attrayants pour mettre les gens d'humeur à acheter – de petits savons artisanaux, des glaces. Juste derrière ces étals, un grillage de deux mètres de haut formait une infranchissable barrière.

« T'en penses quoi, Eva ? demanda doucement Raco à sa fille. Tu essaierais de sortir par là, toi ?

— Non. » La fille fit une moue, comme si c'était évident. « Je sortirais par la sortie. »

Le sourire de Raco glissa de sa fille à Falk. « Moi aussi. Alors allons jeter un coup d'œil. »

Falk et Eva le suivirent à travers la foule le long d'une portion d'allée incurvée, en passant devant d'autres stands. Une pancarte portant l'inscription

MANÈGES dirigeait les visiteurs vers les profondeurs du champ de foire, et juste dessous, une seconde, pointée dans l'autre direction, indiquait. *SORTIE*.

Jetant un coup d'œil sur la droite, Falk aperçut le stand de Penvale Vineyard. Shane s'y trouvait, constata-t-il, le géant dominant la foule d'une demi-tête. Il était accompagné d'un intérimaire que Falk ne reconnut pas, et les affaires avaient l'air florissantes. Une pile de flyers affichant le visage de Kim était posée bien en évidence sur la table et, tandis que Falk observait le stand, une passante en ramassa un, l'étudia brièvement puis fit le geste de le reposer. D'un signe, Shane l'invita à le garder, mais elle sourit et secoua la tête, empoignant une bouteille de vin rouge à la place et la retournant pour consulter le prix. Ils disparurent de sa vue, avalés par la foule en mouvement, et Falk se remit en marche.

Il ne leur fallut qu'une minute pour atteindre la grande sortie ouest, tranquille à cette heure de la journée, puis ils s'écartèrent un peu de l'allée pour l'étudier tranquillement. Falk l'avait déjà empruntée plusieurs fois, mais s'efforça de l'observer avec un regard neuf. Là où l'entrée principale était surveillée de près, la sortie ouest était grande ouverte. Pas de portillons, rien qu'une haute arche en bois surplombant la large allée, qui menait à une mer de voitures miroitant sous le soleil du matin.

« Ils doivent faire en sorte qu'un grand nombre de personnes puissent sortir rapidement en cas de besoin. C'est pour cette raison-là aussi qu'il y a une autre issue du côté est, pour pouvoir gérer le trop-plein. » D'un geste du menton, Raco désigna un agent de sécurité assis sur un tabouret, près de l'arche. « Il y en a deux le soir, comme l'an dernier. Ils alertent les policiers quand ils voient des conducteurs visiblement éméchés, toute personne qui a un peu abusé et a une tête à créer des embrouilles sur le chemin du retour. »

Falk leva la tête. Il y avait eu une caméra de surveillance à cet endroit l'année précédente, mais il en apercevait au moins deux maintenant.

« Kim n'est pas sortie par là, déclara Raco. C'est sûr à cent pour cent.

— Tu as visionné les vidéos ? l'interrogea Falk.

— Yep. Six heures en tout.

— L'enregistrement était complet ? Pas de montage ? »

Raco fit non de la tête. « Horodaté d'un bout à l'autre. Rien de suspect. Il est réglo. »

Falk plissa le front. « Et pas trace de Kim ?

— Aucune. Il faut se taper six heures d'images et il y a beaucoup de monde, mais les vidéos sont claires. De bonne qualité. En prenant son temps, on peut distinguer les visages. Dwyer les a regardées aussi, bien sûr. Charlie également. Et Zara. Plusieurs fois, je crois. Si Kim était sortie par là, un de nous l'aurait vue.

— OK, souffla Falk. Donc elle n'a pas emprunté cette sortie.

— Non, confirma Raco. À moins que tu voies un truc qui m'aurait échappé. » Il baissa les yeux sur Eva, occupée à ramasser de longs brins d'herbe pour en faire un bouquet de fortune. « Ou toi, ma puce. »

Eva se contenta d'une moue adorable, mais Falk secoua la tête. Il s'approcha de la sortie et passa la main sur le grillage qui se dressait de part et d'autre.

« On peut la suivre tout autour du site ? »

Raco hocha la tête. « On peut essayer. »

Mais ce n'était pas facile, constata bientôt Falk. Le grillage se trouvait au ras de l'arrière des stands, eux-mêmes volontairement collés l'un à l'autre pour dissuader d'éventuels visiteurs de se glisser derrière et d'accéder aux réserves ou aux câbles électriques qui serpentaient sur le sol.

Ils se frayèrent un chemin en file indienne, Eva entre les deux hommes, Falk s'arrêtant de temps en temps pour tester les pièces qui assuraient la jonction entre les sections de grillage. Cette clôture était peut-être temporaire mais elle était robuste, parfaitement imbriquée. Tandis qu'ils progressaient ainsi, les exposants venus se réapprovisionner ou prendre un peu l'air leur jetaient des regards curieux.

Finalement, ils ressortirent de cette enfilade de tentes et Falk éprouva un certain soulagement d'évoluer en terrain dégagé. Il cligna des yeux, l'éclat soudain du jour l'éblouissant après l'ombre des tentes. Il reconnut la sortie est, la corde accrochée en travers comme à l'accoutumée. Le poste de secours était gardé par une femme coiffée d'un chapeau à large bord.

Falk jeta un dernier regard à la clôture qu'ils venaient de suivre. Avec ses deux mètres de haut tout du long, elle formait un rempart imposant.

« J'imagine que, théoriquement, il est possible que Kim se soit sentie capable d'escalader un grillage six semaines après avoir accouché, déclara Raco, lisant dans ses pensées. Mais je sais que Rita n'aurait pas pu le faire.

— Non, je crois que tu as raison, approuva Falk. Pas tant pour l'aspect physique, mais à cause de la présence de tous ces exposants qui vont et viennent. Ils l'auraient forcément remarquée si elle avait fait ça. D'autant qu'une partie d'entre eux devaient la connaître. »

Raco fit oui de la tête. « C'est exactement pareil de l'autre côté. » Il plissa les yeux, pointant du doigt l'endroit où la clôture reprenait, par-delà la sortie.

« Peut-être qu'il y avait un trou ? suggéra Falk. Dans lequel elle aurait pu se glisser ? »

Raco secoua la tête. « J'ai vérifié.

— L'an dernier ? » Falk ne put cacher sa surprise.

« Ouais, j'ai fait le tour complet le lendemain. Comme on vient de le faire.

— Je ne me souviens pas de ça.

— Tu étais en train de faire ta déposition au commissariat, répliqua Raco. Je ne t'en ai sans doute pas parlé parce que, je ne sais pas… ça semblait un peu parano. D'autant qu'il n'y avait rien à voir. La clôture était ininterrompue, comme maintenant.

— Je vois. » Les yeux de Falk coururent le long du grillage, avant de s'arrêter inévitablement sur sa seule interruption. La secouriste bénévole postée près de la sortie est avait la tête enfouie dans les pages d'un roman.

« Joel est un chouette gosse, reprit Raco. Sérieux, consciencieux, pour sûr. Mais il reste un gosse.

— Ouais. » La parole d'un adolescent était-elle plus solide qu'une clôture grillagée ? se demanda Falk. Sans doute pas, quelle que soit son identité.

Eva laissa échapper un soupir théâtral. Elle avait chaud et perdait patience. « On peut arrêter d'enquêter et aller aux manèges, maintenant ?

— T'en penses quoi ? demanda Raco à Falk, qui acquiesça.

— Oui, Eva. Allons-y. Je crois que j'ai vu tout ce que j'avais besoin de voir. Merci de ton aide, ma grande.

— Y a pas de quoi », répondit-elle et elle prit les devants en sautillant. Ils se dirigèrent vers le cœur du champ de foire, la musique et les rires se faisant plus sonores à l'approche des manèges. Falk se tourna vers Raco, parlant tout bas pour qu'Eva n'entende pas.

« Et les voitures ? Celles qui sont autorisées à entrer dans le champ de foire ? Quelqu'un aurait-il pu faire sortir Kim d'ici, cachée sur la banquette arrière ou dans le coffre, peut-être ? Quelques heures plus tard, quand il n'y avait plus personne ?

— Il y a un accès possible par la sortie principale, mais il est réservé aux urgences, pendant les heures d'ouverture de la fête, répondit Raco. J'ai vérifié auprès de Gemma l'an dernier, et elle m'a assuré qu'absolument aucun véhicule n'avait pénétré dans l'enceinte du champ de foire ce soir-là, et que pratiquement aucun ne s'était déplacé à l'intérieur. Trop de piétons et d'enfants pour pouvoir le faire en sécurité. Des véhicules auraient pu techniquement y pénétrer plus tard, mais cela aurait eu lieu après qu'on avait signalé la disparition de Kim. Auquel cas, où se serait-elle trouvée au moment des premières recherches sur le site ? » Il haussa les épaules. « Je ne dis pas que ça n'aurait pas pu se passer, mais ç'aurait été compliqué. »

Falk repartit de l'avant, déroulant divers scénarios dans sa tête. « Et puis ça paraîtrait bizarre, finit-il par poursuivre. Comment s'y prendre ? La faire monter de force dans un véhicule, avec les gens autour ?

— Le plus facile, ç'aurait été qu'elle monte de son plein gré. » La voix de Raco était maintenant à peine audible. « Mais alors ça soulève un tas d'autres questions. Je veux dire, quel véhicule ? Et est-ce que ça signifie pour autant que c'était une décision mentalement saine ? Parce que dans ce cas, pourquoi ne pas choisir aussi de laisser Zoe à une personne de confiance ? »

Falk médita la chose. Il se représenta Kim, avec son nouveau-né bordé dans le landau, et s'efforça de visualiser la scène. Son regard tomba sur Eva, qui trottinait devant eux, et une ombre envahit peu à peu ses pensées.

« Il y aurait quand même eu un moyen facile de faire monter Kim dans une voiture. Ou de la forcer à se cacher quelque part. De lui faire faire n'importe quoi, à vrai dire », murmura Falk. Il désigna la fille de Raco. « Menacer son enfant. »

Raco cligna des paupières, lentement. Son visage se crispa soudain. Il ne répondit pas, mais ses yeux se portèrent sur Eva, qui courait quelques pas devant.

« Eva ! » La voix de Raco était inhabituellement sèche, et la fillette se retourna, heurtée.

« Quoi ? J'ai vu maman.

— Oh ! » Effectivement, Rita se trouvait un peu plus loin dans l'allée. Les cheveux détachés dans le dos, elle serrait Henry contre sa poitrine, et tous deux tendaient le cou pour mieux voir. Le petit garçon leva une main potelée vers le ciel, émerveillé par la grande roue qui craquait et cliquetait au-dessus d'eux.

« Waouh, on peut faire de ce manège-*là* ? cria Eva en courant vers sa mère, qui se fendit d'un grand sourire en apercevant Raco et Falk dans son sillage.

— Ça s'est passé comment ? interrogea-t-elle.

— Comme on pouvait s'y attendre », répondit Raco, et Falk confirma. Ils s'arrêtèrent à côté d'elle et Falk leva les yeux à son tour.

« Où se trouvait sa nacelle ? entendit-il Raco demander à mi-voix, et il tendit le doigt.

— Quasiment tout en haut. Pas loin de l'endroit où se trouve celle-ci, ou celle d'à côté. »

Raco bascula la tête en arrière, et mit sa main en visière au-dessus de ses yeux. En regardant monter les nacelles, Falk repensa une nouvelle fois à ces quelques secondes, douze mois plus tôt. Il tenta de se repasser la scène au ralenti, de figer les images dans son esprit pour les étudier de près.

Qu'avait-il vu ? L'aire des poussettes, non loin de la grande roue, où l'on retrouverait Zoe Gillespie deux heures et demie plus tard. L'allée, devant. Gemma était là-bas, bien sûr, en train de discuter avec Naomi – unique raison pour laquelle Falk s'était arrêté. Il avait aperçu Rohan, aussi, en bas du manège, en train de parler à ces touristes du Queensland avant de lui-même lever les yeux. Falk observa ces nacelles, à présent, et regretta – pas pour la première fois – de ne pas s'être concentré un peu plus longtemps, quand cela comptait. S'il avait été moins distrait, aurait-il vu quelque chose de potentiellement décisif ? Une indication de ce qui avait pu passer par la tête de Kim Gillespie au cours de ces ultimes heures ?

« *Papa.* » Eva tirait sur la main de Raco. « On peut monter dans celui-là, s'il te plaît ? »

Raco contemplait toujours le haut de la grande roue, avec une expression impénétrable. Il hocha lentement la tête. « D'accord, Eva. Faisons un tour. »

Ils achetèrent trois tickets et prirent place dans la file, attendant parmi les couples et les familles jusqu'à ce que l'employé les guide vers leur nacelle. Falk s'assit d'un côté et Eva et Raco de l'autre, pendant que l'employé verrouillait la porte derrière eux, les enfermant dans la capsule. La roue se mit en branle et Eva bougea sur son siège, faisant se balancer doucement la nacelle. Elle colla son visage aux barreaux de sécurité verticaux.

« C'est parti ! » cria-t-elle tandis qu'ils s'élevaient dans les airs.

Falk s'appuya à son tour contre les barreaux, regardant le décor changer alors qu'ils glissaient vers le ciel. Ils avaient presque atteint le sommet de la roue quand celle-ci ralentit avant de s'arrêter en vibrant, pour laisser descendre et monter des passagers en bas. Non loin de l'endroit où la cabine de Kim et Zoe se trouvait quand il l'avait vue, estima Falk, quand Rohan les avait saluées de la main devant lui.

Kim avait-elle hésité avant de lui rendre son salut ? Falk n'avait aucun moyen d'en être sûr. Mais en regardant en bas, il comprit ce qui aurait pu la faire hésiter. Le sommet de la roue avait l'air encore plus haut que vu d'en bas. Les gens semblaient tout petits, beaucoup plus éloignés que Falk ne l'avait imaginé. Il était possible de mettre un certain temps à se rendre compte de ce qui se passait en bas.

Et il se passait un tas de choses, constata Falk en se tournant sur son siège. La vue embrassait l'ensemble du champ de foire. D'un bout à l'autre, depuis l'entrée principale jusqu'à – il pivota dans le sens opposé – l'éclat blanc lointain de la tente du poste de secours, près de la sortie est. Au-delà s'étendaient le bush et la retenue d'eau.

« Je vois *maman* et je vois *Henry* ! » annonça Eva en les pointant du doigt tour à tour, puis elle passa le bras à travers les barreaux pour les saluer. En bas, une poignée de gens lui rendirent son salut. « Papa, regarde. » Elle tira sur la manche de Raco de sa main libre. « Tu regardes même pas.

— Pardon », répondit son père en s'empressant de baisser les yeux vers le sol.

Eva avait vu juste, constata Falk. Raco ne regardait pas sa famille – il avait fait exactement la même chose que Falk. Parcourant du regard le panorama parfaitement dégagé qu'offrait le sommet de la roue.

Falk n'eut pas besoin de lui demander pourquoi. Un an en arrière et une douzaine de mètres en contrebas, Falk n'avait pas été capable de voir grand-chose. Mais depuis cette hauteur… ses yeux rencontrèrent ceux de Raco au-dessus de la tête d'Eva. Ils pensaient la même chose, comprit-il immédiatement.

Là-haut, depuis ce poste d'observation dominant tout le site, Kim avait certainement vu tout ce qui se passait en bas.

Chapitre 22

Falk laissa Raco et Rita batailler avec les sièges enfants, et regagna le vignoble à pied, seul, en se creusant les méninges. Il arriva de nouveau avant eux, et allait se glisser dans la dépendance quand une voix l'appela.

« Salut, Aaron. Rends-moi un service : viens goûter ça. » Charlie se dressait à l'entrée de la vaste grange. Il brandissait une bouteille de vin rouge en pleine lumière.

Falk s'approcha de la grange, qui était restée fermée depuis son arrivée. Suivant Charlie à l'intérieur, il découvrit un grand espace frais, avec un haut plafond aux poutres apparentes. Les larges volets étaient ouverts pour laisser entrer à la fois la brise et une vue spectaculaire sur les vignes. Le sol en ciment semblait fraîchement balayé, et l'endroit sentait le propre. Quelqu'un – Charlie, probablement – avait commencé à installer des tables sur tréteaux et des chaises.

Falk aperçut un autre homme en train de fouiller dans un placard, à l'autre extrémité de la pièce. Rohan, réalisa-t-il quand celui-ci se redressa et s'écarta, époussetant une petite bonbonne de gaz destinée au barbecue. Tout au fond de la grange, Zara était assise en tailleur dans un recoin illuminé de soleil, soufflant des bulles de savon pour Zoe. Naomi aussi était là, avec une ménagère à moitié disposée sur une table, devant elle, absorbée dans la contemplation du bébé d'un an tendant ses petits bras dodus vers les bulles qui flottaient dans l'air.

« Super espace ! apprécia Falk tandis que Charlie lui tendait un verre contenant un fond de vin rouge.

— Merci. On le loue pour des mariages, de temps en temps. On est en train de le préparer pour demain.

— Le baptême, tu veux dire ?

— Ouais, enfin, pour après. » Charlie sourit et, d'un petit geste, indiqua le vin dans le verre de Falk. « Bon, goûte-moi un peu ça. Rohan ? » Il se tourna, lui montra la bouteille. « C'est le grenache de l'an dernier. Je pensais en ouvrir quelques bouteilles demain.

— Ah oui ? Bonjour. » Rohan salua Falk d'un hochement de tête. Il prit le verre qu'on lui tendait, étudia le breuvage avant d'en prendre une gorgée. « Je bois juste ça, il faut que je conduise. Mais ouais, il est bon. Les tanins sont agréables.

— Je trouve aussi.

— Carrément. Il est très réussi.

— Tu le trouves comment ? » demanda Charlie en se tournant vers Falk, qui porta le verre à sa bouche. Il n'avait jamais été un grand buveur, même s'il ne le criait pas sur les toits, et choisissait généralement le vin en fonction du prix et de la première bouteille qui lui tombait sous les yeux, dans les magasins. Il se concentra sur l'intérieur de sa bouche. Ce vin était... *plaisant*. Trouver un autre adjectif. *Rouge* lui vint à l'esprit. Charlie guettait sa réaction, sincèrement curieux, et Falk se sentit sous pression.

« Il est… » Il but une autre gorgée. « … fruité ? tenta-t-il.

— Vraiment ? » Charlie considéra la bouteille, perplexe. « Il est plutôt censé être léger… »

Falk sourit. « Alors c'est sans doute ce que je voulais dire. »

Sa réponse amusa Charlie. « Ah, je vois… Dis-moi juste ça : il te plaît ?

— Oui, répondit Falk sans mentir. Vraiment.

— Super. C'est tout ce que j'ai besoin de savoir », conclut Charlie en empoignant un verre propre tandis que Naomi venait les rejoindre. Il lui servit un fond de vin sans même lui poser la question, et leurs mains se frôlèrent quand Naomi le prit. À l'autre bout de la grange, Falk nota que Zara les observait.

Naomi but une gorgée en se tournant vers Falk. « Bonjour, contente de vous retrouver. » Sa voix était chaude, elle se hissa sur la pointe des pieds pour lui déposer un petit baiser sur la joue, puis jeta un coup d'œil vers la porte par-dessus son épaule. « Henry est rentré aussi ?

— Ils sont en route. Ils ne devraient plus tarder.

— J'espère. » Elle consulta sa montre. « Je vais bientôt devoir y aller. Je voulais juste voir notre petit bonhomme avant la cérémonie de demain. »

Les yeux de Zara glissèrent de Naomi à son père et inversement, puis revinrent se poser sur le flacon de mousse dans sa main. Naomi vida son verre et le reposa sur la table la plus proche.

« Il est très bon, Charlie.

— Merci, j'en suis assez content. Mais c'est toujours bien d'avoir des avis extérieurs. Shane est inutile, maintenant qu'il ne boit plus une goutte d'alcool.

— Il tient toujours ? » Rohan paraissait à la fois surpris et impressionné. « C'est super. Jamais ?

— Non. Ça fait déjà quelques années, répondit Charlie, et Naomi confirma d'un hochement.

— Eh bien, chapeau ! apprécia Rohan. Il assure. » Il posa son verre, puis tendit le bras vers une pile de chaises et souleva les deux du haut. « Je les mets là ?

— Ouais, parfait. » Charlie débarrassa les verres vides et se tourna vers Falk. « Écoute, je voulais te remercier d'avoir filé un coup de main à Shane l'autre jour. Il m'a dit que tu lui avais montré quelques trucs pour gagner du temps avec les factures, ou je ne sais quoi.

— Pas de quoi, ce n'était pas grand-chose. » Comme Falk se penchait pour attraper deux chaises à son tour, il remarqua une petite bouteille de diluant pour peinture dans un carton de matériel. Il hésita un instant, puis la ramassa. « Je peux l'emprunter ?

— Bien sûr, répondit Charlie en montrant le carton. Prends ce que tu veux.

— Merci. Et puis, c'était facile. D'apprendre ces trucs à Shane. Il a pigé tout de suite.

— Évidemment. » Naomi releva la tête de son téléphone, et ses yeux se plantèrent dans ceux de Charlie. « C'est un mec intelligent. C'est juste qu'il déteste ce comptable que tu as engagé.

— Il ne le *déteste* pas.

— Si, Charlie. Ouvre les yeux. C'est pour ça qu'il est aussi stressé, ces derniers temps. Il a toujours peur de faire des conneries.

— Shane va très bien.

— Non, Charlie. Je n'en suis pas si sûre. » Le front de Naomi se plissa. « En tout cas, par rapport à ça.

— OK, mais c'est toujours comme ça, avec les comptables. Personne n'aime cette partie-là du boulot, pas vrai ? Shane se faisait aussi des nœuds au cerveau quand il fallait préparer toute la paperasse pour Dean.

— Pas à ce point-là.

— Si, Naomi, à peu près autant. Dean devait sans arrêt le relancer. Ça créait des problèmes à l'époque, et ça en crée encore aujourd'hui. » Charlie avait lui-même l'air un peu stressé. « Écoute, Shane a un tas de points forts et, d'accord, cet aspect du travail n'en fait pas partie. Mais il faut bien le faire, non ?

— Ouais, comme tu veux, Charlie. Ça te regarde. Je dis juste qu'il n'est pas heureux. » Naomi consulta de nouveau l'heure. « Bon, j'aimerais pouvoir traîner ici toute la journée et vous filer un coup de main pour tout installer, mais il faut que je retourne au cabinet.

— Rien de nouveau au sujet de Dean, pendant que j'y pense ? demanda calmement Rohan en détachant une chaise de la pile, et Naomi tressaillit. Chaque fois que je croise Rob Dwyer, ces jours-ci, on parle de Kim, et j'oublie de lui poser la question.

— À ce que je sache, non, répondit Naomi, et Charlie secoua la tête à ses côtés.

— Je crois qu'en théorie, ils cherchent encore la voiture bleue, expliqua celui-ci. Mais ça fait – combien déjà ? Six ans. J'ai pas l'impression que qui que ce soit retienne son souffle.

— C'est n'importe quoi, hein ? » Rohan posa la chaise, qui claqua sur le ciment, et se frotta les yeux avec son pouce et son index. Sa voix avait changé, se durcissant soudain. « Dwyer est un rigolo. »

Naomi hésita. « Je crois que…, commença-t-elle, mais Rohan agita la tête.

— Non, c'est un rigolo. »

Les sons se perdaient dans cette grange, mais Falk vit Charlie lancer un regard vers Zara et Zoe. Elles chassaient toujours les bulles, et ne semblaient pas avoir entendu.

Rohan laissa échapper un soupir profond, lourd. « Désolé. » Il inspira, puis se racla la gorge. Sa voix revint à la normale. « Pardon.

— Non, Rohan. Nous comprenons. » Naomi posa une main dans son dos. « Nous… »

Le bruit d'une voiture se garant dans l'allée leur fit lever la tête. L'instant d'après, une portière claqua et les gazouillis d'Henry leur parvinrent par la porte ouverte de la grange.

« On dirait ton filleul. » Rohan adressa un sourire à Naomi. « Merci. T'inquiète pas pour moi. Va donc le voir. »

Naomi le dévisagea sans rien dire, puis tendit les bras et l'étreignit longuement. Charlie se tourna vers les chaises, le visage indéchiffrable.

« Je sais combien c'est dur, dit Naomi en s'écartant de Rohan. Nous ressentons tous la même chose. »

Rohan hocha la tête et elle serra sa main dans la sienne une dernière fois, avant d'aller retrouver Rita à l'entrée de la grange et de prendre Henry dans ses bras. Eva se faufila entre le montant de la porte et la jambe de sa mère, fonçant droit vers les bulles. De l'extérieur leur parvint le sifflement du verrouillage des portières, et Raco apparut à son tour.

Il entra, balayant d'un geste du bras tout le travail qu'ils avaient accompli dans la grange. « Waouh, ça m'a l'air vraiment…

— Qu'est-ce qui ne va pas ? » le coupa aussitôt Charlie en posant brusquement la chaise qu'il tenait dans les mains, l'air soucieux.

Si Raco avait un défaut comme policier, songea Falk, c'était son incapacité à garder un visage de marbre. Les émotions de ce type sautaient aux yeux, toujours. Malgré son sourire, il était clair comme le jour que Raco pensait encore à leur discussion au champ de foire.

« Rien du tout. » Raco se tourna vers Falk, qui avait eu quelques années de plus pour peaufiner son art de la neutralité impénétrable, puis vers les deux autres hommes. « Pourquoi… ?

— Il s'est passé un truc ? Vous êtes allés au champ de foire, non ? » Rohan tendit aussitôt la main vers son portable. « L'appel a donné quelque chose ?

— Non, répondit fermement Raco. Non, mon vieux. Je regrette. S'il y avait eu quoi que ce soit, Dwyer nous aurait prévenus. »

Les traits de Rohan se crispèrent en entendant ce nom. « Ouais, j'imagine que tu as raison », dit-il, puis il rangea son téléphone. Ses yeux se posèrent sur sa fille et s'attardèrent sur elle un long moment. Eva encourageait maintenant Zoe à poursuivre les bulles, mains tendues devant elle pour trouver son équilibre. Finalement, Rohan fit volte-face, la mine préoccupée.

« Dites, Dwyer vous a-t-il aussi demandé de revoir avec lui vos déclarations de l'année dernière, concernant cette soirée ? » Il tressaillit en voyant Charlie secouer la tête, puis se tourna vers Raco et Falk. « Non ? Et Shane, alors ? Naomi ? » Le regard de Rohan obliqua vers la porte de la grange, où Naomi discutait encore avec Rita.

« Je ne crois pas, répondit Charlie. Pas à ma connaissance. »

Rohan émit un étrange rire, réflexe. « Donc, c'est juste moi. »

Un silence se fit.

« Mais nous, il peut nous le demander n'importe quand, fit remarquer Charlie. Nous sommes toujours dans les parages. »

Rohan n'eut pas l'air convaincu. « Ouais, j'imagine.

— Je peux te demander ce qu'il voulait vérifier ? l'interrogea Raco.

— Essentiellement des trucs que je croyais avoir déjà vus avec lui, répondit Rohan. Plusieurs fois. Par exemple, pourquoi Kim et Zoe n'étaient pas venues dîner avec mes parents et moi…

— Et qu'est-ce que tu lui as dit ?

— La même chose. » Rohan observa les filles en train de jouer et baissa d'un ton. « Que Kim et ma mère n'étaient pas toujours sur la même longueur d'onde. Je veux dire, rien de très grave, elles s'entendaient plutôt bien. Mais Kim n'avait pas envie de dîner avec eux, pas le premier soir en tout cas. Ce qui ne posait pas de problème, d'ailleurs, car ce n'était pas vraiment un repas de fête. Je voulais juste parler avec mon père des examens qu'il venait de passer. De sa convalescence, des soins que cela allait impliquer, des trucs qui sont plus faciles à aborder en tête à tête, sans qu'un bébé accapare l'attention. » Il eut soudain l'air désemparé. « Mais Kim aurait pu venir. Bien sûr qu'elle aurait pu, elle était ma femme. C'est elle qui a dit qu'elle ne voulait pas. »

Raco hocha la tête. « Peut-être que…

— J'aurais dû m'interroger, reprit aussitôt Rohan, comme si Raco n'avait rien dit. Mais je ne l'ai pas fait, pas vrai ? Parce que c'était plus facile pour moi que Zoe et Kim ne viennent pas. Mais j'aurais dû me poser des questions. » Il passa une main sur son visage, de haut en bas. « Bon Dieu. Kim cachait toujours tellement son jeu. »

Charlie fit un bruit de gorge, et Rohan releva brusquement la tête.

« T'es pas d'accord ? » Le ton avait à peine changé, mais Falk y décela une infime tension.

« Si, en fait. » Il y avait aussi une note discordante dans la voix de Charlie. Celui-ci poussa une chaise sous une table, dont les pieds raclèrent le ciment. « Bien sûr que je suis d'accord. Nous avons tous appris un tas de choses sur Kim, au cours de l'année écoulée.

— Comme quoi ? répliqua Rohan, qui le dévisageait à présent.

— Arrête. Tu sais bien. » Charlie ne le fixait pas dans les yeux. « Comme la raison pour laquelle elle a soigneusement évité le réservoir pendant près de vingt ans. »

Les traits de Rohan se figèrent un moment, comme s'il traitait l'information. Sa confusion froissa son visage. « De quoi tu parles ?

— Putain, Rohan. S'il te plaît…

— Tu veux dire… ? » L'homme avait l'air réellement perdu. « Ce que Naomi a raconté ? Sur ce qui s'est passé pendant la fête du soir d'ouverture, à l'époque du lycée ?

— Ouais, évidemment. » Charlie se tourna de nouveau vers leurs filles, et baissa la voix. « Et ne fais pas comme si Kim t'en avait parlé, d'ailleurs, parce que je parie que ce n'est pas le cas.

— Non, mais… » Rohan dévisageait toujours Charlie. « Mais… désolé. Pourquoi tu dis qu'elle *évitait* le réservoir ? »

Cette fois, ce fut au tour de Charlie de le toiser. « Parce que, de fait, Kim ne descendait jamais là-bas. Pas une seule fois. Elle n'en faisait pas toute une histoire, mais trouvait toujours une excuse. La météo, ou d'autres plans, ou bien elle voulait faire le grand tour. Ce genre de trucs.

— Mais elle a vécu ici pendant des années, rétorqua Rohan, incrédule. Tout le monde va là-bas.

— Avant cette fameuse fête ? répondit Charlie. Ouais. Mais après, plus du tout. Je ne me souviens pas d'une seule fois. Parce qu'elle y est allée, avec toi ? »

Il y eut un silence, et Falk crut presque voir les souvenirs vaciller devant les yeux de Rohan.

« Non. Mais nous n'avons jamais vécu ici quand nous étions ensemble », finit-il par répondre. Il avait l'air troublé. « Vous en avez parlé à la police ?

— Ouais, bien sûr. J'ai dit à Dwyer, après coup, que Kim devait se sentir vraiment mal pour… » Charlie se concentra un long moment sur le positionnement d'une chaise. S'éclaircit la voix. « … pour faire ce qu'elle avait fait, parce que, normalement, elle ne s'approchait jamais de la retenue d'eau. »

Rohan resta planté là, immobile, les yeux rivés sur Charlie. « J'ignorais totalement qu'elle n'aimait pas aller là-bas. » Tous entendirent l'incrédulité dans sa voix.

« Eh bien… » Charlie haussa les épaules. Il souleva une autre chaise et la pile vibra bruyamment. « Je me trompe peut-être. Tu étais marié avec elle. Tu t'en serais rendu compte. »

Nouveau silence. Les deux hommes se dévisagèrent, puis Rohan secoua la tête, une seule fois. Un geste tendu, teinté de colère.

« Zoe ? » Il redressa le menton et appela sa fille à travers la grange. « C'est l'heure d'y aller, ma chérie. Oh ! super, merci », dit-il quand Zara amena l'enfant et la lui posa dans les bras. Les deux filles semblaient avoir aussitôt senti le changement d'ambiance.

Zara se tourna vers son père. « Qu'est-ce qui se passe ?

— Rien », répondirent en même temps Charlie et Rohan, et ce dernier cala sa fille sur sa hanche. « Merci d'avoir joué avec elle, Zara. C'est chouette qu'elle passe du temps avec toi. » Il leva la main, balayant tout le monde d'un même geste, sauf Charlie. « Bon, on se revoit tous demain. »

Charlie ne dit rien. Appuyé sur une table, il les regarda s'éloigner. Mais arrivé à la porte de la grange, Rohan parut soudain hésiter. Il leva les yeux vers le soleil, puis les tourna de nouveau vers la pièce, comme s'il était en proie à un dilemme.

« T'as oublié un truc ? » La voix de Charlie était d'une étrange désinvolture, et il repoussa tranquillement la main de Raco, qui s'était posée sur son épaule.

Rohan resta planté là quelques instants encore, puis posa Zoe sur son autre bras, et revint dans leur direction. Il s'arrêta à quelques pas de l'endroit où il se trouvait un instant plus tôt.

« Elle n'est pas descendue là-bas pendant près de *vingt ans*… » Rohan laissa ces mots se répercuter dans les airs. « Et toi, tu ne lui as jamais demandé *pourquoi* ? »

Un long silence s'abattit sur la salle. Charlie n'esquissa pas un geste, mais un éclat complexe traversa ses yeux, tandis que ses traits s'affaissaient et que son regard s'effondrait vers le sol.

Rohan semblait fortement tenté d'en dire davantage, mais ses lèvres restèrent verrouillées, dessinant une ligne étroite. Il avait l'air triste plutôt qu'étonné, remarqua Falk quand l'homme pivota sur ses talons, alors que Charlie se contentait de soupirer et de pousser une chaise sous la table comme s'il ne s'était rien passé. Plus que triste, à vrai dire. Aux yeux de Falk, Rohan avait la tête d'un homme qui venait d'avoir confirmation d'une chose qu'il soupçonnait depuis longtemps.

Chapitre 23

« Aaron ? Attendez ! »

Falk avait presque atteint le bout de l'allée du vignoble quand il entendit une voix dans son dos. Il tourna la tête. Zara courait vers lui et Falk s'arrêta le temps qu'elle le rattrape. Le cottage, là-bas, semblait calme et paisible sous le soleil de l'après-midi, mais Falk était content de pouvoir s'éloigner un peu. Après le départ de Rohan et Zoe, Charlie avait grommelé quelque chose au sujet du travail et s'était enfermé dans son bureau. Raco était entré à un moment pour lui parler, mais il était ressorti sans tarder. Il avait gratifié Falk d'un regard impuissant.

« C'est ce qu'il fait, dans ces cas-là. Il rumine les choses dans son coin. Il ira mieux dans quelques heures.

— C'est vrai, tu crois ? avait demandé Falk. Que Kim évitait le réservoir ?

— Je ne sais pas. C'est possible. Maintenant que j'y repense, je ne me rappelle pas l'avoir jamais vue là-bas, mais bon, ça ne signifie pas grand-chose. » Les yeux de Raco s'étaient portés sur la porte fermée du bureau de son frère. « Charlie est le mieux placé pour le savoir, c'est clair.

— S'il dit vrai, répondit Falk en déroulant toutes les conséquences, cela rend-il plus probable le scénario selon lequel Kim serait descendue à la retenue pour mettre fin à ses jours ? Ou bien le contraire ? »

Côte à côte, Raco et lui avaient alors contemplé la lumière filtrant à travers les rangées de vignes, étudiant en silence les deux possibilités.

« J'aimerais tellement savoir ce qu'elle avait dans la tête ce soir-là, soupira Raco. Pareil pour la vue depuis le haut de la grande roue. Savoir si elle a aperçu quelque chose qu'elle n'était pas censée voir, ou un truc qui l'a secouée… » Il fixait sans la voir la vallée ondoyante, le ciel démesuré. « Je ne sais pas. Je n'arrive pas à me défaire du sentiment qu'un truc nous a échappé. »

Falk partageait cette impression. Le vague chatoiement d'une pensée était suspendu dans le lointain, s'évaporant avant de réapparaître sans prévenir. Il avait tenté de s'en emparer. Mais il n'avait rien à quoi se raccrocher. « Je ne sais pas quoi.

— Moi non plus. » Raco s'était retourné vers la maison quand le braillement irrité d'un enfant avait transpercé l'air, et il avait laissé échapper un pesant soupir. « Ah, bon Dieu ! Je ferais mieux d'aller filer un coup de main à Rita. »

Falk l'avait regardé s'éloigner, puis était rentré dans la dépendance. Ne sachant quoi faire, il était resté assis sur son lit à contempler son ordinateur portable, fermé, pendant de longues minutes, puis avait pris la bouteille de diluant pour peinture qu'il avait trouvée dans la grange de Charlie. Fouillant dans le placard sous l'évier, il en avait tiré une poignée de chiffons, et était ressorti dans l'après-midi.

« Merci », lui dit Zara quand elle l'eut rattrapé, un peu essoufflée. Elle montra le diluant sous son bras. « Vous allez au précipice ? Enlever les graffitis ?

— Je me suis dit que j'allais essayer avec ça, pour voir si ça marche.

— Ça marche, confirma-t-elle. On s'en est déjà servis. Je vais appeler Joel pour lui demander de nous retrouver là-bas.

— Il n'est pas obligé, répondit Falk. J'avais juste besoin de me dégourdir les jambes. Joel a sans doute mieux à faire de son samedi.

— Sans doute pas. De toute façon, ça lui fera plaisir. » Zara acheva de taper son message et rangea son portable. Ils marchèrent ensemble dans un silence amical, empruntant la route de derrière, celle qui passait par le parc et le terrain de footy.

« Hé, quand mon père et Rohan se sont disputés tout à l'heure, c'était à propos de quoi ? » interrogea Zara quand ils eurent atteint l'embranchement de la retenue d'eau, dont la barrière était toujours cadenassée. La jeune fille semblait préoccupée tandis qu'elle quittait le chemin pour contourner le poteau.

Falk pesa ses mots. L'honnêteté était ce qui marchait le mieux, en général. « Au sujet de ta mère.

— Évidemment. Mais quoi, au juste ?

— Je crois que, fondamentalement, il s'agissait de savoir qui des deux avait été le plus proche d'elle.

— Oh ! » Zara semblait exaspérée. « J'aimerais tellement que papa arrête avec ces trucs aussi bêtes, à toujours essayer de faire mieux que Rohan. Mais bon, j'ai l'impression qu'il peut pas s'en empêcher. Je crois que c'est parce qu'il l'aime encore.

— Ah bon ? » Falk se tourna vers elle.

« Ouais. Maman était passée à autre chose, mais lui, pas vraiment. Il faisait comme s'il était OK avec Rohan et elle, qu'ils étaient tous potes ou je ne sais quoi, mais… » Zara secoua la tête. « Après leur mariage, maman a dû lui dire de la lâcher un peu, parce qu'il n'arrêtait pas de l'appeler, comme s'ils étaient toujours ensemble. »

Voilà qui était intéressant, songea Falk. Il se demanda si Raco était au courant. Probablement.

« C'est tellement embarrassant, reprit Zara. De voir quelqu'un courir après une personne qui n'est pas intéressée. »

Voulait-elle également parler de Joel ? se demanda Falk. Loin devant, sur la piste, il distinguait à présent une silhouette – le garçon venant à leur rencontre, devina-t-il.

« Comme Naomi, dit Zara, et Falk la regarda soudain, un peu décontenancé par ce tournant que prenait la conversation.

— Comment ça, Naomi ? »

Zara prit un air incrédule. « Le fait qu'elle aime bien mon père, visiblement.

— Tu crois ? » répondit Falk, en y réfléchissant. Il fallait bien admettre qu'il trouvait la relation entre Naomi et Charlie un peu difficile à cerner, mais il n'avait pas non plus eu l'impression d'une amourette à sens unique.

« Oh ! mon Dieu, c'est *tellement* clair. Elle vient sans arrêt au vignoble. Genre, tout le temps. Elle trouve sans arrêt une excuse pour passer, déposer un truc ou organiser un apéro tous ensemble comme s'ils avaient encore dix-huit ans. » Zara plissa le nez. « C'est bizarre. Surtout vu comme elle est belle. » L'adolescente réfléchit un instant. « Enfin, pour son âge.

— Et ton père n'est pas intéressé ?

— J'imagine que non. » Zara haussa les épaules. Ils avaient presque atteint le précipice, maintenant, et Falk aperçut Joel qui les attendait. Le garçon leva la main, son visage s'éclairant quand il les vit. Au bout d'une seconde, Zara sourit et lui rendit son geste. « Sinon, il se serait passé quelque chose entre eux, pas vrai ?

— Sans doute, répondit Falk. C'est ce qui arrive, en général. Quand deux personnes partagent les mêmes sentiments. »

Zara se fendit d'un petit sourire. « Ouais. C'est un peu la clé, hein ? » Elle haussa la voix pour s'adresser à Joel : « Tes agents de nettoyage sont là !

— Merci, répondit Joel quand ils furent tout près, et il eut l'air heureux en voyant la bouteille de diluant. Super, c'est la marque qu'on a utilisée la dernière fois. Je peux vous la rapporter, vous savez, glissa-t-il à Falk. Vous n'êtes pas obligé de rester. »

Falk se demanda si le sous-entendu n'était pas qu'il fallait le laisser seul avec Zara, mais Joel paraissait sincère. Et le soleil de fin d'après-midi était chaud, l'eau scintillait, et il n'était pas pressé de rentrer au vignoble. Il empoigna l'un des chiffons. « C'est bon. Voyons voir ce que ça donne… »

Zara avait raison : ce truc était efficace. Elle sortit son téléphone et passa une musique entraînante que Falk n'avait jamais entendue, pendant qu'ils travaillaient tous les trois, le bush bruissant doucement derrière eux et la barrière retrouvant peu à peu sa blancheur. Mais pas totalement, constata Falk avec irritation. La peinture était tout simplement trop ancienne, les graffitis et la poussière s'étaient incrustés dedans au fil des années, laissant des marques grises et des traces hideuses. Mais tout de même, c'était déjà mieux. Il comprit à ses papotages et à ses éclats de rire que Joel était content.

Le soleil était déjà bas dans le ciel quand Zara s'étira, tendant les bras au-dessus de sa tête. Elle s'appuya contre la rambarde pour observer Falk. Celui-ci vit, à sa manière de faire passer son chiffon d'une main à l'autre, qu'elle cherchait la meilleure manière de formuler quelque chose. Il attendit.

« Bon, Aaron, finit-elle par dire. Mon oncle m'a raconté que vous travaillez sur des affaires financières.

— Yep.

— Des gens se font assassiner pour ça, pas vrai ? »

Ce commentaire lui fit relever la tête. « L'argent ? Oui. Tout le temps. Pourquoi ? »

Zara ne le regardait plus, maintenant. Elle avait les yeux fixés sur Joel, et un échange muet, intense, avait lieu entre ces deux-là. Un sujet qu'ils avaient déjà abordé, devina Falk, à la manière qu'avait l'adolescente de lui adresser de petits mouvements de tête quasi imperceptibles.

« Pourquoi ? » répéta Falk.

Cette fois, Zara n'inclina qu'une seule fois la tête, d'un geste brusque. Joel eut l'air de protester vaguement, mais alors il soupira profondément avant d'avaler une longue bouffée d'air.

« Alors… » Il semblait ne pas trop savoir par où commencer. « Vous saviez que mon père était comptable ?

— Oui.

— Eh bien… » Joel jeta un coup d'œil à Zara, qui, d'un haussement de sourcils, lui enjoignit de poursuivre. « Vous pensez que cet accident pourrait être un acte intentionnel, et pas juste un hasard ? »

C'était toujours possible, songea Falk. De là à savoir si c'était vraisemblable, il n'avait pas assez d'informations à sa disposition pour le déterminer. Mais le visage de Joel était on ne peut plus sérieux.

« Qu'est-ce qui te fait dire ça, mon vieux ? »

Le garçon haussa les épaules. « J'y ai réfléchi, c'est tout. »

Ils se regardèrent.

« OK. » Falk s'adossa à la barrière. Il choisit soigneusement ses mots. « Eh bien, déroulons un peu tout ça. Ton père faisait la compta d'un tas de gens en ville, c'est bien ça ? » Joel acquiesça. « Donc ça semble indiquer qu'il n'était pas impliqué dans quoi que ce soit d'illégal. Parce que dans le cas contraire, cela aurait fini par se savoir. Dès que son remplaçant a mis le nez dans les livres de comptes, j'imagine. »

Joel eut l'air un peu soulagé, ce qu'il dissimula en se mettant aussitôt sur la défensive. « Il n'était pas du tout comme ça !

— Non, mon vieux, je ne suis pas en train de suggérer…

— Mais s'il avait *découvert* quelque chose d'illégal ? intervint Zara. En faisant son travail ? »

Ça, se dit Falk, ce n'était pas impossible. Mais quand même…

« Écoute, ça arrive parfois. Mais dans ce cas, il aurait vraiment fallu que ce soit un truc énorme pour conduire à un acte aussi extrême. » Il posa la main près de la plaque commémorative. « Mais en même temps, assez discret pour que ça ne ressorte pas au cours des six dernières années. Ce qui réduit un peu les probabilités.

— Papa ne se serait jamais retrouvé impliqué dans un truc aussi grave. Il n'était pas du tout comme ça. Mais il pouvait être… » Joel hésita. « … direct, j'imagine. Il disait toujours ce qu'il pensait. Et ça ne plaît pas à tout le monde.

— OK.

— À moins que quelqu'un ait voulu récupérer sa boîte, ou…

— C'est ce qui s'est passé ? Quelqu'un l'a reprise ?

— Non. Après sa mort, elle a juste fermé.

— Bon.

— Mais il sortait promener Luna à peu près à la même heure, tous les matins. » La chienne releva la tête en entendant son nom. « Donc les gens savaient qu'ils le trouveraient là.

— OK. »

Falk dévisagea Joel. Il lui semblait comprendre ce que cherchait le jeune. Une raison. Le hasard avait quelque chose d'insupportablement tragique. Cette idée qu'un million de petits événements anodins puissent s'additionner pour mener à l'instant décisif.

« Le truc, Joel, c'est que si quelqu'un avait voulu s'en prendre à ton père, ç'aurait été une manière vraiment compliquée de le faire. Pour commencer, le résultat n'aurait pas été… » *Quel mot employer ?* « … garanti, j'imagine. Et je ne m'occupe même pas des affaires d'accidents, mais je peux t'assurer qu'il est très difficile de maquiller un truc pareil pour que ça ressemble à un délit de fuite. Il ne s'agit pas seulement de la collision en elle-même, mais des angles d'impact, des traces de pneus… »

Pendant qu'il parlait, Joel sortit brusquement son portable. Il fit défiler quelque chose sur l'écran, puis tapa dessus avec son doigt. Sans rien dire, il le tendit sous le nez de Falk. Ce dernier baissa les yeux dessus, mettant un certain temps à saisir ce qu'il regardait. Une vidéo. De la retenue d'eau, de la piste, de la barrière de protection brisée…

« Merde. Il s'agit de l'accident ? » Pris au dépourvu, Falk resta interloqué. Mais oui, pas de doute, c'était l'accident. Ou plutôt juste après. « Où as-tu trouvé ça ?

— Je l'ai filmé moi-même. Depuis là-haut. » Joel se tourna vers le bush. Une nouvelle fois, Falk échoua à repérer la clairière.

« Le sergent Dwyer sait que tu as ça ? demanda Falk en détachant les yeux du téléphone. Et Gemma ? »

Joel acquiesça du chef. « Maintenant ils le savent, ouais. Mais pas à l'époque. J'étais censé attendre à la maison, mais… » Il s'interrompit, haussa les épaules. « Je suis venu quand même. Personne ne voulait me dire ce qui s'était passé. »

Falk prit le portable du garçon et, au bout d'un moment, appuya sur l'écran.

La vidéo se mit en route mais, au début, l'image bougeait à peine. Le seul changement était la manière dont la lumière faisait briller les petites ondulations à la surface de l'eau. La barrière avait été arrachée de ses supports, et ce qu'il en restait pendait dans le vide, de travers. Une portion de la piste était grossièrement barrée par le ruban jaune de la police, mais il n'y avait personne. Falk continua de regarder, et manqua sursauter quand une silhouette apparut tout à coup au bord de l'écran.

Gemma.

Très lentement, elle marcha vers le précipice. Elle tournait le dos à la caméra, et son visage était caché. Elle s'arrêta à l'endroit où aurait dû se dresser la rambarde, celui où se trouvait Falk à présent. Les bras de Gemma pendaient le long de son corps, tandis qu'elle se penchait pour regarder la retenue. C'était un moment très intime, et Falk se sentit gêné d'y assister sans sa permission. Il toucha l'écran pour avancer. Une minute plus tard, Gemma n'avait toujours pas bougé.

Mais Dwyer, si. Il apparut d'abord dans un coin de l'écran, puis traversa le champ de la vidéo d'un pas régulier. Falk le regarda faire son travail en silence. Examiner les poteaux, se déplacer lentement d'un côté de la piste à l'autre. Puis le policier passa un bref appel et, finalement, s'immobilisa à son tour. Dwyer se tenait à quelques mètres derrière Gemma, les bras croisés sur la poitrine.

Falk mit sur pause. Il ne distinguait pas les traits du policier sous cet angle, mais son langage corporel était clair. Il guettait la réaction de Gemma, Falk en était certain. Ce qui n'était d'ailleurs pas déraisonnable de la part d'un policier, il en avait conscience. C'était même nécessaire. Mais cela le troubla quand même. Il relança la vidéo.

Dwyer avait dû demander à Gemma de s'éloigner du bord désormais sans protection car, enfin, elle se retourna. Sa posture était raide, elle semblait en état de choc. Dwyer dit quelque chose et Gemma hocha la tête avant de faire quelques pas hésitants, puis d'autres encore. Le bord de l'écran coupait la piste en deux, et Gemma disparut.

Désormais seul, Dwyer s'approcha à son tour du précipice et se planta au bord du vide. Sa main frôla la barrière défoncée et il l'en écarta brusquement, examinant sa paume l'espace d'un instant. Puis il se pencha en avant et étudia longuement l'eau, en contrebas. Au bout d'un moment, il se redressa, portant son téléphone à son oreille, et recula jusqu'à la piste. Il s'éloigna de quelques pas, et la caméra le perdit, à son tour. Le précipice était de nouveau désert. La vidéo se termina sans que personne d'autre n'apparaisse.

Falk expira lentement. Il allait redonner le téléphone à Joel, mais se ravisa. La scène finale s'affichait encore sur l'écran, et il fit défiler la vidéo à l'envers, mettant sur pause et agrandissant les dernières images. Il plissa le front. Il avait l'impression que…

« Qu'est-ce qu'il y a ? » demanda Zara. Elle l'observait attentivement depuis tout à l'heure, remarqua Falk.

« Je ne sais pas », répondit-il avec sincérité.

Mais quelque chose lui semblait un peu… quoi ? *Bizarre.* Falk fronça les sourcils. Était-ce vraiment le cas ? Ou bien juste sa réaction à ces images troublantes ? Il revint de nouveau en arrière, mal à l'aise en sentant sur lui les regards de plus en plus anxieux des adolescents. Voyant leur espoir grandir, il se ressaisit. Pas question de leur faire ça.

« Non. Je suis désolé. Ce n'est rien. » En prononçant ces mots, il parvint presque à s'en persuader. Sur cet écran, il ne voyait en fait que les traces tout à fait classiques d'un accident. La traînée dans la terre là où les pneus avaient dérapé. Les rebords déchiquetés de la barrière.

Il éteignit l'écran et rendit le portable à Joel. Le garçon avait l'air déçu, et Falk hésita encore. Car quelque part, enfouie sous un tas poussiéreux de techniques d'enquête élémentaires en sommeil depuis si longtemps, une alarme à peine audible s'était déclenchée. Falk attendit. L'alarme continua de sonner, sourde mais insistante.

« Écoute… » Il parla avant d'avoir pu s'en empêcher. « On ne voit pas bien les détails, en plein soleil. » Il tapota son propre téléphone et tendit l'écran vers Joel. « Voici mon numéro. Envoie-moi la vidéo et je la regarderai de plus près tout à l'heure.

— C'est vrai ? Génial. » Joel balaya du pouce son écran, et Zara gratifia Falk d'un sourire timide.

Merci, articula-t-elle par-dessus la tête courbée du garçon.

Falk hocha la tête, toujours mal à l'aise, et reprit son chiffon. Zara se joignit à lui et, ensemble, ils donnèrent un dernier coup à la rambarde. Ils avaient presque terminé quand Falk entendit le portable de Joel vibrer dans sa main.

« Oh ! Désolé, c'est Gemma. Je vais lui montrer ce qu'on a… » Joel tendit son téléphone devant lui et prit une photo d'une portion de barrière immaculée. Il tapa quelques mots, puis baissa son portable, message envoyé. Une minute s'écoula, puis deux. Le bourdonnement d'une réponse. Joel passa son chiffon sur les dernières traces, tout en vérifiant le message de son autre main.

« Alors : Gemma ne travaille pas ce soir et demande si vous voulez venir dîner à la maison tous les deux.

— Bien sûr, répondit naturellement Zara. Il y a quoi au menu ?

— Lasagnes, je crois. » Joel se tourna vers Falk. « Et vous ? »

Falk eut un instant d'hésitation. « Tu es sûr qu'elle voulait vraiment nous inviter tous les deux ?

— Ouais. » Joel parut surpris par sa question. Il lui montra le message. « Elle a écrit… »

Demande à Zara et à Aaron s'ils veulent venir dîner.

Donc, elle l'avait invité.

« Super, je meurs de faim. » Zara était déjà en train de ramasser le matériel de nettoyage. « Venez avec nous, dit-elle en tendant la main vers le chiffon de Falk. Pourquoi pas ? »

Eh bien. Il y avait sans doute deux ou trois raisons, se dit-il. Peut-être même de bonnes raisons. Mais planté là dans le soleil tardif, à scruter son invitation, il avait de la peine à se les remémorer.

« Je préviens mon père. » Zara sortit son téléphone et leva les yeux sur Falk, ses doigts suspendus au-dessus de l'écran. « Alors, vous en êtes ? »

Comme s'il y avait jamais eu le moindre doute.

« Ouais, répondit Falk. J'en suis. »

Chapitre 24

Falk ne pouvait en être certain, mais Gemma vint leur ouvrir la porte si vite qu'il était tout à fait possible qu'elle les ait attendus dans le couloir.

« Oh. » Joel resta pétrifié quand la porte se déroba devant lui sans qu'il ait même eu le temps de tourner sa clé dans la serrure. « Hey ! On est là. » Il laissa tomber son sac à dos au pied d'une petite table étincelante. « Elle a l'air propre et bien rangée, dis donc…

— Non, pas du tout », répliqua précipitamment Gemma.

La maison était un pavillon tout en longueur, aux façades bardées de bois, sur un terrain planté d'arbres. Depuis le réservoir, Falk avait suivi Joel et Zara le long d'un chemin non balisé mais bien marqué, grimpant à travers les broussailles. Tout en haut, ils avaient débouché sur une route bitumée déserte, ressemblant à celle qui passait devant le vignoble, qu'ils avaient remontée pendant quelques minutes, passant devant des allées qui serpentaient vers autant de maisons cachées parmi les arbres. Falk les avait observées avec curiosité, leurs vitres miroitant au soleil couchant, qui avait fait virer le ciel au rose foncé. Au milieu d'une courbe, Luna s'était mise à aboyer et à courir devant, s'engageant sur une allée en gravier impeccable flanquée de hauts eucalyptus qui bruissaient dans le vent. La maison.

« Bonjour. Entrez », lança Gemma en reculant pour les laisser passer. Elle portait une robe en lin décontractée dont le motif rappela à Falk la première fois qu'ils s'étaient vus, dans le bar de Southbank. Le couloir haut de plafond était peint en crème, et un tapis coloré recouvrait le plancher de bois sombre. Une lampe sur la petite table – d'où émanait effectivement une vague odeur de cire, révélatrice – projetait une lumière chaude. Les yeux de Gemma croisèrent ceux de Falk dans un miroir pendu au mur.

« Je suis contente que vous ayez pu venir. J'espère que vous aimez les lasagnes. »

Falk adorait les lasagnes.

La cuisine était lumineuse et spacieuse, et une enceinte posée sur une étagère couverte de livres de cuisine diffusait une musique douce. Gemma les mit à contribution en leur confiant le soin de disposer assiettes et verres, des pichets d'eau glacée et un grand bol de salade, puis ils s'assirent tous les quatre autour d'une grande table fabriquée avec du bois de récupération. Ils se resservirent deux fois dans un plat à gratin posé au centre de la table.

Zara interrogea Falk sur la meilleure affaire qu'il avait résolue, et il leur raconta son histoire la plus cocasse, celle de l'acteur sur le parking du casino, du pneu crevé et des liasses de billets dans le compartiment où était censée se trouver la roue de secours, et tous rirent de bon cœur. Ils parlèrent de la Fête du vin et Gemma leur dit que tout se passait bien, qu'ils étaient sur le point de remplir leurs objectifs pour cette année.

Les jeunes pensaient déjà à la fac. Zara était déterminée à partir pour Adélaïde l'année suivante, Joel espérait pouvoir étudier à Sydney à la fin de l'été. Gemma et lui semblaient persuadés qu'il serait pris où il voulait.

Après le repas, ils remplirent le lave-vaisselle et Joel et Zara s'éclipsèrent pour aller regarder quelque chose sur l'ordinateur de l'adolescent, au salon. Falk aida Gemma à nettoyer la table, puis elle ouvrit le réfrigérateur et posa deux bières fraîches sur le comptoir. Elle jeta un coup d'œil vers l'endroit où les adolescents étaient occupés et désigna la véranda.

« Vous voulez qu'on s'assoie dehors un moment ?

— Ça me semble parfait. »

La soirée était encore chaude et Falk entendait les cigales chanter dans le noir, la musique dans la cuisine. La véranda dominait un jardin croulant sous les plantes endémiques. Au-delà se déployait le bush, un peu plus sombre et plus dense et, là-haut, le ciel était lourd d'étoiles.

« Eh bien, santé ! » Gemma sortit deux de ses chaises de jardin bien-aimées, et Falk prit place à côté d'elle. Ils admirèrent le soir, Luna couchée à leurs pieds. « Et merci d'avoir aidé Joel aujourd'hui. Une nouvelle fois.

— Ce n'est vraiment pas grand-chose. Mais, écoutez… » Falk hésita. Il ne voulait pas gâcher l'ambiance, pourtant sa conscience le taraudait depuis tout à l'heure. « Il faut que je vous dise : Joel m'a montré une vidéo tout à l'heure. Les images de la scène de l'accident, celui de votre mari. Et il me l'a envoyée car il semblerait que Joel, et Zara aussi, pour être honnête, se soient mis en tête qu'il y avait quelque chose de louche dans tout ça. »

Les yeux de Gemma filèrent vers la maison, où l'on apercevait Joel de l'autre côté de la cuisine, toujours vautré sur le canapé avec Zara. « Ah.

— Oui. Je ne lui ai pas demandé de me la montrer – je ne savais même pas qu'elle existait. Mais ce sont vraiment des images très personnelles, et… » Falk regrettait de ne pas la connaître suffisamment pour deviner ce qu'elle pensait. « Je ne voulais pas l'avoir regardée sans que vous le sachiez.

— D'accord. » Gemma fit tourner sa bouteille de bière au creux de sa paume, puis but une longue gorgée. « Je savais que Joel avait filmé. Merci de me l'avoir dit. » Elle le fixa dans les yeux, puis fronça les sourcils. « Donc, quoi, il l'avait à portée de main ? Là, sur son téléphone ?

— Effectivement.

— Mon Dieu. Eh bien, ça ne me semble pas… » Gemma secoua la tête. « Idéal.

— Non. Mais… » Falk repensa aux quelques conversations qu'il avait eues avec Joel. Au fait qu'elles avaient souvent obliqué vers le même sujet. « Écoutez, je ne le connais pas, évidemment. Mais j'ai juste l'impression que son père lui manque. C'est peut-être aussi simple et aussi compliqué que ça.

— Oui. Son père lui manque. » Gemma pivota sur sa chaise pour mieux voir son beau-fils dans l'alignement des portes, son visage affichant le même désarroi muet que lorsqu'elle l'avait surpris en train de passer son vendredi soir à nettoyer la plaque commémorative. « C'est juste que, parfois, j'ai vraiment peur que Joel s'en aille l'année prochaine étudier à l'université et qu'il trouve trop dur de revenir ici. Être sa belle-mère ne comptera plus vraiment, il s'échappera et se débrouillera tout seul dans le vaste monde. Comme si notre famille n'avait jamais existé. »

Elle cligna fort des yeux, puis se redressa sur son siège et porta la bouteille à ses lèvres.

« Je suis tellement désolée, souffla-t-elle avant de boire une gorgée. Ce n'est pas votre problème.

— Non, ne vous inquiétez pas. Je comprends. »

Elle parvint à se fendre d'un petit sourire. Qui s'envola vite. « Je n'ai pas vraiment envie de savoir, mais dites-moi : elle est dure, cette vidéo ?

— Oui, en quelque sorte. Elle ne contient pas d'images violentes. Mais elle est triste.

— Je ne peux pas la regarder. »

Falk secoua la tête. « Je crois que ce n'est vraiment pas nécessaire. Enfin, si vous n'en avez pas envie.

— Mais pourquoi Joel ressort-il ça maintenant ? » demanda-t-elle, tandis qu'un murmure de conversation leur parvenait depuis la maison. Zara prononçait des mots que Falk ne put saisir, et Gemma pencha la tête de côté quand l'échange s'interrompit. « Il s'est passé quelque chose de nouveau ?

— Je ne sais pas. Mais ça n'a pas l'air d'être une idée nouvelle, en tout cas.

— Après l'accident, reprit Gemma en baissant un peu la voix, des rumeurs horribles ont couru. Ça venait d'une petite poignée de gens seulement – la plupart des habitants ont été formidables. Parce que la police n'avait pas retrouvé la voiture impliquée et que, pendant une éternité – plus de cinq mois, au final –, nous n'avons pas pu retrouver Dean. Personne ne m'a jamais rien dit en face, mais j'ai quand même entendu des choses, bien sûr. » Elle jeta un coup d'œil dans la maison, sa voix plus étouffée encore. « Et Joel aussi. Des choses idiotes. Que Dean s'était enfui avec l'argent d'un client, par exemple. Il était quelque part, à mener la belle vie avec – quoi ? – les quelques milliers de dollars qu'il aurait pu soutirer au fournisseur d'engrais ou je ne sais qui.

— Je suis désolé… c'est raide.

— Oui, ça l'était. Et *ridicule.* » Gemma agita la main, dans un geste d'incrédulité et de colère. « Même en laissant de côté l'aspect pratique, Dean n'aurait *jamais* fait ça. Et tout le monde ici le savait, mais quelques imbéciles n'arrêtaient pas de lancer des rumeurs. Puis les mois ont passé et le niveau de l'eau a baissé, un dragage de routine a permis de remonter Dean. Ses restes, plutôt. Ils ont fait des analyses, même s'il était évident qu'il s'agissait de lui, et c'est seulement à partir de là que les choses ont commencé à changer. » Elle haussa les épaules. « Je croyais que pour Joel aussi. Que ce serait un tout petit peu mieux, si seulement c'était possible. Le fait que ce soit au moins confirmé. »

Au salon, Falk apercevait Joel et Zara, concentrés sur leur écran.

« Mais Joel a pris à cœur certaines de ces rumeurs ? dit-il, et Gemma acquiesça.

— Impossible de faire autrement, d'ailleurs. Ces mois entiers passés à attendre, impuissants, ont été indescriptibles. J'ai déjà trouvé ça dur en tant qu'adulte, et lui n'avait que douze ans à l'époque. » Elle contempla ses pieds puis, de manière totalement inattendue, un sourire quasi imperceptible se dessina sur ses traits.

Elle tendit le bras pour caresser la tête de Luna. « C'est presque drôle de voir où votre esprit vous mène dans ces situations de stress. Dans mes pires moments, je n'arrêtais pas de revenir à la même idée, encore et encore : Dean ne nous avait pas quittés parce que, sinon, il aurait emmené la chienne. »

Falk eut un rire de surprise, et Gemma se joignit à lui, interloquée par ce souvenir.

« Je veux dire, Dean nous aimait. Bien sûr. » Son visage était plus détendu, à présent. « Mais il avait vraiment un faible pour Luna. »

Le plancher de la cuisine craqua derrière eux et, en se retournant, ils virent Joel pointer sa tête par la porte de la véranda.

« Gemma, tu veux garder le reste des lasagnes, ou bien je peux en reprendre ?

— Vas-y, tu peux finir, répondit-elle, ses yeux s'écarquillant, amusés, quand il disparut dans la cuisine. Mon Dieu, je sais que les adolescents ont toujours faim, mais il a *toujours* faim.

— On ne peut pas le lui reprocher : c'était vraiment délicieux. » Falk soutint le regard de Gemma. « Oh, et merci de m'avoir invité, au fait.

— Merci d'être venu. » Elle sirota sa bière en le regardant fixement. « Le message est un peu confus, hein ? J'en suis consciente. Et je suis désolée. Mais je pensais juste… » Elle réfléchit un instant. « À vrai dire, je ne sais pas trop ce que je pensais. Quand repartez-vous ?

— Vendredi. »

Elle hocha la tête, le gratifia d'un petit sourire en coin. « C'était peut-être ça. »

Ils restèrent assis côte à côte à boire leurs bières en contemplant la nuit.

« Je n'ai trouvé aucun week-end de libre. » Falk brisa enfin le silence. « Vous aviez raison. »

Gemma se tourna vers lui. « Non… en fait, un tas de gens n'y arrivent pas. C'est la vie moderne, pas vrai ? »

Falk hocha la tête. Cela semblait être le cas, du moins d'après son expérience.

« Raco et Rita trouvent que je travaille trop. » Il plissa le front. Il ignorait l'instant d'avant qu'il allait prononcer cette phrase. Mais c'était la vérité. « Ils ne m'embêtent pas avec ça, parce que ce n'est pas leur genre, mais je sais qu'ils pensent que je passe à côté d'un tas de choses.

— Et vous en pensez quoi, vous ?

— Eh bien, je pense qu'à leur place, avec leur mariage inébranlable et leurs super enfants, je me dirais sans doute la même chose. » Sans aucun doute, en fait. « Mais d'un autre côté, ça me va plutôt bien pour le moment. Vraiment. Je veux dire, oui, ce boulot est très prenant et stressant, mais si je n'en retirais rien, pourquoi je continuerais ? Il y a un tas de choses qui me plaisent beaucoup dans ce travail.

— Ah oui ? » Gemma avait pivoté dans son fauteuil pour le regarder, intéressée. « Comme quoi ?

— Démêler les choses », répondit Falk. Il hésita, mais la nuit était tiède, la bière bien fraîche. « J'aime vraiment ce moment où ça fait une éternité qu'on retourne un truc dans tous les sens – des années, parfois –, on a l'impression que ça ne mènera nulle part, et puis tout à coup, un élément change et c'est comme si… » Le souvenir de cette sensation suffit à lui arracher un sourire. « Le monde prend soudain sens. Toutes les pièces se mettent en place, et tout devient si clair. J'adore cet aspect-là.

— Ça doit être vraiment agréable. Même si… » Elle inclina sa bière, l'air entendu. « … je crois que l'expression que vous cherchez, c'est "élucider une affaire".

— Pardonnez-moi, j'ignorais que vous maîtrisiez le jargon. » Il lui sourit et elle partit d'un rire franc. « Mais oui, c'est comme ça qu'on dit. Et oui, c'est agréable. Comme si ça restaurait un semblant d'équilibre. Comme si ça réparait quelque chose. »

Elle n'ajouta rien, le dévisagea simplement.

« Le problème, ce sont toutes les soirées et les week-ends qu'il faut pour en arriver là, ajouta-t-il en haussant les épaules. La résolution d'une affaire, c'est génial. Mais ça demande beaucoup de sacrifices. »

Gemma balança sa bouteille de bière entre ses doigts, pensive.

« Tous les boulots comportent des aspects rébarbatifs, j'imagine, déclara-t-elle. Je crois que la clé, c'est de savoir quand on est juste fatigué de la paperasse et de la politique, ou quand c'est le boulot dans son ensemble qui ne nous convient plus. La limite n'est pas facile à déterminer. » Elle plissa un peu les yeux, comme elle le faisait quand elle repensait au passé, Falk l'avait remarqué. « Il m'a fallu beaucoup de temps pour me décider à quitter la Californie.

— Vraiment ?

— Mon Dieu, oui ! Tellement longtemps. » Elle porta la bouteille à ses lèvres et but une gorgée. « Avant tout parce que ce n'était pas si terrible. Pas du tout.

Et par certains aspects, c'était exactement ce qu'il me fallait. J'étais douée pour ce que je faisais. Puis, au quotidien, un tas de choses ont commencé à s'additionner. J'avais des amis, mais je n'avais jamais de temps à leur consacrer. J'étais toujours fatiguée, j'avais ce pays autour de moi qu'au final, je n'ai jamais visité parce que je travaillais tout le temps. Mais j'avais fait tellement d'efforts pour décrocher ce boulot que j'ai longtemps cru que c'était ce que je voulais. Et c'était le cas, à vrai dire, pendant un temps.

— Comment avez-vous pris votre décision, au bout du compte ?

— J'ai fait une liste.

— Ah bon ? Quoi, le pour et le contre ?

— C'est ça. » Elle eut l'air un peu honteuse, mais il n'y avait pas de quoi. Falk n'était lui-même pas contre une bonne vieille liste. « Mais le truc, c'est que c'était assez équilibré. Et je crois que c'est pour ça que j'avais tant de mal à prendre une décision, parce qu'aucune option ne sortait du lot. Donc, dans un premier temps, ç'a été encore pire, parce que je voulais évidemment faire le meilleur choix possible, vous comprenez ? Mais un jour, j'étais assise à mon bureau, et je me souviens d'avoir pensé qu'il n'y avait pas de perdant non plus. La décision était difficile parce que les deux options étaient plutôt bonnes, avec chacune leurs points positifs et leurs points négatifs. Donc, s'il n'y avait pas de mauvaise réponse, peut-être que je pouvais… » Elle haussa les épaules. « … choisir, j'imagine. Quel genre de vie je voulais vraiment mener. »

Falk but une gorgée de bière et médita ces paroles. La maison craqua et se tut derrière lui. Devant, il distinguait les contours bien nets du terrain et des arbres se détachant sur l'encre de la nuit. Le ciel était dégagé, et une odeur d'eucalyptus flottait dans l'air. « Vous êtes satisfaite de votre choix ?

— Oui, vraiment. Tout le monde n'est pas fait pour ça, je le sais. » Elle sourit. « Mon Dieu, mon moi adolescent serait *furieux* après moi. Mais ça fait partie de la vie, pas vrai ? » Elle se tourna et planta ses yeux dans les siens. « Ce que nous voulons évolue. »

Il la regarda pendant quelques instants encore puis, presque involontairement, déplaça sa main. Sur une distance à la fois infime et immense, à travers l'accoudoir de son fauteuil, jusqu'à ce que le bout de ses doigts touche les siens. Un instant suspendu, puis il sentit une étincelle de chaleur traverser tout son corps quand elle pressa ses doigts contre les siens, en retour. Ils restèrent assis là, face au ciel et au bush, jusqu'à ce que la porte vitrée de la véranda coulisse bruyamment.

« Papa dit qu'il faut que je rentre à la maison. Oh !… » La tête de Zara apparut. Son regard se posa sur leurs mains, puis se redressa aussitôt, ses yeux dansant de surprise et d'amusement. « Désolée. Ma grand-mère arrive demain pour le baptême et il ne veut pas que je me couche tard. Donc… » Sa voix était timide. « Quand pensez-vous rentrer, Aaron ?

— Eh bien, je crois que ça sera tout de suite », répondit Falk. Il sentit plus qu'il ne le vit le sourire de Gemma, qui serra une dernière fois ses doigts pendant qu'ils se levaient. Falk l'aida à rapporter les bouteilles à l'intérieur, et ils échangèrent un regard dans la cuisine, tandis que Zara rassemblait ses affaires pour partir. Le bras de Gemma frôla le sien tandis qu'ils remontaient le couloir.

« Au revoir, Joel ! cria Falk depuis l'entrée, et le garçon le salua d'un geste de la main.

— Merci, Aaron. À bientôt.

— Oh, et puis, bonne chance pour le baptême, demain. » Gemma s'appuya contre le poteau de la véranda quand ils sortirent dans la nuit, la lumière se déversant dehors par la porte d'entrée, derrière elle. « Votre grand moment. On vous regardera.

— Oui. C'est ça. » Falk sourit. « Et merci encore pour ce soir. C'était… » Quoi ? Un tas de choses. « Très plaisant.

— Ouais. » Elle lui rendit son sourire. « Je trouve aussi. »

La rue était déserte quand Falk et Zara s'éloignèrent, passant devant les maisons et redescendant à travers le bush vers la piste désormais familière de la retenue d'eau.

« Gemma est super, déclara Zara de but en blanc, dans l'obscurité. C'est quelqu'un de bien, vous savez. J'aime beaucoup aller chez eux.

— Oui, renchérit Falk. C'était sympa. »

Il sentait crépiter la curiosité de Zara, mais n'en dit pas davantage.

Zara craqua la première. « Je me dis toujours qu'elle est belle, en plus. Pas comme Naomi, bien sûr, mais elle est différente. Elle a un beau visage. » Elle se tourna vers lui avec un regard si plein d'attente que Falk ne put s'empêcher de rire.

« C'est vrai. » Il le revit. *Oui, très beau.*

À l'approche du plan d'eau, l'expression de Zara s'éteignit quelque peu.

« Et puis, encore merci d'aider Joel. Avec le nettoyage, et la vidéo.

— Je ne m'attends pas à être d'une grande utilité pour ça. » Falk se tourna vers elle jusqu'à ce qu'elle le regarde dans les yeux. « Il faut que vous soyez réalistes.

— Oui, je sais. Mais rien que le prendre au sérieux, c'est bien. » Elle ramassa un caillou et le lança dans l'eau obscure, tout en marchant. Elle avait un bon bras. « Il mérite qu'on l'écoute. Et je sais que papa pense que je me raccroche à n'importe quoi, quand il soutient que maman n'est pas passée par la sortie qui se trouvait tout près de lui, mais je le crois. Je sais que Joel me dit forcément la vérité, parce qu'il est comme ça. Il ne fait pas ça pour d'autres raisons.

— Laquelle, par exemple ?

— Le fait qu'il m'aime bien. »

Falk, qui validait intérieurement cette analyse, garda un visage neutre. Il se rappela ce qu'on ressentait à cet âge, et éprouva une certaine solidarité envers ce jeune homme gauche, avec ses chiffons et ses silences. « Tu crois ?

— Ouais. » Zara sourit et haussa les épaules. « Je le crois vraiment. Mais il sait que nous sommes juste amis, donc il n'insiste pas. Il assure, il se comporte normalement. C'est pour ça que je l'apprécie. Mais quand même... » Elle lui adressa un petit regard de sorcière, le ton soudain plus badin. « Parfois, les choses sont évidentes, pas vrai ?

— Je suppose, oui.

— C'est *clair*, je trouve. » Elle jeta un coup d'œil derrière elle, vers la maison de Gemma, dans un geste si exagéré qu'elle manqua se bloquer le cou. « Parce que vous le voyez bien, pas vrai ? »

Son sourire était contagieux, et Falk ne put lui résister. « Voir quoi ?

— Qu'il y a de l'amour dans l'air. »

Chapitre 25

Le petit Henry avait commandé le soleil pour le jour de son baptême, et Falk fut réveillé de bonne heure par la lumière filtrant à travers les stores. Dehors, le vignoble était encore endormi, et il resta un moment allongé dans la fraîcheur des draps de lin, à contempler le plafond de la dépendance en repensant à la veille au soir.

Il avait aimé la maison de Gemma, beaucoup. Avait aimé être assis là, autour de la grande table de la cuisine, à manger des lasagnes dans des assiettes dépareillées. Mais cela avait tenu à de petits détails, aussi. Le basilic qui venait visiblement des pots d'herbes aromatiques qu'elle faisait pousser, avec plus ou moins de succès, sur l'appui de fenêtre ; et en repartant, Falk s'était rendu compte que la grande peinture encadrée du vestibule, qu'il avait d'abord pris pour de l'art contemporain, avec ses grosses touches de bleu ne formant aucune image reconnaissable, était en fait une œuvre de Joel, dans son jeune âge.

La maison lui avait paru… *familière*. Ce mot lui vint immédiatement à l'esprit et il le rejeta tout aussi vite. Il n'avait jamais vécu dans un endroit comme celui-là, avec des herbes aromatiques sur le rebord de la fenêtre et une peinture d'enfant accrochée au mur comme si c'était de l'art. « Accueillante » était peut-être le mot qu'il cherchait, se dit-il, tout en visualisant son appartement, vide, là-bas à St Kilda.

Ce dernier était très bien, sans l'ombre d'un doute. Parfaitement situé. Un investissement à long terme plus que correct. Falk faisait le ménage régulièrement et l'endroit était fonctionnel, dans le sens où il répondait à tous ses besoins. Évidemment, il aurait pu faire pousser des herbes dans sa cuisine s'il avait voulu. Cueillir ses propres feuilles de basilic et préparer des lasagnes. Rien ne l'en empêchait. Même si des lasagnes, c'était beaucoup de travail pour une seule personne. Et beaucoup de restes.

Les pensées de Falk glissèrent vers Joel, pointant sa tête à la porte de la véranda pour demander s'il pouvait finir le plat. Il était beaucoup plus détendu à la maison. Un contraste frappant avec plus tôt dans la journée, à la retenue, son téléphone et cette vidéo profondément troublante de rambardes brisées, de vilaines traces de pneus et de deuil naissant.

Falk ferma les yeux et tendit l'oreille. Son subconscient avait dû ruminer quelque chose toute la nuit, devina-t-il, car son alarme interne s'était de nouveau déclenchée. La petite sonnerie insistante était même un peu plus intense. Il repoussa les draps et se leva.

Il se doucha et s'habilla, puis alluma son ordinateur portable, transféra la vidéo de Joel sur cet écran plus large. Falk la regarda se dérouler – le silence après l'accident, Gemma pétrifiée par le choc, Dwyer supervisant la scène – puis il la relança du début. Il était toujours assis là, une heure plus tard, quand on frappa à sa porte.

« Bonjour, lança Raco en glissant sa tête à l'intérieur. Je me suis dit que j'allais passer voir si tu avais besoin de quoi que ce soit, avant qu'on parte pour l'église tout à l'heure.

— Si tu cherches un endroit où te cacher de ta famille élargie, répondit Falk, les yeux toujours rivés à son écran, pas besoin de m'inventer des bobards.

— Ah, merci, mon Dieu, soupira Raco en s'effondrant dans le fauteuil. Je ne peux pas rester longtemps, sinon Rita demandera le divorce. J'ai juste besoin de souffler un peu avant que les autres rappliquent. »

Falk savait que Ben Raco, l'aîné des trois frères, escortait leur mère depuis Brisbane, accompagné de son épouse enceinte et de leurs trois enfants. Ils avaient pris l'avion jusqu'à Adélaïde la veille au soir, et rallieraient Marralee en voiture.

« Ils arrivent quand ? »

Raco se frotta les yeux. « D'un moment à l'autre. Je les aime, bien sûr, mais tous ensemble d'un coup, ça peut faire beaucoup. » Il s'enfonça dans le fauteuil, puis se redressa aussitôt. « Qu'est-ce que tu regardes ?

— Le lieu de l'accident de Dean Tozer, filmé juste après.

— Sérieux ? Où as-tu trouvé ça ? » Raco se hissa hors de son fauteuil pour s'approcher et jeter un coup d'œil, comme Falk l'invitait à le faire. Ils regardèrent la vidéo, intégralement, et Raco fronça les sourcils. « Tu penses qu'il y a un truc qui cloche ?

— Oui, mais je n'arrive pas à savoir quoi. C'est vraiment rageant. Ce n'est peut-être rien ; ça fait des années que je n'ai pas observé une scène d'accident. »

Les yeux de Raco parcoururent l'écran en tous sens quand Falk remit la vidéo, puis il tendit le bras pour mettre sur pause. « Où est le verre ? »

Falk resta figé. « Quel verre ? » Il regarda l'image. Se força à bien réfléchir. « Les phares brisés ?

— Ouais. » Raco revint quelques secondes en arrière, puis appuya sur *Play*. Il montra du doigt le bois éclaté de la rambarde. « On voit bien à la force de l'impact – ce trou dans la barrière – que c'était forcément une collision frontale, légèrement de biais. Pas un choc latéral. Ils ont modifié le carrefour près de chez les Maxwell, cette année, et on a eu un tas d'accidents n'impliquant qu'un seul véhicule, dernièrement. Ça fait vraiment chier. Mais ouais, pas moyen de sortir d'un tel choc avec les phares intacts. Le sol devrait être tapissé de bris de verre.

— Merde. Bien sûr », souffla Falk. C'était donc ça.

Ils restèrent silencieux un moment, scrutant l'image. Falk relança du début, mettant sur pause toutes les cinq secondes. Le sol était flou sur toutes les images.

« C'est difficile à dire, déclara finalement Falk. Quelle taille sont censés faire ces fragments ?

— Ça dépend, répondit Raco. Mais il devrait y en avoir plein. C'était une matinée ensoleillée, on verrait au moins des reflets.

— Donc la scène a été nettoyée ? demanda Falk.

— Ça m'en a tout l'air. On peut apprendre beaucoup de choses à partir du type de verre. Marque, modèle, année approximative parfois. » Les traits de Raco s'étaient durcis. « Mais c'est glaçant, putain. Je ne sais pas quel était le niveau de l'eau cette année-là, mais, en fonction de la hauteur de sa chute, Dean aurait très bien pu être encore vivant, en bas. Et au lieu d'appeler les secours, le conducteur se serait mis à tout nettoyer ? » Il secoua la tête. « Ça ne cessera jamais de me surprendre, tu sais ? Ce que les gens sont capables de faire, parfois.

— Le désespoir les pousse à faire n'importe quoi, j'imagine, fit remarquer Falk.

— Oui, c'est vrai. Mais là, ça paraît vraiment bizarre. » Raco fit la moue, en contemplant l'écran. « Si cette personne passait vraiment par là pour échapper à un alcootest sur la grand-route… Avoir assez d'alcool dans le sang pour provoquer cet accident, mais garder ensuite la présence d'esprit d'effacer les indices ?

— Le boulot n'a peut-être pas été très bien fait, répondit Falk. Il y a peut-être des éclats de verre qu'on ne peut pas voir sur ces images, et j'ai l'impression qu'il y a des traces de peinture, là… » Il zooma sur une traînée sombre, bien visible sur le bois blanc. Le détail était flou, à une telle distance.

— Il n'y avait sans doute pas grand-chose à faire, pour la peinture, dit Raco.

— C'est vrai. » Falk repensa aux graffitis autour de la plaque commémorative. Ils étaient beaucoup plus discrets maintenant, grâce à leurs efforts à tous les trois, avec Zara et Joel, mais pas complètement enlevés. Il parcourut du regard la piste de la retenue, déserte sur l'image figée. « Le facteur temps a dû jouer, aussi. Moi, je n'aurais pas aimé traîner dans le coin trop longtemps, après un accident pareil.

— C'est sûr, acquiesça Raco. On ne sait jamais qui pourrait débarquer… »

Il se tut brusquement au bruit d'une voiture dans l'allée. Ils entendirent quatre portières grincer puis claquer, et un brouhaha de voix excitées qui monta crescendo. Raco laissa échapper un soupir, puis sourit malgré lui. « Je crois que c'est l'heure d'y aller.

— Bonne chance.

— Merci. » Raco s'arrêta sur le seuil. « Écoute, je sais que ça va être un peu la folie aujourd'hui, mais merci d'être là. Vraiment. Rita et moi, on est vraiment contents de t'avoir. »

Falk lui sourit. « Moi aussi. »

Habits repassés, costumes enfilés et chaussures cirées, Falk et les membres de la famille Raco partirent à pied, ensemble, vers l'église. C'était un bâtiment de bois blanc à l'orée de la ville, entouré d'immenses eucalyptus. Les branches oscillaient dans la brise, projetant une lumière mouchetée sur la foule qui commençait déjà à se former devant l'église, dans une brume de parfum, d'embrassades et de vœux échangés.

Falk chercha immédiatement Gemma des yeux. Il ne la trouva pas, mais repéra Rohan. Il était avec Zoe, en combinaison à fleurs, qui gloussait, pourchassée par son père au fond du parking. Raco adressa un regard insistant à Charlie, message muet d'une absolue clarté. Son frère soupira, et pencha la tête.

« Ouais, je vais aller le voir », dit-il.

Falk le regarda traverser l'allée en gravier. En voyant Charlie s'approcher, Rohan cessa de courir après sa fille et se redressa, les épaules soudain raides. Les deux hommes s'immobilisèrent à quelques pas l'un de l'autre. Falk n'entendit pas leur échange grommelé mais, après une pause tendue, tous deux avancèrent d'un demi-pas et échangèrent une poignée de main gauche. Shane, que son costume faisait ressembler à un homme attendant sa comparution devant un tribunal, observait la scène, un peu à l'écart. Falk vit sa large poitrine se gonfler puis libérer un soupir, avant que le colosse ne traverse le parking pour aller les rejoindre. Il fut accueilli avec un évident soulagement par les deux hommes.

« Allons-y, le père Connor nous fait signe d'entrer », déclara Rita près de Falk. Elle le prit par le bras et serra doucement son coude. « Et puis bienvenue, officiellement, dans notre grande famille. Honnêtement, je ne vois personne dont l'intégration nous ferait plus plaisir. »

Falk se figea au milieu d'une foulée, au bas des marches de l'église, et serra dans ses bras cette merveilleuse femme, si généreuse. Quand il la relâcha, ils partirent d'un grand rire et suivirent le prêtre à l'intérieur. Naomi les attendait déjà au bout de l'allée, dans une robe crème moulante, sa couronne de cheveux blonds diffusant une énergie qui menaçait d'éclipser Henry lui-même. Elle gratifia Falk d'un clin d'œil quand il prit place à côté d'elle.

« Mon Dieu, certains hommes se sont vraiment faits beaux, dit-elle en parcourant son costume d'un regard approbateur.

— Merci. » Il sourit. « Même si j'ai l'impression que vous nous avez tous surpassés. »

Naomi lissa d'une main le tissu pâle, et haussa un sourcil. « Ça ne fait pas trop mariée ?

— Seulement dans le bon sens, répondit-il, sincère.

— Je savais que vous me plaisiez, Aaron. » Elle rit, mais, quand le prêtre s'avança, Falk vit ses yeux se projeter vers la porte de l'église. Il se demanda qui elle cherchait, tandis qu'elle se tournait de nouveau vers l'autel, visiblement déçue. Peut-être les soupçons de Zara étaient-ils fondés, après tout.

Falk laissa cette pensée de côté tandis que, debout côte à côte dans un rayon de soleil, ils écoutaient les instructions de dernière minute du père Connor, et regardaient les amis et les proches des Raco s'asseoir sur les bancs autour d'eux. Falk s'efforça de se concentrer sur ce que disait le prêtre, mais son regard dériva malgré lui, passant en revue les visages familiers et inconnus qui remplissaient l'église jusqu'à ce que… *enfin*, elle était là. Les cheveux de Gemma tombaient sur ses épaules, et elle portait une robe jaune qui la mettait en valeur d'une manière que Falk n'aurait su exprimer. Il la regarda, espérant qu'elle allait lever les yeux vers lui.

« … si cela vous convient, Aaron ? » Entendant son nom, Falk fut brusquement ramené à la conversation.

« Oui. Absolument. Pas de souci. » Il hocha fermement la tête pour cacher le fait qu'il ne savait pas très bien ce qu'il venait d'accepter et, à ses côtés, il sentit Naomi étouffer un rire.

Gemma était en train de remonter l'année vers une place libre et, cette fois, quand Falk se tourna dans sa direction, il sursauta en constatant qu'elle le dévisageait également. Elle soutint son regard et l'encouragea d'un sourire, le saluant d'un petit geste. Et alors, tandis que cette discrète connexion s'établissait entre eux, Falk put presque imaginer une tout autre journée. Un jour comme celui-ci, avec le costume, le rayon de soleil et une robe claire à l'autre bout de cette allée. L'air chargé d'amour et de célébration. Il le voyait clairement – le sentait, peut-être ? – et, l'espace d'une seconde, tout cela lui parut si vivant et si réel qu'il fut un peu désarçonné quand Rita, tout à coup, lui tendit un Henry récalcitrant. Falk redescendit mentalement dans cette salle, légèrement teintée à présent d'un étrange désir troublé. Il cligna des yeux, inspira puis expira lentement.

« Très bien. » Le père Connor consulta sa montre, puis rassura tour à tour Falk et Naomi d'un dernier sourire. « C'est parti. »

Une courte messe eut lieu avant le baptême proprement dit. Assis entre Raco et Naomi dans la tiédeur de cette église, Falk laissa les mots glisser sur lui.

Quand son heure arriva, Falk baissa les yeux sur Henry et pensa à la confiance que les Raco plaçaient en lui. Il avait toujours pensé, au fond de lui, qu'il ne faisait ça que pour eux – un geste d'amitié réciproque. Mais en prononçant ces mots, ici et maintenant, il sentit à son grand étonnement que c'était davantage que cela. Un lien tangible qui se tissait entre son filleul et lui.

OK, Henry, songea-t-il. *Ça commence maintenant. Mais pour de vrai, cette fois.*

Naomi joua son rôle avec son habileté et sa grâce habituelles, puis, plus vite que Falk ne l'avait imaginé, tout fut terminé. Il tendit le cou pour essayer de repérer Gemma, alors que les invités regagnaient le soleil, mais dut y renoncer quand on l'entraîna sur le côté pour les photos de famille. Un tas de photos, lui sembla-t-il, toutes les combinaisons possibles jusqu'à ce qu'on les libère, un par un. Finalement, il ne resta plus que Henry, ses parents et ses tout nouveaux parrain et marraine, qui regagnèrent sans hâte le vignoble, en paix.

« Bon. C'était vraiment agréable », se réjouit Naomi. Elle avait insisté pour pousser elle-même la poussette d'Henry, tandis que Rita et Raco marchaient bras dessus, bras dessous. « Vous penserez à moi pour le prochain, d'accord ?

— On va s'arrêter là », répondit Raco, tout sourire, en même temps que Rita soufflait, d'un ton ferme : « Mon Dieu, non ! Plus jamais.

— Ça peut se comprendre. » Amusée, Naomi accepta un biscuit du paquet que Rita avait sorti du sac à langer d'Henry. Affamés par toutes ces émotions, les quatre amis en croquèrent des poignées entières.

« Et vous, Aaron ? demanda Naomi d'un ton détaché, en lui tendant le paquet. Des envies de… ?

— Naomi ! la mit en garde Rita, mais elle riait. Arrête.

— Arrêter quoi ? » Les yeux bleus de Naomi étaient écarquillés.

« Tu sais très bien. Laisse ce pauvre homme tranquille.

— J'allais juste faire une remarque *très* générale sur le fait que certains gamins – les beaux-fils adolescents, par exemple – peuvent paraître difficiles à gérer au premier abord, mais…

— Yep, on avait tous deviné que c'était ce que tu allais dire, ironisa Rita. Y compris Aaron. Donc, tu veux bien garder ça pour toi et me passer ces biscuits, plutôt ?

— Très bien. » Naomi donna un petit coup de coude dans les côtes de Falk. Elle désigna Rita et Raco d'un petit coup de tête par-dessus son épaule. « Vous savez pertinemment qu'ils sont aussi fouineurs et impliqués que moi, pas vrai ? Ils se la jouent juste détachés, c'est tout. »

Falk lui sourit. « Ouais, je sais.

— Bien. »

À la sortie d'un virage, Falk aperçut Joel et Zara qui marchaient ensemble, tout près l'un de l'autre. Ils avaient dû se laisser distancer par le reste du groupe.

« Ce n'est pas un vêtement de Kim, que porte Zara ? » se demanda tout haut Naomi, en plissant les yeux au soleil.

Par-dessus sa robe, Zara avait enfilé un gilet de laine bleu à maille fine, fluide, malgré la chaleur. Elle en serrait les pans contre elle, le bas se soulevant au rythme de ses pas.

« Si, confirma Rita. Rohan lui a apporté des vêtements, des livres et des objets qui appartenaient à sa mère.

— Il me semblait bien l'avoir reconnu. » Le sourire de Naomi s'évapora. « C'est dur pour Zara, aujourd'hui, avec l'absence de Kim ? Je n'ai pas vu son visage à l'église.

— Un peu, je crois. » Raco hocha la tête. « C'est comme une piqûre de rappel, pas vrai ? De savoir que Kim aurait dû être là, avec tous les autres.

— J'imagine, mais tu crois que… ? » commença Rita, sans achever sa phrase.

Raco se tourna vers son épouse. « Est-ce que je crois quoi ?

— Tu penses que Kim serait venue ?

— Ouais, bien sûr », répondit Raco, décontenancé. Ils avaient atteint l'entrée de l'allée qui menait au vignoble, et Falk aperçut les voitures des invités, garées à l'autre bout. « Pourquoi ne serait-elle pas venue ? »

Rita haussa les épaules. « Je veux dire, je sais que Rohan est là, mais il n'est dans le coin qu'à cause de l'appel à témoins. Et ça faisait un bail que je n'avais plus vu Kim, quand on se réunissait tous. Deux ou trois ans, en fait. J'ai juste l'impression qu'elle était passée à autre chose. Ce qui peut se comprendre, d'ailleurs. Elle avait certainement de nouveaux amis à Adélaïde, et elle était sans doute très prise par son boulot.

— Non, elle avait cessé de travailler », intervint brusquement Naomi.

Rita la regarda, surprise. « Quand elle a eu Zoe ?

— Avant ça. Et même plusieurs mois avant de tomber enceinte, je crois.

— Elle ne me l'avait pas dit. Tu le savais, toi ? demanda Rita à Raco, qui fit non de la tête.

— Elle ne m'en a jamais parlé non plus, ajouta Naomi. Je l'ai découvert par hasard en allant à Adélaïde un jour, je me suis rendu compte que j'avais une réunion dans le même immeuble que le cabinet de design pour lequel elle bossait. J'y ai fait un saut à l'heure du déjeuner, et ils m'ont dit qu'elle ne travaillait plus chez eux depuis un bon moment déjà. »

Raco se redressa, perplexe. « Sérieux ? Pourquoi n'en aurait-elle pas parlé ? Elle s'est fait virer, ou quoi ?

— Non, je ne crois pas. Ses anciens collègues avaient l'air sympas, mais c'était bien sûr un peu gênant, parce que je m'étais pointée comme ça, sans même savoir que

Kim ne travaillait plus chez eux. Ils m'ont dit qu'ils ne l'avaient pas revue depuis son départ. M'ont demandé de la saluer de leur part quand je la verrais.

— Et tu l'as vue ? » demanda Raco. Ils se faufilaient à présent entre les voitures garées devant le cottage, et Falk entendait la musique et les rires qui flottaient dans l'air.

« J'ai essayé, répondit Naomi. Je sais que je l'ai appelée, et je lui ai sans doute aussi envoyé un texto. En lui disant bonjour, et en lui demandant si elle avait changé de boulot.

— Et quelle a été sa réponse ? » Raco faisait toujours la moue, et Rita posa gentiment une main sur son bras tandis qu'ils contournaient le cottage pour se diriger vers la grange, où leurs invités les attendaient.

« Comme toujours avec Kim, soupira Naomi, alors que trois personnes avaient repéré Rita et Raco et se précipitaient vers eux. Elle n'a pas répondu. »

Chapitre 26

« Tout à fait entre nous, c'est surtout unc éventuelle taille minimum pour entrer dans la police fédérale qui m'inquiète, vous savez. Mon petit-fils a toujours été un peu – écoutez, ma fille répète toujours qu'il ne faut pas utiliser le mot *petit* devant lui, mais je lui réponds, Cheryl, je ne vois vraiment pas comment le dire autrement…

— Ah. Je comprends. » Falk acquiesça poliment, s'efforçant sans succès de capter le regard de Gemma, à l'autre bout de la grange. Il l'avait repérée tout de suite, elle-même visiblement otage d'une conversation, coincée entre deux tables par un couple de gens plus âgés que Falk ne connaissait pas. Il s'était dirigé vers elle avant d'être interrompu de manière assez magistrale par cette femme qui s'était présentée comme l'ancienne professeure de clarinette de Raco, et avait très envie d'aborder avec lui les conditions de recrutement que son petit-fils allait devoir remplir pour entrer dans la police fédérale.

La grange avait été métamorphosée par l'arrivée des invités. Il y avait de la musique, et des nappes étincelantes ajoutaient à l'ambiance festive. Tout le mur du fond, coulissant, avait été ouvert pour pouvoir profiter de la vue, et Charlie et Shane avaient allumé l'immense barbecue, dehors, où ils étaient supervisés de près par un groupe d'hommes qui dévoraient les steaks des yeux. La plupart des invités semblaient avoir apporté quelque chose – l'avantage de vivre dans une région de vin et de gastronomie, se dit Falk –, et la grande table posée le long d'un mur croulait sous les plateaux et les bouteilles de vin.

« … donc j'ai dit à Cheryl que j'allais vous poser la question, et là, elle s'est énervée après moi – quelle surprise ! – en me disant de ne pas vous embêter, mais je…

— Excusez-nous. Sa présence est requise ailleurs, Rachel, je suis vraiment désolée. » Une voix ferme trancha ce torrent verbal et Falk sentit une main se refermer sur son coude. Baissant les yeux, il découvrit Naomi, un rictus gêné sur le visage. « Les obligations des parrains, que voulez-vous… »

Naomi emmena Falk à l'écart jusqu'à ce qu'ils soient hors de vue, puis agita la main avant qu'il ait pu prononcer un mot. « C'est bon, il n'y a pas de quoi. Elle est vraiment adorable, mais il y a un truc pour pouvoir en placer une avec elle. Je vous le confierai si vous décidez de rester assez longtemps ici pour en avoir besoin. » Naomi pencha la tête vers le fond de la salle. « Gemma est là – vous la voyez ? Prise au piège par Neil et Carol Milton. Je me suis dit que vous auriez peut-être envie d'aller la secourir, elle aussi. »

Falk sourit. « Merci, Naomi.

— J'aime bien veiller sur mes investissements, répondit-elle avec un air coquin. Amusez-vous bien. »

Elle pivota sur ses talons et Falk la regarda se faufiler entre les tables. Elle passa devant Zara, en grande conversation avec un groupe d'adolescents, et Falk vit la jeune fille relever la tête, et suivre Naomi du regard. Zara roula discrètement les yeux et, croisant ceux de Falk, articula *Je vous l'avais bien dit* quand Naomi s'aventura dehors et fonça tout droit vers Charlie.

Elle le rejoignit devant le barbecue, et l'embrassa délicatement sur la joue. Charlie sourit quand elle lui murmura quelque chose à l'oreille et désigna la fête d'un geste – un compliment, visiblement.

Vous voyez ? articula Zara, et Falk allait acquiescer du chef – oui, il voyait – quand, soudain, il se ravisa. Naomi continuait de papoter, aussi démonstrative qu'investie, mais ses yeux étaient pointés ailleurs. Derrière Charlie. Falk suivit leur trajectoire et, tout à coup, il put localiser exactement l'endroit où celle-ci aboutissait. Ah ! Falk sourit intérieurement. Cela pouvait expliquer une chose ou deux.

Il attira de nouveau l'attention de Zara, lui fit signe de mieux regarder. Pas son père, cette fois – Falk inclina la tête –, mais un peu plus à gauche. Il vit le regard de la jeune fille se déplacer puis se fixer exactement là où Naomi avait posé le sien. Pile sur un homme qui, à une distance qu'on aurait pu juger dangereusement proche du barbecue grésillant, captivait totalement un groupe d'auditeurs en rejouant pour eux la fois où il avait remporté le trophée du But de l'année.

Shane ? Zara fit pivoter sa tête vers Falk, la prise de conscience naissante cédant bientôt la place à un air à la fois amusé et abasourdi. *Sérieux ?*

Falk sourit, avec un haussement d'épaules. Il ne pouvait en être sûr, mais Zara semblait voir aussi bien que lui ce qui se jouait autour des saucisses et des steaks. Sûre d'elle et brillante, le Dr Naomi Kerr inventait peut-être des excuses pour passer au vignoble, mais Falk aurait mis sa main à couper que ce n'était pas Charlie qu'elle espérait croiser. Il n'aurait pas spontanément imaginé Naomi et Shane ensemble, mais, maintenant qu'il y pensait, ça n'avait rien d'inconcevable. Le cœur a ses raisons… Mais il se demanda pourquoi Naomi n'était pas passée à l'acte. Elle n'avait pas l'air du genre à tergiverser. Il les observa un moment encore. Peut-être, trancha-t-il, parce que depuis tout le temps que Naomi était plantée là, dans cette robe qui semblait taillée sur mesure, avec une expression légèrement perplexe sur son beau visage, Shane avait à peine tourné les yeux dans sa direction.

« Eh bien, laissez-moi vous dire une chose : vous savez clairement porter un beau costume. »

Falk se tourna vers la voix, riant déjà.

« C'est gentil, Gemma. » Il tendit les bras devant lui dans une pose théâtrale, et elle sourit. « Mais regardez-vous…, souffla Falk. Vous êtes magnifique. » Elle l'était, songea-t-il. Comme éclairée de l'intérieur. Il regarda autour de lui. Gemma était seule. « J'étais censé venir vous sauver de ces gens…

— Neil et Carol, précisa-t-elle, amusée. Eh bien, vous arrivez trop tard. Je me suis sauvée moi-même. Enfin, pour être honnête, c'est Rita qui l'a fait. Elle a dit qu'il fallait que nous venions déjeuner à la table des Raco. »

Laquelle était en fait composée de deux tables poussées l'une contre l'autre, afin de pouvoir accueillir des chaises hautes et une ribambelle d'enfants. Les plats s'y empilaient et Charlie, qui avait cédé le barbecue à d'autres mains empressées, était en train de servir le vin. Il fit signe à Falk et à Gemma de prendre deux chaises libres.

« Faufilez-vous. Tu connais notre frère Ben ? » D'un coup de menton, Charlie désigna un homme avenant qui ressemblait beaucoup à Charlie et à Raco, avec juste quelques années de plus au compteur. « Il est policier, lui aussi, et il adore parler boulot, que ça intéresse les gens ou pas. Sa femme, Dee. Leurs enfants sont… je ne sais pas, quelque part dans le coin. Et voici ma mère, Diane.

— Oui, nous avons un peu discuté à l'église, répondit Falk en serrant les mains de tout le monde. Je suis ravi de tous vous rencontrer.

— Je ne parle pas que du boulot, pour info. Mais il se trouve que nous avons un ami commun. » Ben Raco se pencha vers Falk. « Vous avez tous les deux été détachés sur la même affaire, il y a deux ou trois ans de ça… »

Falk se souvenait parfaitement du type. Brillant intellectuellement, mais avec un talent rebelle pour s'attirer des ennuis et s'en sortir ensuite. Ben et Falk passèrent l'essentiel du déjeuner à divertir Gemma avec le récit de ses exploits. Ben se mit à raconter une anecdote que Falk connaissait déjà – il l'avait en fait entendue plusieurs fois, toujours dans le même chuchotement à moitié horrifié – et, tout en hochant la tête, il s'intéressa malgré lui à une autre conversation, un peu plus loin à la table.

« … elle avait de plus en plus de mal à arriver à l'heure le matin. Le dimanche soir, elle était toujours complètement à plat, expliquait Rohan à Raco. Je sais que pas mal de gens se sentent comme ça, en pensant au lundi matin, mais elle, c'était toutes les semaines. »

Falk comprit qu'il s'agissait de Kim. Les deux hommes parlaient bas, Raco se penchant par-dessus son assiette pour écouter, et Falk devait tendre l'oreille.

« Le problème, c'était ce job en particulier ? interrogea Raco. Les gens avec lesquels elle travaillait, peut-être ? Ou bien le boulot en général ?

— En général, je crois. Elle se plaignait parfois de son patron, et je me suis même demandé un moment si elle n'était pas harcelée professionnellement, mais j'ai rencontré ses collègues lors d'un pot au travail et ça ne semblait pas être le cas. Ils étaient plutôt sympas, et tout le monde paraissait bien s'entendre. » Rohan s'interrompit pour tendre une autre fraise à Zoe, qui les écrasait sur le plateau de sa chaise haute. « Tout ce que j'ai réussi à tirer de Kim, c'est que ce travail était trop stressant.

— Pourtant, elle avait sa boîte ici, avant, fit remarquer Raco. C'était la même activité, n'est-ce pas ? Graphisme, logos, ce genre de trucs ?

— Ouais, exactement la même chose, confirma Rohan. Mais ça a duré comme ça un moment, jusqu'à ce qu'elle finisse par dire qu'elle n'était pas heureuse et voulait arrêter. On a fait nos calculs, et on en a conclu qu'on allait s'en sortir. Alors elle est partie.

— C'est juste qu'elle n'a raconté à personne qu'elle avait quitté son boulot. Naomi l'a découvert par hasard.

— Elle ne l'avait pas dit à Naomi ? » Rohan se tourna vers la salle, surpris. Naomi était en train d'étudier les bouteilles de vin ouvertes sur le buffet. Le front de Rohan se creusa légèrement. « Je croyais qu'elle l'avait fait. »

Un rire éclata au bout de leur table, et Falk se tourna vers Zara, assise entre Charlie et sa grand-mère. Massés autour d'une tablette, ils regardaient des photos.

« J'ai l'impression que je vais regretter d'avoir posé la question, mais qu'est-ce qu'il y a de si drôle là-bas ? leur lança Ben.

— Rien, juste ces photos que Zara a dénichées. » Charlie s'épongeait les yeux, pleurant de rire. « Il y en a deux ou trois mythiques de toi un soir d'Halloween. Attends… » Il fit glisser son index sur l'écran et tourna l'écran de la tablette pour que tous puissent voir Ben vêtu du même ensemble gilet-chapeau que son lapin en peluche.

« Je vais faire imprimer un album photo, annonça Zara. Un album de baptême, mais pour tout le monde.

— Eh bien, une certaine discrétion serait récompensée, si tu vois ce que je veux dire, répliqua Ben, en faisant ostensiblement rouler sur la table, vers Zara, une pièce d'un dollar.

— Ben, j'ai dix-sept ans. » Elle lui renvoya la pièce, hilare. « Il y a dix ans, déjà, ça n'aurait pas suffi.

— Oh, et il y en a une très jolie de toi, Zara. » Diane continuait de faire défiler les images, et Zara se retourna pour regarder l'écran que sa grand-mère lui tendait.

« C'est pas moi, mamie. »

Diane plissa les yeux sous ses lunettes. « Ça ? C'est toi. Regarde tes beaux cheveux. Avec ta mère. »

Un bref silence s'abattit sur la table à l'évocation de Kim, et Diane hésita. L'écran était encore tourné vers la tablée, et Falk vit qu'il s'agissait bien d'une photo de Kim, avec un nouveau-né dans les bras. Elle souriait à l'objectif mais sa peau semblait grasse, et elle avait des cernes sombres sous les yeux.

« Non, mamie. Ce bébé dans les bras de maman, c'est Zoe. » Zara pointa son doigt vers la fillette, qui faisait claquer une cuillère sur son assiette à l'autre extrémité de la table.

« Vraiment ? s'esclaffa Diane. C'est Zoe tout bébé ? Ben, ça alors ! Elle pourrait être n'importe lequel de mes petits-enfants, sur cette photo. Ou les garçons. Elle a ce même air suspicieux que vous aviez tous. J'appelais ça "le regard Raco". »

Un brusque silence se fit.

« Mais Zoe n'est pas une Raco, mamie. C'est la fille de maman et Rohan…

— Oui, je te remercie, Zara. Je suis au courant, rétorqua Diane, clairement consciente des conséquences de ce qu'elle venait de dire. Je veux dire, ça se voit clairement. Regardez-moi ces jolies boucles blondes qu'elle a maintenant. » Elle agita la main vers Zoe dans une imitation sans conviction de grand-mère un peu gaga, puis laissa échapper un soupir. « Oh, mon Dieu. Écoutez, ne faites pas attention à ce que je dis. À mon âge, tous les bébés ressemblent à de petits lutins en grenouillère. Mais bon, elle tient vraiment de son père. »

Diane avait raison sur ce point, constata Falk. Maintenant, en tout cas. Les fins cheveux noirs du bébé sur la photo avaient été coupés au cours des douze derniers mois, repoussant en de petites vagues blondes. Elle avait toujours les yeux marron, mais pas aussi foncés que sur cette photo. Les traits de l'enfant avaient pris forme au fil des mois et, faux « regard Raco » ou pas, Zoe était désormais le portrait craché de Rohan, qui, à cet instant, contemplait fixement la table, les bras croisés sur la poitrine.

« Diane, proposa Rita en se levant, à propos de petits-enfants, venez donc dehors avec moi, que nous prenions de belles photos avec Henry.

— Oui, répondit Diane en repoussant sa chaise. Je crois que ça vaudra mieux. »

Le silence s'étira un peu lorsqu'elle fut sortie, puis Charlie éclata de rire.

« Bon Dieu, ai-je même besoin de le dire ? » Il se redressa. « Non, je ne vais même pas… »

Il se pencha par-dessus les restes du repas, faisant cliqueter les assiettes, pour offrir sa main à Rohan. Il y eut un instant de tension, puis Rohan l'accepta, sa mâchoire se desserrant un peu. Il avait l'air plus gêné qu'autre chose.

« Tu connaissais Kim, déclara Charlie sans lâcher la main de Rohan. Tu sais qu'elle n'aurait jamais… Moi, peut-être. » Sourire fugace. « Mais Kim, jamais.

— N'empêche. Bien essayé, mon vieux. » À l'autre bout de la table, Ben gratifia Rohan d'un sourire entendu qui détendit aussitôt l'atmosphère. « Moi aussi, j'essaie toujours de refourguer les miens à un autre, mais les tests de paternité reviennent toujours avec le mauvais résultat. » Il adressa un clin d'œil à son épouse visiblement enceinte, qui roula de gros yeux. « Félicitations, en voici un nouveau. Et un autre. » Ben attrapa au vol une fillette hurlante qui passait en courant, puis une deuxième, les soulevant dans les airs, tête en bas, tandis qu'elles criaient de bonheur. « J'aimerais bien savoir comment on fait pour en avoir tout le temps. »

Raco cligna lentement des yeux, atterré. *La famille*, articula-t-il à l'intention de Falk. *Bon Dieu.* Il tendit la main vers la bouteille la plus proche.

« Bon, lança-t-il sans s'adresser à personne en particulier. Qui d'autre a besoin d'un verre ? »

Amusé, Falk se rassit au fond de sa chaise. Il se pencha vers Gemma, leurs coudes se heurtant lorsqu'elle se tourna vers lui au même moment.

« Et si nous allions prendre l'air ? proposa-t-il.

— Bonne idée. »

La lumière dans les vignes était étourdissante après la relative pénombre de la grange, et ils plissèrent les yeux face au soleil éblouissant de l'après-midi. Falk tendit la main vers celle de Gemma, qui se glissa aussitôt dans la sienne. Ils marchèrent sans un mot entre les rangs, les jeunes feuilles printanières chatoyaient, pleines et vertes, autour d'eux. Ils étaient seuls dehors, la musique et les voix au loin montant et retombant tandis qu'ils parcouraient les vallons de la propriété. Falk se surprit à contempler leurs ombres. Côte à côte, main dans la main.

Arrivé au bout d'un rang qui ressemblait plus ou moins à tous les autres, Falk ralentit enfin, avant de s'immobiliser. Gemma, toujours la main dans la sienne, se retourna. Les bruits de la fête leur parvenaient encore, mais la grange était invisible.

Elle hocha la tête. « C'est un bon endroit.

— Vous êtes sûre ?

— Ouais, confirma-t-elle. Parce que si on continue un peu plus haut, ils nous verront tous nous embrasser. »

Falk lui sourit. « C'est ce qui va se passer maintenant ? »

Elle sourit à son tour. « Vous le savez très bien. »

Elle avait raison. Il prit le visage de Gemma entre ses mains et colla ses lèvres aux siennes, longuement et intensément. La sensation l'inonda comme une eau fraîche, et il sentit son corps doux et chaud pressé contre le sien.

Après ce qui lui parut à la fois une éternité et un temps bien trop court, ils s'écartèrent et Gemma reprit son souffle. Ses yeux brillaient, ses doigts entrelacés à ceux de Falk.

« Après le déjeuner, Joel va chez un ami pour jouer aux jeux vidéo tout l'après-midi.

— OK. » Falk fit glisser son pouce sur la paume de Gemma.

Elle referma sa main sur la sienne. « Donc vous allez devoir me ramener chez moi en voiture. »

Sa maison était silencieuse et baignée de soleil. Ils se dirigèrent aussitôt vers sa chambre, fermant la porte au nez d'une Luna mécontente.

« Écoutez, Gemma, il faut toujours que je reparte vendredi. Je dois témoigner au tribunal, lundi, et je dois me préparer un peu…

— Ne vous en faites pas. Cette robe s'ouvre sur le côté, là, pas dans le dos.

— Oh, je vois – merci. Et je vais encore regarder si je trouve des week-ends libres, mais ça n'est pas facile, car je travaille avec un système de roulement sur sept jours, donc…

— Je sais. Je comprends.

— C'est juste que… » Il se tut.

« Aaron. » Gemma s'interrompit, elle aussi. Ses lèvres étaient tout près des siennes, ses doigts sur les boutons de sa chemise. « Peut-être que je me suis posé trop de questions. Je veux dire, les gens vont et viennent, ce sera toujours comme ça. Parfois vous savez quand, et parfois non. »

Falk hocha la tête, les mains immobiles.

« Et nous sommes tous les deux ici, maintenant. » Les yeux de Gemma avaient des écailles dorées autour de leur prunelle. « Donc je crois que nous devrions en profiter au maximum.

— Vraiment ?

— Vraiment. On dit souvent qu'il faut savourer l'instant, tant qu'on peut. » Gemma sourit et pressa ses lèvres contre les siennes. « Ces sous-verres idiots à Melbourne n'avaient peut-être pas tout à fait tort. »

Falk rit, et Gemma lui enleva sa veste et la posa sur le dossier d'une chaise. Puis ils s'allongèrent sur ses draps inondés de soleil, devant la fenêtre ouverte, et Falk lui rendit son baiser dans cette maison paisible, tandis que la brise et les bruits doux et paresseux d'un dimanche après-midi vibraient dans l'air.

Chapitre 27

La grange était déserte et l'allée du vignoble dégagée quand Falk se gara dans le noir. Une lumière émanait du cottage, et le bourdonnement d'une conversation détendue, émaillée de rires, lui parvenait à travers les fenêtres ouvertes. La dépendance se dressait, obscure, mais une femme était assise devant, seule, dans l'air du soir. Elle avait la tête basculée en arrière et les yeux fermés.

« Bonsoir, Rita. » Falk tira l'autre chaise. « C'est ton tour d'échapper à la famille ? »

Elle lui sourit, les yeux toujours fermés. « Je suis en train de plier le linge, ça se voit pas ?

— Laisse-moi te filer un coup de main. » Falk entra dans la dépendance et en ressortit avec un pichet d'eau glacée et deux verres. « Les gens sont repartis ?

— Tout le monde sauf la famille. » Elle ouvrit un œil. « On va t'inviter pour un brunch demain, au fait. Je ne sais pas si tu as déjà fait un brunch avec cinq enfants, mais si tu veux un conseil, à ta place, je prétexterais vraiment un autre engagement. On les emmène tous à la Fête du vin demain soir, pour faire un dernier petit tour avant qu'ils s'en aillent. On n'a qu'à dire que tu nous rejoindras là-bas, plutôt.

— C'est noté. Merci. »

Rita sourit et se redressa sur sa chaise, tendant la main vers son verre d'eau. « Et toi ? » Elle le regardait maintenant, et sa voix s'était adoucie. Il était toujours en costume, sa cravate dans la poche. « Tu as passé une bonne journée, Aaron ?

— Ouais. Vraiment. »

Il était resté allongé aux côtés de Gemma dans le calme et la chaleur, jusqu'à ce que la lumière change. Quand les ombres s'étaient allongées à travers la chambre, Gemma avait finalement retiré sa main du torse de Falk et s'était redressée sur un coude.

« Ça me fait vraiment mal de dire ça, mais…

— C'est bon. Je vais y aller avant que Joel ne rentre.

— Ça ne te dérange pas ? C'est juste que c'est chez lui aussi, ici, et…

— Ouais, ne t'en fais pas. C'est mieux. Je peux te voir demain ?

— Je suis de garde au champ de foire toute la journée. Je vais tâcher de me faire remplacer pendant deux ou trois heures.

— Chouette. » Il lui sourit. « Sauf que je n'ai toujours pas ton numéro, en fait.

— Je sais. » Elle lui sourit en retour, puis se laissa rouler sur le lit pour attraper son téléphone sur la table de chevet. « On va remédier à ça tout de suite. »

Lorsqu'il l'avait de nouveau embrassée devant la porte d'entrée, le ciel s'assombrissait déjà au-dessus de leurs têtes.

Assis près de Rita, le numéro de Gemma enregistré dans son portable, Falk écoutait le bruissement sourd du soir qui s'installait.

« Je dis ça de manière tout à fait neutre, déclara Rita en scrutant son visage. Mais si ça t'intéressait, Charlie serait ravi de t'embaucher ici…

— Rita.

— Aaron, je ne fais que passer l'information.

— Arrête. Sérieusement. Je ne peux pas. Tu sais bien que je…

— Je sais, et ce n'est pas grave. Vraiment. Je n'ai aucun intérêt dans cette histoire, à part le fait que je me soucie de toi. » Elle posa ses grands yeux noirs sur lui, de telle sorte qu'il ne put détourner les siens. « Mais en supposant que tu puisses. Charlie aurait du boulot pour toi, dans ce vignoble.

— Pour faire *quoi* ? Qu'est-ce que je pourrais faire ici, bon sang ?

— Tout. Tu pourrais apporter beaucoup. Ça fait un moment que l'entreprise est trop grande pour lui. Il cherche un partenaire. Pas forcément toi. Mais ça pourrait être toi.

— Bon Dieu, Rita. » L'aspect frustrant de cette situation le rendait irritable. Il ne pouvait pas entrouvrir cette porte-là. « S'il te plaît, est-ce qu'on peut… ?

— Quoi ?

— Ne pas faire comme si c'était quelque chose que je pourrais même envisager. D'accord ?

— OK. »

Comme Falk s'y attendait, Rita n'insista pas. Elle tendit simplement la main et la posa sur son bras. Le regard de Falk se perdit dans la nuit.

« Je la connais à peine, Rita.

— Je sais. »

Ils restèrent assis là un moment encore, à écouter les voix qui leur parvenaient du cottage. Falk se tourna vers la grange obscure, si calme et silencieuse comparée à tout à l'heure. Il repensa au déjeuner. Cela lui semblait si loin, maintenant.

« Charlie et Rohan se parlent encore, n'est-ce pas ? demanda-t-il.

— Après ce petit badinage en public remettant en question la paternité de Zoe ? Je crois, oui. Pas pire que d'habitude, en fait.

— C'est sans aucun fondement, j'imagine ? » Falk en aurait été très surpris. Zoe ressemblait vraiment à Rohan.

Rita secouait déjà la tête. « Je doute fort qu'il ait pu se passer quoi que ce soit. Pas juste à cause des traits de Zoe, mais parce que Charlie a raison : Kim n'aurait jamais fait une chose pareille à Rohan. Ça n'était pas dans sa nature. » Elle marqua une pause. « Ni dans celle de Charlie, d'ailleurs, quoi qu'il en dise. Mais bon, c'était quand même vraiment idiot. Quand Zoe est née, elle ressemblait surtout à Kim. C'est juste que Kim avait la même couleur de cheveux que Charlie et tous les autres. »

Des éclats de voix indistincts s'élevèrent de la maison, et ils se tournèrent tous deux dans cette direction. Falk entendit une voix ressemblant à celle de Raco, même s'il pouvait s'agir d'un de ses frères. Il ne distinguait pas les mots.

« Mais Greg est préoccupé, reprit Rita. Par toute cette histoire autour de Kim. »

Falk plissa le front. « Ouais. On dirait que depuis le début, pour lui, il y a un truc qui cloche.

— C'est plus que ça, tu sais. Il rumine sans arrêt, je le vois bien. On n'a pas trop eu le temps d'en parler ces derniers jours, mais je connais cet air-là. » Rita fit tourner l'eau dans son verre, le regard fixé sur la maison. « Il n'a jamais aimé le fait que Kim ait laissé Zoe seule. Il a toujours trouvé que ça ne cadrait pas avec sa personnalité. »

Falk repensa au champ de foire, la veille. Comment forcer un parent à faire ce que vous voulez ? En menaçant son enfant. La personnalité n'avait peut-être rien à voir là-dedans. Il se tourna vers Rita.

« Et toi, ça t'a surpris que Kim ait abandonné Zoe comme ça ? lui demanda-t-il.

— La Kim que je connaissais ? Oui, clairement. Mais ça faisait deux ans que je ne l'avais pas vue. » Rita fronça les sourcils. « Et je vais te dire une chose : être une jeune mère, c'est parfois très, très dur. Nous savons que Kim était sous antidépresseurs, et certains bébés sont un vrai cauchemar. On n'est pas censé le dire, mais c'est un fait. Ils vous ruinent la santé. Henry est plutôt facile, mais Eva ? » Elle serra fort les lèvres. « Et Kim, qui vient jusqu'ici avec un bébé de six semaines pour voir son adolescente de fille, laquelle annule au dernier moment ? Donc elle s'est sans doute sentie obligée d'aller à la Fête du vin, en emmenant sa petite, l'endroit est bruyant et noir de monde, et voilà que son mari s'en va rejoindre ses parents. D'un seul coup, elle se retrouve toute seule dans l'obscurité, et peut-être que son traitement est moins efficace depuis l'accouchement, peut-être qu'elle souffre encore par moments. Et elle est coincée là avec ce bébé qui recommence à faire une crise et, d'un seul coup, c'est juste trop pour elle. Alors elle part marcher, seule… »

Rita dévisagea Falk. Ils restèrent un temps silencieux.

« Voilà ce que je pense. Parce que je sais que ça peut arriver. »

Falk hocha lentement la tête. Il ne dit rien.

« Et le truc, poursuivit Rita, c'est que Zoe était plutôt en sécurité. Évidemment, ce n'est pas idéal, mais elle était confortablement bordée dans son landau. Elle avait chaud, elle était propre, à l'abri des intempéries. L'aire des poussettes est entourée de bénévoles, il y a sans arrêt des parents qui vont et qui viennent. Il y avait de grandes chances qu'une personne responsable la trouve. » Rita secoua la tête. « Quand j'imagine ce qui a pu passer par la tête de Kim ce soir-là, je pense que ça aurait pu finir beaucoup plus mal. Vraiment. »

Falk scruta les ténèbres. Lui aussi pouvait imaginer bien pire.

« Le sergent Dwyer ne croit pas que Kim ait pu ne parler à aucune de ses connaissances, ce soir-là. Mais j'imagine que si elle se sentait déjà isolée… »

Rita acquiesça en silence, et elle tendit la main pour remplir leurs verres. « Écoute, ne le répète à personne, sauf Greg – même s'il n'est pas tout à fait d'accord avec moi là-dessus –, mais je n'ai pas grandi ici, de sorte que j'ai un point de vue légèrement différent sur cette histoire.

— C'est-à-dire ? »

Rita reposa la bouteille, les yeux sur le cottage. Quelqu'un avait mis de la musique. À travers les portes de la véranda, Falk aperçut Raco en train de faire le café, toute une série de mugs alignés devant lui.

« J'adore les gens d'ici, reprit Rita. Tous les gens, je veux dire. Pas seulement ma famille. Et pas seulement parce que je serais bien obligée de m'entendre avec eux, non – parce qu'ils sont chaleureux et authentiques et généreux. Mais qu'ils le reconnaissent ou pas, si tant est qu'ils s'en soient même rendu compte, un fossé s'est créé quand Kim et Rohan se sont mis ensemble. Il y avait toujours eu… » Elle chercha les bons mots. « … cet espoir tacite, je crois, que Kim et Charlie finiraient forcément par se remettre ensemble. Quand ils se sont mariés, Kim et Rohan ont brisé cet espoir. Ils n'ont évidemment rien cassé du tout en réalité. Kim et Charlie s'étaient séparés, il n'y avait donc rien à briser. Mais la logique ne fait pas disparaître les sentiments. Et nous pouvons tous nous entendre et élever les enfants des autres et porter un toast aux mariés, et Charlie peut offrir autant de vin qu'il veut, le fait est que chacun a choisi son camp. Pour toutes sortes de raisons, car nous étions liés par cet endroit, par nos vies, nos activités professionnelles et notre famille. Et Kim savait tout ça. Elle avait fait un choix. Tout à fait légitime, d'ailleurs. Mais quand la poussière est retombée, même *Zara* s'est retrouvée ici avec Charlie. »

Falk dévisagea Rita. Pour la première fois, peut-être, elle semblait incapable de le regarder dans les yeux.

« Je n'ai pas besoin de t'expliquer, Aaron, ce que ça fait de te retrouver soudain bannie de ta propre communauté par des gens en qui tu avais confiance, murmura-t-elle. Mais j'imagine que ça fait mal. »

Ils restèrent assis là dans un long silence, jusqu'à ce qu'il se tourne vers elle. Rita contemplait toujours ses cuisses, l'air coupable. Cette fois, ce fut Falk qui posa sa main sur la sienne.

« Quelqu'un a parlé de tout ça avec Kim ? demanda-t-il.

— Je ne crois pas. Pas directement, en tout cas. Le plus proche qui se soit passé, c'était juste après les fiançailles de Kim. Zara a entendu cette dispute idiote entre Charlie et sa mère. Sans doute une énième broutille qui avait dégénéré, mais Charlie a lancé à Kim qu'elle faisait une erreur, que Rohan n'était pas l'homme qu'il lui fallait. Et qu'elle ne vienne pas pleurer sur son épaule quand elle s'en rendrait compte. Un truc dans le genre.

— Et qu'est-ce qui s'est passé, alors ? »

Rita haussa tristement les épaules. « Ils se sont fait la tête pendant quelques jours, mais ils étaient bien obligés de rester en bons termes, pour Zara. Ni l'un ni l'autre n'avait la force de rester fâché très longtemps, alors ils se sont rabibochés. Mais le mal était fait, tu comprends ? Par tout le monde, pour être honnête. Kim avait été prévenue. Elle l'aurait bien cherché. Donc, deux ans plus tard, quand Kim est en difficulté, qu'elle ne va peut-être pas très bien dans sa tête, et que tout ça lui semble soudain trop lourd à porter, est-ce que je suis surprise qu'elle n'aille trouver aucun d'entre nous ? » Le regard de Rita s'égara dans le silence des vignes. « J'aimerais te dire que oui. Mais non. Pas du tout. »

Chapitre 28

Falk ne put malheureusement se joindre au brunch familial des Raco, à cause d'une conférence téléphonique inopinée pour le travail. Rien que pour fournir cette excuse, il dut hausser la voix dans la cacophonie de la cuisine, et Rita croisa son regard par-dessus deux gamines en train de brailler, le visage écarlate. Elle hocha la tête dans un geste furtif d'approbation.

Sauve-toi, articula-t-elle sans se départir de son sourire figé.

Raco, luttant pour emmener les gamins dehors et les attacher un par un sur les sièges enfants, leva la main sans même le regarder. « Yep, pas de souci. »

Falk observa longuement son ami, son expression inhabituellement froide et distante. Difficile d'en avoir le cœur net au milieu du chaos, mais Falk se dit que Rita avait sans doute raison. Raco était préoccupé par quelque chose, et ce n'était pas juste les enfants. Falk se baissa pour ramasser un bob tombé par terre, et suivit son ami jusqu'à la voiture.

« Super. Merci. » Raco écrasa le chapeau sur la première tête nue qu'il trouva, puis s'efforça de verrouiller la ceinture d'un siège enfant. « Ce foutu machin ne veut jamais… *voilà*. Ça y est.

— C'est clairement pas le moment », lança Falk quand Raco émergea de l'habitacle, suant légèrement. Tous deux regardèrent les enfants, bien attachés à l'intérieur. « Mais tu veux qu'on parle, tout à l'heure ? Tu penses à quelque chose ? »

Raco hésita, puis souffla par les narines. Il se détourna des gamins. « Pas vraiment. Juste l'histoire de Kim, comme d'hab. J'arrête pas de ressasser des trucs, mais bon, rien de nouveau.

— Vraiment ?

— Vraiment. J'aimerais bien, tu sais. N'importe quoi qui permettrait de faire avancer les choses. » Raco se tourna de nouveau vers la voiture, où un cri suraigu fut suivi d'un chœur de gloussements.

« Ouais. » Falk éprouvait la même frustration sourde, comme s'il y avait un angle mort étrange et inattendu dans sa vision périphérique. Les deux hommes se tournèrent en entendant un autre cri, accompagné cette fois de pleurs.

« Enfin, bref. Je ferais mieux d'y aller. » Les coins de la bouche de Raco se soulevèrent. « Et puis, hé ! Ne les laisse pas trop t'exploiter pendant cette soudaine conférence téléphonique, hein ? »

Falk sourit. « Je ferai de mon mieux. Profite de ton brunch.

— Yep. Moi aussi, j'essaierai. On se voit tout à l'heure. »

Falk attendit qu'ils soient partis et que le calme soit revenu dans le vignoble avant d'enfiler sa tenue de jogging. Il partit au petit trot dans l'allée et suivit le même itinéraire que la dernière fois, empruntant les routes de campagne sous le soleil du matin. Il entendit le bruit lointain et familier d'un ballon de footy rebondissant sur le sol alors que le parc se dessinait devant lui, et il ralentit avant de s'arrêter. Il débattit intérieurement avant, cette fois, de traverser la pelouse et le terrain de jeux jusqu'à l'ovale. Il s'appuya contre la rambarde métallique, au bord du terrain, pour reprendre son souffle.

Falk vit que Shane était ébloui par le soleil, alors qu'il levait les yeux vers les poteaux sans cesser de courir et armait une frappe puissante. Le ballon s'éleva dans les airs, semblant parfaitement cadré avant de heurter au tout dernier moment le poteau, qui le renvoya. La balle rebondit deux ou trois fois, et vint s'immobiliser à proximité de Falk. Shane mit sa main en visière, le souffle court, le visage luisant de sueur. Il sourit en reconnaissant Falk.

« Envoyez-le-moi au pied, mon pote ! » cria-t-il.

Falk hésita. Shane attendit, puis pointa son doigt vers le sol.

« Il est juste là. Devant vous.

— Ouais. Je le vois, merci. » Falk rit de bon cœur. Il enjamba la barrière pour ramasser le ballon. Cela faisait des années qu'il n'avait pas tenu un ballon dans les mains. Il le fit tourner, sentant entre ses paumes le poids et la courbe familiers. Falk jeta un regard à Shane au milieu de l'ovale. Il n'avait pas bougé mais semblait soudain se trouver très loin.

« Allez ! cria de nouveau Shane. Tout le monde est nul, à mes yeux, vous en faites pas pour ça.

— Ouais, OK, je vais le faire ! cria Falk en retour. Si vous voulez bien la fermer et me laisser me concentrer. »

Shane sourit, mais se tut. Falk tenta de se rappeler comment il s'y était pris, dans le temps, puis renonça. Il fit quelques pas en courant puis frappa simplement, laissant l'instinct prendre le dessus. Les deux hommes suivirent la trajectoire du ballon dans les airs.

« Jolie frappe. Pas mal. » Shane dut courir pour se positionner sous la balle, mais au moins, celle-ci avait couvert la distance. « Baissez un peu plus les poignets, vous aurez un meilleur angle. » Il trottina sur quelques pas et fit une démonstration, lui renvoyant tranquillement la balle.

Falk se déplaça pour la réceptionner, suivant le ballon des yeux, tendant les bras en l'air et l'attrapant puis, baissant bien les poignets, décrivit une courbe avant de la renvoyer du pied à Shane, qui passait en courant devant lui. Shane l'attrapa puis ils coururent ensemble, traversant l'ovale dans un sens puis dans l'autre, jusqu'à ce que Shane désigne les poteaux.

« À vous de jouer. » Il était essoufflé.

Falk frappa. Les poteaux étaient proches et complètement dégagés, mais ils s'exclamèrent tous les deux quand le ballon passa au milieu.

« Vous pourriez être pas mauvais, vous savez ? Vous êtes juste un peu rouillé », le félicita Shane en récupérant le ballon, le front trempé. Ils marchèrent jusqu'à la fontaine, respirant bruyamment. « Ça fait combien de temps que vous n'avez pas tapé dans un ballon ?

— Mon Dieu, je ne sais pas. » Falk essaya de se rappeler. « Des années, c'est sûr. Et jamais un lundi matin.

— C'est sympa, hein ? » Shane sourit. « Pour l'instant, en tout cas. Ce terrain est beaucoup plus animé, en général. Vous verriez ça, en automne… Toute la ville est là, les viticulteurs des environs, c'est la folie. Mais bon, Charlie est bien pour ça. On bosse dur quand il le faut et, le reste du temps, c'est plus cool. » Il étira ses épaules et se tourna vers la piste qui menait au vignoble. « C'était une bonne journée, hier, j'ai trouvé. Tout le monde s'est levé en forme ce matin ?

— Je crois, oui. Ils sont partis faire un brunch. Vous êtes resté tard ?

— Pas vraiment. J'ai raccompagné Naomi une partie du chemin, parce qu'il commençait à faire nuit. Apparemment, elle s'est bien amusée. Elle est contente d'avoir été choisie comme marraine.

— Ça m'a l'air d'être un bon choix. » Falk appuya sur le bouton de la fontaine. « Elle est marrante.

— Naomi ? Ouais. Super fille. »

Il y avait un peu de nostalgie dans la voix de Shane. Falk avala sa gorgée et s'essuya les lèvres. Il repensa à Naomi, sur son trente et un, seule devant le barbecue, et se demanda malgré lui, de manière assez inattendue, ce que Rita aurait fait dans cette situation.

« Elle est divorcée, non ? » choisit-il.

Shane étudiait le ballon, le faisant tourner entre ses mains.

« Ouais. Ça fait un an et demi, à peu près.

— Elle ne voit personne ?

— Non. » Le ballon cessa momentanément de bouger. Le ton était presque territorial. « Pourquoi ?

— J'sais pas. Petite ville. Là où j'habitais dans le temps, elle ne serait pas restée célibataire très longtemps.

— Non. Ici non plus, probablement. » Le front de Shane se creusa. « On est sortis ensemble, à un moment. Naomi et moi. Pas très longtemps. Il y a des années. Elle pourrait viser mieux maintenant, c'est sûr. Mais ouais, on était ensemble à l'époque. Quand je jouais au footy.

— Ah bon ? » Falk l'ignorait, mais se rendit compte que cela ne le surprenait guère. « Ça n'a pas fonctionné ?

— Non. J'ai tout foutu en l'air. L'histoire classique. Je suis allé jouer un match à Perth. J'ai couché avec une autre dans les toilettes d'une boîte de nuit.

— Ah, souffla Falk. Ça peut suffire, en effet.

— Ouais. » Ils regagnèrent le terrain. Shane se mit en position et frappa du pied dans le ballon. Ils le regardèrent planer à travers les poteaux, rebondir de l'autre côté. Shane se tourna vers Falk, la voix légère. « Pourquoi ? Elle a dit quelque chose ?

— Naomi ? Pas à moi, en tout cas.

— Non. » Shane secoua vivement la tête. « C'est ce que je pensais. » Il avait l'air un peu, mais clairement, déçu.

« N'empêche. » Falk repensa à Naomi, à ses détours par le vignoble, la manière dont ses yeux avaient cherché Shane à l'église. Elle lui faisait l'effet d'une femme qu'on pouvait convaincre de pardonner. « C'est long de rester fâchée vingt ans, quelle que soit la raison.

— Je sais pas. Ça dépend. » L'ombre d'un sourire traversa le visage de Shane. « Je suis souvent repassé par Perth, à l'époque. »

Il courut ramasser le ballon et ils frappèrent dedans pendant un moment encore, jusqu'à ce qu'un groupe de jeunes garçons venus profiter au maximum de leurs vacances se rassemblent autour des poteaux, à l'autre extrémité du terrain. Il était évident, à l'expression décontenancée qui se lisait sur leurs petits visages critiques, qu'il était temps pour ces deux vieux de céder la place. Shane jeta un coup d'œil à sa montre.

« Je ferais sans doute mieux de rentrer. Histoire de bosser un peu.

— Vous habitez où ? demanda Falk tandis qu'ils se mettaient en route.

— Près du réservoir, pas loin de chez Naomi. Mais j'ai toujours des vêtements et quelques affaires au vignoble. Je vais me doucher et me changer là-bas. »

Falk jeta un coup d'œil par-dessus son épaule. L'embranchement menant à la retenue se trouvait quelque part derrière eux, au bord de la route déserte, bien caché. À côté de lui, Shane faisait tournoyer la balle en marchant, et sifflait doucement entre ses dents.

« J'ai croisé Joel l'autre jour, déclara Falk. Il m'a parlé de l'accident de son père.

— Ah ouais ? » Shane cessa de jouer avec le ballon. « Il y a du nouveau ?

— Pas que je sache. Mais je peux vous poser une question ? À propos du moment où vous êtes arrivé sur place ? »

Il y eut une pause. « Bien sûr.

— Je sais que ça remonte à des années, mais vous vous en souvenez ?

— Ouais, mon pote. » Un rire minuscule, dur. « Je me souviens très bien de cette journée.

— Qu'avez-vous vu ? » Falk espérait que Shane allait emprunter le chemin désiré sans qu'il soit nécessaire de le guider.

« Je sais pas. Je veux dire, c'était horrible. Luna hurlait à la mort. C'est ça que vous voulez savoir ?

— Justement, ce genre de détails. En vous appuyant sur votre instinct, avez-vous eu l'impression que quelqu'un venait de s'enfuir précipitamment ? Ou bien que l'endroit était calme depuis un moment ? »

Shane plissa le front. « Je crois… » Ses yeux étaient fixés sur la route, mais son regard était ailleurs. « Je me rappelle avoir été étonné en voyant que j'étais tout seul sur place. Il m'a fallu un moment pour saisir ça, vous voyez ce que je veux dire ? » Il se tourna vers Falk, qui acquiesça. « Peut-être parce que Luna faisait tout ce raffut, ça donnait l'impression que Dean était forcément dans le coin. Ou parce qu'on ne s'attend jamais vraiment à être le premier à découvrir un truc pareil. Mais il n'avait pas dû s'écouler beaucoup de temps, je pense. Dean promenait Luna vers six heures trente, le matin, et je suis sans doute arrivé là avant huit heures. » Il n'ajouta rien pendant quelques pas. « Mais assez longtemps, j'imagine. Vu ce qui s'est passé.

— Donc, la première chose que vous avez remarquée, c'était Luna », dit Falk, et Shane fit oui de la tête. Ils avaient atteint l'entrée du vignoble et remontèrent l'allée ensemble. « Et ensuite ?

— Sans doute aussi que la barrière était cassée. Difficile de ne pas le voir. Et il y avait des traces sur la piste, là où la voiture avait dérapé.

— Attardons-nous un peu sur le sol : de quoi ça avait l'air ?

— Il y avait les traces de pneus. Ils avaient labouré la terre à l'endroit où la voiture avait freiné. » Shane le dévisagea.

« Rien d'autre ?

— Comme quoi ? »

Ils étaient presque arrivés devant la maison de Charlie, où Falk sentait que la conversation allait s'arrêter. Shane ne s'était pas souvenu de ce qu'il avait espéré, ce qui était sans doute éclairant d'un certain point de vue, mais beaucoup moins d'un autre. Il allait devoir poser directement la question.

« Y avait-il des éclats de verre sur le sol ?

— Des éclats de verre… » Le visage de Shane était resté de marbre. « Je ne sais plus trop.

— Pas d'urgence, Shane. Réfléchissez juste une minute. » Falk attendit, mais aucune réponse ne vint. « Vous ne savez vraiment pas ?

— Non. » Shane fronça les sourcils. « Pourquoi ? C'est important ? »

Falk secoua la tête. « Je ne sais pas. »

Chapitre 29

Le commissariat de la Marralee Valley était niché en plein cœur de la ville. Falk n'y avait mis les pieds qu'une seule fois, un an plus tôt, quand on l'avait invité à venir faire sa déposition au lendemain de la disparition de Kim.

Il se gara en plein soleil et entra dans le bâtiment. La réception était mal éclairée en ce milieu d'après-midi, peinte de ce bleu industriel tristounet qu'il se rappelait avoir trouvé un peu oppressant la première fois. Ce jour-là, on l'avait fait attendre pendant un bon moment, et il se revoyait encore assis dans son coin à se repasser en silence ce qu'il avait vu sur le champ de foire, tout en se demandant vaguement si cette couleur n'était pas un choix délibéré pour faire en sorte que les visiteurs sentent immédiatement le poids de l'institution.

Possible, avait-il tranché l'année précédente. Probablement, estima-t-il ce jour-là, maintenant qu'il avait rencontré le sergent Dwyer et passé un peu de temps avec lui. Quand on les plaçait dans cette situation mentale, les gens avaient tendance à se montrer plus coopératifs, et ces murs semblaient avoir reçu une nouvelle couche de peinture ces dernières années. Dwyer était du genre à insister sur le fait que même la déco comptait, songea Falk en s'approchant du guichet, où il demanda à voir le policier.

« Sorti, lui répondit-on. Il revient bientôt. »

Falk laissa son nom et un bref message, puis poussa la porte. Au pied des marches, il s'arrêta et sortit son téléphone pour appeler Gemma. Il prit quelques instants pour savourer la nouveauté de posséder son numéro, et ressentit une bouffée d'euphorie quand elle décrocha.

« Hey, la salua-t-il. On se voit toujours tout à l'heure ?

— Oui. » Il entendit qu'elle souriait. « J'ai une fenêtre de deux heures. Qu'as-tu envie de faire ?

— Je vais y réfléchir », répondit-il, et c'est ce qu'il fit, planté au soleil devant le commissariat, à regarder les habitants passer dans la rue, vaquant à leurs occupations. Au bout de quelques minutes, il se redressa et se fondit dans le flot des piétons sur le trottoir, s'enfonçant dans le centre-ville en quête de certaines choses.

Le temps qu'il revienne, Dwyer était de retour au commissariat. Falk était en train de charger ses sacs de courses dans sa voiture quand il repéra le policier grimpant les marches du perron. Il referma le coffre et le suivit à l'intérieur.

« Vous vouliez me voir ? » l'interrogea Dwyer en l'apercevant derrière lui. Il n'avait pas l'air très surpris. Il déverrouilla une porte sécurisée et lui fit signe de le suivre. « Venez. »

Le bureau de Dwyer était peint du même bleu industriel que la réception mais il y régnait un grand calme et l'endroit, à défaut d'être totalement rassurant, semblait ordonné. Ce bureau était bien tenu et éminemment fonctionnel, avec des classeurs à tiroirs bien étiquetés alignés contre le mur du fond et une fenêtre ouvrant sur la grand-rue. Falk s'assit en face du sergent. Comme le reste de la pièce, l'espace de travail de Dwyer était aussi propre et dépouillé qu'un bureau de policier peut l'être. Il accueillait quelques objets personnels que Falk pouvait apercevoir – un mug propre et une photo encadrée de Dwyer, son épouse et sa fille. Ils se tenaient par les épaules, tout sourire, mais Falk comprit à l'âge de la fille que cette photo avait été prise plusieurs années avant sa mort. Caitlin Dwyer n'était encore qu'une enfant, lors de ce moment heureux dont son père avait choisi de se souvenir.

« Le baptême des Raco s'est bien passé, m'a-t-on dit, déclara Dwyer, suivant le regard de Falk.

— C'est vrai, merci.

— Parfait. J'espérais pouvoir faire un saut, mais j'étais de service. Je me suis retrouvé embarqué dans un truc. »

Sa voix était neutre, mais Falk y décela une note qui lui fit relever les yeux. « Du nouveau, lié à l'appel à témoins ? »

Dwyer ne répondit pas oui, mais il ne dit pas non. Au bout d'un moment, il s'enfonça dans son fauteuil. « Alors, que puis-je faire pour vous ?

— Eh bien, voilà. Je voulais vous interroger sur ça… » Falk sortit son portable et fit défiler le menu pour trouver la vidéo de l'accident que Joel avait partagée avec lui deux jours auparavant. Il la tendit sous le nez de Dwyer, qui enfila ses lunettes et se pencha en avant pour mieux voir.

« Joel me l'a envoyée…, expliqua Falk.

— Il a fait ça ? » Dwyer contempla longuement l'écran, puis fronça les sourcils. Il se redressa sur son siège. « Pardon, je pensais que vous vouliez me parler de Kim.

— Non, répliqua Falk. De Dean Tozer. »

Dwyer se figea brusquement, peinant à le suivre, puis se pencha de nouveau en avant. « Je vous écoute.

— Joel m'a dit que vous connaissiez l'existence de cette vidéo.

— Effectivement. C'est juste que je ne l'ai pas vue depuis un bout de temps. »

Falk patienta, pendant que Dwyer la regardait en silence. Son visage demeura impassible, ne tressautant qu'une seule fois, devant les images de lui-même observant Gemma, accablée de douleur. À la fin de la vidéo, Falk revint un peu en arrière et l'arrêta sur l'image la plus nette. Ni Gemma ni Dwyer n'étaient dans le champ, et le sol autour de la barrière défoncée était net, bien visible.

« Je voulais vous demander… » Falk pointa son doigt sur l'écran. « Là. Il ne semble pas y avoir d'éclats de verre provenant des phares. »

Dwyer contempla l'image quelques instants encore. « Non. » Son front se froissa. « C'est vrai. De mémoire, il n'y en avait quasiment pas.

— Ah bon ? Et qu'en avez-vous conclu ?

— La même chose que vous, j'imagine, rétorqua Dwyer. Que le conducteur avait essayé de tout nettoyer.

— Est-ce habituel ? Dans ce genre de situation ?

— Eh bien, nous n'y sommes pas souvent confrontés par ici, heureusement. Mais tenter d'effacer les preuves après un accident de la circulation ? » Le policier repoussa ses lunettes sur le haut de son nez et réfléchit quelques instants. « Ça arrive. Certains ont cet état d'esprit. Mais c'est généralement plus difficile, parce que la plupart des collisions ont lieu sur des routes. On ne peut pas faire grand-chose avec le verre, sur le bitume. Mais là… » Il désigna le rebord du précipice, sur l'écran. « … il y avait un endroit où le cacher.

— Donc, quoi ? On l'a poussé dans l'eau ?

— Oui, ça n'était pas trop compliqué. Suffisait de le racler avec la semelle de sa chaussure ou quelque chose comme ça. On a récupéré quelques fragments, mais il y en a de toutes sortes au fond de cette retenue. Des bouteilles brisées, des débris. On a reçu différents résultats, dont certains pas du tout concluants. Difficile de différencier ce qui pouvait être utile des simples détritus. » Dwyer releva la tête. « Et Joel est préoccupé par ça ? Maintenant ?

— Par l'accident, oui. Pas par le verre. » Falk récupéra son portable et le remit au fond de sa poche. « J'ai l'impression qu'il n'est pas au courant de ça.

— Sans doute pas. Il n'avait que, quoi… douze ans à l'époque ? Et Gemma était effondrée, comme vous pouvez l'imaginer. Je ne rappelle pas si nous en avons parlé spécifiquement. J'ai plutôt eu tendance à me concentrer sur la moindre info positive. Et il n'y en avait pas tant que ça, malheureusement. » Dwyer passa la main sur son menton rasé de frais. « Joel va bien, dites ? Ou c'est dur ?

— Un peu des deux, je crois, répondit Falk. Ça dépend des moments. »

Dwyer ne réagit pas tout de suite. Dans le couloir, Falk entendit le bruit d'une photocopieuse en train de se lancer. « Vous l'aviez rencontré, Dean ? » finit par demander le policier.

Falk fit non de la tête.

« Un type bien. Très apprécié par ici. Juste un mec normal, comptable de métier. Il travaillait en ville, donc la plupart des gens le connaissaient. Ç'a été un sacré choc. Sorti promener son chien, au mauvais endroit, au mauvais moment. Et j'ai bien conscience que son gosse pense que je n'en ai pas fait assez. » Les yeux de Dwyer se posèrent sur la photo de sa défunte fille. Il eut l'air soudain las, pour la première fois depuis que Falk le connaissait. « Mais je comprends ce qu'il ressent. Vraiment. »

Dwyer resta assis là à contempler son bureau, puis se racla la gorge et consulta sa montre. Il enveloppa Falk d'un regard assuré, redevenu lui-même.

« Dites-moi quelque chose à propos de Kim. Un truc que je ne sais pas. »

Falk laissa échapper un rire bref. « Je suis sûr que vous savez tout ce que je sais.

— Ouais, tu parles. » Le ton était aimable, mais ferme. « Vous étiez à ce baptême, hier. Tout le monde était détendu, à papoter. À *réfléchir*. Vous ne me ferez pas croire que rien n'a été dit. »

Falk commença à secouer la tête, puis s'arrêta. Il y avait peut-être eu quelque chose, en effet.

« Eh bien, vous le savez sans doute déjà, mais elle avait quitté son travail à peu près un an avant de disparaître. Elle a démissionné, sans en parler à personne. Ici, en tout cas. Rohan dit qu'elle était stressée par son boulot en général, plutôt que par un aspect en particulier.

— Je vous avais dit qu'il y avait forcément quelque chose. » Dwyer s'autorisa un air suffisant l'espace d'une demi-seconde, avant de reprendre son sérieux. « Que faisait Kim pour gagner sa vie, dans ce cas ?

— Sans doute rien. Elle a dû tomber enceinte peu de temps après.

— On imagine que Rohan devait toucher un salaire plutôt confortable, en tant qu'ingénieur. » Dwyer dévisagea Falk. « À moins que vous ne pensiez à des ennuis financiers ?

— Je ne sais vraiment pas. Dans ce cas précis. Mais j'ai tendance à m'intéresser à cet aspect aussi. Ça fait partie du job, d'en tenir compte jusqu'à ce qu'on puisse l'écarter. Ça vaudrait peut-être la peine de se pencher là-dessus.

— Je le ferai, répondit Dwyer, perplexe. Mais quand même, c'est dommage que Kim ait lâché son travail. Pour tout un tas de raisons. Elle était douée. Nous organisons des collectes au profit d'associations caritatives chaque année dans la communauté, et je m'occupe notamment de cette association liée aux addictions, dont je fais partie. Kim avait sa propre boîte, si bien qu'elle nous faisait les affiches et les banderoles à prix coûtant. » Il fit pivoter son fauteuil de quelques degrés pour pouvoir jeter un coup d'œil sur la rue principale, par la fenêtre. « Son bureau se trouvait juste là-bas, avant qu'elle ne déménage à Adélaïde, donc je la voyais entrer et sortir tous les jours. »

Falk regarda dehors par-dessus l'épaule de Dwyer. De l'autre côté de la rue, il distingua ce qui semblait être un espace commercial partagé. Deux locaux – *31A* et *31B*, lut Falk en plissant les yeux – avec une vitrine et une entrée commune.

« C'est là qu'elle travaillait, alors ? Et il y a quoi, maintenant ?

— Une imprimerie. » Dwyer désigna le bureau situé sur la gauche, puis celui de droite. « Un cabinet d'avocats.

— L'un des deux était-il déjà là quand Kim travaillait sur place ?

— Non. » Cette question fit pivoter Dwyer, qui planta ses yeux dans les siens. Son expression était indéchiffrable. « Aucun des deux n'était là.

— Ah bon ? » s'étonna Falk.

Dwyer marqua une pause, soupesant quelque chose. « Si je vous le dis, vous allez extrapoler.

— Je ferai tout mon possible pour m'abstenir.

— Vous ne pourrez pas vous en empêcher. » Dwyer ne donnait pas l'impression de le juger, il semblait juste résigné à l'inévitable. Sur le bureau, son téléphone se mit à sonner. Il tendit la main, mais ne répondit pas tout de suite. « Vous allez voir un lien où il n'y en a pas. Croyez-moi.

— OK.

— Je vous le dis en tant que policier : c'est une petite ville. Ces choses-là arrivent, c'est tout.

— Racontez toujours.

— Pendant deux ans, Kim a loué le bureau de droite. » Dwyer empoigna le téléphone. « Et jusqu'à sa mort, Dean Tozer occupait celui de gauche. »

Chapitre 30

Dwyer avait vu juste. Debout dans la rue devant le local commercial que Kim et Dean avaient autrefois partagé, il dut le reconnaître, même si cela lui faisait mal. L'instinct de Falk le poussait à y lire tout un roman.

Il avait laissé Dwyer à son appel téléphonique et, en ressortant du commissariat, avait aussitôt traversé la rue. Examinant à présent la devanture des deux locaux commerciaux – 31A et 31B –, il lui semblait sentir les yeux du policier dans son dos, à travers la fenêtre du bureau. Falk ne s'en offusqua pas. Dans la situation inverse, il aurait fait pareil.

Dwyer s'était montré catégorique, cependant, et Falk savait d'expérience que des coïncidences arrivaient presque tous les jours dans les petites villes. Mais quand même. Il expira profondément et réprima consciemment sa réaction instinctive. Puis il regarda de nouveau.

Les deux bureaux étaient de banals espaces dont la façade vitrée ouvrait sur la rue principale. Deux personnes travaillaient dans l'imprimerie, et une femme solitaire dans le cabinet d'avocats, laquelle l'enveloppa d'un regard méfiant depuis son bureau quand elle le repéra en train de scruter le bâtiment. Falk s'éloigna à la hâte. À ce qu'il pouvait voir de la disposition des lieux, les deux locaux ne partageaient qu'une porte et un hall d'entrée. Leurs occupants se voyaient certainement arriver le matin et repartir le soir, mais pas nécessairement durant la journée. Sauf s'ils le désiraient, ce qui n'aurait pas étonné Falk. Kim et Dean s'entendaient bien, à en croire les autres ; et tous deux étaient proches de Charlie.

Falk s'écarta de la façade et parcourut doucement tout le pâté de maisons, passant devant une partie des boutiques où il s'était rendu un peu plus tôt. Il les ignora cette fois, préférant compter les espaces de bureaux. Il en repéra huit qu'il jugea susceptibles d'accueillir des entreprises petites ou moyennes. Plus ou moins ce à quoi il s'attendait. Si Kim et Dean voulaient travailler dans le centre-ville, le choix n'était pas pléthorique. D'autant qu'il avait forcément été dicté par d'autres facteurs, devina Falk, comme la disponibilité des locaux. Mais le fait était que Kim et Dean s'étaient retrouvés à travailler l'un à côté de l'autre, du moins un temps.

Coïncidence de petite ville, songea Falk en étudiant de nouveau les locaux 31A et 31B. Parfois, c'était juste ça. Parfois non.

« Salut Aaron ! »

Falk reconnut la voix et, sur la vitrine de l'imprimerie, vit se refléter une silhouette qui traversait la rue vers lui. Charlie.

Il se retourna. « Bonjour.

— Je me disais bien que c'était toi. » Charlie portait deux sacs visiblement lourds d'un produit agricole que Falk ne put identifier. Il les posa par terre avec soulagement et jeta un coup d'œil au local commercial derrière Falk, ses yeux s'attardant en particulier sur le 31B. L'ancien lieu de travail de Kim. Une ombre traversa son visage mais il ne fit aucun commentaire. Quand il se tourna vers Falk, son éternel sourire était revenu.

« Tu rentres au vignoble ? demanda-t-il. Tu veux que je te ramène ?

— Non, merci. Je suis en voiture. Et de toute façon, je dois voir Gemma tout à l'heure.

— Ah ouais ? » Charlie ne semblait pas surpris, mais il y eut un silence, comme s'il réfléchissait. Puis il désigna du menton les sacs sur le trottoir. « Je suis garé au coin de la rue. T'as le temps de me filer un coup de main avec ça ?

— Bien sûr. »

Falk ramassa le sac le plus proche et suivit Charlie le long du trottoir, jusqu'à une rue perpendiculaire ombragée. Quand ils eurent atteint le pick-up de Charlie, Falk l'aida à hisser les sacs à l'arrière.

« Merci. » Charlie déverrouilla la portière côté conducteur mais ne l'ouvrit pas. Il s'adossa à la carrosserie. « Écoute, c'est tellement dur de discuter dans cette foutue maison en ce moment, avec tous ces gens partout… » Il le gratifia d'un sourire. « Je précise que d'habitude, il n'y a pas toute cette pagaille. La plupart du temps on est juste tous les deux, Shane et moi, à faire tourner la boîte. On s'entend penser, en tout cas.

— Je vois.

— Ouais. Bref, Rita a dû t'en parler, mais si par hasard t'envisageais de rester un peu à Marralee… »

Non. La réponse intérieure de Falk fut immédiate, mais il retint ses mots. Charlie la lut sur ses traits.

« Mon foutu frère me refile des infos bidon, hein ? Ça serait pas la première fois…

— Pardon. » Falk secoua la tête. « Continue.

— Eh bien, le truc, c'est que la boîte est plus grosse qu'avant. L'organisation que j'avais mise en place ne suffit plus vraiment, et faut que j'anticipe un peu. J'ai Shane avec moi, bien sûr, les employés occasionnels et les équipes de saisonniers, mais j'aurais besoin d'une autre personne à l'année. Une paire de mains solides pour nous aider, Shane et moi.

— D'accord, mais pour faire quoi ?

— Bon sang, un peu tout ! s'esclaffa Charlie. Si tu sais te débrouiller avec un tableur et un tracteur, on aurait de quoi t'occuper, t'inquiète pas pour ça. Et on n'est pas obligés non plus d'avoir une relation patron-employé, si c'est ça qui te chiffonne. On pourrait te faire un contrat de prestataire de services, si tu préfères. C'est comme ça qu'on fonctionne, avec Shane. Je pourrais faire les calculs, histoire de voir déjà si le salaire pourrait te convenir.

— Je n'y connais rien en vin, Charlie.

— Ça, j'avais remarqué. » Mais il souriait. « C'est une activité purement agricole à notre niveau, tu sais ; même si, pour être honnête, c'est mieux d'avoir des gens qui ne sont pas trop friands du produit fini. » Charlie dévisagea Falk puis haussa les épaules. « J'sais pas, mon vieux, je me rends compte que ça tombe un peu du ciel. Mais d'après ce que Greg me raconte depuis toutes ces années, je suis sûr que t'assurerais. Il n'y a rien dans cette activité que tu ne serais pas capable d'apprendre si tu le voulais.

— Et Shane, il en penserait quoi ? » Falk se demanda pourquoi il avait même posé la question.

« C'est lui qui l'a suggéré. Je sais l'impression qu'il donne, mais il est beaucoup plus attentif que les gens ne le croient parfois. Il sait repérer une opportunité quand il en voit une. »

Falk médita la chose.

« Je ne suis pas comptable, tu sais, répondit-il. Sérieusement. Aider Shane avec deux, trois factures, c'est une chose. Mais je ne suis ni formé pour ni qualifié. Ce n'est pas ce que je fais dans la vie.

— Compris, dit Charlie. Mais je parie que tu sais bien t'y prendre dans ce domaine. »

Cette dernière remarque fit sourire Falk. Il ne répondit rien pendant un long moment, regardant la ville au bout de cette petite rue ombragée. Au carrefour, une femme salua joyeusement un couple sur le trottoir d'en face. Plus loin, trois hommes âgés assis devant le pub se disputaient gentiment, des bières fraîches posées devant eux. Le ciel de l'après-midi était d'un bleu éclatant et, à l'horizon, les collines ondulaient, paresseuses.

« Je le prendrai pas mal si tu n'as pas envie, reprit Charlie, et Falk sentit qu'il était sincère.

— Ce n'est pas ça. C'est... » Il s'interrompit. Qu'était-ce donc ? Tant de choses. Il soupira. « Je veux dire, c'est quand la dernière fois que tu as envisagé de déraciner ta vie ?

— Eh bien, jamais. » Charlie sourit et désigna d'un geste la ville, l'azur du ciel, les collines verdoyantes, les vignobles prospères au-delà, invisibles. « Mais j'ai déjà la chance de vivre ici. »

Falk sourit. « Oui, j'imagine que tu as raison.

— Enfin… » Charlie ouvrit la portière du pick-up. « Pas de pression. Je voulais juste t'en toucher un mot. Au cas où.

— OK. Je te remercie. Vraiment. Le vignoble est magnifique. Et cette offre me touche.

— T'as pas à me remercier, tu sais. Ça me rendrait bien service, aussi. » Charlie démarra le moteur et le salua de la main, par la fenêtre. « Prends ton temps. Réfléchis. »

Falk le regarda s'éloigner, puis resta planté un moment dans cette rue calme et fraîche. Il n'avait pas besoin de temps, parce qu'il n'avait pas besoin d'y réfléchir. Mais en marchant jusqu'à sa voiture puis en roulant vers la maison de Gemma, Falk ne fut pas totalement surpris de découvrir qu'il était incapable de penser à autre chose.

Chapitre 31

Joel vint lui ouvrir. Falk s'était garé devant la maison de Gemma, à l'ombre des eucalyptus, et il était resté assis dans la voiture, à écouter le son feutré des feuilles bruissant autour de lui. Au bout d'un certain temps, il était descendu et avait sonné à la porte.

« Hey. Gemma est en route. » Joel recula pour le laisser entrer. Il avait le pouce enfoncé dans les pages d'un roman. « Elle a envoyé un texto pour dire que vous risquiez d'arriver le premier. Vous voulez boire un truc ?

— Non, ça va aller. Merci, mon grand. »

Falk le suivit jusqu'à la cuisine, où Joel se remplit un verre d'eau au robinet de l'évier. Il but une grande lampée, en vidant la moitié d'un coup. « Vous allez quelque part, avec Gemma ?

— Ouais. » Falk hésita. « Et toi, tu fais quoi ?

— Je remplace quelqu'un au poste de secours de la fête, vous en faites pas. » Joel but le reste de son verre, l'air espiègle. « Vous n'êtes pas obligés de m'emmener. »

Falk lui rendit son sourire. « Dommage pour nous. » Cependant, il était soulagé. Cela n'aurait pas été la fin du monde, mais il n'avait vraiment pas prévu une sortie à trois.

« Même si je travaillais pas, il aurait sans doute fallu que je bosse un peu pour les cours, soupira Joel en jetant son livre, ouvert, sur le comptoir. La couverture était ornée d'une aquarelle aux couleurs pâles représentant une fille en longue robe et bonnet d'époque.

« Les exams commencent quand ?

— Le premier est dans quelques semaines.

— Et après, la fac ? demanda Falk, et Joel acquiesça. Tu envisages quoi, au juste ?

— Des études de droit, je pense. » Le garçon n'avait pas l'air totalement enthousiaste. « Un truc qui me permette de décrocher un job ailleurs, en tout cas.

— Ça ne te plaît pas, ici ?

— Ce n'est pas ça, c'est juste ennuyeux.

— Tu trouves ça un peu calme ?

— Ouais. » Joel dévisagea Falk comme si rien n'était plus évident. « Parce que ça l'est.

— Ce n'est pas toujours une mauvaise chose, tu sais. » Falk se tourna vers la véranda, où il était sorti s'asseoir avec Gemma le premier soir. Le bush était dense et immobile, il entendit des loriquets qui s'interpellaient bruyamment. « Parfois, ça peut même être très bien. »

Le garçon le contemplait avec une légère moue, ne sachant trop ce qu'il était censé répondre. Falk ne pouvait pas lui en vouloir. Il s'éclaircit la gorge.

« Écoute, j'ai bien regardé ta vidéo. Celle de l'accident.

— Ah ouais ? » Joel se redressa aussitôt devant le plan de travail.

« Bon, ne t'enflamme pas trop. Ce n'était pas grand-chose, au final. » Falk sortit son téléphone. « C'est un peu difficile à voir sur cet écran, mais…

— Je l'ai sur l'ordinateur. » Joel posa brusquement son verre vide et lui fit signe de le suivre. La chambre de Joel était un peu moins en désordre que Falk ne l'aurait imaginé, mais ce n'était pas difficile. Le garçon repoussa une pleine brassée d'objets et de vêtements afin que Falk puisse se pencher pour regarder l'écran, sur son bureau, où Joel venait de lancer la vidéo.

« C'est là. » Falk pointa du doigt et Joel mit sur pause. Falk lui expliqua les débris de verre et rapporta ce que Shane et le policier lui avaient confié. « Donc ça ne fait pas vraiment avancer les choses. Désolé. »

Le garçon resta silencieux, faisant défiler les images puis revenant en arrière.

« Quelqu'un a tenté de cacher ce qu'il venait de faire, finit-il par déclarer. Alors que papa était en bas, dans l'eau ?

— C'est possible, oui.

— Qui ferait une chose pareille ?

— Les gens sont capables de n'importe quoi quand ils ont peur ou qu'ils paniquent, répondit Falk. Ce n'est pas une excuse, bien sûr. Ça ne rend pas la chose défendable, je dis juste que ça arrive.

— Hallucinant. »

Joel secoua la tête, les yeux toujours rivés à l'écran. Il tenait la souris dans une main et tendit distraitement l'autre à travers le bureau pour attraper un pot en plastique, qu'il avait soigneusement posé à l'écart du désordre, derrière une pile de livres. C'était un récipient bon marché, avec un bouchon vissé, assez petit pour tenir dans la paume de Joel, et le garçon le fit tourner entre ses doigts tout en continuant de manipuler la souris. Quelque chose claquait dedans, que Falk ne pouvait distinguer. Puis, dans un soupir, Joel posa la boîte, et la nature de son contenu devint claire. Falk se raidit.

« Qu'est-ce que tu as là-dedans ? » demanda-t-il, bien qu'ayant deviné. Le récipient contenait quelques éclats de bois, brut d'un côté et bleu de l'autre.

« Des traces de peinture récupérées sur la barrière, répondit Joel sans détacher les yeux de son écran.

— Vraiment ? Je peux les voir ?

— Bien sûr. » Joel poussa la boîte vers lui. Un récipient ordinaire, sans marque officielle. Falk l'approcha de ses yeux pour en étudier le contenu. Les échardes étaient déchiquetées. Il se tourna vers l'adolescent, toujours concentré sur son écran.

« Tu les as récupérées toi-même ? Sur le lieu de l'accident ?

— Ouais. Le surlendemain. J'ai gratté avec un canif. » Sentant la surprise de Falk, Joel releva la tête. « Qu'est-ce que vous voulez que je vous dise ? J'ai vu un tas de films. C'était mon père qui avait disparu, et personne ne semblait pouvoir me dire ce qui s'était passé. » Il haussa les épaules, baissa la voix. « Je sais pas. Ça semblait juste bizarre de les laisser enlever cette barrière, comme s'il ne s'était rien passé. »

Falk pouvait le comprendre. Mais quand même. Il imagina Joel, du haut de ses douze ans, tout seul là-bas à gratter la rambarde avec son canif. « Gemma est au courant ?

— Ouais. Elle n'aimait pas avoir ça dans la maison, au début, mais… » Les traits de Joel se détendirent un peu. « Je voulais vraiment les garder, donc elle m'a laissé faire. »

Falk fit tourner la boîte dans sa main, puis s'approcha de la fenêtre pour mieux voir. Il poussa de côté une collection de figurines *Star Wars* poussiéreuses, et étudia le récipient à la lumière du jour.

« Je peux l'ouvrir ?

— Ouais, répondit Joel. Je le fais souvent. C'est pas un échantillon scientifique ou quoi que ce soit. »

Les fragments de bois étaient longs et fins sur la paume de Falk. Il les retourna un par un pour examiner le côté bleu. En apprenant que la voiture impliquée dans cet accident était de cette couleur, Falk s'était imaginé tout à fait autre chose, réalisa-t-il tout à coup. Une teinte plus brillante, plus sportive. Celle-ci était terne. Falk tourna les échardes dans un sens puis dans l'autre, la couleur changeant légèrement à la lumière. Fermant les yeux un court instant, il visualisa une voiture entièrement peinte dans ce bleu-là. Les flancs, les portières. Le contour des phares. Il fit défiler marques et modèles sous son crâne, imaginant un véhicule imposant, puis compact, ancien puis neuf, en mouvement et immobile, et… Falk rouvrit les yeux et contempla les éclats de bois. Dans le tréfonds de sa conscience, une ébauche de souvenir se mit à trembler.

De quoi s'agissait-il ? Avait-il déjà vu cette voiture ?

Falk referma les yeux et tenta de faire remonter cette image. Il pensa au parking de la Fête du vin, à ses rangées de véhicules dont les carrosseries miroitaient au soleil ou reflétaient le soir l'éclat de la lune. Était-ce là-bas qu'il l'avait vue ? Il imaginait aisément qu'une voiture ait pu correspondre, mais laquelle en particulier ?

De l'autre bout du couloir leur parvint le grincement de la porte d'entrée, qui se referma en claquant. Falk et Joel se retournèrent.

« Hello ! cria Gemma. Je suis rentrée. »

La main de Joel se précipita vers la souris pour fermer la vidéo, et ses yeux se posèrent sur la boîte, dans la main de Falk.

« Elle n'est plus aussi triste qu'avant, souffla-t-il tout bas. Mais elle n'aime pas qu'on lui rappelle l'accident.

— Bien sûr. » Falk remit les éclats dans le récipient, revissa le bouchon et le reposa délicatement dans le coin du bureau. Il lui tourna le dos puis, aussitôt, se ravisa. Il ramassa la boîte et la souleva dans la lumière, empoigna son téléphone et la prit en photo. Il s'assura que la couleur de la peinture rendait bien. Juste au cas où il ne la reverrait jamais.

Chapitre 32

La route sinueuse qui partait de la ville était aussi déserte que quand Falk l'avait empruntée seul quelques jours plus tôt, en arrivant de Melbourne. Il n'en revenait pas que si peu de temps se soit écoulé depuis, et il recompta mentalement pour en être bien sûr. Quoi qu'il en soit, le trajet était bien plus plaisant, cette fois. Un tas de choses étaient plus plaisantes quand Gemma était avec lui.

Elle était assise côté passager, et une musique passait tout bas à la radio tandis qu'ils serpentaient vers les hauteurs des collines. Gemma tapota la vitre quand ils passèrent devant l'endroit où elle était tombée de son VTT à dix ans et s'était fait *trois* fractures au poignet. Falk lui raconta la fois où son copain Luke l'avait convaincu, à l'âge de onze ans, de monter avec lui sur le toit de leur école – il avait glissé et s'était fracturé le coude gauche. Juste à un endroit, mais, rétrospectivement, Gemma comme lui avaient eu de la chance de ne pas se briser le cou.

Le sous-bois allait s'épaississant de part et d'autre de la route, filtrant la lumière du soleil déclinant. Au bout d'un moment, Falk se tut et scruta le bas-côté. Repérant ce qu'il croyait chercher, il freina. La trouée sembla aussitôt disparaître. Il regarda la route déserte derrière lui dans le rétroviseur, puis ralentit encore.

« Non, c'est bien là. » Gemma désigna une ouverture quasi invisible dans le sous-bois. « À côté de ce grand arbre, tu vois ?

— Ah oui, je la vois maintenant. » Falk sourit et tourna le volant. « Tu as deviné notre destination surprise, hein ?

— Effectivement. » Gemma partit d'un grand rire mais ses yeux restèrent fixés sur lui, comme s'ils venaient de découvrir quelque chose de nouveau. « Mais je suis quand même étonnée.

— C'est bien. »

Falk remonta la piste cachée, rebondissant sur les ornières, jusqu'à ce que les taillis se dispersent puis s'ouvrent complètement. Le point de vue était encore plus spectaculaire que dans son souvenir. La Marralee Valley se déployait en contrebas, son étincelant patchwork de verts baigné à cette heure de l'éclat orange foncé d'un lourd soleil suspendu dans le ciel énorme. Il n'y avait personne d'autre, constata Falk avec bonheur en se garant dans la clairière.

« Oh, mon Dieu, souffla Gemma quand ils descendirent. Ça fait carrément des années que je ne suis pas venue ici, tu sais. On finit par oublier à quel point c'est beau. » D'un hochement, elle désigna la piste si difficile à repérer. « C'était un secret bien gardé, dans le temps – tous les citadins de passage le connaissent, maintenant ?

— Pas tous pour l'instant, je crois, s'amusa Falk. Raco me l'a montré l'an dernier.

— Bon, je pense qu'on peut lui pardonner. » Gemma marcha jusqu'au bord, et Falk la rejoignit devant la rambarde. « Du moment que tu fais attention. La dernière fois que je suis venue, c'était avec une amie qui me rendait visite depuis les États-Unis, et elle a fait tomber son portable dans le vide.

— Vraiment ? J'imagine qu'elle ne l'a pas récupéré... » Falk baissa les yeux vers l'impénétrable sous-bois, tout en bas. Une canopée dense recouvrait le sol.

« Ah non, aucune chance. En plus, c'était un prototype bêta qu'elle était en train de tester, donc...

— Elle a pris cette perte avec grâce et humour ?

— Tu peux imaginer... Je me sentais super mal, mais qu'est-ce qu'on pouvait faire ? Impossible de descendre, et elle ne comprenait pas vraiment à quoi ressemble le bush, dans le coin. Au bout du compte, j'ai dû faire tout le tour en voiture pour la convaincre qu'il n'y avait pas moyen de rejoindre cet endroit à pied. » Elle se tourna vers lui, souriante. « Donc, ç'a un peu gâché l'ambiance.

— C'est bon à savoir. » Il se détourna du bord et retraversa la clairière. « Je vais faire attention à mes affaires.

— C'est un bon début. » Gemma l'observa avec curiosité tandis qu'il ouvrait le coffre de sa voiture. « Qu'est-ce que tu as là-dedans ?

— Eh bien... » Falk sortit ses sacs de courses et les porta jusqu'à la table de pique-nique. « Je sais que tu m'as dit l'autre soir que tu n'avais pas besoin de champagne et de couchers de soleil... » Il déplia une nappe sur la surface irrégulière de la table, puis y posa deux verres et ouvrit la fermeture d'un sac isotherme.

« Mais j'y ai réfléchi : en fait, personne n'a *besoin* de champagne et de couchers de soleil. C'est juste agréable d'en avoir, comme les plantes en pot ou le wi-fi gratuit.

— Sérieux ? » Gemma s'approcha de la table. Elle riait, mais sa joie était sincère. « Donc c'est notre programme pour ce soir – champagne et coucher de soleil ?

— Ouais, je me suis dit qu'on pourrait essayer. Même si, techniquement, il s'agit d'un vin pétillant plusieurs fois primé, produit dans la Marralee Valley, nuança Falk en sortant la bouteille de la glacière. C'est l'un des meilleurs du monde, donc je me suis dit que ç'avait plus de sens, étant donné tes liens avec les producteurs locaux. Et… » Il fouilla dans un autre sac. « J'ai un truc pour la reboucher et de l'eau pétillante, aussi, parce que, c'est bien joli tout ça, mais je conduis et toi, tu retournes travailler après.

— Voilà qui est très responsable.

— Et aussi… » Il regarda sa montre. « J'ai vérifié l'heure du coucher de soleil pour aujourd'hui, il faudra se remettre en route juste après, pour te ramener sur place avant la fin de ton break. »

Il releva les yeux. Appuyée contre la table, la tête basculée en arrière, Gemma le regardait, et il se figea.

« Tout ça te convient ?

— Aaron. » Elle contourna le banc pour venir se planter devant lui. Elle posa les mains sur sa taille et il sentit la chaleur de sa peau à travers la chemise. « Les histoires d'amour pragmatiques sont celles que je préfère.

— Vraiment ? Parce que ça ne plaît pas à tout le monde.

— Certains ne savent pas comment vivre. »

Falk déboucha la bouteille et Gemma remplit leurs verres ; ils s'assirent côte à côte sur le banc, adossés à la table, et regardèrent le soleil plonger derrière les collines. Le ciel se transforma progressivement, prenant des teintes de plus en plus riches et profondes.

Au bout d'un moment, Gemma poussa un soupir de contentement et tendit ses jambes devant elle. « Mon Dieu, que c'est beau... Pas mal, pour un lundi soir. »

C'est vrai, songeait Falk. *Difficile de faire mieux.* « Je vois pourquoi tu aimes vivre ici.

— Vraiment ? » Elle se tourna vers lui. « Je te préviens : ce n'est pas toujours comme ça. Seulement quand quelqu'un se fend sans prévenir d'un geste délicieusement romantique.

— Tu auras peut-être du mal à le croire, mais c'est mon tout premier geste délicieusement romantique.

— Tu es sûr ? Impressionnant, pour un début.

— Merci. Je suis content que ça te plaise. Même si je dois dire que ce foutu coucher de soleil... » Falk inclina son verre vers le glorieux éclat mourant, aussi bref que magnifique. « ... commence un peu à ressembler à une métaphore. Donc Gemma, écoute, est-ce qu'on pourrait essayer de s'organiser un peu pour après mon départ ? S'il te plaît. »

Il voulait vraiment que la réponse soit oui, cette fois. Il n'avait pas réalisé à quel point, jusqu'à ce qu'il pose la question.

« Eh bien..., commença Gemma, mais elle hochait déjà la tête et il sentit monter en lui une bouffée de soulagement. Oui. Évidemment. Moi aussi, j'aimerais beaucoup qu'on s'organise. » Son visage se froissa, imperceptiblement. « Le problème n'a jamais été là. La question, c'est plutôt de savoir comment.

— Oui. Je sais.

— Mais... » Le peu de lumière qu'il restait était éblouissante, et elle bascula sa tête en arrière et ferma les yeux, réfléchissant quelques instants. « Je veux dire, Joel part à l'université l'an prochain. » Elle le regarda, les yeux plissés. « Ça change peut-être un peu la donne.

— Ah oui ? » Une étincelle d'espoir jaillit, mais Falk ne la laissa pas s'enflammer. « Il faudra quand même quelqu'un pour diriger cette Fête du vin.

— Effectivement. Je suppose que je ne suis pas la seule personne au monde capable de le faire.

— Tu fais ça trop bien pour arrêter pour de bon. Y a-t-il des événements similaires qui pourraient t'intéresser ?

— Où ça ? » Il sentit qu'elle n'était pas totalement contre, au moins. « À Melbourne ?

— Par exemple. Ce serait évidemment très pratique pour moi. » Falk sourit. Il posa son verre vide et prit la main de Gemma dans la sienne, leurs doigts s'entremêlant. « Mais c'est également la capitale culturelle du pays. Avec une scène artistique très riche, et un tas d'événements.

— Je sais, répliqua-t-elle en lui donnant un petit coup de coude affectueux. Parce que les gens de Melbourne n'arrêtent pas de me le répéter.

— Que veux-tu que je te dise ? Nous en sommes très fiers. Et c'est la vérité.

— C'est de bonne guerre. » Elle éclata de rire, puis ils se dévisagèrent longuement. Gemma haussa les épaules. « Et, oui. Probablement. Je suis sûre qu'en en parlant autour de moi, je pourrais trouver quelque chose. »

Ses yeux se détachèrent du visage de Falk pour admirer de nouveau la vue sur la vallée. Falk suivit son regard. La ville en contrebas semblait lointaine et paisible dans le crépuscule.

« Mais je comprends que ce n'est pas seulement la Fête du vin, reprit-il.

— Non. » Elle sourit. « C'est difficile à expliquer sans avoir l'air vraiment insulaire.

— Essaie toujours.

— Je suppose que… » Gemma réfléchit. « Vivre ici, ça s'accompagne d'un tas de bonnes choses au quotidien. Des petits trucs qui s'additionnent. Être entourée d'amis proches, reconnaître les gens dans la rue. Pas de transports en commun pour se rendre au travail. J'aime avoir le temps de lire des livres pour le club de lecture, ou de m'arrêter à l'improviste pour prendre un café avec quelqu'un. J'aime les saisons ici, voir les vignes changer. Ça m'a toujours plu. Ça m'a manqué quand j'étais loin. Et puis nos amis et nos voisins, évidemment. La manière dont ils nous ont soutenus, Joel et moi, quand nous en avions besoin.

— On ne trouve pas ça partout.

— Non. » Les yeux de Gemma contemplaient toujours la vallée. « C'est vrai. Et j'ai rencontré pas mal de gens au fil des ans – quand j'étais aux États-Unis, notamment –, des gens dont on sait qu'ils passeront toute leur vie à courir après un truc dont ils espèrent qu'il les rendra heureux. Et, d'accord, ce n'est pas la même chose pour tout le monde, et je ne dis pas que je ne pourrais pas être heureuse ailleurs. Bien sûr que je pourrais.

— Mais tu es heureuse, maintenant ? Ici ?

— Oui. » Elle se tourna vers lui. Le soleil avait presque disparu, le ciel s'assombrissant au-dessus d'eux. La première étoile brillait déjà. « Je crois que notre herbe est vraiment verte. »

Falk la dévisagea. *Rester ou partir ?* Cette question semblait plus imposante, ici. Il inspira profondément. « Charlie m'a demandé si je voulais travailler au vignoble. »

Gemma ne dit rien, d'abord, et il pouvait presque l'entendre réfléchir.

« Eh bien, là, ce serait vraiment pratique pour *moi.* » Elle sourit. « Mais ça ferait un sacré changement, quand même.

— Ouais.

— Trop grand ? »

Falk marqua une pause, puis hocha la tête. « Je crains que oui. Je suis désolé.

— Non. » Gemma serra sa main. « Sérieusement. Tu n'as pas à être désolé de ne pas vouloir envoyer balader toute ta carrière. Surtout pour une personne que tu connais à peine. Ni toi ni moi ne devrait l'être. » Elle s'adossa contre la table. « C'est bien que le travail soit important pour toi. Et la police fédérale aura toujours besoin de quelqu'un pour élucider toutes ces affaires. »

Falk sourit. Gemma était si proche qu'il sentait les parfums diffus de son shampooing et de son assouplissant. Ces odeurs lui rappelèrent ces instants où il avait été allongé dans sa chambre, le soleil réchauffant les draps. Il se sentit glisser vers un territoire quelque peu inconnu.

« Je crois que le travail est très important pour moi. À un certain niveau, en tout cas. » Il prit tout son temps avant de reprendre la parole. Une vérité silencieuse qu'il n'avait que rarement, voire jamais, admise prenait peu à peu forme, et il tenait à l'exprimer clairement. « Mais ce n'est pas vraiment pour cela que je ne me vois pas déménager.

— Non ?

— Non. Je veux dire, ça en fait partie. » Falk hésita. « Mais c'est surtout que quitter ce boulot ne me semble pas vraiment être une option, parce que… » Il s'interrompit de nouveau. Il savait ce qu'il voulait dire, mais ne l'avait encore jamais exprimé. « Parce que j'ai l'impression d'avoir sacrifié trop de choses pour ça. Je ne parle pas juste des longues journées, des soirs et des week-ends passés à travailler. Je parle de choses qui remontent à des années. Par exemple… » Maintenant qu'il était lancé, Falk comprit qu'il ne pouvait plus s'arrêter. « … pourquoi suis-je resté tout le temps à l'université pour étudier au lieu de rendre visite à mon père ? » L'exemple s'était offert à lui entièrement développé. « Il y avait tellement de week-ends où j'aurais pu aller regarder le footy avec lui, sortir prendre un verre ou je ne sais quoi. Tellement. Je savais que ça lui ferait plaisir. Mais je ne l'ai jamais fait, parce que je travaillais dur pour décrocher les diplômes dont j'avais besoin. Et je les ai décrochés. Mais on n'est pas allés ensemble au stade, mon père et moi. »

Ces mots s'accompagnèrent de la brûlure acide d'un aveu honteux, pourtant, quand Falk se tourna vers

Gemma, son visage ne semblait pas désapprobateur, ni même surpris. Elle l'écoutait simplement, et il sentit sa respiration douce et régulière contre lui tandis qu'il racontait.

« Il y a eu d'autres fois, encore. J'ai laissé s'éloigner des gens auxquels je tenais vraiment, poursuivit-il. Et je pourrais te donner un tas d'explications, mais le fait que je n'ai jamais trouvé beaucoup de temps à leur consacrer a joué un rôle central, toujours. J'ai raté des anniversaires, des choses qui comptent. Des trucs sans importance, mais qui en ont quand même. Des verres du vendredi soir, des baignades à la plage. Toutes ces relations se sont juste… éteintes. Je vois très rarement les Raco, qui sont sincèrement les meilleurs amis que j'aie jamais eus. »

Les contours sombres des collines se détachaient sur le ciel noir, à présent. Falk entendait les frôlements et les bourdonnements du bush autour d'eux, autant de bruits familiers pareils à des fragments de conversations et de visages dont il ignorait même qu'il avait gardé le souvenir.

« Ce boulot est très prenant. Vraiment. Je le savais en l'acceptant. Et je savais dès le départ que j'allais devoir renoncer à un tas de choses, au fil des années, que je ne peux plus rattraper maintenant. Et ce n'est peut-être pas si grave. Mais laisser tomber tout ça au milieu de ma carrière, ça serait comme… » Il eut du mal, physiquement, à faire sortir ces mots. « Comme si ç'avait été pour rien. »

Gemma hocha la tête, son expression difficile à lire dans le noir. Le soleil avait disparu pour de bon.

« Enfin, bref. Voilà pourquoi. » Falk se racla la gorge et parvint à s'arracher un semblant de sourire, tout en consultant sa montre. « Mais bon, il est sans doute l'heure de… »

Gemma ne bougea pas, se contentant de poser sa main sur la sienne. Sa paume était chaude et solide. « On peut arriver un peu en retard. »

Falk hésita, puis se laissa finalement retomber sur le banc. Ils restèrent assis là en silence, la nuit se déployant autour d'eux.

« Ces coûts-là sont irrécupérables, déclara-t-il. Ça, je peux l'accepter. Mais… » Il s'interrompit de nouveau.

« Ils continuent de te coûter. » Gemma le fixait avec cette même expression indéchiffrable. Comme si elle voyait quelque chose de neuf. « Je sais. C'est difficile de renoncer à tout ça.

— Ouais. Vraiment difficile. »

Elle ne répondit rien, d'abord, réfléchissant. Puis elle prit une longue inspiration. « Je ne peux pas parler pour les autres personnes qui ont fait partie de ta vie, Aaron, parce que je ne les connais pas. » Ses yeux se plantèrent dans les siens. « Mais toi, tu les as connues. Et elles ont compté pour toi. J'imagine que c'étaient des gens plutôt bien, raisonnables ? »

Falk ne put que sourire. « Pour la plupart, à ce que je sache.

— Donc, est-ce qu'elles comprendraient ? Si elles entendaient ce que tu viens de dire ? »

Il réfléchit. Il ne s'attendait pas à ce que la réponse soit si claire. « Probablement.

— Elles te pardonneraient ? »

Il la dévisagea. « Je vois où tu veux en venir…

— Donc c'est oui ?

— Ouais. Je crois.

— Et maintenant qu'un peu de temps a passé, est-ce qu'aucune de ces personnes normales et correctes aurait vraiment beaucoup de mal avec l'idée que tu puisses te pardonner toi-même ? »

Il se força à réfléchir, mais découvrit qu'il savait déjà la réponse. « Non. » Ce simple mot fut comme une libération. « Bien sûr que non. » Il regarda Gemma. Elle n'avait toujours pas l'air surprise.

« Quel genre de ferme avait ton père ? demanda-t-elle au bout d'un moment. Dans la petite ville où tu as grandi. Un élevage de moutons, c'est ça ?

— Ouais.

— Il pensait quoi, en général, de l'idée de rattraper ses erreurs à tout prix ? »

Falk sourit. « Il pensait que c'était n'importe quoi.

— Ça ne m'étonne pas. » Gemma lui rendit son sourire. « Et puis, écoute, tu es le seul à savoir ce qui est le mieux pour toi. Donc je ne te mets vraiment pas la pression, dans un sens ou dans l'autre – même si j'aimerais bien. Mais je crois quand même que c'est important de s'arrêter un instant pour regarder autour de soi, de temps à autre. De faire le point, pour voir si quelque chose a changé avec le temps. »

Falk contempla la vallée plongée dans l'obscurité, puis se leva du banc et tendit la main vers celle de Gemma. Celle-ci se leva à son tour et s'approcha de lui, tandis qu'il l'enveloppait dans ses bras. Il enfouit son visage dans ses cheveux, et les odeurs du shampooing et de l'assouplissant se confondirent avec le soulagement de cette conversation et le souvenir de ses draps sous le soleil de l'après-midi.

« Merci, dit-il, et il la sentit hausser doucement les épaules et le serrer plus fort.

— Merci à toi aussi. C'était parfait, au fait. Grandiose. Romantique. Tellement pragmatique. »

Falk sourit, les lèvres contre son front. La nuit était tout à fait tombée, constata-t-il, quand ils finirent par s'écarter.

« Eh bien, je pourrais vraiment rester des heures ici. » Il leva les yeux vers le ciel et, à contrecœur, consulta de nouveau sa montre. « Mais nous ferions mieux d'y aller si tu veux retourner là-bas. »

Gemma effleura le torse de Falk du bout des doigts, et le regarda d'en bas. « Tu sais quelle est ma deuxième qualité préférée dans une relation amoureuse ?

— La ponctualité, j'espère.

— Tu lis dans mes pensées. »

Chapitre 33

Ils regagnèrent le champ de foire dans un silence chaleureux et détendu, à défaut d'être pleinement satisfait. Questions irrésolues, songeait Falk. Il fixait la route sinueuse devant lui, tandis que Gemma était tournée vers sa vitre, tous deux profondément drapés dans leurs pensées. Les rues se firent plus animées à l'approche du champ de foire et, quand il s'engagea sur le parking, Gemma soupira en sortant son portable. Elle fit défiler ses messages et Falk pivota vers le siège passager.

« Tu n'as rien manqué d'important ?

— Non. Tout semble… » Mais elle resta figée, son index suspendu au-dessus de l'écran.

Falk manœuvra pour se glisser dans un espace libre pendant qu'elle appuyait sur un bouton et approchait le téléphone de son oreille. Il entendit le murmure d'une boîte vocale, et se tourna juste à temps pour apercevoir son front plissé.

« Tout va bien ? » demanda-t-il alors qu'elle baissait son portable.

Il y eut une autre pause, un peu plus longue cette fois. Gemma contemplait son écran, dont l'éclat artificiel illuminait son visage. « Greg t'a appelé aussi ? » demanda-t-elle.

Falk coupa le moteur et sortit son téléphone. Quelques messages du travail, mais rien de Raco. « Que voulait-il ? »

Gemma était en train de réécouter sa messagerie. Elle raccrocha et éteignit l'écran. Les lumières du champ de foire éclairaient l'habitacle à travers le pare-brise et les bruits de la foule et des concerts flottaient dans l'air.

« Il veut savoir quand, exactement, j'ai vu Kim pour la dernière fois.

— Il explique pourquoi ?

— Non. »

Falk embrassa Gemma après avoir passé les portillons de l'entrée principale et la regarda disparaître dans l'allée en direction du QG de l'organisation. Quand elle fut partie, il empoigna son portable et tenta de joindre Raco, les sonneries s'enchaînant à l'autre bout du fil. Pas de réponse. Falk réfléchit une minute, puis se dirigea vers le stand du vignoble.

La foule du lundi soir était plus clairsemée, plus facile à négocier, et la vue de Falk portait plus loin que les jours précédents. Il repéra les proches et les amis de Raco réunis autour du stand avant qu'aucun d'eux ne l'aperçoive. Les intérimaires se tenaient comme toujours derrière la grande table, souriant et servant les clients, et Falk vit Charlie en train de vider une caisse de bouteilles. Shane était là, aussi, adossé à un poteau, en grande conversation avec quelqu'un. Alors qu'il éclatait de rire et basculait d'un pied sur l'autre, Falk vit apparaître une tête blonde. Naomi. Elle riait aussi.

« Hey, t'as fini par venir… »

Falk sentit une main sur son bras et se tourna vers la voix. Rita.

« Comment était ta soirée ? demanda-t-elle, intéressée mais pas intrusive.

— Très agréable, merci.

— Eh bien, elle est sur le point de le devenir plus encore, car nous allons nous attaquer aux manèges des petits. » Elle sourit. « Tu veux marcher avec moi ? S'il te plaît, dis oui !

— Ce serait avec plaisir, mais… » Falk balaya le groupe du regard. De l'autre côté de l'allée, Ben, le frère aîné de Raco, rassemblait ses nombreux enfants pour qu'ils ne restent pas sur le chemin des passants, tout en réussissant à tenir une conversation avec Rohan. Zoe les observait depuis sa poussette, elle avait l'air de s'ennuyer. « Où est Greg ?

— Avec Eva et Zara. Ils sont allés voir Joel au poste de secours.

— Près de la sortie est ? Il a dit pourquoi ?

— Non. Juste pour le saluer, j'imagine. » Mais Rita avait senti la tension dans sa voix, et prit un air inquiet. « Ils ne devraient pas tarder à revenir.

— OK. » Falk la fixa dans les yeux. Elle vivait avec un policier depuis assez longtemps pour que certaines choses n'aient pas besoin d'être formulées. « Il t'a parlé de quelque chose ?

— À quel sujet ? Kim ?

— Oui.

— Non. Pas aujourd'hui, en tout cas. » Rita se pencha pour jeter un coup d'œil derrière Falk, là où le reste de la famille se mettait en branle, rassemblant enfants et affaires. Elle se retourna. « Va lui parler. Tu sais où nous trouver. »

La partie est du champ de foire était aussi déserte que d'habitude, et Falk ne croisa qu'une poignée de gens après avoir dépassé les manèges et les stands, et poursuivi vers la sortie.

Il repéra tout de suite Raco, seul, quelques pas au-delà de la corde pendue en travers de l'ouverture dans la clôture. Le dos tourné et les bras croisés sur la poitrine, il contemplait le bush. Joel et Zara l'observaient en silence depuis le poste de secours, pendant qu'Eva jouait avec le tensiomètre de Joel. Tous levèrent la tête en voyant approcher Falk, et celui-ci lut un soulagement sur le visage des adolescents. Depuis combien de temps Raco était-il planté là ? Falk les salua du bras, puis se glissa à son tour sous la corde.

Raco se retourna en l'entendant. « Oh. Salut. » Sa voix était monocorde et ses yeux retournèrent immédiatement dans la direction du réservoir. Il ne souriait pas.

« Salut, Greg », répondit Falk en s'arrêtant sur le chemin à côté de lui. Épaule contre épaule, ils fixaient l'endroit où le plan d'eau était caché derrière les arbres. Falk hésita, mais à peine un instant. S'il ne pouvait faire confiance à Raco, alors il ne pouvait faire confiance à personne. « Gemma dit que sa réponse est : à peu près quinze mois avant la disparition de Kim.

— Ah. » Raco ne parut guère surpris. Il se tourna vers Falk et, quand il vit l'expression de son visage, sa voix changea. « T'inquiète pas. J'ai posé cette question à tout le monde.

— Ah ouais ? Quand ils avaient vu Kim pour la dernière fois ? » Falk sentit un semblant de soulagement. Il n'était pas vraiment inquiet, mais quand même. Devant lui, les ombres argentées parsemant le chemin dansaient, au gré des rafales de vent dans les arbres. « Pourquoi ?

— J'essaie juste d'y voir plus clair, répondit Raco. Donc à peu près quinze mois, d'après Gemma, depuis son dernier contact significatif avec Kim ? » Il hocha la tête. « Ça me paraît à peu près coller.

— Comment ça ? répliqua Falk, peinant à le suivre.

— Naomi dit la même chose. Shane pense que de son côté, il s'est écoulé plus de temps. Zara était en contact plus souvent, comme on pouvait s'y attendre, mais même elle trouvait que sa mère était difficile à joindre. Charlie dit que ça faisait une année entière qu'il ne l'avait pas vue en chair et en os. Pour Rita et moi, deux ans.

— OK. » *Un sacré bail, donc*, nota Falk. *Pour eux tous*. Mais il n'était pas sûr de comprendre ce que…

« Papa ? » Se retournant, les deux hommes aperçurent Eva de l'autre côté de la sortie. « On peut y aller ? »

Zara la suivait quelques pas derrière et s'excusa d'un haussement d'épaules. « Elle dit qu'elle en a marre.

— T'en fais pas, je peux pas t'en vouloir, ma grande, répondit Raco, se glissant sous la corde et prenant sa fille par la main. Ouais, allons-y. » Il se tourna vers sa nièce. « Tu viens aussi ? »

Zara hésita, puis regarda Joel, qui rangeait patiemment le matériel avec lequel avait joué Eva. « Je crois que je vais rester encore un peu.

— D'accord. Allez, viens, Eva. On va retrouver maman aux manèges. »

Eva tendit son autre main à Falk, se balançant entre Raco et lui tandis qu'ils marchaient vers le cœur du champ de foire. Le bruit et la musique se firent plus fort à l'approche des manèges, la foule de plus en plus dense autour d'eux.

« Alors, qu'est-ce qui se passe ? demanda Falk tandis qu'ils marchaient.

— Je ne sais vraiment pas. J'ai réfléchi, c'est tout, répondit Raco par-dessus la tête de sa fille. Je comprends que Rob Dwyer ait du mal à croire que Kim n'ait parlé à aucun de nous ce soir-là. Pour ce que ça vaut, je ne peux pas lui donner tort sur ce point. » Il haussa les épaules. « Mais c'était une soirée vraiment très animée. Et quand Zoe a été retrouvée seule, il ne semblait pas exagéré de la résumer au fait que Kim s'était comportée bizarrement. »

Les lèvres de Raco étaient verrouillées, tandis qu'il balançait sa fille au bout de son bras. Les cris jaillis des manèges se répercutaient dans la nuit.

« Le truc, c'est que nous éviter n'avait rien de bizarre de la part de Kim, dernièrement, reprit-il. Depuis un sacré bout de temps. Rita avait raison l'autre jour, en disant que Kim ne serait pas venue au baptême. Elle ne l'aurait sans doute pas fait. Elle s'était éloignée de nous.

— Tu ne crois pas que c'était juste lié à la distance ? » Falk sentait la petite main d'Eva agrippée à la sienne. « Au fait qu'elle avait déménagé à Adélaïde, et peut-être aussi aux problèmes de dépression qu'elle a pu connaître là-bas ?

— Ouais, bien sûr. C'est ce que j'ai longtemps pensé. Mais si je fais un pas de côté, il me semble que c'est plus que ça. D'un côté, d'accord, il y a quelques coups de fil auxquels elle n'a pas répondu, ou le fait que Kim n'ait parlé à personne de sa démission, ou qu'elle ne trouvait jamais le temps de nous rendre visite. Mais sa manière de s'éloigner de tous les gens dont elle avait été si proche me semble… » Raco haussa les épaules. « Délibérée, j'imagine. Cette soirée à la Fête du vin n'avait rien d'inhabituel. C'était comme ça que les choses se passaient, entre Kim et nous. Comme si elle avait disparu avant même de disparaître. »

Ils ralentirent sur l'allée pour laisser un petit train les doubler au ralenti, des enfants survoltés flanqués de leurs parents épuisés saluant depuis les wagons. Eva lâcha les mains de Falk et Raco pour leur rendre leurs saluts, et les deux hommes se firent un devoir de l'imiter.

« Ce sont des copains à toi, Eva ? interrogea Falk, tandis que la fillette continuait d'agiter le bras dans leur sillage, et elle le regarda comme s'il s'agissait d'une question idiote.

— Non. C'est ce qu'on est censé faire, ici. » Il y avait tellement de Rita dans son ton que Falk ne put réprimer un sourire. « C'est marrant.

— Tu sais quoi ? T'as raison, Eva. »

Une fois l'allée dégagée devant eux, ils se remirent en marche, les lumières des manèges projetant des couleurs vives sur leurs traits. Falk se tourna vers

Raco et il avait déjà ouvert la bouche quand les mots disparurent. Sans prévenir, dans un recoin endormi de son esprit, quelque chose se mit à remuer. Une chose lourde et entêtée qui s'agita avant de retomber maladroitement. Elle laissa derrière elle une sensation vague mais clairement inconfortable, comme si Falk avait oublié une chose dont il devait absolument se souvenir. Il cligna des yeux, confus. Qu'est-ce qui avait bien pu déclencher ça ?

Il poursuivit son chemin, faisant de son mieux pour ignorer le bruit et l'agitation autour de lui, le temps de saisir cette idée. Quelques pas devant eux, Eva montra du doigt des gens sur un manège. Et *là*. Voilà que ça recommençait, un nouveau tressaillement, avant que la sensation ne retombe dans les profondeurs. Ce malaise persista, palpitant. Il y avait trop d'animation autour de lui pour qu'il puisse démêler tout ça. Pourtant, il attendit. Rien de plus. Finalement, il abandonna et se tourna vers Raco.

« Donc tu penses à quoi ? demanda-t-il. Au sujet de Kim ?

— Je sais pas. C'est sans doute pas grand-chose, concrètement. Ça ne change pas le fait qu'on a retrouvé Zoe toute seule. Ou que Kim a forcément quitté les lieux par la sortie est, ou que sa chaussure a fini dans l'eau. Mais je peux imaginer plusieurs raisons pour lesquelles une personne pourrait couper les ponts de cette manière, et aucune d'elles n'est bonne. C'est un signal d'alarme, quel que soit l'angle sous lequel on le considère. » Raco baissa les yeux vers sa fille. « Tu sais, si un rapport pareil avait atterri sur mon bureau au travail, surtout avec un bébé impliqué, j'aurais aussitôt posé des questions. Je me serais adressé à des professionnels de santé, je serais allé voir du côté des centres de soins maternels, ce genre de trucs. » De nouvelles lignes se creusèrent sur son front. « Parfois, on est trop près. On voit ce qu'on s'attend à voir, pas ce qui est vraiment devant nous. »

L'alarme palpitant sous le crâne de Falk monta encore d'un cran.

« C'est maman ! »

Eva pointa son doigt et, droit devant eux, Falk aperçut Rita plantée au pied d'un des manèges pour tout-petits. L'inquiétude n'avait pas totalement quitté ses yeux. Charlie était là-bas aussi, en train de parler avec son frère et Rohan, les trois hommes se penchant les uns vers les autres pour s'entendre dans le vacarme de la musique. Shane consultait son portable, plissant le front devant l'écran, mais Naomi n'était pas dans les parages. De l'autre côté de l'allée, la grande roue se dressait dans le ciel. Elle craquait et grondait au fil de sa rotation paresseuse.

« Tu viens ? demanda Raco à Falk tandis qu'Eva tirait sur sa main.

— Ouais. Tout à l'heure. Je vous rejoins dans une seconde. »

Falk ralentit et s'écarta de l'allée. Il regarda Eva courir les bras tendus devant elle, poursuivie par son pères, et, malgré lui, il la revit quelques minutes plus tôt. Agitant la main devant le petit train, parlant comme sa mère. L'alarme résonnait de plus en plus fort et de plus en plus vite car, dans l'esprit de Falk, cette chose qui donnait l'impression d'être si lourde, si usée et si éventée s'était remise en branle. Elle ne se contentait plus de bouger, elle changeait de forme. Il ferma les yeux et se força à se concentrer. Il reconnaissait cette forme, mais en la retournant dans un sens, puis dans l'autre, elle se modifiait et se reformait d'une manière inattendue, projetant une lumière nouvelle. Des ombres différentes, aussi. Cela la faisait paraître à la fois familière et tout à fait le contraire.

Les yeux de Falk se rouvrirent brusquement. Il avança de quelques pas rapides, avant de s'arrêter au pied de la grande roue.

Nous voyons ce que nous nous attendons à voir.

Ignorant ce qui se trouvait juste devant lui, Falk fit pivoter son esprit vers le passé, recréant la scène aussi clairement qu'il le put. Ce même endroit, douze mois plus tôt. Que s'était-il passé ?

Gemma et Naomi étaient là-bas. Un peu plus loin sur cette allée, discutant penchées l'une vers l'autre. Rohan aussi, juste sous la roue, en train de papoter avec les touristes du Queensland. Ailleurs dans le champ de foire, invisibles, Raco et Rita étaient avec les enfants. Shane et Charlie, au stand du vignoble. Zara, en chemin vers sa fête en plein bush. Joel, se languissant d'amour et seul au poste de secours. Et Falk lui-même, ici, pile à cet endroit.

Nous voyons ce que nous nous attendons à voir.

Falk releva la tête. Car à présent, il ne pensait plus juste à ce moment, un an plus tôt. Il pensait à d'autres choses aussi. À Kim au téléphone avec Charlie et Zara. À ce qui s'était dit, et ne s'était pas dit. À Joel près de la sortie est, ne démordant pas de son histoire. Et à Raco inspectant la clôture du site. Et à la manière la plus efficace et la plus terrifiante de forcer un parent à faire ce que vous voulez. Et combien Eva Raco, tout comme sa mère, avait parfois tellement raison.

Nous voyons ce que nous nous attendons à voir.

Falk scruta la grande roue, jusqu'aux nacelles du haut s'élevant dans le ciel. Il hissa le bras et salua. Il attendit.

Nous voyons ce que nous nous attendons à voir.

Une dizaine de mains lui rendirent son salut.

Disparue avant de disparaître.

Chapitre 34

Kim

Charlie l'appelait encore.

Kim lut son nom sur l'écran. Elle était assise sur le siège passager de la voiture de son mari, sa fille âgée de six semaines assoupie à l'arrière. Cela faisait un bout de temps, mais elle reconnut quand même le paysage autour d'eux. Ils se trouvaient à environ une demi-heure de Marralee.

Kim jeta un regard en coin à Rohan. Il avait les yeux fixés sur la route, négociant prudemment les virages, roulant juste au-dessous des limitations de vitesse. Avait-il vu le nom de Charlie sur l'écran ? Elle ne pouvait en être sûre.

« Tu ne réponds pas ? »

Son mari ne la regarda pas en prononçant ces mots.

Les problèmes de Kim avec Charlie n'avaient pas commencé à la mort de Dean Tozer, mais c'est à ce moment-là qu'ils avaient vraiment empiré.

Charlie s'était mis à disparaître pendant de longues périodes et, quand il revenait, le chagrin l'enveloppait comme un brouillard. Chaque fois que Kim essayait de lui parler, ses tentatives étaient repoussées, gentiment d'abord puis avec une irritation de plus en plus marquée. Le silence et la tristesse avaient pris possession de leur maison, imprégnant la trame de leurs jours. Kim se retrouvait seule la plupart du temps. Debout dans la cuisine, à contempler les longues rangées de vignes en préparant un thé ou en nettoyant la boîte à lunch de Zara, guettant le bruit de la clé de Charlie dans la serrure de la porte d'entrée. Elle savait que ces longues heures étaient passées là-bas, à la retenue d'eau, mais la toute première fois qu'elle l'avait interrogé à ce sujet, il avait menti – du tac au tac, et de manière peu convaincante. Ce qui était assez inhabituel pour les dérouter, tous les deux, et Kim n'avait plus posé de questions. Elle n'en avait pas eu besoin, en fait : elle connaissait suffisamment Charlie pour savoir ce qu'il faisait. Il avait besoin d'espace pour faire le deuil de son ami, d'une manière qui était impossible en présence de qui que ce soit. Y compris Kim. Et elle le comprenait. Mais quand même, c'était troublant.

La sensation de honte diffuse flottant autour de tout cela était ce qui la déconcertait le plus, surtout depuis qu'elle soupçonnait Shane de faire la même chose. Alors Kim traînait dans sa cuisine déserte en faisant claquer les tiroirs, toute à sa frustration. Dean leur manquait à tous, et sa mort leur avait fait l'effet d'un coup à l'estomac. Cela allait de soi. Aucun d'entre eux n'avait besoin de cacher ça aux autres. Elle aurait tant voulu jeter un peu d'air et de soleil sur leur douleur commune, s'asseoir avec eux autour d'une bonne bouteille et remplir leurs verres. Prononcer tout haut les mots qu'ils avaient en tête, elle le savait, afin de pouvoir s'accorder sur le fait que ce qui s'était passé était horrible, putain, et que, oui, ça faisait encore mal.

Charlie lui refusait cette chance. Il semblait capable de sentir approcher cette conversation, avant même que Kim n'ouvre la bouche, et immédiatement il était « tellement débordé » ou « mort de fatigue » ou bien « prêt à sortir ». Il s'absentait encore pendant des heures – Kim refermait si violemment le tiroir des couverts que les couteaux claquaient –, manifestement rassuré de savoir qu'elle ne viendrait jamais le chercher au réservoir.

Pourtant, elle envisageait de le faire. Kim aurait pu se rendre là-bas, s'il le fallait. Simplement, elle préférait ne pas le faire. Mais elle en était capable. Et alors, comme si Charlie avait deviné ses pensées, il avait cessé d'y aller, du jour au lendemain.

Ça n'avait rien arrangé. Les petites disputes qui couvaient déjà avant la mort de Dean s'embrasaient maintenant comme autant d'incendies provoqués par des sautes de feu. Kim sentait bien qu'ils les gardaient tous deux à l'œil en permanence, se précipitant pour les éteindre avant qu'ils ne deviennent hors de contrôle. C'était aussi épuisant pour lui que pour elle, devinait Kim. Tous deux voulaient que ça s'arrête. Ils avaient essayé. Mais ils semblaient juste en être incapables.

Ils ne se disputaient que pour des broutilles, se disait Kim la nuit, allongée sur le lit sans pouvoir dormir, épuisée et à cran, en écoutant la respiration lente de Charlie. Mais combien de temps les choses insignifiantes restaient-elles insignifiantes ? se demandait-elle. Combien d'années avant qu'elles s'accumulent en quelque chose de trop massif pour être ignoré ? Kim contemplait le plafond de la chambre, comptant les années passées avec lui, et se disant qu'elle connaissait la réponse à cette question. Elle la connaissait même sans doute depuis un bon moment déjà.

Parfois, sans que Charlie le sache, Kim l'observait tandis qu'il errait parmi les vignes ou évitait son regard à la table du dîner, et il semblait plus vieux, plus épais et plus usé, au point qu'elle avait du mal à faire coïncider cet homme avec l'adolescent aux yeux bleus de ce lointain jour d'automne, celui de leur première rencontre. Mais elle se souvenait encore du son de sa voix. L'interpellant toutes ces années en arrière, alors qu'il la pourchassait à vélo à travers les feuilles mortes, le visage rougi quand il avait fini par la rattraper.

« Hey ! avait-il dit, à bout de souffle.

— Salut. »

Et cela avait été, comme une Kim de quinze ans l'avait écrit dans son journal intime, l'amour.

Encore aujourd'hui, quand Charlie laissait échapper un rire devenu rare ou qu'ils parlaient de leur fille, elle pouvait parfois se projeter jusqu'à ce moment. Mais la plupart du temps, elle avait l'impression que c'était une histoire qu'on lui avait racontée, concernant deux autres personnes.

Les funérailles de Dean avaient été un horrible cauchemar. Il ne s'était même pas agi de funérailles, à proprement parler. Non, cela avait été pire encore : une simple cérémonie commémorative, puisque l'on n'avait toujours pas retrouvé son corps. Tout le monde était venu. Rohan avait roulé jusqu'à Marralee pour y assister.

Kim était penchée sur l'évier, dans la cuisine attenante à l'église, en train de remplir un verre d'eau destiné à Gemma, quand elle avait vu Rohan arriver et garer avec soin son impeccable voiture noire, au prix d'une manœuvre difficile. Il était à l'heure, vêtu d'un sobre costume anthracite, et Kim avait été frappée par la manière dont il remplissait désormais ce corps qui, à l'adolescence, l'avait fait paraître si gauche, embarrassé. Rohan l'avait aperçue à travers la fenêtre. Il lui avait souri et l'avait saluée de la main, sa joie de la voir transformant son visage d'une manière qui avait pris Kim au dépourvu. Malgré elle, tout en sachant combien la chose était inconvenante en un moment pareil, dans la cuisine de cette église, elle s'était soudain rappelé que Charlie n'avait pas été le seul garçon à la regarder de cette manière, autrefois.

Kim avait passé les heures suivantes à aider Gemma à traverser du mieux possible cette épreuve, et ce n'est qu'au moment où les gens avaient commencé à se disperser qu'elle s'était de nouveau retrouvée face à lui. Elle rassemblait les verres vides sur un plateau quand, relevant la tête, elle avait vu Rohan avec son costume gris sombre traverser la pièce vers elle. Il s'était arrêté à quelques pas, récupérant tous les verres sales sur son chemin, et ses mains étaient pleines lorsqu'il l'avait finalement rejointe. Il avait tendu les verres devant lui telle une offrande.

« Merci. » Elle avait souri, pour ce qui semblait être la première fois cet après-midi-là.

« Comment vas-tu ? » avait-il demandé.

Kim était, découvrit-elle, heureuse de le voir.

Ils avaient discuté pendant que Rohan l'aidait à débarrasser le reste des tables. Il avait travaillé pendant quelques années comme ingénieur dans un bureau d'études basé à Sydney, mais supervisait à présent les activités du cabinet à Adélaïde. La prochaine fois qu'elle serait en ville, il fallait le prévenir. Ils pourraient se voir. Il serait ravi de passer du temps avec elle. Et Charlie.

Bien sûr, s'étaient-ils empressés de convenir. *Et Charlie.*

Kim s'était rendue plusieurs fois à Adélaïde, après cet échange. Elle n'avait jamais appelé Rohan. Et elle n'avait jamais rapporté cette conversation à Charlie non plus.

Kim et Charlie avaient tenté de trouver une solution. Ou peut-être pas, songerait-elle parfois plus tard. Ils se connaissaient assez bien pour savoir qu'ils étaient arrivés au bout du chemin, quoi qu'ils puissent dire ou faire. La séparation avait été sombre et douloureuse. Charlie l'avait consciencieusement suppliée de ne pas s'en aller, de lui laisser une autre chance, mais Kim avait perçu derrière ses paroles l'infime écho d'un soulagement. Elle avait vu juste, à quinze ans. Cela avait bien été l'amour. Mais ils n'étaient plus des adolescents, et les années l'avaient usé, lui aussi.

Il ne s'était pas opposé trop vigoureusement à la volonté de Kim de partir s'installer à Adélaïde avec Zara pour y prendre un nouveau départ. Ce n'était pas trop loin, et ils savaient qu'ils finiraient toujours par glisser l'un vers l'autre s'ils ne mettaient pas un peu de distance entre eux. L'habitude et la solitude n'étaient pas d'assez bonnes raisons pour être ensemble. Du temps où il n'y avait qu'eux deux, c'était une chose ; mais ils n'allaient pas faire subir à Zara l'incertitude perpétuelle de ces va-et-vient.

Et tout se passait bien à Adélaïde. Kim avait trouvé un job qui lui plaisait, dans un cabinet dirigé par une femme avec qui elle avait collaboré sur un projet de design quelques années plus tôt. Elle s'était mise au Pilates, avait découvert un excellent marché de producteurs. Elle était clairement plus heureuse, tout bien considéré. Si cette rupture avec Charlie semblait plus difficile que celles qui l'avaient précédée, raisonnait Kim, cela tenait seulement au fait qu'ils savaient que, cette fois, c'était pour de bon.

Zara, de son côté, semblait juste attendre que sa mère change d'avis et la ramène à la maison. Elle avait tenu une semaine entière dans sa nouvelle école sans rien dire, avant de lever les yeux sur Kim par-dessus son plat à emporter du vendredi soir, auquel elle n'avait pas touché, et de lui demander si elle pouvait, pitié, retourner à Marralee.

« Laisse une chance à cet endroit, avait répondu Kim.

— Combien de temps ?

— Un an, au moins.

— Et après, je pourrai rentrer ? »

Pas question pour Kim de commettre l'erreur de débutante consistant à s'y engager, mais, dans une réaction dont même elle pouvait sentir l'aspect désespéré, elle s'était mise en quatre pour montrer à Zara tous les meilleurs aspects de leur nouvelle vie. Des mois de films au cinéma, de sorties, de restaurants et d'activités diverses avaient suivi, jusqu'à ce qu'elles soient épuisées, et Zara guère plus heureuse. C'est avec un sentiment de résignation de plus en plus marqué qu'elles s'étaient retrouvées une fois de plus à Glenelg Beach un dimanche après-midi, Kim faisant des éclaboussures dans l'eau sans grande conviction pour encourager sa fille aux yeux tristes à nager. Elle était sur le point de fourrer leurs serviettes mouillées et couvertes de sable dans un sac et d'arrêter les frais quand un joggeur s'était arrêté devant elles. Protégeant ses yeux du reflet du soleil, il l'avait scrutée, incertain.

« Kim ? C'est toi ? »

Et elle s'était rendu compte qu'elle était, une nouvelle fois, heureuse de voir Rohan.

Ils avaient commencé par des cafés amicaux et des excursions d'une journée tout à fait platoniques. Rohan était parvenu à proposer des sorties que même Zara avait, malgré elle, appréciées. Ils y étaient allés lentement et progressivement, mais cela faisait déjà plus de six mois que Kim et Rohan étaient davantage que des amis quand Kim s'était finalement décidée à l'annoncer à Charlie.

« Super. Je suis content que tu sois heureuse », avait commenté ce dernier. Il faisait vraiment de son mieux pour laisser croire qu'il était sincère, avait deviné Kim, qui s'était sentie plus mal encore que face à toute autre réaction. Mais alors, après une brève inspiration, il avait rouvert la bouche.

« Donc. Rohan, hein ? » Il y avait eu une drôle de note dans sa voix, suivie d'une très longue pause. « T'es vraiment sûre de ton coup, Kim ? »

Elle avait raccroché.

Elle s'en était voulu après coup de ne pas avoir contre-attaqué car, oui, merci beaucoup, Charlie, elle était sûre. Il y avait une stabilité chez Rohan que Charlie n'avait jamais eue. Leur relation n'était pas marquée par ces hauts et ces bas auxquels Kim était habituée, et il y avait quelque chose là-dedans qu'elle trouvait profondément réconfortant. Rohan était une personne réfléchie. Il était prévenant, et pas seulement avec elle. Il menait sa vie quotidienne d'une manière raisonnée. Avant de faire quoi que ce soit, il envisageait tous les aspects.

Kim et Charlie avaient tout de même eu cette dispute – évidemment –, mais plus tard, après les fiançailles de Kim. Quand tout était soudain devenu réel. Charlie était venu en voiture récupérer Zara, et un commentaire maladroit sur la maison que Kim partageait désormais avec Rohan avait été mal pris, et ces deux-là s'étaient retrouvés à s'abreuver de mots furieusement murmurés dans le cellier de la cuisine, pendant que Zara faisait son sac dans sa chambre.

« Tu t'es parfaitement fait comprendre, Kim, t'inquiète pas pour ça. Mais Rohan, bon Dieu ! Ce n'est pas la bonne…

— Parce que toi, tu l'es ?

— Oh, mon Dieu, non. Pas moi. J'ai eu ma *dose*. OK ? Ça me fatigue tellement. Reste avec Rohan, si c'est ce que tu veux. Mais ne viens pas pleurnicher après, Kim. Compris ? S'il te plaît. Ça, je ne pourrai pas. » Charlie avait les larmes aux yeux. « Je ne veux pas en entendre parler. Jamais.

— Très bien. C'est compris. Parle moins fort. »

Charlie était en colère et s'en prenait à elle parce qu'il était blessé, Kim le savait. Mais elle aussi. Ensuite, plus secouée qu'elle n'avait pensé l'être, elle avait raconté la dispute à Rohan. Glissant un marque-page dans son livre, celui-ci s'était levé du canapé pour la prendre dans ses bras.

« C'est Charlie tout craché, ça. Je suis désolé. » Il l'avait serrée fort. « Si tu veux mon avis, je crois qu'il est un peu jaloux. »

C'était la vérité, songea Kim. Mais elle connaissait mieux Rohan maintenant. Et il lui semblait que Charlie n'était pas le seul.

Après cet épisode, tous s'étaient bien comportés. Charlie avait présenté des excuses. Zara avait rapporté à Kim que son père s'était assis avec elle dans la cuisine, à Marralee, pour lui expliquer calmement sa part de responsabilité dans leur rupture, qui n'était pas la faute de sa mère. Ou du moins, pas seulement la sienne. Cela n'avait visiblement pas changé grand-chose : Zara était toujours fermement décidée à rentrer chez elle au vignoble. Mais Kim était reconnaissante à Charlie d'avoir essayé.

Leurs conversations téléphoniques étaient désormais exclusivement consacrées à Zara. Elles étaient brèves et raides de courtoisie. C'était une évolution raisonnable, imaginait Kim, même si elle avait l'impression de parler à un inconnu. Rohan et elle avaient invité Charlie à leur mariage car Zara comptait sur sa présence, et Kim ne voyait pas comment ils auraient pu ne pas le faire. Elle le soupçonnait d'être venu pour les mêmes raisons. Quand les chemins des deux hommes se croisaient, Rohan comme Charlie se montraient si enjoués et bon enfant que Kim se demandait si elle n'était pas la seule à voir qu'ils faisaient semblant.

Zara, elle, n'essayait même plus de faire semblant. Elle ne s'était jamais installée dans sa nouvelle vie comme Kim l'avait espéré. Ses plaidoiries étaient incessantes.

« Tu avais dit que je devais juste essayer pendant un an.

— Non, j'avais dit *au moins* un an, Zara.

— Mais ça va bientôt faire deux ans. S'il te plaît. »

Kim s'attendait à une escalade des disputes, mais, au contraire, Zara semblait s'enfoncer de plus en plus, se retirant en elle-même d'une manière bien plus inquiétante. Kim avait gagné encore deux ou trois mois, espérant un revirement dont elle savait qu'il ne viendrait jamais. Finalement, après avoir absolument tout essayé, elle n'avait pas pu supporter davantage de voir sa fille si malheureuse. Elle avait appelé Charlie, et ils s'étaient mis d'accord pour que Zara retourne à Marralee, du moins pour le moment. Zara avait pleuré quand Kim lui avait annoncé la nouvelle, de lourds sanglots de soulagement.

« Merci. » Elle avait enlacé sa mère.

« Je veux juste que tu sois heureuse. »

Cela avait été, comme elle l'avait confié ensuite à Rohan, le pire jour de sa vie.

« Laisse-lui un peu de temps, avait-il gentiment répondu. Elle est perdue, et en colère. Ce n'est pas qu'elle a choisi Charlie plutôt que toi. »

Mais c'était pourtant ça, avait aussitôt pensé Kim. C'était *exactement* ça.

Zara avait repris comme si de rien n'était sa vie à Marralee, la transition se révélant facile et sans effort, et elle n'était ni perdue ni en colère, là-bas. Elle était heureuse et avait des amis, et, en bons adolescents qu'ils étaient, ils ne voulaient rien tant qu'aller à la soirée d'ouverture de la Fête du vin, près de la retenue d'eau. La conversation la plus longue qu'avaient eue Kim et Charlie depuis plus d'un an avait porté sur la question de savoir s'il fallait autoriser leur fille à s'y rendre.

« Tu en penses quoi ? » avait demandé Charlie.

C'était une bonne question. Qu'en pensait Kim.

« Tu sais, je me rappelle très bien ce que c'est, d'avoir ton âge, avait parfois dit Kim à Zara quand elles vivaient encore sous le même toit. Même si c'est difficile à croire. »

Mais Kim ne se rappelait pas ce que c'était qu'avoir seize ans à cette fête en plein bush.

Elle se rappelait avoir *voulu* y aller. Elle se rappelait la cruelle déconvenue de l'avoir manquée l'année précédente parce qu'elle était partie en vacances avec ses parents, trouvant au retour les potins, l'excitation et le sentiment d'avoir été privée d'une expérience vraiment spéciale.

Mais quand ce fameux jour était arrivé, Kim et Charlie s'étaient disputés. Ça aussi, elle s'en souvenait. Charlie l'avait fait attendre pendant dix minutes sur leur lieu de rendez-vous, dans le parc, et quand il avait fini par arriver, elle fulminait de colère et il n'arrivait pas à saisir pourquoi – il n'avait que dix malheureuses minutes de retard, après tout. Certes, ce n'étaient que dix minutes, mais la semaine précédente, Charlie avait complètement oublié qu'ils s'étaient donné rendez-vous. Kim avait poireauté pendant une heure dans le parc avant de renoncer et de rentrer seule chez elle, essuyant des larmes de rage. Elle n'avait rien dit à Charlie, essentiellement parce qu'elle avait honte d'avoir attendu si longtemps.

Ils se disputaient encore à propos de ces dix minutes de retard quand ils étaient arrivés au feu de camp, dans la clairière. La fête battait déjà son plein et ils s'étaient regardés, tous les deux, et Kim s'était dit que c'était le bon moment pour faire une trêve. Si Charlie avait fait le premier pas, avec un geste tendre ou des excuses chuchotées, elle aurait accepté. Et elle était certaine que lui aussi, dans l'autre sens. Mais les secondes avaient passé et ni Charlie ni elle n'avait cédé. Au lieu de quoi – Kim s'en souvenait parfaitement –, elle avait tourné le dos à son petit copain et ouvert sa première bière de la soirée.

Après, il ne lui restait que des bribes. Des bouts de conversations autour du feu, des rires provoqués par une blague qu'elle n'avait pas saisie. Charlie n'était pas venu la retrouver. Quelqu'un avait pris une photo et le flash était aveuglant. Charlie, debout à côté d'une fille qu'elle ne connaissait pas. Un verre avait glissé de la main de Kim, aspergeant ses chaussures. Elle avait une nouvelle bière à la main et ses chaussures étaient trempées. Charlie, parlant à une autre fille. Puis le trou noir.

Le feu de camp était éteint. Non, pas éteint. Kim n'était plus à côté du feu, c'est tout. Le bush semblait si calme. Elle était allongée. Pourquoi était-elle allongée ? Des brindilles et des feuilles lui éraflaient la peau. Elle voulait s'asseoir. La tête lui tournait et ses oreilles sifflaient dans le silence ambiant.

« Détends-toi. »

Ces mots venaient de quelque part dans le noir. Le cœur de Kim avait bondi dans sa poitrine, lui coupant le souffle. Elle n'était pas seule ? Qui était là ? Elle avait tenté de poser la question, mais n'avait pu trouver les mots. Elle avait un goût de vomi dans la bouche. Les arbres formaient des masses sombres tournoyant sur le fond noir du ciel. Une main sur sa cuisse. Sa peau se rétractant sous le poids moite de cette paume. Puis de nouveau, le trou noir. Elle entendait quelqu'un parler, maintenant. Ou murmurer ? Des mots précipités qu'elle ne pouvait saisir. Ils semblaient furieux, avait songé Kim. Furieux après elle.

Puis c'était le matin. Une lumière si soudaine et aveuglante qu'elle en était douloureuse. Les branches pointues et les feuilles avaient cédé la place à des draps doux et frais. Kim était chez elle. Allongée dans son lit. Elle avait repoussé la couette. Elle portait ses habits de la veille, qui empestaient le vomi et l'alcool.

Quand Naomi s'était pointée en milieu de matinée, Kim aurait voulu qu'elle rie et lui dise que ce n'était rien. Que Kim avait été un peu bête et qu'il n'y avait pas de quoi en faire toute une histoire. Mais quand elles s'étaient assises ensemble sur l'épaisse moquette rose de sa chambre, la gueule de bois faisant palpiter le corps tout entier de Kim, qui avait la bouche à la fois sèche et poisseuse, elles avaient échangé un long regard et Kim avait compris que Naomi était en réalité très inquiète. Quoi qu'il ait pu se passer, ce n'était pas rien.

Naomi avait comblé les blancs – une partie, seulement – mais pas celui que Kim espérait. Elle avait finalement dû lui poser la question.

« Qui d'autre était là ? Il y avait quelqu'un d'autre, pas vrai ? »

Une pause. « Il y avait quelqu'un d'autre ? avait répondu Naomi.

— Ouais. Une personne qui t'accompagnait quand tu m'as retrouvée ? » Kim entendit l'optimisme appuyé, faux, de sa propre voix. « Qui t'a aidée, peut-être ?

— Non, Kim. » La voix de Naomi était étrange. Elle avait l'air apeurée, comprit Kim. « Il n'y avait personne avec moi. Il y avait quelqu'un avec toi ?

— Il m'a semblé, oui.

— Tu as vu cette personne ?

— Je l'ai entendue. »

« *Détends-toi.* »

Kim pouvait presque sentir le souffle de ces mots sur sa peau. Elle inspira l'air vicié de sa chambre.

« Mais peut-être que non, en fait. » L'arrière de ses bras et de ses jambes portait encore le quadrillage rouge pâle des éraflures. « Puisque tu n'as vu personne. Je me souviens peut-être de travers. »

Naomi n'avait rien répondu à cela. Elle avait juste regardé Kim, enveloppée dans son peignoir, les cheveux encore dégoulinants de sa douche. « Tes vêtements d'hier soir étaient un peu…

— Dégoûtants ? Je sais. Je suis désolée. Ils sont dans la machine à laver. » Ils n'y étaient pas. Kim les avait jetés dans le panier à linge sale, avant de les récupérer aussitôt, de les rouler en boule et de les fourrer dans la poubelle. Il ne servait à rien de les garder. Elle savait déjà qu'elle ne les porterait plus jamais.

« Ah. » Naomi s'était tue, de nouveau. « Comment tu te sens maintenant ? Tu vas bien ?

— Ouais. » Allait-elle vraiment bien ? Cette question, Kim ne lui avait pas laissé le temps de s'installer. « Oui. Je vais bien. J'ai seulement un peu honte, tu comprends ?

— C'est juste que… » Naomi n'avait pas achevé sa phrase. « Je me disais que tu pourrais en parler à quelqu'un. Si tu en as envie. À la police, ou quelqu'un d'autre. Si…

— Non. » La réponse de Kim avait été cinglante. « *Non*, Naomi. Qu'est-ce que j'aurais à raconter ? »

Pas de réponse.

« Je veux que personne ne sache. Dans quel état j'étais, tu comprends ? »

En prononçant ces mots, le filet glacé d'une peur d'un tout autre genre s'était mis à couler en elle. Leur lycée était tout petit. Les ragots d'après-fête étaient d'une brutalité notoire. Des rumeurs ressassant joyeusement ce qui s'était bien et mal passé, et qui n'étaient marrantes que lorsqu'elles concernaient les autres. « D'accord, Naomi ?

— Je sais. Mais quoi ? Pas même Charlie ? »

Il serait furieux, Kim le savait. Pas contre elle – même pendant leurs disputes les plus absurdes, il n'était jamais énervé contre elle –, mais contre lui-même. D'être arrivé en retard à leur rendez-vous dans le parc, d'avoir poussé cette dispute ridicule plus loin qu'elle et lui ne le voulaient, de ne pas avoir veillé sur elle. Charlie n'était pas parfait, Kim le savait. Mais elle non plus et, quoi qu'il ait pu se passer, ce n'était pas sa faute à lui. Ni la sienne, d'ailleurs, lui murmura une petite voix, qu'elle chassa d'un revers de main. Ce qu'elle voulait et ce dont elle avait besoin maintenant, c'était que tout revienne à la normale.

« Je veux juste oublier ça. » Kim était soudain étrangement reconnaissante que ses souvenirs soient si flous. Elle n'avait pas la force de faire remonter les événements de la nuit passée trop près de la lumière. « Vraiment. S'il te plaît, n'en parle à personne. Pas même à Charlie. »

Naomi avait paru sur le point de protester, mais au bout d'un moment elle avait acquiescé. « D'accord. » Un vertige de soulagement avait envahi Kim. « Ouais. Si c'est ce que tu veux. »

C'était ce qu'elle voulait. Kim n'en avait plus jamais reparlé, si bien que Naomi non plus. Mais pendant longtemps, Kim avait craint que de nouveaux souvenirs ne ressurgissent sans prévenir. Cette sensation n'était jamais aussi forte que lorsqu'elle descendait à la retenue d'eau. La vue des taillis impénétrables du bush et de leurs recoins cachés faisait aussitôt tressauter quelque chose, tout au fond d'elle-même. Un malaise prenait possession de son être, faisant battre son cœur, et de brusques décharges d'adrénaline lui déchiraient la poitrine et les membres. Une pure réaction instinctive face au danger. Cela devenait presque insoutenable, et pourtant aucun souvenir ne remontait. Ce qui était tapi dans les ténèbres refusait d'en sortir. Mais Kim détestait la réaction que provoquait en elle la retenue d'eau. Elle se sentait hors de contrôle et très seule, là-bas. Alors, sans en parler à qui que ce soit, Kim avait tout simplement cessé de s'y rendre.

Charlie l'avait remarqué. Mais Kim ne s'en était rendu compte que des années plus tard, par une après-midi ensoleillée, peu après la naissance de Zara. Charlie les ramenait en voiture d'un rendez-vous chez le médecin, Zara, minuscule et soyeuse, bien calée dans le siège bébé à l'arrière. La journée avait été longue, et l'itinéraire le plus court pour rentrer chez eux, Kim le savait, aurait été de quitter la grand-route pour couper par la piste de la retenue d'eau. Kim ne passait jamais par là elle-même, mais ce n'était pas elle qui conduisait, maintenant, et à l'approche de l'embranchement, elle sentit monter en elle la réaction désormais familière. Ses doigts se refermaient déjà sur l'accoudoir, un picotement intense prenait possession de sa poitrine quand elle comprit soudain que Charlie avait continué sur la route. Il faisait le grand tour.

« On va quelque part ? s'était étonnée Kim, grisée de soulagement.

— Non. Juste à la maison. » Sans la regarder, il avait tendu le bras pour lui prendre la main. Sa voix était douce. « Tu n'aimes vraiment pas aller là-bas, hein ? »

Contemplant sa paume familière, si chaude et solide, Kim avait eu l'impression de pouvoir de nouveau respirer. Ce n'était pas la première fois que Charlie faisait ça, avait-elle alors réalisé, repensant soudain à toutes ces fois où il avait discrètement choisi de la ménager – faisant ce même détour sans aucun commentaire, ou proposant sans que Kim ait eu à dire quoi que ce soit de donner rendez-vous ailleurs à leurs amis, pour aller faire une marche. Depuis combien de temps faisait-il ça pour elle ? Impossible de le savoir. Des années, sans doute.

« Je n'ai jamais aimé cet endroit. » Ce n'était pas la vérité, mais Charlie ne releva pas. « Je crois que c'est toute cette eau qui me fout les jetons. »

Il s'était tourné vers elle, alors. « Ah bon ?

— Je veux dire… on ne sait pas ce qui se cache dedans.

— Non. J'imagine que tu as raison. » Il avait attendu patiemment, jusqu'à ce qu'il devienne clair qu'elle n'en dirait pas davantage. « Eh bien… Quelle que soit la raison, on n'a qu'à la laisser là-bas. Si c'est ce que tu veux. » Il l'avait gratifiée de ce sourire qu'elle aimait tant, celui qui lui rappelait toujours la première fois qu'elle l'avait vu. « Pas besoin de la ramener à la maison. »

C'était tellement vrai, avait songé Kim tandis que Charlie lui tenait la main et les conduisait, sa fille et elle, vers leur maison confortable et adaptée à un bébé, au milieu des vignes. Elle avait su à cet instant qu'elle aurait pu tout lui raconter. Ce dont elle se souvenait, ce dont elle ne se souvenait pas. Ce qu'elle ressentait, par rapport à tout ça. Elle avait compris que tout se serait bien passé. Kim aurait pu le dire à Charlie, mais elle n'en avait toujours pas envie. Pas parce qu'elle était inquiète, non, plus maintenant ; mais parce qu'à cet instant, elle avait ressenti d'autres choses, aussi. Elle s'était sentie aimée et en sécurité, et avait soudain décrété que, quoi qu'il ait pu se passer toutes ces années en arrière, cela ne méritait pas d'occuper un espace qu'on pouvait remplir, à la place, de bonheur.

Charlie ne savait donc pas. Mais au téléphone, des années plus tard, en discutant avec lui de leur fille désormais adolescente et de la fête annuelle au-dessus de la retenue d'eau, Kim regretta pour la première fois qu'il ne sache pas. Il était trop tard, à présent. Ils n'avaient plus ce genre de conversations.

« Laisse Zara y aller, déclara finalement Kim. Dis-lui juste d'être prudente. »

Kim avait moins le temps que d'habitude de s'appesantir sur ce qui se passait là-bas, à Marralee, car, pour la première fois de sa vie, elle avait des soucis au travail.

Rohan, qui l'avait accompagnée un vendredi soir pour prendre quelques verres avec ses collègues, histoire de fêter une campagne particulièrement réussie, était d'humeur étrangement sombre lorsqu'ils étaient rentrés chez eux.

« Hé, je croyais que le projet Williams était le tien », avait-il grommelé alors qu'ils se brossaient les dents dans la salle de bains de leur chambre. Le chauffage au sol que Rohan avait récemment fait installer réchauffait les pieds nus de Kim.

« C'est le cas.

— Mais alors, pourquoi Sarah parle-t-elle de faire intervenir quelqu'un d'autre ? »

Sarah était sa patronne, et une femme avec laquelle Kim avait toujours aimé travailler. Elle avait dévisagé Rohan dans le miroir. « Qui ça ?

— Ce type aux cheveux bouclés, je crois.

— *Jeff ?* Le faire intervenir comment ?

— Comme superviseur du projet.

— Mais c'est moi qui le supervise. »

Rohan avait froncé les sourcils, en rinçant sa brosse à dents. « J'ai peut-être mal compris. Il y avait beaucoup de bruit dans le bar, peut-être qu'elle disait juste qu'il allait t'aider.

— Mais Sarah a-t-elle dit que j'avais besoin d'aide ? »

Rohan avait hésité un instant. « C'était vraiment bruyant, Kim. J'ai dû mal entendre. »

Une fois couchée, Kim avait contemplé le plafond, analysant ses récentes conversations avec Sarah. Rohan s'était tourné vers elle.

« Sarah n'a pas évoqué avec toi le besoin d'une aide extérieure pour boucler ce dossier ?

— Non.

— Eh bien, écoute, c'est sa faute. Elle aurait dû d'abord faire ça, avant de sonder ce Jeff dans un bar. Ce n'est pas très professionnel. Bon Dieu, pas étonnant que tu sois stressée là-bas !

— Je ne suis pas stressée, avait répliqué Kim. Enfin, je ne l'étais pas. » Elle l'était un peu, maintenant, et il lui avait fallu du temps pour trouver le sommeil. Le lundi suivant, elle avait rendez-vous avec Sarah pour évoquer le projet Williams. En arrivant à cette réunion, elle s'était rendu compte que sa présentation détaillée du concept de design sur lequel était fondé ce projet avait disparu de ses dossiers. Elle avait passé les trois jours suivants à tenter de la récupérer. Le vendredi après-midi, Sarah avait proposé de faire intervenir une personne extérieure pour aider Kim à refaire ce travail à temps pour tenir les délais. Épuisée et décontenancée, Kim avait accepté, et l'on avait aussitôt convoqué Jeff.

Rohan l'avait emmenée au restaurant pour lui remonter le moral, et lui avait acheté un livre sur les techniques de management toxiques. Il lui avait demandé laquelle s'appliquait à Sarah et, quand Kim avait répondu qu'aucune ne semblait correspondre, il avait ri doucement en lui disant qu'elle était toujours tellement gentille.

Rohan laissait toujours traîner son portable. Sur le comptoir de la cuisine, sur la table basse du salon. Kim connaissait son code. Elle avait jadis connu celui de Charlie, aussi, mais Rohan semblait lui avoir offert le sien comme un gage de confiance. Il lui tendait souvent son téléphone en lui demandant de récupérer un e-mail, de lui lire une recette, de retrouver une adresse dans ses textos. Elle faisait de même, parce que ça semblait important pour lui et que, de toute manière, elle n'avait rien à cacher.

« Elle voulait quoi, Naomi ? » lui avait demandé Rohan, un soir qu'ils préparaient le dîner.

Surprise, Kim avait relevé la tête de sa poêle. « Rien de particulier. Elle voulait juste papoter. » Elle ne lui avait pas dit que Naomi avait téléphoné, mais l'appel figurait bien sûr dans son historique.

Rohan n'avait pas répondu, concentré sur les carottes qu'il était en train d'émincer en bâtonnets bien réguliers sur la planche à découper.

« Quoi ? avait-elle demandé.

— Non, rien. » Rassemblant les légumes, il les avait poussés dans un plat. « Vraiment. Je suis désolé. Je suis juste toujours vaguement conscient que tout ce que nous confions à Naomi, ou à n'importe qui d'autre d'ailleurs, finit toujours par revenir aux oreilles de Charlie. »

Kim avait éclaté de rire. « Je ne crois pas, non.

— Ah bon ? » Sa question semblait sincère, tandis qu'il vérifiait la température du four. « Ils ne se parlent plus comme avant ? »

Kim avait cessé de remuer le contenu de sa poêle. « Eh bien, si, ils se parlent, mais…

— J'imagine que ça n'est pas grave, de toute manière. » Il avait refermé la porte du four, gratifiant Kim d'un grand sourire. « Qu'ils parlent… »

Kim avait dévisagé son mari. « Ça t'embête ?

— Non. Pas du tout. C'est bon. »

Mais Kim voyait bien que non. Et Rohan n'avait peut-être pas tort après tout, maintenant qu'elle y pensait. Elle s'était mise à faire plus attention à ce qu'elle racontait au téléphone, ce qui était un peu fatigant, mais peut-être pas une si mauvaise idée. Elle lui rapportait ensuite ses conversations, et Rohan lui soumettait parfois une suggestion, une légère objection. Cela avait fonctionné un temps, mais Rohan était au courant chaque fois qu'un de leurs amis de Marralee appelait, et, au bout d'un moment, c'était passé de fatigant à pénible. Avec tous les ennuis qu'elle avait au travail, Kim n'avait pas besoin de ça.

Si bien que lorsque Naomi lui avait envoyé un nouveau message, Kim l'avait tout simplement ignoré. Elle avait reposé son portable à l'envers sur le canapé et s'était tournée de nouveau vers son mari et le film qu'ils étaient en train de regarder, Rohan avait passé le bras autour de ses épaules et la vie était soudain devenue plus facile. Elle avait fait la même chose la fois suivante, puis celle d'après, et plusieurs mois s'étaient finalement écoulés avant qu'elle se rende compte qu'elle n'avait plus aucun appel à ignorer.

Kim égara ses clés de voiture et arriva en retard à une réunion avec un client important. Sarah fit preuve de compréhension. Mais cela se reproduisit une fois, puis deux, son réveil n'ayant pas sonné. Sarah n'eut d'autre choix que de lui adresser un avertissement verbal, échange qui fut tellement atroce pour les deux femmes que Kim ne put retenir ses larmes à la table du dîner, ce soir-là.

Rohan lui demanda si elle voulait donner sa démission. Quand Kim répondit que cela lui semblait un peu radical, il posa sa fourchette, enfonça la main dans la poche de son jean et en sortit un mouchoir en papier, qu'il lui tendit.

« Tu pleures, Kim. Aucun boulot ne mérite qu'on se sente comme ça. »

Rohan était lui-même très pris par son travail, au point qu'il semblait soucieux, quelquefois. Pendant une conversation distraite, un soir, il avait laissé échapper que Shane avait trompé Naomi quand ils étaient ensemble, des années plus tôt, et que Shane jouait encore au footy. Kim le savait déjà – tout le monde le savait.

« J'imagine que Shane était juste comme ça, à l'époque, avait-elle répondu. Certains hommes sont comme ça. Ils ne savent pas dire non. »

Et à cet instant, il y avait eu une seconde de pur silence où elle avait entendu, immanquable bien que non prononcé, le mot *Charlie* vibrer entre eux. Elle avait regardé Rohan, soudain très occupé à refermer son ordinateur portable. Il fuyait son regard.

« Quoi ? » Kim avait pris cela comme une critique voilée. « Charlie aussi ?

— Non.

— Il a fait ça aussi ? Rohan ?

— Non, Kim. » Il avait laissé échapper un rire bref. « Non.

— Tu peux me le dire. Je m'en fiche. » Même si ce n'était pas vrai car, si Kim et Charlie avaient eu leurs problèmes – et ils étaient nombreux –, celui-ci n'en avait jamais fait partie. Du moins, à sa connaissance. Charlie avait des défauts mais, sur ce point, Kim lui avait toujours fait confiance.

L'idée qu'elle ait pu se tromper là-dessus, qu'il ait pu lui être infidèle et, pire encore, ait réussi à le lui cacher, se planta comme un poignard dans son flanc. Elle se répéta qu'elle n'y croyait pas un instant, tout en se repassant de vieilles conversations et en épluchant mentalement la liste des vagues connaissances de Charlie.

Rohan s'était empressé de changer de sujet et n'était pas revenu sur cette histoire, jusqu'à ce que Kim, finalement, n'y tienne plus.

« Dis-moi juste, l'avait-elle supplié quelques jours tourmentés plus tard. Je préfère savoir.

— Kim, vraiment…

— Eh bien, tous les autres le savaient ? Gemma, Dean, tout le monde ? » L'idée que ses amis aient pu lui cacher une chose pareille lui donnait envie de pleurer.

« Bon sang, Kim. S'il te plaît, pas ça.

— Que dirait Gemma si je lui posais la question ? »

Rohan l'avait regardée bizarrement. « Pourquoi tu penses à ça maintenant ?

— Je ne sais pas. C'est toi qui en as parlé.

— Non. C'est toi. » Il la dévisageait encore, le visage froissé d'inquiétude. Au bout d'un moment, il avait haussé les épaules. « Écoute, tu n'as qu'à demander à Gemma, si tu en éprouves le besoin. Ou à Naomi. Elles te diront la même chose que moi. »

Kim eut honte de la manière dont il la regardait, et se sentait trop en colère et embarrassée pour avoir cette conversation avec qui que ce soit d'autre. Quand elle reçut un nouvel appel, Kim l'envoya directement sur sa messagerie.

Elle se rendit compte qu'elle se sentait stressée et déprimée à longueur de temps. Elle avait pris rendez-vous chez le médecin pour lui parler de ses pannes de réveil, et de ses clés perdues. Elle était ressortie avec une ordonnance d'antidépresseurs. Les choses avaient empiré, au travail. Elle avait égaré un autre dossier. Elle avait posé sa démission avant que Sarah ne lui demande de le faire. Elle était retournée chez le médecin pour voir s'il n'y avait pas un problème avec sa mémoire. Une autre ordonnance fut rédigée, pour des somnifères qui l'aideraient à récupérer.

Après ça, Kim était restée à la maison à éplucher sans conviction les offres d'emploi sur la table en granit de la cuisine, payée avec le salaire d'ingénieur de Rohan. Elle avait commencé à avoir des nausées le matin et, à partir de là, avait cessé de chercher du travail.

Elle avait dû retourner encore chez le médecin, car, maintenant, elle était enceinte.

Le bébé était le portrait craché de Kim.

Zoe et elle étaient rentrées de la maternité depuis une semaine quand, pour la première fois, elle avait surpris Rohan en train d'étudier leur fille avec une drôle d'expression.

« Tout va bien ? avait-elle demandé, épuisée et à cran après une nouvelle nuit fragmentée.

— Elle a des yeux très sombres », avait simplement déclaré Rohan, mais d'un ton qui laissait entendre que tout n'allait vraiment pas bien. Kim était trop fatiguée pour tenter de comprendre ce qu'il voulait dire par là.

« Ouais », répondit-elle. La plaie de sa césarienne la faisait souffrir. « J'imagine. Mais ils sont beaux, je trouve. Elle est tellement jolie. »

Rohan n'avait rien ajouté.

Quelques semaines plus tard, il s'était levé au milieu de la nuit pour donner le biberon à Zoe, et Kim, reconnaissante, car son corps avait bien plus de mal à se remettre que pour Zara, avait titubé jusqu'à la salle de bains. En revenant, elle s'était arrêtée sur le seuil du salon. Rohan était assis sur le canapé, éclairé par l'éclat pâle d'une lampe, une barbe de trois jours au menton et le tee-shirt froissé de sommeil, leur fille blottie au creux du bras.

Zoe ayant terminé son biberon, Rohan la contemplait, faisant doucement tourner ses bouclettes de bébé entre pouce et index. Les cheveux de Zoe semblaient sombres et fins dans cette lumière tamisée. Rohan n'arrêtait pas de passer son pouce sur les mèches clairsemées de leur fille. Et même à travers le brouillard de son épuisement, Kim avait senti un malaise la gagner. Car tout à coup, elle avait compris ce qu'il avait en tête.

C'était totalement ridicule. Pour bien des raisons. La moindre n'étant pas, comme Kim s'en rendit compte rétrospectivement, que Rohan savait toujours où elle se trouvait, chaque minute de chaque journée ou presque. Il avait accès à son téléphone. Ils avaient vendu sa voiture quand elle avait cessé de travailler, s'accordant pour attendre l'arrivée du bébé avant d'en acheter une neuve, et ils investiraient alors dans quelque chose de plus spacieux et de mieux adapté. Pendant plus d'une année, Kim avait été soit au travail, soit à la maison, soit avec Rohan. Et quand elle avait quitté son boulot, ces options s'étaient subitement resserrées, passant de trois à deux. Ce que n'avait décidément pas fait Kim pendant tout ce temps, c'était coucher avec Charlie.

Kim se força à laisser passer l'orage. Elle attendit, attendit, mais au bout du compte ce fut elle qui craqua la première.

« Qu'est-ce que tu veux au juste, Rohan ? lui demanda-t-elle, la frustration et la peur de réveiller Zoe lui donnant cette voix tendue et aiguë qu'elle détestait. Tu veux qu'on fasse un test, ou quoi ?

— Kim. » Son mari était appuyé contre le chambranle de la porte du salon, bras croisés, le regard fixe. « Pourquoi irais-tu même suggérer une chose pareille ? »

Bon Dieu, il savait très bien pourquoi, songea Kim en s'allongeant précautionneusement sur le canapé. Il était tellement tard dans la soirée, et elle était si *fatiguée*. Zoe avait crié toute la journée et, après des heures à être bercée et cajolée, s'était enfin endormie à force de pleurs sur la poitrine de Kim. Celle-ci la serrait contre elle, osant à peine bouger.

Dehors dans l'allée, la voiture était déjà en partie chargée. Ils étaient censés arriver à Marralee le lendemain. Le père de Rohan était malade et ses parents voulaient voir le bébé. Rohan était préoccupé par les récents examens de son père, Kim le savait. Et elle voulait faire preuve de compréhension. Mais là, sérieusement ? *Assez.* Son énergie était sapée, son bébé n'arrêtait jamais, son mari se comportait comme si elle avait fait quelque chose qu'elle n'aurait tout simplement jamais fait, et assise là à frissonner d'épuisement, Kim en avait soudain eu marre de ces conneries.

« Tu as raison, répliqua-t-elle dans un murmure cinglant. Pourquoi est-ce que j'irais suggérer ça ?

— Je n'en ai vraiment aucune idée. »

Kim dévisagea Rohan et, en cet instant, elle le détesta. Son immobilité calme – cette qualité qu'elle avait jadis adorée chez lui – s'était érodée depuis la naissance de Zoe, devenant une sombre distance. Il disparaissait en lui-même, pensant à – quoi ? Kim l'ignorait.

Ça n'avait pas été comme ça, avec Charlie. Quand ils se disputaient, c'était rude mais réglo. Ils déballaient ce qu'ils avaient sur le cœur, se querellaient un peu pour des broutilles, puis ils tournaient la page. Ce n'était pas l'idéal, certes, mais c'était beaucoup mieux que ce silence dur et scintillant.

Elle regarda Rohan, le défiant d'être honnête avec elle.

« Rohan. » Kim craqua la première. « Je ne le dirai qu'une fois. Une seule : Zoe est ta fille. »

Le visage de Rohan tressaillit. Une sueur froide parcourut l'échine de Kim. *Oh, mon Dieu.* Il ne la croyait pas. Il ne s'agissait pas juste pour lui de chercher bêtement des noises, à cause de la jalousie ou de la fatigue d'un jeune père. Il ne la *croyait pas*. Rohan pensait vraiment que ce bébé pouvait être de Charlie.

« *Rohan...* », essaya Kim, avec cette fois une urgence dans le ton. Elle n'avait pas pris tout ça assez sérieusement, loin de là, réalisait-elle un peu tard.

« Pourquoi aurais-tu même besoin de dire une chose pareille, Kim ? » la coupa-t-il sans être le moins du monde perturbé, du moins extérieurement, ce qui la mit encore plus à cran.

Elle bougea et Zoe se mit à remuer. Kim se figea et retint son souffle, avant de murmurer : « Parce que tu…

— Je quoi ? Kim ? » La voix de Rohan était étrangement détachée. « Pourquoi dis-tu cela ? Je te fais confiance. Ce n'est pas comme si tu étais du genre à te soûler à mort et à partir avec un type dont tu ne te souviens même plus après. »

Assise dans ce salon cosy, son bébé chaud au creux des bras, Kim ressentit ce malaise. Remontant soudainement, là, sans prévenir, mais si brutalement familier. Son cœur qui battait à tout rompre, les picotements de l'adrénaline. Elle fixa son mari droit dans les yeux.

« De quoi est-ce que tu parles ? »

Il haussa les épaules. Ramassa une couverture pour bébé qu'ils avaient choisie ensemble, et la plia soigneusement en quatre. « Tu le sais très bien. »

Oui, elle savait. Bien sûr qu'elle savait. Mais c'était tellement hors contexte qu'elle avait le souffle coupé, comme si on l'avait giflée. « À la retenue, tu veux dire ? Le soir de la fête ? »

Quelque chose dans sa voix avait alors alerté Rohan. Il n'avait pas réagi, mais Kim l'avait senti. Il avait franchi une ligne qui, jusqu'alors, n'avait même jamais existé entre eux.

« Ouais. » Le ton de sa voix avait quelque chose de vaguement désolé. « Je crois que c'est ce que je veux dire.

— Comment peux-tu même savoir ça ? »

Rohan posa la petite couverture. Il releva la tête et ses yeux se plantèrent dans ceux de Kim. « Charlie m'a raconté. »

Elle soutint son regard. « Charlie t'a raconté ?

— Ouais. Je suis vraiment désolé, Kim. Écoute, évidemment, il n'aurait pas dû. Mais tu sais comme il est. Une grande gueule, pas moyen de la fermer. On ne peut rien lui confier. »

Kim étudia son mari à l'autre bout de la pièce, qui l'observait toujours depuis la porte. Elle inspira par les narines, puis expira. Elle s'enfonça un peu plus profond dans les coussins du canapé. Elle sentait le poids de son bébé sur sa poitrine. Elle hocha la tête, de haut en bas. Elle avala légèrement sa salive, puis rassembla tout ce qu'elle put trouver de force, d'attention et de concentration pour former ces mots :

« C'est vrai. »

Mais ce n'était pas vrai. Et Charlie n'avait jamais su.

Kim avait passé toute la nuit éveillée sur le canapé, serrant Zoe contre elle. Rohan avait fini par aller se coucher, avant de revenir vers deux heures du matin.

« Tu veux que je prenne le relais ? » Sa voix était douce et conciliante. Elle le soupçonnait de n'avoir pas dormi.

Kim secoua la tête. « Non. Mais merci. » Elle hésita. « Tu peux me passer mon téléphone ? »

L'appareil était en train de charger sur la table de chevet, dans leur chambre.

Rohan hésita à son tour. « Bien sûr. Il est un peu tard, quand même.

— Je voudrais envoyer un texto à Zara avant d'oublier. M'organiser pour passer déposer son cadeau d'anniversaire.

— OK. Comme tu veux. »

Il était allé chercher le portable. Puis il s'était assis sur l'accoudoir du canapé et avait attendu, frottant ses yeux fatigués entre deux bâillements. De là, il pouvait voir l'écran de Kim. Kim avait hésité, son bébé sur la poitrine, les sutures de sa césarienne encore en place, son mari patiemment assis à côté d'elle. Puis, au bout d'un moment, elle avait envoyé un SMS à Zara. Elle voulait venir avec Zoe au vignoble pour lui offrir son cadeau d'anniversaire, le soir même.

Quand elle eut terminé, Rohan tendit la main vers l'appareil.

« Il n'est pas encore à cent pour cent. Je vais le remettre à charger pour toi. » Il jeta un coup d'œil au message quand elle lui donna le téléphone, et dit d'une voix légère : « Je ne suis pas sûr que ça sera jouable, ce soir. Je dois voir mes parents.

— Ce n'est pas grave, avait répondu Kim, calquant son ton sur le sien. Je peux y aller toute seule.

— Je ne sais pas. » Il lui sourit. C'était une version de Rohan qu'elle connaissait bien. Rohan le médiateur, le beau-père si patient, le bon père de famille. « On a raté la vraie date d'anniversaire de Zara. J'aimerais bien être là aussi. » Rohan le preneur de décisions.

Kim était restée éveillée tout le reste de la nuit. Le temps que l'aube se lève, son mari avait réfléchi.

« Nous devrions peut-être faire une croix sur Marralee, cette fois-ci, déclara-t-il pendant le petit déjeuner. Tu es fatiguée. Je suis fatigué. Ça fera peut-être beaucoup, ce voyage.

— Il faut qu'on y aille. » Kim le regarda dans les yeux. Bon Dieu, cette petite danse était insupportable ! Son téléphone n'était plus dans la chambre. Elle avait vu Rohan l'emporter dehors avec une brassée d'articles pour bébé et l'imagina dans la voiture verrouillée, posé délicatement dans le vide-poche avec une bouteille d'eau, quelques en-cas et des couches de rechange. « Et ton père ? essaya-t-elle. Ses résultats ?

— Papa ne voulait pas te compliquer la vie.

— Rohan. » Kim joua sa dernière carte, la meilleure. « Tout le monde nous attend. Ils veulent tous voir Zoe. Si nous n'y allons pas, ils vont s'inquiéter. Ils viendront nous trouver. »

Elle avait raison, et Rohan le savait. Mais il prit tout son temps, vidant le frigo et sortant la poubelle et remplissant les derniers sacs et sécurisant la maison. Kim se contenta d'attendre, son bébé dans les bras, jusqu'à ce qu'il n'ait plus rien à faire. Il déverrouilla la voiture. Il était temps de rentrer à la maison.

Charlie l'appelait encore. C'était la deuxième fois en autant de minutes. Kim était assise sur le siège passager à côté de Rohan, Zoe dormant profondément à l'arrière. Au paysage autour d'eux, elle sut qu'ils se trouvaient à une demi-heure encore de Marralee. Son portable sonnait au fond du vide-poche. Kim jeta un coup d'œil à Rohan. Il avait les yeux fixés sur la route.

« Tu ne réponds pas ? »

Rohan ne la regarda pas en prononçant ces mots.

Kim ne savait pas vraiment quelle était la réponse adéquate. Les sonneries continuèrent.

« Décroche. » La voix de Rohan était aussi posée que d'habitude. « On ne voudrait pas faire attendre Charlie. »

Kim tendit la main vers son portable et, alors que ses doigts se refermaient dessus, Rohan la regarda dans le rétroviseur. Un regard fugace, mais elle le vit, comme elle était censée le faire.

« Mais essaie peut-être de faire court, hein ? Ton bébé dort à l'arrière. »

Ton bébé. L'estomac de Kim se tordit si violemment qu'elle se plia en deux. *Ton* bébé. Pas *notre* bébé.

Rohan désigna d'un hochement de tête le téléphone qui sonnait toujours. « Charlie te réclame.

— Je vais me débarrasser de lui. »

Les mots étaient sortis sans réfléchir. Les pensées de Kim tournoyaient sous son crâne, mais cette réponse avait été instinctive, et quelque part dans tout ce bruit, elle se raccrocha à une petite vérité solide. *Je sais comment contenter mon mari.* Consciemment ou non, elle avait peu à peu appris à maîtriser cet art. Rohan avait passé leur mariage à la former. Donc, pour le meilleur et pour le pire, elle possédait ces compétences. Elle savait quoi faire, et elle allait pouvoir le faire maintenant. Elle se concentra, leva l'index et prit l'appel.

« Kim. Salut ! » Le visage de Charlie apparut sur l'écran. Il avait l'air un peu surpris, et Kim ne pouvait pas lui en vouloir. Il appelait rarement, ces temps-ci. Et il était encore plus rare qu'elle décroche.

« Salut, Charlie. » Elle avala sa salive. Sa voix sonnait étrangement à ses oreilles, et elle sentit Rohan regarder dans sa direction. Charlie ne parut pas s'en rendre compte. Il ajusta l'angle de son téléphone, et Kim reconnut la cuisine du cottage. Elle y avait passé tellement de temps que cet endroit semblait encore lui appartenir, et une vague de mal du pays s'abattit sur elle. Greg et Rita étaient là, aussi, et un homme de grande taille qu'elle ne connaissait pas. Sa fille aînée se glissa dans le cadre et Kim ressentit la piqûre familière au creux de la poitrine. « Bonjour Zara, ma chérie.

— T'es où ? demandait Charlie. Toujours sur la route ?

— Ouais. On est… ah… » Elle n'arrivait pas à penser. À encore trente longues minutes de la ville. « Près du pont, vers l'est. Bon, dis-moi, Charlie : qu'est-ce qu'il y a ? Ce n'est pas le meilleur moment, Zoe s'est endormie à l'arrière. »

Elle saisit le bref éclair de jalousie dans les yeux de Zara, et éprouva l'irrépressible envie de tendre les bras à travers l'écran et de prendre le visage parfait et troublé de sa fille dans ses mains. *Oh, Zara, ma belle fille idiote. Zoe ne t'a jamais, jamais remplacée. Tu le sais forcément, n'est-ce pas ?*

Mais Zara se détournait déjà du téléphone, et Charlie arborait ce drôle de sourire fixe qu'il avait toujours lorsqu'il voulait faire comme si tout allait bien, et d'un seul coup, tout ça lui parut si tordu que Kim ne put le supporter.

Tu vois, Rohan ? aurait-elle voulu hurler à son mari, comme elle serrait ses lèvres, fort, l'une contre l'autre. *Tu n'as aucune raison de faire toutes ces histoires. Je t'ai choisi toi, plutôt qu'eux, pas vrai. Regarde ! Là. Regarde mes relations brisées avec ma fille et son père. Que pourrais-tu vouloir de plus ?*

Rohan la connaissait suffisamment pour déchiffrer son silence. « Calme-toi, Kim », murmura-t-il. Son visage n'avait même pas changé.

« C'est Rohan que j'entends ? » Charlie s'était éclairci la voix. Kim vit qu'il essayait. Il avait toujours essayé. « Félicitations pour ce petit bout, mon vieux. »

L'espace d'un terrifiant moment, Kim se sentit totalement, absolument vide. Quelle était la réaction normale, face à ça ? Elle fit pivoter l'écran du portable pour que Charlie puisse voir son mari. Rohan hocha la tête et leva une main.

« Merci, répondit Rohan, si agréable et mesuré que Kim fut prise d'un vertige. Désolé, on va parler doucement, si ça ne te dérange pas. »

Il se tourna une nouvelle fois vers le rétroviseur, plus longuement, et quelque chose dans la manière dont ses yeux se posèrent sur Zoe foudroya Kim de peur. Rohan n'irait pas jusqu'à leur faire du mal. Ou bien si ? *Non.* Certainement pas. Il était en colère, mais Kim n'arrivait pas à croire qu'il franchirait cette ligne. *Mais, la retenue d'eau* – Kim claqua cette porte. Plus tard. Elle ne pouvait pas penser à tout ça maintenant. Pourtant, cette conversation était vraiment mal engagée. Il fallait qu'elle y mette un terme, pour pouvoir rester prudemment assise dans cette voiture, sans bouger, sans parler, jusqu'à ce qu'ils sortent de ce recoin de bush dense et vide à la fois et retournent à la ville, en terrain solide et familier.

« Charlie. » Kim opta pour un ton sec et glacial. « On se rappelle plus tard, OK ? De toute façon, je vous vois bientôt, Zara et toi.

— Attends, Kim, en fait, c'est au sujet de ce soir. On ne sera plus à la maison quand vous arriverez, désolé. »

Il y eut une pause durant laquelle Kim n'entendit plus que le sang pulsant dans ses oreilles.

« C'était ce soir ? interrogea Rohan, et Kim le regarda.

— Ouais. Tu te souviens ? » Sa voix lui parut étrange. Ils allaient s'en rendre compte. Elle avait posé la main sur le téléphone pour étouffer le son.

« Mais je ne peux pas, dit Rohan, toujours parfaitement normal. Je dois voir mes parents. »

Kim resta figée, ne sachant absolument pas quelle réaction il attendait d'elle. « J'avais prévu de faire un détour pendant que tu étais au restaurant », tenta-t-elle.

Zara avait joué des coudes pour s'approcher de l'écran, maintenant, lançant des mots précipités. Elle sortait avec ses amis, devina Kim. Elle écarta sa main pour mieux entendre.

« … et je leur ai déjà dit que je les rejoignais là-bas. Donc c'est bon, non ? »

Kim ne sut quoi répondre. *Non.* Bon Dieu, ça n'était pas bon. Pas du tout. Elle voulait que Zara et Charlie soient au vignoble ce soir-là. Elle voulait qu'ils attendent que son bébé et elle sonnent à leur porte. Elle avait besoin qu'ils s'inquiètent si elle était en retard, et qu'ils se posent des questions si elle ne se pointait pas. Ce dont elle avait surtout besoin, c'était franchir cette porte comme autrefois, la fermer à clé derrière elle comme elle l'avait fait tant de fois, et se sentir en sécurité, comme cela avait toujours été le cas quand ils formaient encore une famille.

« Je veux dire… » Zara hésita. Kim vit que son silence appelait Charlie à la soutenir. « Papa doit tenir le stand à la Fête du vin, de toute façon. »

Kim ne put trouver quoi lui répondre. Pas un seul mot approprié ne lui vint. Elle eut l'impression de garder le silence pendant un long moment. Trop long, réalisa-t-elle quand Rohan bougea ses mains sur le volant.

« Donc aucun de vous ne sera à la maison dans la soirée ? parvint-elle à articuler. Vous allez tous les deux à la fête ?

— Ouais, répondit Charlie. Désolé.

— Et Rita et Greg ?

— On y va tous.

— Oh ! » *Merde.* « Très bien… » Kim cherchait encore un moyen de protester, mais Zara se montra trop rapide.

« Très bien ? Super. Merci, maman. »

Kim vit sa fille sourire. Elle se força à inspirer et à se concentrer. Ils étaient encore loin de la ville. Il n'y aurait personne au vignoble ce soir. Elle s'efforça de réfléchir.

« Charlie ?… » Il lui sembla que sa voix était presque revenue à la normale, mais peut-être que non, car elle sentait que son mari était en alerte maximale, maintenant. N'avait-il pas accéléré ? Il semblait prendre les virages un peu trop vite. « Vous ne pouvez pas m'attendre, Zara et toi ?

— Écoute, Kim, pas vraiment. Je suis désolé, mais on se verra à un autre moment. Faut que je descende au stand. Et Zara a seize ans, elle a envie de sortir avec ses amis ce soir. Tu te rappelles ce qu'on…

— Oui, bien sûr, je… »

La main de Rohan jaillit soudain et lui arracha le téléphone. Kim ne savait pas trop ce qu'elle était sur le point de dire, mais Rohan semblait avoir compris que ce ne serait pas ce qu'il fallait. Il plaqua le portable de Kim contre son torse. Il respirait plus fort, constata Kim. Et elle aussi. Elle entendait à peine le bruit du moteur à travers les palpitations sous son crâne.

Rohan écrasa lentement son pied sur l'accélérateur. Il se tourna une fois vers leur bébé assoupi à l'arrière, puis, à la stupéfaction de Kim, détacha son autre main du volant. Kim sentit son cœur remonter dans sa gorge, si brusquement qu'elle en eut un haut-le-cœur.

« S'il te plaît, Rohan… » Elle articula les mots mais aucun son ne sortit, tandis que la route filait derrière sa vitre. Ses poumons étaient comme écrasés.

« T'es toujours là ? » La voix de Charlie semblait lointaine, à l'autre bout du fil.

Avec une lenteur méticuleuse, Rohan leva la main qui contrôlait le volant et posa un doigt sur ses lèvres. Il fixa de nouveau Zoe dans le rétroviseur, puis se tourna vers Kim. La voiture dérapa légèrement.

Kim hocha la tête, son cœur battant à tout rompre, son pouls palpitant dans sa gorge. Rohan la fixa dans les yeux pendant un long moment. Une sorte d'entente tacite passa entre eux, même si Kim n'aurait su dire exactement ce qu'elle venait d'accepter. Enfin, avec une lenteur infinie, Rohan reposa sa main sur le volant. Il écarta le téléphone de sa poitrine et le tendit vers elle. Kim recracha l'air qu'elle retenait depuis tout à l'heure, dans une libération brûlante et douloureuse. Rohan était en train de parler, d'un ton si atrocement *ordinaire* que Kim eut du mal à discerner les mots.

« Allô ? Vous nous entendez ? » Rohan avait haussé d'un ton, puis baissé de nouveau la voix. « Désolé, les gars, c'est juste un peu compliqué avec Zoe en ce moment. Écoutez, on n'a qu'à juste dire que Zara sort ce soir ? Amusez-vous bien. On trouvera un autre moment.

— Super. D'accord, répondit précipitamment Zara.

— Je… » Kim avala une bouffée d'air, mais Charlie répondait déjà.

« Bon, écoute, pourquoi vous ne feriez pas un saut à la fête ? On sera tous là.

— Eh bien… » Kim sut d'instinct ce que Rohan voulait qu'elle réponde. Sa paume était moite contre le téléphone. *Oublie ce que Rohan veut. De quoi Zoe a-t-elle besoin ?* Sa fille avait besoin d'être dans un endroit parfaitement sûr. La Fête du vin ? Il y avait toujours du monde, pas seulement des touristes mais des habitants aussi. Kim connaîtrait un tas de gens, là-bas.

« Oui. On fait comme ça. » Elle trouva les mots sans tarder, avant que Rohan ait pu l'arrêter. « On passera à la fête. »

Son mari lui lança un regard qu'elle n'avait encore jamais vu.

« J'ai rendez-vous avec mes parents ce soir. » Pour la première fois, Kim trouva que Rohan semblait tendu. « Mais… Ouais, on pourrait peut-être faire un saut.

— Eh bien… », répondit Charlie. N'avait-il pas l'air un peu – quoi ? suspicieux ? incertain ? Kim n'en était pas sûre. Sur l'écran, le sourire fixe était de retour. « Parfait. Alors on vous voit là-bas tous les trois. »

— OK. On se voit là-bas. » Kim sentait les yeux de Rohan sur elle. Elle retroussa les lèvres pour leur sourire autant qu'elle put, en se mordant discrètement le bout de la langue. Zoe était tellement petite dans son siège bébé. On les attendait à la Fête du vin. La ville n'était plus très loin. C'était bientôt fini. Elle était presque rentrée chez elle.

« Super. *Bye*, maman. » Zara avait une voix distraite. « Je t'aime.

— *Bye*, Zara. » Kim aurait voulu voir le visage de sa fille, mais tout ce qui s'offrit à elle fut le tissu du tee-shirt de Zara quand elle se pencha vers l'écran. « Je t'aime… »

Elle était partie. L'appel se termina.

Kim contempla le portable muet dans sa main. Rohan lança brusquement son bras pour s'en saisir, et le reposa avec délicatesse dans le vide-poche, où il pourrait le voir. Kim s'essuya les mains sur son jean et se força à se concentrer.

Ils n'étaient plus qu'à treize minutes de Marralee. Ils allaient arriver là-bas. Ils iraient à la Fête du vin. Kim visualisait déjà l'endroit. Un fragile bourgeon de soulagement commençait à éclore. Elle trouverait Charlie, là-bas. Elle lui demanderait si Zoe et elle pouvaient rentrer à la maison avec lui, et Charlie répondrait que oui, bien sûr, car Charlie et elle avaient toujours pris soin l'un de l'autre. Le bush était dense autour d'elle. Tout ce dont elle avait besoin l'attendait au bout de cette très longue portion de route.

Puis Rohan ralentit, et mit le clignotant.

Chapitre 35

« Kim n'a jamais mis les pieds à la Fête du vin. »

Falk avait parlé aussi bas que possible dans la clameur des manèges et de la musique. Il attendit, alors, pendant que le sergent Dwyer le contemplait sans répondre. Le policier pencha lentement la tête sur le côté et leva les yeux vers le sommet de la grande roue. À côté de lui, Raco l'imita. Falk n'eut pas besoin de le faire. Il en avait assez vu. Les nacelles craquaient et grinçaient au-dessus de lui. *Disparue avant de disparaître.*

Falk n'ajouta rien d'autre, ménageant à Dwyer le temps et l'espace dont lui-même avait eu besoin pour laisser toutes les conséquences déferler sur lui.

Il n'aurait su dire combien de minutes il était resté planté à cet endroit, les yeux rivés à la grande roue tandis que ses pensées basculaient dans une nouvelle direction pour le moins troublante, mais cela avait été assez long pour que Raco le remarque. Il avait laissé les autres faire la queue devant un manège un peu plus loin dans l'allée, et était revenu auprès de Falk, visiblement préoccupé. Ils avaient parlé, alors, échangeant des mots aussi pénibles que pressants. *Ça, ici. C'est ça qui nous a échappé.* Les deux hommes s'étaient regardés, puis Raco avait sorti son téléphone pour appeler Dwyer. Le sergent avait rappliqué de l'autre bout du champ de foire, puis s'était dressé à son tour dans l'ombre de la grande roue, les bras croisés et le visage impénétrable, écoutant ce que Falk avait à lui dire.

« Des témoins ont aperçu Kim. » Dwyer baissa soudain les yeux de la grande roue, s'exprimant à voix basse. « Et je ne parle pas d'une seule personne, hein. J'en ai toute une ribambelle qui disent l'avoir vue.

— Non. Ils ont vu quelqu'un qui lui ressemble, peut-être. » Falk secoua la tête. « Taille et corpulence moyennes, cheveux sombres. Il devait y avoir cent femmes correspondant à cette description, ce soir-là. Mais aucun de ceux qui connaissaient personnellement Kim ne l'a vue, ni ne lui a parlé. » Il scruta les traits de Dwyer. Le policier n'était pas en désaccord. « Vous l'avez dit vous-même, mon vieux : quelque chose n'allait pas dans tout ça, et vous aviez raison. Nous voyons tous ce que nous nous attendons à voir. Un père tenant deux glaces, en train d'attendre devant les toilettes pour dames, discutant avec les amis qui entrent et qui sortent. Bien sûr que sa femme est à l'intérieur ! Pourquoi n'y serait-elle pas ? »

Dwyer ne répondit pas tout de suite, lançant à la place un nouveau regard insistant vers le haut de la grande roue, avant de se tourner vers Falk. « Et ici ? interrogea-t-il d'un ton neutre.

— C'est Eva Raco qui m'a mis la puce à l'oreille. Un truc qu'elle a souligné comme une évidence. C'est une foire dans une petite ville. Les gens saluent des inconnus depuis les manèges. Parce que c'est ce qu'on fait, ici. C'est marrant. » Falk tendit les mains devant lui. « OK, je ne connaissais pas Kim, mais quand même : je n'aurais pas dû prendre ce que j'ai vu pour argent comptant. C'est ma faute. »

Dwyer avait le front plissé, maintenant. « Donc Rohan – quoi ? gare le landau avec Zoe dedans puis marche jusqu'ici et trouve un couple de touristes qui ne savent pas à quoi ressemble sa femme ?

— Ouais, confirma Falk. C'est ce que je crois. En choisissant des gens qui n'avaient jamais vu Kim, Rohan était sûr qu'ils le croiraient sur parole quand il leur montrerait une étrangère au loin, dans l'obscurité. Rohan papote avec cette famille du Queensland, lève la tête vers le manège, trouve une femme qui ressemble vaguement à Kim et tente le coup : il la salue – pourquoi pas ? Si elle ne répond pas à son geste, aucun problème. Mais si elle le fait, le tour est joué… »

Dwyer se frotta le menton. Ses yeux se détachèrent de la grande roue et se posèrent sur le sol, à proximité. Falk suivit son regard. Parmi la foule, il aperçut la famille élargie des Raco. Tous rassemblés au pied des montagnes russes destinées aux plus petits, ils discutaient et riaient en attendant leur tour.

Rohan était là, lui aussi. Un peu à l'écart, mais faisant tout de même partie du groupe. Sa fille calée sur la hanche, écoutant Charlie raconter une histoire avec sur le visage l'ombre d'un sourire. Rita murmura quelque chose et frôla le coude de Rohan, et Falk sentit Raco se raidir à côté de lui. Mine sombre, il regardait cet homme comme s'il ne l'avait jamais vu.

« Hé ! Écoute-moi : ce n'était pas que toi, Greg. D'accord ? » Falk se pencha vers son ami, le ton ferme. « Pour contrôler une personne, il faut en manipuler tout un tas d'autres, tu le sais très bien. La famille, les amis, des étrangers, nous tous. On s'est tous fait avoir. »

Raco ne répondit rien, les yeux toujours rivés à sa famille. Il se fendit d'un petit hochement de tête crispé.

Sentant sans doute leurs regards sur lui, Rohan bascula son poids d'un pied sur l'autre et leva la tête. Son regard dériva à travers la foule, fluide et léger, avant de se poser sur Dwyer d'abord, puis sur Falk et Raco. Il ne pouvait pas avoir saisi la teneur de leur conversation, mais tout de même. Trois policiers, qui regardaient dans sa direction. Falk se prépara à toute une série de réactions, et il sentit que Raco faisait de même.

Rohan ne bougea pas. Il soutenait juste leurs regards en serrant sa fille contre lui, son expression se faisant soudain intéressée et pleine d'espoir. C'était la réaction parfaite, songea Falk. Respectueuse, pleine de déférence. Presque crédible.

« Si Kim n'a pas mis les pieds ici, à la fête… », reprit Dwyer si bas qu'on l'entendait à peine dans le vacarme ambiant. Ses yeux n'avaient pas quitté le mari de Kim. « Alors, où est-elle ? »

C'était la question à laquelle Falk aurait voulu pouvoir répondre. L'expression de Rohan n'avait pas changé, mais, au moment de détourner les yeux, Falk crut y déceler un bref éclat calculateur. Qui disparut l'instant d'après. Mais cette vision secoua Falk, comme lorsqu'un acteur plutôt bon sort soudain de son personnage. Rien qu'une fraction de seconde, cependant suffisante pour que le public se demande : *Attends un peu. Tout ça n'est pas réel ?*

Qu'est-ce qui était donc réel chez cet homme ? Les pensées de Falk firent brusquement demi-tour, remontant les minutes et les heures pour tenter de trouver un élément sûr, fiable. Il ne savait pas très bien ce qu'il cherchait et, quand un souvenir isolé commença à émerger de cet amas enchevêtré, ce ne fut pas celui auquel il s'attendait. Il ne concernait pas la fête, ni le vignoble, ni même la ville proprement dite.

Il se retrouva malgré lui sur cette route qu'il avait parcourue, seul, de Melbourne jusqu'à Marralee, quelques interminables jours plus tôt. Roulant vers la ville au fond de la vallée pour assister au baptême, pour les Raco, pour tout ce qui l'attendait ici. La route était déserte et le trajet avait été long, si bien qu'il s'était arrêté pour faire une pause. Il avait quitté la route et remonté une piste. Il s'était garé dans une clairière devant un belvédère aussi secret que spectaculaire, et avait découvert qu'il n'était pas seul.

Rohan Gillespie était là, lui aussi, avec sa fillette d'un an, Zoe. Falk sentit un détail de ce souvenir se cristalliser avec une clarté saisissante. Pas la vue, ni le biberon de l'enfant ou le sachet de raisins secs. Pas le regard de Rohan quand il l'avait reconnu, ni les banalités un peu guindées sur le baptême des Raco.

Un moment qui avait précédé tout cela.

Quelques secondes, à peine. Quand Falk s'était garé et avait aperçu Rohan debout dans cette clairière déserte. Seul, la garde baissée. Tournant le dos à sa fille. Contemplant le paysage, pensif. Impossible de savoir ce que cet homme avait en tête, alors. Mais s'il avait fallu deviner, que ce soit sur le moment ou maintenant, Falk aurait parié que Rohan Gillespie contemplait le vide en pensant à sa femme disparue.

Chapitre 36

Rohan

Le belvédère était désert, comme toujours.

Pourtant, Rohan sentit quand même une pointe de soulagement quand la voiture déboucha au bout de la piste encerclée par d'épaisses broussailles, en constatant qu'il n'y avait personne d'autre dans la clairière. Il s'arrêta et, ignorant la vue à couper le souffle, se tourna vers son épouse agitée. Assise sur le siège passager, Kim avait les poings serrés et évitait volontairement de regarder son téléphone. Celui-ci était toujours posé au fond du vide-poche, là où Rohan l'avait placé, et elle n'avait cessé d'y jeter des regards – d'infimes regards en douce – depuis la fin de son appel avec Charlie et Zara. Rohan tendit la main et glissa simplement le portable dans sa poche, avant de descendre de voiture. Les épaules de Kim s'effondrèrent. Rohan ignora également ce mouvement, tandis qu'il contournait la voiture et ouvrait la portière côté passager.

« Descends, Kim, s'il te plaît. »

Elle n'esquissa pas un geste. Elle le dévisageait, le souffle court et les poings crispés, concentrée à l'extrême.

« Descends tout de suite. » Il fit un pas vers la portière de Zoe.

Kim descendit. Évidemment.

« Rohan. » Elle le suppliait d'une manière qui insupportait Rohan. Elle avait retrouvé sa voix et c'était un torrent impérieux. « Rohan. Écoute-moi. Zoe est ta fille. S'il te plaît. Pas celle de Charlie. La *tienne*. Vraiment. »

Il ne répondit pas, mais, quand il s'approcha de sa femme, celle-ci dressa instinctivement ses deux mains devant elle, paumes ouvertes, ce qu'il détesta car tout ce qu'il avait toujours fait, c'était s'efforcer de l'aimer. Il fit un pas encore, de plus en plus proche, *juste pour parler*, mais elle se rétracta cette fois et Rohan éprouva de nouveau cette sensation désagréable au creux des tripes. Il avait toujours été frappé, au fil des ans, chaque fois que Kim, sans le savoir, faisait quelque chose qui lui rappelait cette nuit près du réservoir lorsqu'ils étaient adolescents.

Rohan n'avait jamais compris Kim, au lycée. Jolie et plutôt sympa, elle aurait pu sortir avec – bon, peut-être pas *n'importe qui*, mais au moins quelqu'un de valable. Et tout ce qu'elle avait trouvé à faire, c'était s'amouracher de Charlie Raco. Charlie, qui n'était pas aussi amoureux qu'elle. Charlie, qui se disputait avec Kim pour un oui ou pour un non. Capable de raconter des conneries et de rigoler avec ses potes dans une fête en plein bush tandis que sa petite amie était tellement soûle qu'elle tenait à peine debout. La grande histoire d'amour de l'année, et Charlie ne s'était même pas rendu compte qu'elle partait.

Rohan, lui, l'avait remarqué. Kim était assise toute seule depuis un moment, et il sirotait sa bière en hésitant à la rejoindre quand elle s'était levée, titubante, et s'était éloignée tant bien que mal du feu de camp. Elle avait disparu derrière les arbres, dans l'obscurité, et il avait contemplé l'espace vide qu'elle laissait derrière elle, attendant qu'elle revienne. Une minute avait passé, puis une autre, si bien qu'il s'était levé et l'avait suivie, parce qu'il n'était sans doute pas très prudent que Kim rentre chez elle, seule, dans cet état. Il n'avait eu aucun mal à la rattraper, mais s'était aussitôt demandé pourquoi il se donnait cette peine. Kim avait pleuré toutes les larmes de son corps, grommelant sans discontinuer des trucs au sujet de Charlie. Des délires incohérents. Plus pour la faire taire qu'autre chose, Rohan avait sorti un mouchoir en papier de sa poche et l'avait aidée à s'essuyer les yeux, et elle avait paru si reconnaissante qu'il avait recommencé, passant ses pouces sur les joues rougies de Kim jusqu'à ce qu'elles soient sèches.

Ils avaient marché côte à côte, Kim vacillante et négligée, Rohan avait passé le bras autour d'elle pour la soutenir. Il s'attendait un peu à ce qu'elle le repousse, mais elle n'avait pas semblé s'en rendre compte ni s'en soucier, donc il l'avait laissé là. Était-il même possible, s'était-il demandé, qu'elle le fasse exprès ? Laissant sa hanche cogner contre la sienne lorsqu'elle titubait, serrant la main de Rohan dans sa paume moite ? Rohan était encore en train d'y réfléchir quand Kim s'était soudain arrêtée, pétrifiée au milieu du chemin. À l'expression de son visage, Rohan avait déjà compris ce qui allait suivre.

« Par là, vite ! » avait-il lancé, et Kim avait serré les lèvres et s'était laissé entraîner à l'écart du chemin dans les profondeurs des taillis. Elle avait posé une main contre un tronc d'arbre, et s'était penchée juste à temps pour vomir. Rohan s'était reculé pour qu'elle n'éclabousse pas ses chaussures. Il avait attendu. Les yeux de Kim étaient injectés de sang et humides quand elle s'était redressée. Elle avait fait un seul pas chancelant en direction du sentier quand Rohan l'avait attrapée par le coude.

« Prends ton temps, avait-il glissé, guidant Kim vers le sol. Rien ne presse. »

Il s'était assis à côté d'elle, tout le poids de Kim avachi contre son épaule, sa jupe froissée remontée jusqu'en haut des cuisses. Rohan l'avait regardée fixement pendant un long moment, attendant qu'elle la remette en place. Kim n'avait pas bougé.

« Tu veux que je remette bien ta jupe ? » avait-il fini par demander. Quand il s'était tourné vers elle, ses yeux étaient fermés. Elle n'avait pas répondu.

« Oui ? » avait insisté Rohan.

Kim avait murmuré quelque chose.

« OK. » Il s'était penché sur elle.

Elle était si flasque qu'il n'y avait pas eu moyen de la redresser, de sorte qu'il l'avait saisie par les épaules pour l'allonger par terre.

« Détends-toi. »

Ses jambes nues étaient chaudes et lisses sous les paumes de Rohan. Il avait fait courir ses mains sur les cuisses de Kim, et l'avait regardée. Les yeux clos, du vomi plein les cheveux. Les mains de Rohan s'étaient agitées de plus belle, traçant des motifs du bout des doigts sur tout son corps. Dans un sens, puis dans l'autre, et alors… Rohan s'était arrêté.

Quelqu'un venait.

Il avait tendu l'oreille. Des pas lourds sur le sentier, le faisceau d'une lampe balayant les broussailles. Il avait entendu une fille se racler la gorge, ce qui lui avait fait l'effet d'une insulte. Naomi. Évidemment, putain. Toujours à s'assurer qu'on remarquait sa présence. Rohan s'était relevé aussi discrètement que possible. Il avait baissé les yeux sur Kim. Une vision terrible, vautrée dans son propre vomi. Si Naomi les surprenait ainsi, elle allait se faire des idées totalement fausses. Rohan avait d'abord hésité, avant de hisser Kim en position assise, l'adossant contre le tronc d'arbre. La tête de Kim retomba, son visage sans vie.

Naomi approchait, maintenant, si bien que Rohan avait reculé de quelques pas, avant de s'accroupir derrière un grand eucalyptus. Calant son épaule contre le tronc, il avait observé la scène. Naomi était apparue, marchant sur le chemin, et l'espace d'un instant il avait cru qu'elle allait passer sans s'arrêter. Mais alors, la torche dans sa main s'était immobilisée. Le faisceau était revenu en arrière. Dans le cône de lumière blanche, Kim était effondrée contre l'arbre, tel un poids mort.

Pendant une seconde, tout était resté suspendu. Puis le faisceau de la torche s'était éloigné de Kim, reculant à contrecœur, tremblotant, dans les ténèbres du bush. Rohan avait retenu son souffle. La palpitation de son pouls au creux de ses oreilles se mêlait au battement sourd, lointain, de la musique. Mais le cri accusateur et plein de reproches auquel il s'attendait n'était jamais venu.

Quand il avait rassemblé assez de courage pour jeter un nouveau coup d'œil, Naomi était encore figée sur place. La lumière de sa torche rebondissait presque entre ses mains nerveuses. OK. Donc elle ne risquait pas d'en pointer le faisceau dans sa direction, d'avancer dans le sous-bois ni de lui faire savoir ce qu'elle en pensait, avait compris Rohan. Aucune chance. Il avait senti une bulle d'amusement monter en lui. Naomi était complètement paniquée.

« Kim ? » La voix de Naomi n'était guère plus qu'un murmure. Pas de réaction. Elle avait regardé dans un sens, puis dans l'autre, d'un geste rapide et furtif.

Bon Dieu. Rohan avait retenu son souffle, attendant la suite. *Elle va la laisser là.* Cette donneuse de leçons, ce petit chef de Naomi, toujours prête à juger les gens, avait juste envie de s'enfuir.

« Kim ? » La voix de Naomi était presque engloutie par les broussailles. « Allez… tu peux te lever ? » Nouveau regard angoissé le long du chemin.

Vas-y, Naomi, l'avait secrètement encouragée Rohan. *Rentre en courant chez toi. Allez. Personne ne le saura jamais.*

L'air de la nuit semblait trembler d'indécision, puis tout à coup, Naomi avait laissé échapper un bruit de gorge rauque. Elle avait quitté le chemin et s'était ruée bruyamment au milieu des taillis pour rejoindre Kim.

Rohan l'avait observée, aussi surpris qu'irrité. Il ne l'aurait jamais cru capable de ça. Elle non plus, à en juger d'après l'expression de son visage.

Naomi avait juré, une succession rapide de mots murmurés tandis qu'elle empoignait Kim et la tirait vers elle, de toutes ses forces.

« Lève-toi, Kim. Tout de suite. Sinon, tu te débrouilleras toute seule. Je te jure. Je suis désolée, mais je resterai pas ici. Allez, bouge, maintenant ! »

Cette injonction parut faire réagir Kim, qui, enfin, se releva tant bien que mal et se laissa traîner jusqu'au sentier.

Une fois ressortie des broussailles, revenue sur une terre plus ferme, Naomi avait passé le bras autour de Kim, avant de se figer au milieu de son geste. Le souffle encore lourd, elle avait braqué sa torche sur son amie, plus lentement cette fois. S'attardant sur le vomi dans les cheveux de Kim, son haut froissé, sa jupe retroussée. Caché derrière son arbre, Rohan l'avait regardée avec une étrange fascination, alors qu'un calme irréel s'emparait d'elle. Naomi avait inspiré lentement, puis tendu les mains pour remettre en place, avec délicatesse, les vêtements de Kim.

« Ça va aller, avait-elle murmuré. Je suis là, maintenant. Je vais te ramener chez toi. »

Son visage était crispé quand elle avait calé son épaule sous le bras de Kim et s'était mise en route. Kim titubait à ses côtés, ses membres bougeant lourdement. Elle était vraiment – cette pensée avait traversé l'esprit de Rohan comme une observation distante et objective – ivre morte.

Il avait attendu qu'elles soient vraiment loin avant de ressortir du bush, d'épousseter son jean et de remonter vers les bruits de la fête. Il aurait volontiers admis qu'il était un peu déçu, mais aussi étrangement euphorique. Cela avait été intéressant, de provoquer ces réactions de la part des filles. OK, les choses ne s'étaient pas tout à fait déroulées comme il l'espérait, mais cela avait presque été mieux de découvrir le peu d'efforts qu'il lui avait fallu pour emmener Kim là où il le voulait depuis si longtemps. Et voir Naomi paniquée avait clairement constitué un bonus inespéré. Rohan avait adoré ça.

Quand il était revenu dans la clairière, l'ambiance avait encore monté d'un cran, alors qu'un Charlie abattu venait de prendre conscience que Kim n'était plus là. Rohan avait bu une autre bière en observant la scène, adossé à un arbre.

S'il devait un jour refaire un truc pareil – même si, bon, il n'en avait pas l'intention –, mais si cela *devait* se reproduire, il s'était dit qu'en peaufinant un peu les choses, il pourrait aboutir à un tout autre résultat. Il avait adoré sentir, cette nuit-là, que les deux filles avaient appris quelque chose sur elles-mêmes. Naomi, que quand les choses dégénéraient vraiment, elle n'était pas aussi téméraire qu'elle aimait à le croire. Et Kim – Rohan avait vidé le reste de sa bière –, bon… qu'elle n'avait pas du tout la force de se battre.

Debout à l'orée de la fête, tournant ces pensées en tous sens, Rohan avait savouré sa bière et la vue de Charlie cherchant en vain sa petite amie. Putain, ce type était un rigolo. Il n'avait vraiment jamais mérité Kim.

C'était ce que Rohan avait pensé alors, et il se le disait encore devant ce belvédère, vingt-cinq ans plus tard. Il se tourna vers sa femme, qui le regardait fixement, la bouche légèrement entrouverte. Elle avait basculé son poids vers l'avant, penchée sur la pointe des pieds. Elle s'écartait de la voiture, sans le quitter des yeux. Cherchant à l'éloigner de sa fille ? se demanda Rohan. Une nouvelle bouffée de colère monta en lui. Pourquoi aurait-elle fait une chose pareille ? Elle n'avait pas besoin de faire ça.

« Bon sang, Kim. » Il tendit la main vers elle. « Détends-toi. »

Ces mots la firent tressaillir, et elle se raidit comme s'il l'avait frappée. Elle avait les larmes aux yeux. Rohan sentit de nouveau cette vague de colère le consumer. Bon Dieu, il n'était pas ce genre d'homme là ! Il fit un pas brusque vers elle et l'empoigna tandis que Kim tentait de reculer, l'entraînant dans une étreinte ferme. Son bras se referma autour de sa taille, son autre main allant se caler sur sa nuque. Les cheveux de Kim étaient doux, entortillés entre ses doigts. Les paumes de sa femme étaient prises au piège, pressées contre la poitrine de son mari, le visage enfoui dans son épaule.

« Rohan, s'il te plaît. » La voix de Kim était étouffée, comme si elle avait du mal à respirer. « Ils m'attendent. Rohan ? S'il te plaît. Lâche-moi. »

Il cessa de l'écouter et la serra simplement, si fort et si près, car il n'y avait plus rien à dire, maintenant. C'était la fin pour eux, elle le savait sûrement aussi bien que lui. Le bébé de Charlie, la fête près de la retenue. Impossible de dépasser ça, de revenir en arrière. Mais il ne voulait pas de cette fin-là non plus. Il ne voulait pas qu'elle le quitte. C'était irréparable, Rohan le savait, mais il sentit soudain monter en lui un instinct protecteur, puéril. *Elle est encore à moi.*

Il l'aimait, vraiment, même si parfois cela ressemblait moins à de l'amour qu'à un sentiment douloureux, tordu et sombre. Mais cela devait valoir la peine qu'on s'y accroche, car Rohan ne parvenait pas à lâcher Kim.

Alors il la serra contre lui, tandis qu'elle se débattait, trouvant au fond d'elle-même une force dont il ne l'aurait pas cru capable. Il était presque fier d'elle, alors qu'il murmurait à son oreille – *maisjet'aimekimsilteplaîtarrêtefaismoiconfiance* – et enfouissait davantage le visage de sa femme dans le coton propre de sa chemise. Le dos de Kim était collé à la rambarde, et il la sentait s'arc-bouter contre le bois, tentant encore de le repousser, si bien qu'il cala son coude sous la gorge de Kim, appliquant un peu de pression. Ils restèrent plantés là, verrouillés dans une danse macabre et convulsive, jusqu'à ce que, finalement, après un temps qui lui parut très long, Kim cesse de le pousser. Rohan serra une minute encore, puis la relâcha.

Kim retomba flasque et sans vie contre la barrière, et il ne fallut vraiment pas grand-chose pour la faire basculer, et il y eut une terrible poche d'absolument rien, et puis, plus loin en contrebas, le choc et le craquement écœurant d'un objet lourd qui s'écrase dans l'épaisse canopée du bush avant de heurter le sol invisible, dessous.

Il y eut un silence. Non. Pas un silence. Zoe braillait dans la voiture. Rohan sursauta. Combien de temps tout cela avait-il duré ? Il n'en avait aucune idée. Il resta figé, sans la moindre notion du temps qui s'écoulait – une minute, dix ? –, puis il se força à se pencher par-dessus la barrière pour regarder en bas.

Rien.

Cent mètres plus bas, on ne distinguait qu'un amas d'arbres impénétrables. Il était seul, et Kim n'était plus là.

« *Ils m'attendent.* »

Rohan releva les yeux vers la vallée.

Quand il se retrouvait face à un problème compliqué, au travail – un pont sur le point de s'écrouler, des poutres de support qui ployaient, des choses potentiellement mortelles si on les laissait en l'état –, il faisait toujours la même chose : il passait en revue toutes les options viables. C'était devenu une réaction instinctive après toutes ces années, et il ne fut pas surpris de la sentir se mettre en branle, bredouillant et titubant un peu, sous le choc, avant de prendre le contrôle. Les pour et les contre, les éléments non négociables. Tout était pris en compte. Et généralement, la meilleure manière de procéder finissait par se dessiner. Même s'il avait dès le départ une idée de la solution, Rohan exécutait toujours ce processus. Cela l'aidait à prendre une décision, puis à l'exécuter comme il fallait.

Cette situation – seul tout là-haut, devant ce belvédère – était différente. *Mais finalement pas tant que ça*, lui murmura une petite voix étrange.

Rohan déroula toutes les hypothèses jusqu'à ce qu'un plan s'impose à lui. Il avait une valise remplie d'affaires appartenant à Kim, dans la voiture. Ses baskets blanches avec la trace de brûlure, ses antidépresseurs. Ce n'était pas une solution parfaite, loin de là, mais c'était sûrement celle qui lui offrait les meilleures chances. Rohan ferma les yeux et la testa une dernière fois. Il allait y arriver. S'il gardait son sang-froid, il en était capable.

Le bébé hurlait toujours.

La fille de Kim, la fille de Charlie. Pas la sienne. Et Rohan ne devait rien à cet enfant.

Il s'écarta du bord, avala une dernière bouffée d'air, puis remonta dans sa voiture. Le siège passager était vide. Il démarra et tourna le volant en direction de Marralee, prêt à affronter les proches et les amis de sa femme.

Chapitre 37

Les eaux placides du lac artificiel scintillaient dans l'éclat de cette fin d'après-midi, sous les yeux de Falk. Il attendait Joel, tout le matériel dont ils avaient besoin soigneusement disposé à ses pieds. Falk ferma les yeux, sentant la chaleur du soleil sur ses épaules. La journée était agréable, donnant déjà un aperçu de ce qui attendait les gens dans quelques mois, quand le printemps céderait la place à l'été. Là-bas au vignoble, le sac de Falk était posé, à moitié fait, sur le lit de la dépendance. Il devait être à Melbourne le lendemain matin. Il faudrait sans doute vérifier ce que lui réservait la météo là-bas.

« Hey ! »

Ouvrant les yeux, Falk vit Joel descendre le chemin en direction du précipice, et le saluer d'un geste du bras. « Salut.

— Désolé d'être en retard, lança Joel en s'approchant. Zara a appelé.

— Pas de souci. Elle va bien ? »

Falk et Raco avaient passé beaucoup de temps avec l'adolescente au cours des deux derniers jours. Elle ne pouvait rester en place, si bien qu'ils l'avaient emmenée faire de longues promenades rageuses, Zara marchant d'un pas lourd, rapide, autour de la retenue d'eau, ses pieds martelant la terre tassée de la piste. La plupart du temps, elle n'avait pas voulu parler, ne brisant le silence que pour lancer une remarque acide ou une accusation. À d'autres moments, elle semblait ne plus pouvoir s'arrêter, se jetant à corps perdu dans des conversations décousues, où elle tournait en boucle, posant les mêmes questions encore et encore, de différentes manières. Falk savait que leurs réponses, à Raco et à lui, n'étaient pas celles qu'elle voulait entendre, mais il ne voyait pas ce qu'ils auraient pu lui offrir d'autre.

« Zara, ma grande, je crois que rien de ce que je pourrais te dire ne rendra tout ça moins terrible », avait fini par déclarer Raco.

Ils étaient assis sur un tronc d'arbre mort, sur une portion du chemin de la retenue où Falk n'était encore jamais allé, et ils écoutaient le doux clapot de l'eau. Épuisée, Zara s'était enfin autorisée à cesser de marcher, et la voix de son oncle lui avait fait relever la tête.

« Si tu peux entendre quoi que ce soit, maintenant, avait-il poursuivi, je voudrais juste te remercier de ne pas nous avoir laissés abandonner. Nous aimions Kim, et je sais que tu le sais. Mais c'est toi qui t'es battue pour elle. »

Zara avait jeté un coup d'œil par-dessus l'épaule de Raco, vers la surface chatoyante du plan d'eau. Quelque part, de l'autre côté, se trouvait le chemin menant à la sortie est du champ de foire. Falk se représenta la corde fixée en travers, lâche et immobile. Personne ne sortant ni n'entrant par là.

« Que va devenir Zoe ? » avait-elle brusquement demandé. Falk et Raco avaient échangé un regard. C'était une question différente, au moins, et pour la première fois Zara parlait de quelqu'un d'autre que de Kim. « Je savais que maman ne l'aurait jamais laissée seule, mais Rohan, lui, l'a abandonnée. » Elle semblait presque abasourdie par cette révélation. « Comment a-t-il pu faire une chose pareille ?

— Je suis à peu près certain qu'à ce moment-là, Rohan pensait que Zoe était le bébé de Charlie, avait répondu Raco. Ce qui a peut-être facilité la chose.

— C'est vraiment le cas ? » Zara s'était redressée sur le tronc. « Comme mamie l'a dit au baptême ? »

Raco avait secoué la tête. « Non. On pourrait vérifier pour être bien sûr, mais rien qu'en la regardant, on voit bien que non. Et Rohan s'est occupé d'elle pendant toute cette année, donc il a dû lui-même s'en rendre compte assez vite.

— Mais alors, qui va veiller sur elle maintenant ?

— Honnêtement, je ne sais pas encore, avait avoué Raco. En revanche, nous allons nous assurer qu'on s'occupera bien d'elle.

— Ouais. OK. C'est bien. » Zara avait eu l'air soulagée, puis avait haussé les épaules. « En fait, je trouve qu'elle ressemble pas trop à Rohan. Elle me rappelle plus maman. »

Il avait fallu près de trente-six heures pour retrouver les restes de Kim dans le bush, au pied du belvédère. La végétation dense avait constitué un défi, même pour les hommes les plus expérimentés de l'équipe chargée de s'y frayer un chemin. Quand la première nuit était tombée sans qu'on l'ait retrouvée, Falk avait commencé à douter. Mais il avait de nouveau songé à ce trajet entre Melbourne et Marralee. Au moment où, se garant dans la clairière du belvédère, à côté d'une autre voiture, il y avait trouvé Rohan Gillespie. Qu'avait-il vu, alors ? Un mari en deuil et un père, faisant une petite pause pour s'occuper de sa fillette et profiter de la vue ? Un homme violent et manipulateur, rassemblant ses esprits sur les lieux du pire acte de sa vie, avant de remettre son masque ? En repensant à ce moment, il avait eu la certitude que l'équipe découvrirait bientôt ce qu'ils cherchaient tous.

Et finalement, c'est ce qui s'était passé. Kim Gillespie, disparue depuis si longtemps, avait enfin été retrouvée. C'est seulement à ce moment-là, comme Falk l'apprendrait ensuite, que Rohan était passé aux aveux.

« Zara a l'air d'aller bien, en fait », déclara Joel. Il tourna la tête vers la retenue d'eau, ébloui par le reflet du soleil. « Même un peu mieux. Enfin, mieux que depuis longtemps. Elle dit que la visite de ce matin s'est bien passée.

— Ouais, effectivement, confirma Falk. Tout le monde en avait besoin, je crois. »

Dans le froid d'avant l'aube, tous les membres présents de la famille Raco s'étaient réunis dans l'allée devant le cottage de Charlie. Falk s'était joint à eux tandis qu'ils partaient en convoi vers le belvédère, les ténèbres refermées autour d'eux. Ils étaient arrivés juste au lever du jour, étaient descendus de voiture au bout de l'étroite piste et s'étaient rassemblés au milieu de la clairière. Falk avait vu Raco tendre, comme toujours, sa main vers celle de Rita.

Charlie avait marché seul jusqu'au bord du vide. Il avait baissé les yeux sur les épais taillis, tout en bas, puis, cachant son visage dans ses mains, il avait pleuré. Ses frères l'avaient rejoint, se plantant chacun d'un côté, tête contre tête et leurs mains dans son dos, et lui avaient parlé tout bas, avec tendresse. Au bout d'un moment, Charlie s'était redressé et avait essuyé ses larmes.

« Hey, vous vous souvenez de ce vieux vélo pourri avec lequel Kim se baladait ? avait-il soudain demandé. Celui qu'elle avait le jour où on l'a rencontrée ?

— Je me rappelle surtout qu'il t'a quand même fallu pas mal de temps pour la rattraper, avait répliqué Raco, et Ben avait souri.

— Ouais. C'est vrai. » Charlie avait souri à son tour. « Mais ça valait la peine. »

Ils étaient restés un moment là-haut, au belvédère, échangeant des histoires pendant que le ciel s'éclaircissait au-dessus d'eux. Charlie avait pris les commandes, ses souvenirs jaillissant à flots. Ce qu'il avait dit à Kim quand il avait fini par la rattraper, ce jour-là, comment elle était bien vite devenue la personne qu'il préférait, leur bonheur à la naissance de leur fille, ces chansons que Kim inventait pour Zara quand elle était petite. Zara avait ri avec une joie inattendue en entendant cela, essuyant ses larmes d'un revers de main. Elle se souvenait de ces chansons, et d'autres choses aussi. Alors ils s'étaient succédé, revivant leurs moments préférés avec Kim, debout dans cette clairière, pendant que les enfants jouaient sur une couverture de pique-nique à leurs pieds, le soleil se levant derrière eux par-dessus les collines.

Falk, qui n'avait pas connu Kim, s'était contenté d'écouter. À l'invitation des autres, il s'était brièvement exprimé, du fond du cœur, disant combien Kim avait eu de la chance d'avoir tous ces gens dans sa vie. Un tas de personnes bien, qui avaient tenu à elle et qui veillaient les unes sur les autres.

« Ouais, Zara trouve que c'était un beau moment, finalement, ajouta Joel en s'appuyant contre la rambarde, le dos tourné au précipice.

— Ça l'était, approuva Falk. Ils sont en train d'organiser des funérailles, mais c'était bien de faire un truc comme ça, juste pour… »

Il s'interrompit, ne sachant trop comment finir sa phrase.

« Ouais, juste pour la famille », compléta Joel, comme si c'était une évidence.

Falk allait le corriger, mais se ravisa. Peut-être avait-il raison, après tout. « Bref, souffla-t-il. Si on s'y mettait ? »

Il tendit un tournevis à Joel, et ils s'accroupirent pour ouvrir le pot de peinture, à ses pieds. Falk sortit deux pinceaux d'un sac et, ensemble, ils se mirent au travail. Ils peignirent côte à côte tandis que le soleil se faisait plus lourd. Les traces sombres des graffitis étaient toujours là, malgré leurs précédents efforts pour les effacer, et les voir disparaître sous cette couche de peinture fraîche qui restaurait l'aspect blanc et lisse de la barrière avait quelque chose de profondément satisfaisant. Au bout d'un moment, Falk s'arrêta et sortit un chiffon pour essuyer une éclaboussure sur la plaque.

À la mémoire de Dean Tozer. Aimé et regretté.

Il se tourna vers Joel.

« Je suis désolé que tout ça ne t'ait pas apporté davantage de réponses au sujet de ton père. »

Joel haussa les épaules, mais ses coups de pinceau ralentirent. « C'est pas grave.

— Si. C'est encore la merde. »

Cette remarque tira un sourire à Joel. « Ouais, un peu.

— Parfois, c'est comme ça. Pour ce que ça vaut, j'ai toujours pensé que personne ne pouvait faire une chose pareille et s'en tirer impunément. » Falk désigna la plaque d'un hochement de tête. « Enfin, pas vraiment.

— Mais certains, si.

— Je ne sais pas. Devoir vivre avec ça, en sachant ce qu'on a fait. C'est pire que d'assumer ses actes, je crois. Mais quand même, ajouta Falk. Je comprends. C'est dur de ne pas savoir. »

Ils peignirent en silence pendant un moment, puis Joel inspira.

« Et si je ne découvre jamais ce qui s'est passé ? » Sa voix était calme, et Falk secoua la tête.

« Je ne sais pas trop quoi te dire. Si on est réalistes, c'est peut-être ce qui va se passer, après tout ce temps. Essaie juste de ne pas laisser cette histoire te priver de toutes les bonnes choses qui t'attendent. Parce qu'honnêtement… » Falk s'interrompit, jusqu'à ce que l'adolescent relève la tête. Il voulait que Joel sache qu'il le pensait vraiment. « … tu as un tas de bonnes choses devant toi, mon grand. »

L'adolescent ne répondit pas, mais parut tout de même méditer ses paroles pendant qu'il peignait avec soin le contour de la plaque, ses traits se détendant, pour une fois, concentré qu'il était sur la tâche en cours.

Ils continuèrent de travailler, écoutant les bruissements et les chants du bush et le clapotis discret de l'eau en contrebas, pendant que l'air chaud aidait la peinture à sécher. Cela faisait un moment que Falk n'avait pas fait ce genre de chose, mais la tâche lui plaisait. Elle lui rappelait ces clôtures peintes avec son père, enfant, dans leur ferme de Kiewarra. Malgré les moments difficiles qu'il avait connus pendant ces années-là, il se rendit compte qu'il se souvenait beaucoup plus facilement des bons moments, ces derniers temps.

Après leur conversation dans le centre-ville, plus tôt cette semaine-là, Charlie était rentré directement chez lui et, tenant parole, il lui avait envoyé quelques chiffres par e-mail. Pour qu'il sache à quoi s'attendre s'il devait venir travailler au vignoble avec Charlie et Shane. Falk avait consulté ces chiffres, puis refermé le message. Il avait réfléchi un moment, puis rouvert le message et étudié tout cela de plus près. Il avait fait quelques calculs sur un bout de papier. Recommencé. Obtenu chaque fois le même résultat. Avait refermé l'e-mail. Ne l'avait plus ouvert depuis.

« Ah, les voilà ! » s'exclama Joel en se tournant vers le chemin, derrière eux.

Falk essuya son pinceau et pivota sur ses talons en entendant des aboiements. Luna dévalait le sentier en courant et Gemma suivait un peu plus loin, ses cheveux captant la lumière. Elle leva la main avec un sourire en les voyant.

« Ah, c'est donc ça que vous maniganciez ? » Quand elle les eut rejoints, ses yeux coururent sur la barrière fraîchement repeinte. « Waouh ! Super boulot. Sincèrement, je ne l'ai jamais vue aussi belle. » Elle adressa un sourire radieux à Falk. « Tu sais que, techniquement, c'est une propriété privée. La permission des propriétaires est en attente, c'est ça ?

— Plus ou moins. » Il lui retourna son sourire. « Je me suis dit : que peut-il arriver de pire ? Qu'ils envoient quelqu'un faire un meilleur boulot que nous ?

— Rébellion stratégique. Ça me plaît. » Gemma passa la main sur la plaque, prenant soin de ne pas toucher la peinture. Elle se tourna vers Joel. « Et toi, tu en penses quoi ? Tu crois que ton père serait content ?

— Ouais. » Joel haussa les épaules. « Probablement. Mais… » Il se tut, concentré sur l'éclaboussure qu'il était en train d'essuyer. « Je sais pas. J'ai un peu repensé à ce que tu m'avais dit, il y a de ça un moment.

— Vraiment ? » Gemma releva la tête, étonnée. « À quel sujet ?

— Sur le fait que papa était toujours heureux quand j'étais heureux. » Joel gardait les yeux rivés sur son pinceau. « Je me suis dit que t'avais pas tort.

— Ah. » Gemma regarda Falk par-dessus la tête courbée du garçon, et ses sourcils se soulevèrent. Elle parvint plus ou moins à étouffer le délice dans sa voix. « Eh bien. Oui. Je veux dire, j'imagine que c'est une idée à garder à l'esprit. »

Elle observa Joel pendant quelques instants encore, puis referma les bras sur la carcasse anguleuse du garçon et serra. Une brève et intense étreinte que Joel lui rendit, souriant un peu pour lui-même quand elle le relâcha.

Gemma se retourna vers Falk, sa main se tendant d'instinct vers la sienne. Il sentit sa paume chaude et sèche, entendit le doux va-et-vient de son souffle. Elle vint se coller contre lui, son épaule ferme contre la sienne.

« Bon », dit-elle. Les yeux de Falk plongèrent dans les siens. « Et maintenant ? »

Chapitre 38

Six mois plus tard

Falk parcourut le rapport qui s'affichait devant lui sur l'écran de l'ordinateur, deux ou trois chiffres lui faisant froncer les sourcils. Il ouvrit d'un clic une deuxième feuille de calcul pour comparer, puis fit un rapide calcul dans la marge du carnet posé sur son bureau.

À vérifier, écrivit-il en entourant le résultat. Le bureau était silencieux, et il jeta un coup d'œil à l'heure. Plus tard qu'il ne le pensait. Falk se frotta les yeux, éteignit l'ordinateur et se leva, en s'étirant. Il ramassa ses clés et contourna le bureau.

« Luna. » Il siffla doucement et la chienne sortit du bureau derrière lui, attendant aux pieds de Falk pendant qu'il verrouillait la porte.

Le soleil automnal brillait encore dans le ciel quand Luna et lui s'engagèrent dans les vignes à la recherche de Charlie. Falk avait aimé assister aux changements de saison dans le vignoble, ces derniers mois. La récolte avait été fructueuse, à en croire Charlie et Shane. Cela avait été une bonne année. Falk trouva Charlie en train de réparer un fil de fer coupé dans l'un des rangs.

« Ces factures m'ont toutes l'air correctes, annonça Falk, tendant le fil pendant que Charlie entortillait l'extrémité autour. J'en ai isolé deux, datant du mois dernier, qui ont besoin d'un rapprochement, mais je vérifierai tout ça lundi.

— Super, merci. » Charlie vérifia le fil, satisfait. « Tu t'en vas ?

— Oui.

— Moi aussi, j'ai bientôt fini. T'as le temps de prendre une bière ?

— Pas ce soir. Joel vient pour le week-end. Sa copine aussi, cette fois.

— Ah, ouais. » Charlie sourit, tandis qu'ils se mettaient en route vers la maison. « Zara m'en a parlé. Ils vont aller boire un verre tous les quatre, demain.

— Tous les quatre – dois-je comprendre que Zara emmènera son véto ?

— Tout à fait. Le véto a toujours la cote. »

Il s'agissait en fait d'un stagiaire, étudiant à l'école vétérinaire. Sur les conseils de son psy, Zara avait décidé de faire un break, repoussant à plus tard ses projets d'études supérieures, ce que Falk considérait comme une bonne décision. Elle avait dégotté un emploi à temps partiel au refuge animalier du coin, et n'arrêtait pas de ramener des pensionnaires à la maison, au grand agacement de Charlie. Mais il ne disait jamais non, et le couloir du fond accueillait désormais toute une rangée de gamelles. Zara s'était liée d'amitié avec l'étudiant vétérinaire, que Falk et Gemma avaient trouvé à la fois gentil et compétent quand il avait vérifié les dents de Luna. De son côté, le jeune homme semblait absolument ravi que Zara lui tienne compagnie pendant son année de stage.

Zoe, dix-huit mois désormais, vivait dans une famille d'accueil locale, qui l'emmenait au terrain de jeux et au parc, et l'habillait avec des habits propres aux couleurs préférées de Kim. Ils amenaient Zoe au vignoble tous les deux jours. Charlie et Zara avaient bien discuté de tout ça et, puisqu'ils étaient tombés d'accord, Charlie s'était lancé dans une fastidieuse procédure devant le juge aux affaires familiales. Gemma, qui avait elle-même dû batailler pour obtenir la garde de Joel à la mort de Dean, avait mis Charlie en contact avec son avocat, qui semblait plutôt confiant.

« Eh bien, passe un bon week-end ! lança Charlie à Falk quand ils eurent atteint l'allée. On vous voit dimanche soir ? »

Falk acquiesça. Les barbecues familiaux au vignoble étaient devenus un événement régulier, toutes les six semaines, quand Raco et Rita embarquaient leurs enfants pour venir en voiture depuis le Victoria et passer quelques jours à Marralee. Ces dates étaient dictées par le rythme de rotation de Raco, au commissariat, et notées au stylo dans tous leurs agendas.

« Yep, on sera là », répondit Falk, et il prit congé de Charlie avant de descendre l'allée avec Luna. Ces temps-ci, il allait au travail à pied.

Falk était rentré à Melbourne au printemps dernier, se donnant deux semaines pour voir si rien ne changeait, puis il avait démissionné de la police fédérale. La réaction de ses supérieurs avait d'abord été une légère incrédulité, suivie d'un réel étonnement. Une série de conversations l'incitant à revenir sur cette décision avaient suivi. Il avait apprécié ces efforts, mais n'était pas revenu sur sa décision. Au bout du compte, toujours incrédules, ses supérieurs lui avaient proposé de prendre une année sabbatique sans solde.

« Ça me paraît généreux de leur part, avait estimé Gemma. Accepte, peut-être, puisqu'ils te le proposent.

— J'ai l'impression que c'est comme avoir un pied dedans et un pied dehors, avait déclaré Falk.

— Eh bien, tu n'es pas obligé de voir les choses comme ça. » Gemma avait souri sur l'écran du portable. Elle avait calé ce dernier près du canapé du salon et, à travers la porte derrière elle, Falk apercevait Joel en train de réviser sur la table de la cuisine, les restes du dîner sur le comptoir. Falk était seul dans son appartement, la pièce tellement silencieuse qu'il entendait les voitures passer dans la rue, en bas. L'envie d'être à Marralee était une douleur sourde et constante.

« Tu me manques, avait-il déclaré.

— Ouais, toi aussi. J'ai hâte de te voir. » Elle avait jeté un regard derrière elle, par-dessus son épaule. « Joel aussi sera heureux de t'avoir à la maison. Merci encore, au fait, pour… » Elle avait ri. « De chambouler toute ta vie pour tenter le coup. »

Il lui avait souri. « Je suis heureux de le faire. » Il le pensait absolument.

« Je sais, avait répondu Gemma. Mais ne faisons pas comme si ce n'était pas un très grand changement.

— Donc, je prends l'année sabbatique ? »

Elle avait haussé les épaules, puis hoché la tête. « Je crois que ça dépend de ce qui te paraît le mieux. Mais ça ne peut pas faire de mal de ne pas détruire tous tes ponts. Juste au cas où. »

Cette porte-là restait donc entrouverte, pour le moment, mais Falk s'était rendu compte qu'il ne regardait même jamais en arrière.

Il préférait faire de longues marches, main dans la main avec Gemma, Luna sur leurs talons. Chaque journée au vignoble était différente, et intégrer la multitude d'activités qui, imbriquées, constituaient cette entreprise était un défi stimulant. Il y avait beaucoup à faire, au bureau et dans les vignes, et Falk avait toujours été quelqu'un qui apprenait vite. Shane n'avait pas eu besoin d'ouvrir une feuille de calcul depuis des mois, et il lui en était profondément reconnaissant. Falk restait souvent prendre un verre avec lui et Charlie avant de rentrer à la maison, bière pour eux, eau glacée pour Shane.

Falk s'était d'abord installé dans la dépendance du vignoble, Gemma et lui étant tombés d'accord sur le fait qu'il était préférable de prendre le temps. Elle l'avait aidé à défaire ses cartons, assise sur le lit à feuilleter ses romans préférés. Elle en avait emprunté quelques-uns, recommandés par lui, et l'avait invité à venir dîner chez elle. Falk s'était présenté à l'heure dite, et n'était quasiment plus jamais reparti. Au bout de deux mois, ils avaient renoncé à ce simulacre et Falk avait une nouvelle fois empaqueté ses affaires et ses livres, conduit jusqu'à la maison de Gemma, où il s'était garé à l'ombre des eucalyptus et avait emménagé pour de bon.

Falk avait appris à se repérer dans sa cuisine. Gemma et lui passaient leurs débuts de soirée à ouvrir et à fermer les placards et à se passer des poêles, des cuillères en bois et des passoires. Il avait découvert les plats préférés de Gemma et s'essayait à les cuisiner, avec un succès croissant. Ils écoutaient de la musique et débouchaient de bons vins locaux, s'asseyaient autour de la table, les portes ouvertes pour laisser entrer l'air tiède de la nuit. Après le repas, ils sortaient s'asseoir sur la véranda et s'attaquaient à des mots croisés en ligne cryptiques, en regardant l'éclat du soleil couchant se changer en nuit. Le sexe était régulier, enthousiaste. Falk allait en jean au travail. Se rasait une fois par semaine.

Ce soir-là, il rentra donc chez lui à pied, avec Luna, par les petites routes, et il s'arrêta dans le parc, devant l'ovale de footy. Shane était en vacances depuis quinze jours, et Falk le vit en train de frapper dans un ballon avec les trois enfants de Naomi. Laquelle prenait le soleil sur un banc tout proche, belle dans sa veste d'automne et son jean noir, les regardant à moitié, et consultant à moitié son portable. Elle sourit et leva la main en apercevant Falk, qui vint la rejoindre.

« Hey ! » Elle se déplaça sur le banc pour lui faire de la place. « Tu m'as rappelé que je devais vous rendre le sac de couchage de Joel. Je passerai vous le déposer ce week-end.

— Je crois qu'il n'y a vraiment pas urgence, répondit Falk. C'était comment, cette virée sous la tente ?

— Très bien, merci. » Naomi sourit, ses yeux suivant Shane à travers l'ovale. « Enfin, pas le camping en soi, évidemment. Ça, c'était horrible. Mais le séjour était sympa. Les enfants ont adoré. On a passé un super moment, Shane et moi.

— Chouette, dit Falk. Je suis content que ça se passe bien.

— Oui. » Naomi avait l'air heureuse ces temps-ci, pas de doute. « Je suis sûre que Shane aura quelques anecdotes de camping bien senties à partager avec vous dimanche, au barbe…

— Hey ! » Shane ralentit en passant devant eux, les trois jeunes courant derrière lui. Il pointa son doigt sur Falk. « Vous. N'oubliez pas : l'entraînement reprend lundi.

— Ouais, Shane. Je m'en souviens ! lui lança Falk, mais Shane était déjà parti.

— Tu as hâte d'y être ? l'interrogea Naomi.

— Je ne suis pas sûr.

— Tu as peur que tes talents de joueur de footy ne soient pas au top, et que les autres gars se moquent de toi ? »

Falk éclata de rire. « Oui, Naomi. Bien sûr. C'est exactement ça.

— On parle d'une équipe de quadragénaires élevés au vin et au fromage, là. Crois-moi… » Elle lui tapota le bras. « Tu t'en tireras très bien. »

Quand Falk rentra, Joel était dans le jardin derrière la maison, se balançant doucement dans le hamac, le bras passé autour des épaules d'une fille. Allongés sur le dos, pieds nus, ils parlaient tout bas en regardant les nuages, les longs cheveux de la fille flottant au vent. Gemma remuait quelque chose sur la gazinière, distraitement, tout en vérifiant les réponses des mots croisés de la veille.

« Ce mot de neuf lettres était *antipodes*, au fait, lui annonça-t-elle en se penchant pour l'embrasser, alors qu'il posait ses clés sur le comptoir. C'est vraiment rageant. On aurait dû le trouver, celui-là.

— Effectivement. » Falk jeta un coup d'œil par-dessus l'épaule de Gemma, pour voir par lui-même, puis désigna la gazinière d'un hochement. « Tu as besoin d'aide ?

— Non, tout est sous contrôle. Va donc rencontrer Molly. » Elle lui montra les deux adolescents, dehors. « Elle est très sympa. Et comme ça, Joel arrêtera d'angoisser. Il a vraiment envie que vous accrochiez bien, tous les deux. »

Falk rit. « Je suis sûr que ce sera le cas. Même si ça ne changera pas grand-chose. Il l'aime bien, visiblement, donc mon avis est sans importance.

— Ah, tu crois ? » répliqua doucement Gemma en remuant le contenu de la poêle, sans cesser d'éplucher les réponses des mots croisés.

Falk fit donc en sorte que Joel sache qu'il aimait bien Molly, ce qui était d'ailleurs la vérité. Il aimait le fait qu'elle tienne visiblement beaucoup à Joel, pour commencer. Ils découvrirent qu'ils étaient en train de lire le même livre, et Falk lui prêta le précédent roman de l'auteur. Molly se montra d'abord un peu timide, mais elle était visiblement très intelligente, étudiant une matière scientifique qui n'existait même pas à l'époque où Falk était à l'université.

« Tu vois, c'est pour ça que je suis contente de ne plus être là-bas à batailler, en Californie, murmura Gemma après le dîner, pendant qu'ils remplissaient le lave-vaisselle. Une fois, j'ai dormi deux nuits de suite au bureau pour régler un problème de programmation que Molly vient de résoudre sur son téléphone. Elle m'a dit qu'elle avait appris ça au lycée. Hallucinant. J'ai l'impression d'avoir mille ans.

— Mais est-ce qu'elle est capable d'organiser un événement immensément populaire et réussi ?

— Peut-être. » Gemma lui sourit. « C'est même probable, non ?

— Je n'en suis pas si sûr. Mais Joel a l'air vraiment heureux, hein ?

— Tu trouves aussi ?

— Ça fait plaisir à voir.

— Mon Dieu, oui ! Tellement. »

Une fois la cuisine nettoyée, ils regardèrent un film tous ensemble. Falk et Gemma s'assirent sur le canapé, la tête de Luna posée sur ses genoux à lui. Une fois le film terminé, Joel et Molly allèrent se coucher et Falk fit le tour de la maison pour éteindre les lumières. Il entendait les pas de Gemma dans leur chambre, et les murmures étouffés des adolescents dans celle de Joel. Il laissa sortir Luna une dernière fois, attendant qu'elle revienne et se couche avant de fermer la porte d'entrée à clé. Il se brossa les dents, se déshabilla et se mit au lit. Gemma et lui se cherchèrent entre les draps.

« Je t'aime.

— Moi aussi, je t'aime. »

Falk resta allongé dans l'obscurité profonde et fraîche, à écouter la respiration apaisée de Gemma. Il ferma les yeux et dormit bien, comme la plupart des nuits. Car il était rare, ces temps-ci, que Falk n'arrive pas à trouver le sommeil, cherchant en vain ce qui le travaillait, au juste.

Le samedi matin, Falk faisait la grasse matinée pendant que Gemma allait à sa séance de hot yoga.

La maison semblait calme quand il se leva, le soleil éblouissant à travers les fenêtres tandis qu'il enfilait sa tenue de jogging. La porte de la chambre de Joel était encore fermée, sans aucun signe de sa présence ni de celle de Molly.

C'était la première fois que Joel ramenait une fille qui restait pour la nuit. Quelques jours plus tôt, Falk était assis sur la véranda avec Gemma quand son portable avait sonné. C'était Joel qui appelait de l'université, un peu paniqué, pour lui demander si elle voulait bien faire le ménage dans sa chambre avant qu'il vienne avec Molly. Même pas dix minutes plus tard, il avait envoyé un texto à Falk, son degré de panique atteignant désormais des sommets, localisant deux ou trois objets personnels inoffensifs qu'il lui serait vraiment reconnaissant de faire discrètement disparaître avant que Gemma ne s'attaque à la chambre.

Falk n'avait rien trouvé qui aurait pu, selon lui, arracher à Gemma autre chose qu'un froncement de sourcils, mais il avait tout de même nettoyé la scène en douce. Puis il avait aidé Gemma à jeter ce qui était à l'évidence destiné à la poubelle, à ranger un peu tout le reste, et à mettre à la machine la plupart des vêtements qui jonchaient le sol.

En revenant de la buanderie, le linge plié sur les bras, Falk s'était arrêté devant la porte ouverte de la chambre. Gemma était assise, parfaitement immobile, sur le lit défait, les tourbillons de poussière sculptant dans l'air des rais de lumière parfaitement découpés. Elle tenait un sac-poubelle à moitié plein dans une main et, dans l'autre, un petit objet. C'était la boîte en plastique, réalisa soudain Falk quand elle la fit tourner dans sa paume. Les fragments de la barrière défoncée que Joel avait récupérés sur la scène de l'accident. Falk s'était senti à la fois agacé et étonné de n'avoir pas pensé à enlever cette boîte, aussi. Il se relâchait trop, ces temps-ci.

Sentant sa présence, Gemma avait relevé la tête, puis ses yeux étaient aussitôt retombés sur le sac-poubelle ouvert et la boîte dans sa main. Un éclat de culpabilité avait traversé son visage.

« Il ne me pardonnerait jamais. » Elle tenta de sourire.

« Ça va, Gemma ?

— Ouais. Je t'assure. Je… » Elle posa la boîte hors de sa vue. « C'est juste que je n'arrive pas à croire qu'il ait gardé ça. »

La chambre était présentable en l'état, avaient-ils décrété, et ils étaient sortis faire une longue marche avec Luna.

Gemma était rentrée de son yoga et les jeunes s'étaient levés quand Falk revint à la maison après avoir couru. Il prit sa douche et se changea, et tous partagèrent un petit déjeuner, puis enfilèrent chaussures et vestes pour descendre à pied en ville. Joel emmena Molly visiter les environs, tandis que Falk et Gemma flânaient encore un peu. Devant un café, Falk embrassa Gemma, salua Naomi et deux autres amies à travers la vitrine, puis les laissa entre elles.

De nouveau seul, il remonta la grand-rue avec Luna, s'arrêtant un moment pour jeter un coup d'œil aux rayons de la librairie. La rue était plus animée quand il ressortit, et il repéra le pick-up de Charlie garé un peu plus loin. Lequel était fermé à clé et inoccupé, constata

Falk en s'approchant, mais il ralentit tout de même et regarda autour de lui, au cas où. Pas trace de Charlie.

Falk appela Luna et se remit en route. Il passa devant le local commercial où Kim Gillespie et Dean Tozer avaient jadis travaillé l'un à côté de l'autre et jeta un coup d'œil, comme cela lui arrivait parfois. L'imprimerie et le cabinet d'avocats étaient fermés pour le week-end, leurs vitrines obscures ignorant les passants et le commissariat, sur le trottoir d'en face. Falk aperçut son reflet dans la glace. Bien plus de six mois semblaient s'être écoulés depuis ce jour où il était tombé par hasard sur Charlie, ici même. Où Charlie lui avait offert un travail au vignoble, et un premier aperçu de la vie qu'il menait désormais.

Les pensées de Falk dérivaient souvent, malgré lui, vers cet après-midi, sans doute parce qu'avec le recul, cet instant lui apparaissait désormais comme à la croisée des chemins. Il se disait parfois que c'était à ce moment-là qu'il avait pris sa décision, même s'il n'en avait pas encore conscience. Cela avait été une bonne décision. Tandis qu'il marchait, maintenant, Luna à ses côtés et le soleil en plein visage, Falk sentit que si tout était à refaire, il prendrait exactement la même décision. Aucun doute là-dessus. Car chaque fois qu'il repensait à…

Falk s'arrêta brusquement.

La femme qui le suivait lui rentra dedans et il s'excusa, s'écartant sur le trottoir pour la laisser passer. Luna le suivit, l'observant avec son éternelle patience, mais, pour une fois, Falk l'ignora. Il resta planté là, les piétons du samedi matin défilant devant lui, et ses pensées se projetant à mille lieues de là. Au bout d'un moment, il sentit Luna remuer à ses pieds, curieuse de savoir ce qu'ils attendaient.

« Pardon », lui dit-il, mais il ne bougea toujours pas. Il regarda devant lui, en direction de la maison. Puis il se retourna et étudia la rue, derrière eux. Les yeux de Falk se posèrent sur ceux de Luna, et il s'accroupit.

« Ça nous prendra juste deux minutes », dit-il en lui frottant les oreilles. La chienne ne réagit pas. « Je veux juste vérifier. »

Si Luna avait pu soupirer, Falk sentit qu'elle l'aurait fait, lorsqu'ils revinrent sur leurs pas le long du trottoir, marchant plus vite que tout à l'heure. Le pick-up de Charlie n'était plus là, mais Falk ralentit à l'approche de la place désormais vide. Repensant – de nouveau, mais plus attentivement cette fois – à cette journée, six mois plus tôt. Il s'arrêta devant les deux bureaux – 31A et 31B. Ceux où Kim et Dean avaient autrefois travaillé. « Coïncidence de petite ville », lui avait dit le sergent Dwyer.

Falk se retourna pour étudier le commissariat, de l'autre côté de la rue. Il n'avait pas totalement cru le policier alors, assis dans son bureau, l'esprit distrait par une centaine d'autres choses. Mais l'homme avait raison. Falk réfléchit encore un moment, puis siffla la chienne et, ensemble, ils traversèrent la rue.

Il attacha sa laisse à la rambarde, devant le bâtiment, puis grimpa les marches du perron et poussa la porte d'entrée. À l'approche de la réception, il s'arrêta de nouveau, débattant intérieurement, sous le regard soucieux de l'agent de garde.

« Le sergent Dwyer est là ? » lui demanda Falk. Il ne savait pas trop quelle réponse il espérait.

« Il revient dans une heure à peu près, si vous voulez le voir. À moins que vous ne vouliez lui laisser un message ?

— Non. » Falk se retournait déjà pour partir. « Ce n'est pas grave, je vous re… »

Mais il se figea, une main sur la poignée de la porte, arrêté par cette entêtante pensée. Il regarda la réception, tournant et retournant la question dans sa tête. C'était clairement possible, songea-t-il, mais il n'avait aucun moyen d'en avoir le cœur net. Il avait besoin de quelqu'un qui était présent à l'époque. Quelqu'un qui se rappellerait. Les yeux de Falk se posèrent sur le policier, derrière le guichet, qui l'observait avec une suspicion croissante.

« En fait… » Falk fit demi-tour et marcha jusqu'au guichet. Il posa cette question dont il désirait tant, tout à coup, connaître la réponse. L'agent plissa le front, ne comprenant visiblement pas quel intérêt cela pouvait avoir. Il dut réfléchir, revenir en esprit quelques années en arrière. Mais finalement, il fixa Falk dans les yeux et hocha la tête. « Ouais. » Il était là, à l'époque. Et il lui semblait bien que oui.

Falk s'en était douté, mais cette réponse ne lui fit pas moins l'effet d'un électrochoc. « OK. Merci. »

Luna semblait avoir senti que quelque chose clochait en le suivant vers la maison, et elle dut trottiner plus vite pour rester à sa hauteur. Falk s'en voulut et ralentit un peu, mais ne s'arrêta pas.

La porte d'entrée de la maison était dans l'ombre des eucalyptus, et Falk sentit l'odeur forte des arbres tandis qu'il sortait la clé de sa poche et se glissait à l'intérieur. Tout était calme, comme il s'y attendait, mais il en fut soulagé. Il remonta le couloir jusqu'à la chambre de Joel. Pas aussi bien rangée qu'après le passage de Falk et de Gemma, mais beaucoup mieux qu'avant.

Planté seul dans l'antre de l'adolescent, Falk regarda autour de lui. Il visualisa Gemma assise sur le lit, la lumière poussiéreuse du soleil tranchant l'air de la chambre. Un sac-poubelle oublié dans une main, fixant attentivement ce qu'elle tenait dans l'autre. Falk se concentra sur ce souvenir. *Où l'a-t-elle rangée ?* Il entreprit de fouiller le bureau, rapidement, avant que cette image mentale ne lui échappe.

Il trouva la petite boîte tout au fond du tiroir du milieu.

Falk la fit tourner entre ses doigts pendant un long moment. Puis il ressortit de la chambre, traversant la maison déserte jusqu'à la cuisine. Il ouvrit la porte de derrière et s'aventura dehors. Il s'assit sur sa chaise de jardin préférée et contempla la vue, la boîte étrangement lourde dans sa main. Le bush pouvait receler mille couleurs différentes, avait appris Falk à force de l'étudier chaque soir aux côtés de Gemma. Ce matin-là, alors qu'il était assis seul sur la véranda, ce paysage lui paraissait d'un vert sombre, monochrome.

Falk détacha ses yeux du décor et les baissa. Il faisait décidément preuve d'un trop grand relâchement ces derniers temps, à se balader les yeux fermés au lieu de les garder ouverts. Mais il se sentait parfaitement réveillé, à présent. Il fit tourner une dernière fois la boîte dans sa main, puis dévissa le bouchon et fit tomber avec délicatesse les éclats de bois dans sa paume. Il les étudia pendant ce qui lui parut une éternité, s'assurant qu'il voyait bien ce qu'il s'attendait à voir. Quand il en fut absolument certain, il remit les éclats dans la boîte. Un par un, avant de revisser le bouchon. Il perdit la notion du temps, restant là à penser à toutes sortes de choses. Aux six derniers mois. Aux six dernières années. À cette boîte au creux de sa main. À ce que les gens étaient capables de faire pour un être aimé.

Puis, enfin, il se leva. Car il n'avait plus aucun doute, et voulait faire ça maintenant. Avant que quelqu'un ne rentre à la maison et ne l'oblige à s'expliquer.

Falk retraversa la maison. Il s'accroupit pour caresser les oreilles de Luna, la laissant râler dans le couloir tandis qu'il refermait la porte d'entrée derrière lui. Il ressortit dans l'ombre des eucalyptus, monta dans sa voiture et démarra. Falk roula vers le centre-ville et remonta la grand-rue, avant de se garer devant le commissariat.

Chapitre 39

Falk n'avait eu aucune raison de pénétrer dans le bureau de Dwyer ces six derniers mois, mais l'endroit était exactement tel qu'il s'en souvenait. Bien tenu et fonctionnel, avec une unique photo de famille sur le bureau.

L'agent à la réception avait eu l'air un peu exaspéré de le voir revenir, mais au moins, cette fois, il avait été en mesure de faire venir Dwyer. Le policier avait rejoint Falk dans la salle d'attente.

« Venez », avait lancé Dwyer en appuyant sur le bouton qui déverrouillait la porte sécurisée. Falk lui avait emboîté le pas avant de s'arrêter. Une boîte de collecte pour l'association que soutenaient Dwyer et son épouse était posée sur le guichet. Sortant quelques pièces de ses poches, Falk les avait glissées dedans.

« Merci, lui avait dit Dwyer, mais Falk avait secoué la tête.

— Pas besoin de me remercier. »

Falk s'installa sur la chaise, en face du fauteuil de Dwyer. Une lumière vive s'engouffrait par la fenêtre, derrière lui, et Falk étudia un instant la grand-rue, de l'autre côté. Il aperçut les anciens bureaux de Kim et de Dean sur le trottoir d'en face, quelconques au milieu des autres boutiques, des badauds et des voitures du samedi matin. Toutes les choses ordinaires, les scènes quotidiennes qui, réunies, constituaient cette ville qui lui semblait désormais être bien plus que la somme de ses parties. Il se sentait chez lui, maintenant, dans la Marralee Valley. Falk inspira profondément. Il fallait en finir une bonne fois pour toutes. Attendre ne ferait que rendre la chose plus difficile encore.

« Je crois savoir qui conduisait la voiture qui a tué Dean Tozer. »

Dwyer dévisagea Falk dans le silence de son bureau. Ses traits, à contrejour, étaient indistincts. Il bougea sur son siège, qui craqua. « OK.

— Mais si j'ai raison, ajouta Falk, alors vous le savez aussi. »

Dwyer ne répondit pas.

Falk attendit. « Donc j'ai raison ? finit-il par insister. Vous savez ? »

La tête de Dwyer bougea, un petit sursaut involontaire. « Va falloir m'en dire un peu plus.

— Ouais. Dans ce cas… » Falk hocha la tête. Il plongea la main dans sa poche et en ressortit la petite boîte cabossée de Joel. Le couvercle avait un peu de jeu, à force d'avoir été ouvert et revissé tant de fois ces six dernières années, et ses flancs étaient tout rayés. Falk se pencha au-dessus du bureau, tendant la boîte sous le nez de Dwyer afin que celui-ci puisse voir les éclats de bois qu'elle contenait. « Vous savez ce que c'est ? »

Le policier enfila ses lunettes et s'inclina pour regarder de plus près, silencieux et immobile, puis il se rassit au fond de son fauteuil. Il savait, Falk en était sûr. Ou, du moins, le devinait.

« Où les avez-vous trouvés ? » Quand Dwyer retira ses lunettes, son expression avait un peu changé. Il y avait là quelque chose que Falk ne put déchiffrer.

« Joel les conserve dans sa chambre depuis six ans et demi. Il a gratté le bois de la rambarde avant qu'on l'évacue. »

Pas de réaction.

« Il y a des traces de peinture de l'accident, dessus. Là, vous voyez ? » Falk ouvrit la boîte et la secoua pour faire tomber quelques-unes des plus grosses échardes dans sa paume, puis il les disposa avec soin sur le bureau. « La peinture bleue d'une voiture.

— C'est exact, soupira Dwyer.

— Mais une teinte inhabituelle. Vous ne trouvez pas ? Industrielle. Avec pas mal de gris dedans. Pas du tout commune pour une carrosserie de voiture. » Falk releva les yeux. « Mais c'est bizarre : dès que je l'ai eue sous les yeux, j'ai eu l'impression de l'avoir déjà vue. Sans pouvoir me rappeler où. Je me suis dit que c'était sans doute au parking du champ de foire. Parce qu'il y a beaucoup de voitures au moment de la Fête du vin. »

Il attendit.

« Effectivement », confirma Dwyer.

Falk garda le silence. Les secondes défilèrent. Il avait vraiment espéré que Dwyer ferait un pas vers lui, mais le policier ne disait toujours rien, visage fermé mais regard alerte. Très bien. Falk baissa les yeux sur la petite collection de Joel, alignée sur le bureau. Il voulait la jouer comme ça.

« Mais voilà…, reprit Falk d'une voix douce. Je me rappelle où je l'ai vue, maintenant. Et je ne crois pas que cette peinture provienne même d'une carrosserie de voiture. Vous savez de quoi il s'agit, d'après moi ? »

Il tendit le bras pour trier les fragments de bois, isolant le plus gros. Il se leva et le brandit en pleine lumière, puis fit deux pas à travers le bureau.

Il s'arrêta devant le mur. Celui-ci était toujours peint du même bleu terne qu'un an plus tôt. Le même que celui de la réception. Cette même nuance de bleu que Falk avait trouvée si oppressante les deux fois où il s'était rendu dans ce commissariat. Falk cala le fragment de barrière brisée de Joel entre pouce et index, et la colla contre le mur. Il se retourna vers Dwyer. Il n'eut pas besoin de dire quoi que ce soit. C'était une évidence. La peinture sur le mur, la peinture sur le bois. C'était la même couleur.

Dwyer n'eut aucune réaction. Il ne cilla même pas.

« Si je fais analyser l'échantillon de Joel, est-ce qu'il sera identifié comme la peinture d'une voiture ? » interrogea Falk. Il tapota le mur de son index recourbé. « Ou bien est-ce qu'on l'identifiera comme étant cette peinture-ci ? Car d'après votre agent, en bas, il y a à peu près six ans et demi de cela, votre commissariat était en pleine rénovation. Donc, voici ce que je crois : quelques gouttes de la peinture qui a servi à recouvrir ce mur ont été répandues sur les lieux de l'accident de Dean Tozer pour dissimuler la véritable couleur du véhicule qui l'a percuté.

— Je vois. Et vous pensez que c'est moi qui ai tué Dean, c'est ça ? » Dwyer libéra un son qui voulait ressembler à un rire, mais il était loin du compte. « Non.

Ce n'est pas moi, mon vieux. J'étais là très tôt, dans ce commissariat, ce foutu matin. En train d'organiser les contrôles d'alcoolémie sur la grand-route.

— Non. À vrai dire, je ne pense pas que c'était vous. » Falk revint sur ses pas et s'immobilisa juste devant le bureau. Il se rassit, puis se pencha pour désigner du chef la photo de famille encadrée. « Je crois que c'était votre fille. »

Un silence profond, lourd, se fit. Dwyer inspira lentement, sa poitrine se soulevant avant de retomber. Il ne dit rien, se contentant de faire pivoter lentement son fauteuil, se détournant de Falk pour faire face à la fenêtre. La lumière du jour était brillante et dure sur le visage du policier, tandis qu'il contemplait la parade décousue des habitants flânant dans cette ville sur laquelle il était chargé de veiller. Le bruit des rires et des conversations était étouffé par la vitre. Même pour Falk, il semblait étrangement lointain.

« Catlin avait vingt-deux ans quand elle est morte, déclara finalement Falk, en voyant que Dwyer ne bougeait toujours pas. Ce qui veut dire qu'elle avait dix-sept ans quand Dean Tozer a été tué. Tôt le matin, le lendemain de la grande fête des jeunes, pour l'ouverture de la Fête du vin. Qu'est-ce qui s'est passé ? Elle essayait de rentrer à la maison alors qu'elle dépassait encore la limite d'alcool dans le sang ?

— Elle avait un job. »

Falk tressaillit. Il ne s'attendait pas vraiment à recevoir une réponse. La voix de Dwyer était épaisse.

« Elle s'était trouvé un boulot à temps partiel dans l'un des camions proposant des petits déjeuners sur le site de la Fête du vin. Sa mère et moi l'avions forcée à prendre ce job, car elle se relâchait un peu au lycée. Nous avions arrêté de lui donner de l'argent, on voulait qu'elle devienne un peu plus responsable. »

Dwyer fit pivoter son fauteuil dans l'autre sens, son visage se froissant quand il passa la main sur ses yeux. « Bon Dieu. Je déteste cette foutue fête. »

Il souffla brusquement, puis laissa retomber son bras. « Caitlin n'était pas censée y aller, elle n'était pas censée boire. Mais elle l'a fait quand même, évidemment, parce que c'est ce qu'ils font tous à cet âge. Et la plupart des gens, ici, pensent que ce n'est pas un problème. Mais ça le devient parfois, pas vrai ? Elle s'est réveillée le lendemain avec la gueule de bois, et elle allait être en retard au travail. Elle savait que j'avais mis en place des contrôles sur la route. Elle savait que je l'attraperais si elle passait par là. »

Les yeux de Dwyer s'étaient posés sur la photo de sa femme et de sa fille, mais Falk le soupçonnait de voir tout à fait autre chose.

« C'est moi qu'elle a d'abord appelé. Après. J'étais déjà au commissariat, sur le point de rejoindre le site de l'alcootest. Elle était dans un sale état. Le lieu de l'accident, au bord de la retenue, était… » Il secoua la tête. « Eh bien, vous l'avez vu sur cette vidéo. Il y avait des éclats de verre, d'ailleurs. Autant qu'on pouvait s'y attendre. Je les ai poussés du pied dans l'eau pour qu'on ne puisse pas les analyser par la suite. »

Falk le dévisagea. « De quelle couleur était sa voiture ?

— Noire. » Dwyer secoua la tête. « Elle a laissé des traînées tout le long de cette barrière.

— Donc vous avez effacé les traces ? »

Une pause infime, puis Dwyer fit oui de la tête. « J'avais le fond d'un pot dans le coffre de ma voiture, récupéré au commissariat. Je devais m'en servir pour peindre la niche de notre chien. Donc j'en ai balancé des gouttes sur la barrière. Bleu sur noir. C'était pas super comme camouflage, pour tout vous dire, mais c'était mon boulot de regarder tout ça de plus près… » Il haussa lourdement les épaules. « La voiture de Caitlin pouvait encore rouler. Je lui ai dit de rentrer à la maison, de la planquer dans le garage au fond du jardin. Je lui ai dit qu'il ne fallait surtout pas que Cathy la voie. » Dwyer s'affaissa imperceptiblement en prononçant le nom de son épouse.

« Cathy est au courant ? interrogea Falk.

— Non. » Le ton était catégorique. « Elle ne sait rien. Je n'ai pas pu lui raconter. Je n'ai pas pu, c'est tout. Et je ne lui ai rien dit depuis. Je n'en ai parlé à personne, et j'ai demandé à Caitlin de garder ça pour elle aussi. » Il secoua la tête en y repensant. « Après avoir fait ce que je pouvais à la retenue d'eau, je suis retourné au commissariat. J'ai attendu que quelqu'un d'autre découvre la scène de l'accident et nous appelle. »

Falk hocha la tête. Dwyer chercha à croiser son regard, avant d'y renoncer. Il planta ses coudes sur le bureau, le front courbé, le visage enfoui dans ses mains. Falk l'observa en silence, constatant avec un certain étonnement que la colère et la déception qui l'avaient accompagné en entrant dans ce bureau commençaient à se dissiper. Elles se diluaient peu à peu dans une compréhension tout à fait nouvelle pour lui, alors qu'il était assis là à penser à Gemma et à Joel. À Raco, à Rita et à Eva. À son filleul Henry. Que serait-il prêt à faire pour les gens qu'il aimait ? se demanda-t-il. Il espérait ne jamais avoir à le découvrir.

« Je sais combien ces six années ont été dures pour Gemma et Joel. » Dwyer avait relevé la tête. « Les interrogations, la douleur, tout ça. Vous ne trouverez rien qui ne m'empêche déjà de dormir la nuit. »

Falk sentit que c'était sans doute vrai. Il y avait tant de choses qu'il avait prévu de lui dire, mais l'urgence n'était plus là, désormais. Alors il l'écouta.

« Caitlin voulait tout leur raconter. On s'est disputés tous les deux, elle disait qu'il fallait le faire. » Dwyer le fixa dans les yeux, fermement. Il lui paraissait crucial que Falk comprenne bien cela. « Je lui ai fait peur pour l'en dissuader. Je lui ai dit de ne pas faire ça, qu'elle risquait vraiment gros sinon. Bon Dieu, elle avait *dix-sept* ans ! Rien qu'une gamine un peu perdue, et c'était un accident stupide, malheureux. J'ai fait ce que je croyais sincèrement être le mieux pour elle. »

Une décision malavisée, songea Falk. Déformée par l'amour. Mais d'un autre côté, sans doute juste. Dwyer se rassit au fond de son fauteuil. Son visage était gris, ses épaules affaissées. Il avait vieilli de dix ans.

« Mais la culpabilité… Croyez-moi, c'est une chose terrible. Elle vous ronge. On n'a pas idée, jusqu'au jour où… » Dwyer n'acheva pas sa phrase. Ses yeux étaient rivés sur la photo de sa fille. Caitlin Dwyer les contemplait avec ce sourire fugace saisi par l'objectif des années plus tôt, et disparu à tout jamais. « Certains arrivent à vivre avec. D'autres, non. »

Chapitre 40

Raco et Rita avaient apporté à Falk un pain au levain au romarin et aux olives de Kiewarra.

« C'est un nouveau concept que McMurdo teste au *Fleece* », expliqua Raco en extirpant ses enfants de leurs sièges. Eva et Henry saluèrent Falk avec joie, tandis que Rita l'embrassait sur les joues. « Il a lu un truc sur les gastro-pubs de province, qui attirent les touristes à la journée pleins aux as venus de Melbourne, alors il a engagé un nouveau chef qui utilise des produits locaux de qualité.

— J'ai acheté un bocal de tahini plutôt correct, l'autre jour. » Rita s'étira en admirant les vignes, offrant son visage au soleil de fin d'après-midi, avant de se tourner de nouveau vers Falk. « Je sais qu'on n'arrête pas de te le répéter, mais tu devrais vraiment venir voir ça par toi-même.

— Tu sais quoi ? répliqua Falk. Je crois que j'ai vraiment besoin de venir voir. Je vais en parler avec Gemma. On va trouver une date. »

Et c'est ce qu'ils avaient fait, avant d'aller s'asseoir tous ensemble dehors, autour de la table donnant sur le vignoble, et de rompre de gros morceaux de pain au levain qu'ils distribuèrent pendant que Charlie allumait le barbecue derrière la grange. Shane et lui se chamaillaient au sujet de la viande, tandis que les autres remplissaient leurs verres et se racontaient leurs histoires dans l'éclat orangé du soleil déclinant. Eva courait entre les rangs vendangés avec les enfants de Naomi, se pourchassant et jouant à cache-cache. Couchée par terre, Luna laissait patiemment Henry jouer avec ses oreilles. Falk apercevait Joel et Molly là-haut, sur la véranda, riant de l'histoire compliquée que leur racontaient Zara et son vétérinaire, et qui semblait exiger de grands talents de mime. Elle impliquait sans doute une vache, devina-t-il.

Falk était assis à côté de Gemma, et ils se tenaient la main sous la table. Ils n'avaient pas dit grand-chose, tous les deux, mais Falk pensait que, pour l'instant, seule Rita l'avait remarqué.

Gemma l'avait écouté, le dos bien droit et les yeux secs et durs, lui rapporter son entrevue avec Dwyer. Falk était rentré directement à la maison, il avait emmené Gemma dans leur chambre, fermé la porte et il lui avait résumé la conversation qu'il venait d'avoir. Gemma était restée parfaitement immobile pendant qu'il parlait, la rigidité glacée du choc initial palpitant peu à peu d'une furie muette, maîtrisée. Elle n'avait rien dit pendant un long moment puis, enfin : « Que va-t-il se passer maintenant ? »

Falk l'avait fixée droit dans les yeux. « Que veux-tu qu'il se passe ? »

Gemma était restée assise là, puis avait caché son visage dans ses mains. Falk lui avait tendu un mouchoir en papier et l'avait serrée dans ses bras, fort, sans rien ajouter.

« Hé ! » Naomi sortit de la maison, fixant d'un air perplexe l'écran de son portable, une bouteille de vin pétillant bien froide calée sous un bras, et un verre d'eau glacée pour Shane dans l'autre main. « Qu'est-ce qui se passe avec Rob Dwyer ? Vous aussi, vous en avez entendu parler ?

— Je sais pas de quoi tu parles, répliqua Charlie en retournant un steak.

— Il s'est passé des trucs au commissariat, cet après-midi. Apparemment, il est *out*.

— Comment ça, *out* ? Il quitte Marralee ?

— Non, il est viré de la police. » Les plis se creusèrent sur le front de Naomi, tandis qu'elle faisait défiler ses messages. « C'est ce qu'on raconte, en tout cas. Des types haut placés sont montés d'Adélaïde, aujourd'hui. Il est reparti avec eux. Ça craint, apparemment.

— Sérieux ? » Charlie alluma son téléphone. « J'imagine qu'on en saura bientôt plus. »

Falk fit glisser ses doigts sur la main de Gemma, et sentit la petite pression en retour.

Ils en avaient parlé longuement tous les deux, dans leur chambre, Gemma oscillant sans cesse entre la rage, le sentiment d'avoir été trahie et quelque chose qui ressemblait à de la compassion.

« Il faut qu'on le dise à Joel, avait-elle déclaré au bout d'un moment, en se relevant d'un bond. Tout de suite.

— Tu as raison. » Falk lui avait tendu une main apaisante. Il entendait Joel et Molly dans le jardin, leurs voix détendues et leurs rires étouffés flottant jusqu'à eux. « Mais pas maintenant. Très bientôt, oui.

Écoute-les. Il est heureux, elle est heureuse. On devrait les laisser profiter de ce week-end. »

Gemma avait hésité, avant de se rasseoir. « Qu'est-ce que tu pourrais faire ? avait-elle demandé calmement. Concernant Dwyer ?

— Peu importe, avait répondu Falk. Il faut que ce soit ta décision.

— Oui. » Elle s'était appuyée contre lui. « Mais j'aimerais quand même savoir. »

Alors, il lui avait dit. Il ne ferait rien. Gemma avait levé les yeux vers lui, étonnée, mais Falk avait compris quelque chose dans le bureau de Dwyer, en voyant la culpabilité sur les traits de cet homme, la photo de sa famille posée devant eux et la boîte de collecte de l'association à la réception. Ni lui ni Gemma n'avaient besoin de faire quoi que ce soit d'autre, Falk en avait soudain été persuadé. Dwyer ferait le nécessaire lui-même.

Naomi était encore penchée sur l'écran de son téléphone quand elle posa la bouteille de vin sur la table de jardin. Raco l'ouvrit et entreprit de remplir les verres. Falk croisa le regard de Gemma. Elle le gratifia d'un sourire, discret mais bien réel, et, à cet instant, ces deux-là se comprirent. Ils raconteraient tout aux autres ce soir, mais plus tard, quand les adolescents seraient partis et que les jeunes enfants dormiraient devant un dessin animé. Quand les choses se seraient calmées et que la conversation, la nourriture et la bonne compagnie atténueraient le choc.

« J'imagine que si Dwyer s'en va pour de bon, un poste se libérera au commissariat. J'espère que t'as pas l'intention de nous abandonner, lança Charlie depuis le barbecue. Shane est tout juste remis des feuilles de calcul. »

Falk se rendit compte que c'était à lui qu'il s'adressait. « Qui, moi ? M'en aller ?

— Ouais, Aaron. Toi. »

Raco partit d'un rire sonore. « T'es sérieux, là ? Il appartient toujours officiellement à la police fédérale, en tout cas. Ce n'est vraiment pas comme ça que fonctionne notre administration, au niveau national.

— Ouais, peu importe. Je parie qu'ils ne diraient pas non. » Charlie adressa un sourire à Falk. « Si ça te tentait…

— Ce n'est pas le cas, répondit Falk.

— Vraiment ? »

Falk secoua la tête. Il resta assis à cette table avec ses amis, le soleil au plus bas et le repas quasi prêt. La journée terminée, les vignes s'étirant à perte de vue. Il sentait la main de Gemma dans la sienne, Luna à leurs pieds.

« Il ne faut jamais dire jamais, j'imagine. Mais non. Pas maintenant. »

Tout allait bien maintenant, et ça lui suffisait. Il avait tout ce qu'il voulait.

REMERCIEMENTS

Parfois, les recherches préalables à l'écriture d'un livre exigent des tonnes de patience, de frustration et de détails ; et parfois, elles se composent de longues journées splendides à profiter de la beauté luxuriante des régions viticoles d'Australie-Méridionale. L'écriture de ce roman a été une joie absolue, notamment grâce au cadre dans lequel il se déroule. Mes sincères remerciements aux nombreux viticulteurs et propriétaires de vignobles, en particulier dans les régions de McLaren Vale et de la Barossa Valley, qui ont toujours gardé mon verre bien plein pendant qu'ils m'offraient de précieuses informations sur leur travail et leur vie dans ce recoin vraiment magnifique de l'Australie.

Toute ma gratitude, une nouvelle fois, aux équipes nombreuses qui ont travaillé si dur pour que ce livre se retrouve entre les mains des lecteurs, et notamment Claire Craig, Clare Keighery, Ingrid Ohlsson, Cate Paterson, Charlotte Ree et Danielle Walker chez Pan Macmillan Australie ; Christine Kopprasch, Amelia Possanza, Nancy Trypuc et Maxine Charles chez Flatiron Books ; et Vicky Mellor et Lucy Hale chez Pan Macmillan UK.

Un immense merci à mes agents : Fiona Inglis et Benjamin Paz chez Curtis Brown Australia ; Gordon Wise,

Liz Dennis et Caoimhe White chez Curtis Brown UK, Daniel Lazar chez Writers House et Jerry Kalajian de l'Intellectual Property Group.

Tout mon amour et toute ma gratitude, comme toujours, aux membres de ma famille : Mike Harper, Helen Harper, Ellie Harper, Michael Harper, Susan Davenport et ses parents Keith et Diane Davenport, qui ont lu et soutenu mes livres depuis le tout début ; et à Ivy, Ava et Isabel Harper.

À mes magnifiques enfants, Charlotte et Ted Strachan, qui ont inspiré l'essentiel des personnages d'Eva et d'Henry Raco, et à mon mari Peter Strachan, qui inspire l'essentiel de tout, merci de tout ce que tu fais pour rendre ces livres possibles. Je t'aime très fort.

DE LA MÊME AUTRICE :

Canicule, Kero, 2017 ; Le Livre de Poche, 2018
Sauvage, Calmann-Lévy, 2018 ; Le Livre de Poche 2019
Lost Man, Calmann-Lévy, 2019 ; Le Livre de Poche 2020
Les Survivants, Calmann-Lévy, 2021 ; Le Livre de Poche 2023

PAPIER À BASE DE FIBRES CERTIFIÉES

Le Livre de Poche s'engage pour l'environnement en réduisant l'empreinte carbone de ses livres. Celle de cet exemplaire est de :
200 g éq. CO_2
Rendez-vous sur www.livredepoche-durable.fr

Composition réalisée par NORD COMPO

Achevé d'imprimer en France par
CPI BRODARD & TAUPIN (72200 La Flèche)
en décembre 2024
N° d'impression : 3059423
Dépôt légal 1re publication : janvier 2025
LIBRAIRIE GÉNÉRALE FRANÇAISE
21, rue du Montparnasse – 75298 Paris Cedex 06
marketing@livredepoche.com

16/3123/2